古典文獻研究輯刊

十二編

曾永義 主編

第25冊

民族戲劇學研究與田野考察（第三冊）

李 強 著

國家圖書館出版品預行編目資料

民族戲劇學研究與田野考察（第三冊）／李強 著—初版—
新北市：花木蘭文化出版社，2015〔民104〕
目 4+228 面：19×26 公分
（古典文學研究輯刊 十二編；第25 冊）
ISBN 978-986-404-423-8（精裝）
1. 中國戲劇 2. 戲劇評論
820.8   104014992

ISBN-978-986-404-423-8

9 789864 044238

古典文學研究輯刊
十二編 第二五冊   ISBN：978-986-404-423-8

民族戲劇學研究與田野考察（第三冊）

作　　者　李 強
主　　編　曾永義
總 編 輯　杜潔祥
副總編輯　楊嘉樂
編　　輯　許郁翎
出　　版　花木蘭文化出版社
社　　長　高小娟
聯絡地址　235 新北市中和區中安街七二號十三樓
　　　　　電話：02-2923-1455／傳眞：02-2923-1452
網　　址　http://www.huamulan.tw 信箱 hml 810518@gmail.com
印　　刷　普羅文化出版廣告事業
初　　版　2015 年 7 月
全書字數　851365 字
定　　價　十二編 26 冊（精裝）新台幣 48,000 元

民族戲劇學研究與田野考察（第三冊）

李　強　著

目次

附錄：中華民族戲劇藝術田野考察報告薈萃

一、青海省循化縣撒拉族「多依奧依納」戲劇調查報告

（2007 年 4 月 25 日～4 月 28 日）

（一）撒拉族的歷史文化

撒拉族是中華民族大家庭的一個兄弟民族，主要聚居在青海循化撒拉族自治縣，其餘分佈在青海、甘肅、新疆等省、自治區與州縣。撒拉族自稱撒拉爾（Salar），歷史上對撒拉族有不同的稱呼，如「撒喇」、「撒喇兒」、「撒喇番回」、「撒喇回」等等。中華人民共和國成立以後，撒拉族成立了民族區域自治政府，被正式定名爲——撒拉族。

據 1999 年全國人口普查，撒拉族爲 87697 人，其中居住在青海的有 77300人，占 88.2％，而聚居於循化撒拉族自治縣的爲 61600 人；青海省撒拉族占全省總人口的 1.61％。近年來，撒拉族每年以 20‰以上的高增長率自然增長，青海省循化縣是青海省人口增長率較高的縣份之一。

撒拉族具有獨具一格的文學藝術形式。但由於撒拉族有自己的語言——撒拉語，但是沒有自己的文字，因此其文學藝術多靠口口相傳，以民間說唱文學爲主。說，包括故事、神話、傳說、寓言、諺語和笑話等。內容十分豐富，且語言幽默含蓄；唱，包括撒拉曲、宴席曲和花兒等民歌。

「撒拉曲」是撒拉族人民用本民族語演唱的一種抒情民歌，由許多具有

獨立意義的短體小詩組成。流行較廣的曲目如《巴西古溜溜》、《撒拉爾賽西布尕》等。

「宴席曲」是一種娶親時的傳統唱曲。撒拉「花兒」則是一種漢語演唱的山歌，歌詞一般為四句。受藏族的影響，其音調普遍帶有顫音，婉轉動聽。撒拉族婦女的刺繡藝術，十分精美，剪紙、窗花也是婦女擅長的一種裝飾藝術。

其建築藝術主要表現於禮拜寺的建築裝飾上，受內地影響，它是中國飛簷式的古典廟宇結構，是清真寺建築與中國古典建築的結合體。撒拉族唯一的樂器是「口弦」，一般用銅或銀製，形似馬蹄，為撒拉族婦女所鍾愛。在這些民間文學藝術當中，最有代表性、也最有特色的是傳統民族戲劇「多依奧依納」。

（二）「多依奧依納」名稱探源

「多依奧依納」的撒拉語名字為「多依奧依納」（Tobeoninetjyeonia），其中「tobe」（多依）一詞的既有「駱駝」之意，也有「宴席」之意。一方面，這是因為駱駝在「多依奧依納」當中扮演著非常重要的角色，是整個撒拉族民族精神的符號代表，這一部分將在第四章詳細敘述；另一方面，按照傳統，「多依奧依納」總是在撒拉族婚禮的現場表演，人們欣賞「多依奧依納」都是在婚禮的宴席上。

因此，「多依奧依納」這個詞語不僅僅是此部傳統劇目的名稱，更可以看出表演與婚禮的歷史聯繫在民俗語言層面上還完好保留著。直到現在，撒拉族仍然習慣性的將婚禮視為「玩駱駝」。可見「多依奧依納」與撒拉族傳統婚禮儀式的歷史聯繫何等密切。

對於「多依奧依納」的漢語名字，在此之前一直是不統一的，這也能看出對「多依奧依納」文藝形式歸屬劃分的不確定性。前蘇聯突厥語言學家 N・P・捷尼舍夫曾於 1957 年在撒拉族採集的婚禮習俗時將其稱為「多依奧依納」戲劇。由於「多依奧依納」的表演成份中民族舞蹈的部分較為突出，國內一些研究者稱其為「駱駝舞」，並把它劃分到民間舞蹈的範疇內。

但是經過考察與研究，由於「多依奧依納」具備念白、唱詞、舞蹈、道具等戲劇要素，2006 年在為「多依奧依納」申報省與國家級非物質文化遺產稱號時，青海省文化廳明確將其漢語名稱定為「駱駝戲」，並稱其為「撒拉族傳統戲劇」。至此，「多依奧依納」的漢語名稱得以確定，其文藝形式的歸屬劃分也塵埃落定。

（三）「多依奧依納」的戲劇流變

　　「多依奧依納」，漢語名字爲「多依奧依納」，是撒拉族地區傳統的民間劇目，是撒拉族傳統戲劇中唯一的一部表演藝術珍品。主要流行於循化孟達和黃河沿岸撒拉族地區婚禮場面，亦出現在新疆、甘肅等撒拉族集中居住區的婚禮之中。在撒拉族 700 多年的歷史當中，「多依奧依納」先後經歷了早期形成、成熟發展、淡化衰落等幾個時期。此種民族戲劇形式的題材內容幾乎沒有多少變化，眞實地反映了撒拉族的歷史族源文化。

　　撒拉族「多依奧依納」的產生，與撒拉族歷史傳說有著密不可分的關係。而關於撒拉族的來源，現在普遍接受的事實是這樣的：中亞撒馬爾罕地方有一對兄弟，哥哥叫尕勒莽，弟弟叫阿合莽。他們在老百姓中很有威望，所以當地國王非常忌恨，便設法迫害。趁尕勒莽兄弟不在的時候，有人偷宰了一頭牛，將牛頭等放在尕勒莽兄弟的房頂上。

　　然後國王派人挨家挨戶地搜查，在尕勒莽的家裏發現牛頭後，就要懲罰他們。但是，有人證明在那頭牛失蹤的時候，尕勒莽兄弟剛好外出講經不在撒馬爾罕。於是國王無可奈何了擬找新的借口。尕勒莽兄弟怕再次遭到迫害，就率領 18 個族人，牽了一峰白駱駝，駄著故鄉的水、土和《古蘭經》，離開了撒馬爾罕向東進發，去尋找新的樂土。

　　他們不辭辛苦，跋山涉水，越過新疆天山伊犁、吐魯番，從西往東進嘉峪關，經甘肅的肅州、甘州、天水、甘谷，進入臨夏又輾轉來到拉卜楞的甘家灘。當尕勒莽兄弟離開故鄉後，又有同族 45 人，沿著他們走過的地方越過新疆天山戈壁沙漠，從南路東進，跨越雪山冰峰，進入青海境內，沿青海湖南岸，進入現今青海的貴德縣境內。他們除了 12 人留在貴德縣園珠溝地區外，其餘 30 多人繼續東進，在拉卜楞的甘家灘與尕勒莽兄弟巧遇，相互祝福「塞倆木」。休養生息之後，他們又繼續向前行進。依次進入循化的夕昌溝，翻過孟達山，來到街子的奧土斯山。這時天色已晚，他們也精疲力竭，便就地休息。夜裏，發現駱駝不見了，便到處尋找駱駝。他們點上火把從一山坡（此山坡撒拉族至今還稱爲「奧土波依那亥」）上下來，找到沙子坡時天亮了。

　　在黎明中，他們回望街子一帶，只見那地勢平衍，森林茂密，草場莽莽，清流縱貫，是個放牧生活的好地方。他們就到那去找水喝，發現有一眼泉水，走失的駱駝在水中化爲白石了。眾人喜出望外，忙拿出帶來的水和土試量，剛好與故鄉的水土相符，大家便決定在此住下來。「現在街子的『駱駝泉』，『駱

駝石』即源於此。駱駝所馱來的 30 本『天經』即《古蘭經》，稱爲撒拉族時代珍藏的傳世之寶。」

中國歷史文獻記載的有關撒拉族的一些情況如次：成書於清代乾隆年間的《循化志》載：「我們（撒拉族）是從哈密來的，住了 361 年⋯⋯」。《甘寧青史略》載：「撒拉族元時有新疆如內地，居河州所屬之循化⋯⋯」，以上記載說明撒拉族途徑新疆的歷史屬實。十四世紀波斯學者拉拖特著《史集》詳細記載了撒拉族的先民撒羅兒淵於烏古斯的四子塔黑汗，而且烏古斯的諸兄第及歸附與他的堂兄，爲畏兀兒、康里、欽宗等古族，說明撒拉族的先民在歷史上與維吾爾族有較密切的聯繫。所有這些全都證明撒拉族是 700 年前從中亞撒馬爾罕遷至青海循化的歷史史實。

而撒拉族流傳至今的「多依奧依納」，就是這一史實的真實寫照與生動描述。可以說，「多依奧依納」是撒拉族悲壯、坎坷而光輝的歷史的重現，也是撒拉族人民彪悍、粗獷、機智和剛直性格的象徵。撒拉人，不論男女老少，幾乎人人都通曉自己民族來源的這段傳說歷史。

經考察，「多依奧依納」在婚禮日由四人進行表演，其中二人翻穿皮襖扮駱駝，一人扮當地蒙古人，一人扮阿訇，阿訇扮者身穿長袍，頭纏白巾，手持拐杖，牽著駱駝。此劇目前半部爲二人對話，一問一答，敘述長途跋涉，尋找樂土，來青海安家的故事。表演多在夜間月光下進行，觀眾圍坐四方，參與對答，景況莊重熱烈。

「多依奧依納」是撒拉族婚禮的一個重要組成部分，它是集對白、獨白、呼應、舞蹈爲一體的綜合藝術形式，演出時間大約 2 小時左右。各地流行的「多依奧依納」各有不同，或繁或簡。舞蹈中的對白內容包含了撒拉族祖先從中亞遷徙至循化途中所經歷的艱難歷程。對白中既有敘事，又有感歎，形式爲一問一答。

舞蹈也是該劇目最有特色的組成部分。開場時，由兩人反穿皮襖扮演駱駝，另外兩個人一個頭戴「達斯達爾」（撒拉語，白頭巾之意）。手牽駱駝，扮演撒拉族的祖先尕勒莽（阿訇），另一人扮本地人（蒙古人）。雖然扮演的駱駝沒有高難度的動作，但是兩個扮演者動作的協調性、熟練性要求恰到好處。

「多依奧依納」的服飾還較多的保留著中亞人的風格特點。舞蹈中尕勒莽的扮演者身著白色長袍，頭纏「達斯達爾」，腳踏短靴；另一位阿訇身穿白

色汗褂，腰繫紅腰帶，外套青夾夾，腳踏短靴，身披一件大紅披風，給人一種莊重、質樸、慈祥之感。這種服飾從頭飾到身著服飾以及腳上的短靴，都完整地體現了中亞一帶撒拉族的先民——撒魯爾人的風格，與今天的撒拉族人的服飾有著很大的差異。在撒拉人看來，這種服飾既是演出服飾，又是生活服裝，令人感到熟悉而親切。「達斯達爾」這一頭飾的特點，從總體上說是受阿拉伯人服飾風格的影響，過去在撒拉族中，只有「阿訇」等上層宗教人士才能佩戴，而今天則已成為普通教民們的重要頭飾，每當人們參加重要的宗教活動時，都要纏上它。」（馬盛德·西北地區回族、撒拉族、維吾爾族民間婚俗舞蹈比較研究（一）〔J〕·西北民族研究·2001（1）：191）

（四）「多依奧依納」的戲劇文本

　　根據循化撒拉族為申報青海省非物質文化遺產代表作的「多依奧依納」申報書描述，「多依奧依納」的第一部分為戲劇對白文本。通過本地人與尕勒莽之間的問答，著重說明撒拉族族源，撒拉族祖先所帶來的物品（《古蘭經》、秤、土、水、提壺等）以及遷徙至青海的目的（傳播伊斯蘭教、安居樂業）。諸如下述：

　　　　本地人：阿訇，你牽的是什麼？

　　　　尕勒莽：我牽的是駱駝……

　　　　本地人：你的這個駱駝從什麼地方來？

　　　　尕勒莽：我的這個駱駝從撒馬爾罕來。

　　　　本地人：你們又是怎樣來的？

　　　　尕勒莽：我們拿著家鄉的水、土和一本《古蘭經》，牽上這峰白駱駝

　　　　　　　　從中亞撒馬爾罕出發，向著太陽升起的東方行走。……

　　文本第二部分為獨白，尕勒莽主要講述他們離開中亞以後，在中亞境內的金札、明札、新疆的吐魯番、甘肅的甘家灘等多地沒有落腳的原因，以及最終定居循化街子的經歷。尕勒莽在講述當中曾有三次停頓，停頓期間眾人異口同聲喊「依得日」（撒拉語，意為「是的」）。此時，尕勒莽放下棍杖，雙手下垂，接著平擡雙手，大拇指頂住耳根，掌心朝前祈禱一遍後，雙手捧起念，「都哇」片刻後抹臉。然後拿棍杖，牽駱駝繞場轉一圈，接著又繼續講述起來。

第三部分亦為對白，內容主要包括白駱駝在撒馬爾罕所吃的食物（饊子、糖包、核桃等）和排泄物（棗）。諸如下述：

> 本地人：我們這裡的大人小孩都沒見過你的這種駱駝，它吃了什麼？
>
> 尕勒莽：我的這峰駱駝吃的是核桃，拉的是棗，媳婦們搶著擦臉哩。
>
> 本地人：它再吃什麼哩？
>
> 尕勒莽：它吃「唔嘶，唔嘶」的饊子哩，「嘎嗨，嘎嗨」的糖包哩。
>
> ……

第四部分為對白兼舞蹈。戲劇文本中扮演的駱駝忽而平躺，四肢伸展，忽而臥地，身體蜷縮成一團；忽而站立，點頭擺尾；忽而跳躍。最後向人群拋撒核桃等食物。如下所述：

> 本地人：你的這個駱駝照有錢漢是怎樣睡哩？
>
> 尕勒莽：腳（哈）伸長著睡哩。
>
> （裝扮的駱駝四肢伸展）
>
> 本地人：窮人怎麼樣著睡哩？
>
> 尕勒莽：四條腿蜷著睡哩。
>
> （裝扮的駱駝將四肢蜷成一團）
>
> 本地人：噢，對了這是窮人凍著哩。
>
> ……

（五）「多依奧依納」演變與現狀

根據循化撒拉族自治縣「多依奧依納」申報書介紹，循化本是蒙古族和藏族的居住地，撒拉族先民於十三世紀前半葉在此地定居並加入本地民族的行列。為保持其宗教信仰及生活習俗，並傳以後人，在婚禮儀式中特將撒拉人舉族東遷的艱辛歷史編成以白駱駝為素材的戲劇形式進行表演。

十六世紀中葉撒拉族在中國的土地上已經形成，「多依奧依納」亦在婚禮場中形成了戲劇樣式的專業表演。孟達地區還形成了專業表演隊伍，應邀到周邊各村莊演出助興，一直延續到民國初期。這一時期可以看作是「多依奧依納」的發展成熟時期。民國後期，循化伊斯蘭教多派別並存，相互間矛盾突出，時有鬥爭突發，加之大批青壯年服役，撒拉族人民的生活、生產日益

落後，導致「多依奧依納」戲劇時有時無，出現了應付性、簡單化的趨勢。

至一九四九年前夕，大部分地區已基本不出演「多依奧依納」了。建國後，為了保留民族傳統文化，50年代、80年代當地文化部門兩次組織人員進行調研和搜集、整理、搶救工作；同時將其以現代舞蹈的形式多次搬上節日舞臺進行表演，有幸保留了部分文字性資料。

從當時的「駱駝樂舞戲」表演人員名單來看：1954年，循化撒拉族自治縣十週年慶祝會「多依奧依那」表演的參加者多為各村村民，且大多為文盲：瞥山白，86歲，農民，文盲，孟達大莊汗平人；阿卜都，78歲，阿文小學，孟達大莊人；亥子爾，81歲，農民，漢文掃盲，孟達木場人；乃比尤，76歲，農民，文盲，孟達鎖通人；白西爾，76歲，農民，文盲，孟達大莊人。

1979年，循化自治縣二十五週年慶祝會排演「多依奧依那」，縣文化館表演隊表演者文化程度有了很大提高，但絕大多數仍非專業團體演員或藝人：韓舍乙斯，65歲，藝人，街子團結村；韓德虎，48歲，文化館幹部，中專；馬衛國，49歲，文化館幹部，高中；馬俊，53歲，文化館幹部，初中；韓建軍，40歲，文化館幹部，中專。

近年來，伴隨著全球「經濟一體化」、「文化多元化」進程，現代娛樂手段如電影、電視、錄像、錄音等逐漸被撒拉族地區民眾接受，使循化撒拉族「多依奧依納」戲劇等傳統文化受到強烈衝擊。現在尋找能夠演出「多依奧依納」的藝人已經是非常困難的事情了。

（六）「多依奧依納」表演內容

這是青海省循化撒拉族自治縣文化館提供的可供排演的「多依奧依納」戲劇文本：

> 開場時，由兩人反穿皮襖扮演駱駝。另外兩個人，一個頭戴「達斯達爾」，手牽駱駝，扮演撒拉族的祖先尕勒莽（即阿訇）；另一人扮本地人（蒙古人），一同邊走邊問：
>
> 本地人：阿訇，你牽的是什麼？
>
> 尕勒莽：我牽的是駱駝。
>
> ……
>
> 本地人：你的這個駱駝從什麼地方來？

尕勒莽：我的這個駱駝從撒馬爾罕來。

本地人：你們又是怎樣來的？

尕勒莽：我們拿上家鄉的水、土和一本《古蘭經》，牽上這峰白駱駝
　　　　從中亞撒馬爾罕出發，向著太陽升起的東方行走。……

本地人：我們這裡的大人小孩都沒見過你的這種駱駝，它吃了什麼？

尕勒莽：我的這峰駱駝吃的是核桃，拉的是棗，媳婦們搶著擦臉哩。

本地人：它再吃什麼哩？

尕勒莽：它吃「�嘶，唗嘶」的饊子哩，「嘎嗨，嘎嗨」的糖包哩。

本地人：我們特別喜歡你的這峰駱駝，你要好好玩一玩，我們這些
　　　　大人小孩看一看，樂一樂。

（尕勒莽牽引的駱駝跳了幾下後，臥倒在地）

本地人：你的這個駱駝照有錢漢是怎樣睡哩？

尕勒莽：腳（哈）伸長者睡哩。

（駱駝四肢伸展）

本地人：窮人怎麼樣者睡哩？

尕勒莽：四條腿蜷著睡哩。

（駱駝把四肢蜷成一團）

本地人：噢，對了，這是窮人凍著哩。

（倏地，駱駝站起來，由尕勒莽牽引轉圈踱步）

本地人：你的這個駱駝從什麼地方來？

尕勒莽：我的這個駱駝從撒馬爾罕來。

本地人：你們又是怎樣來的？

尕勒莽：我們拿上家鄉的水土和一本《古蘭經》，牽上這峰白駱駝從
　　　　中亞撒馬爾罕出發，向著太陽升起的東方行走。走著走著，
　　　　來到一個平原裏，看見眼前有一汪湖水，我們想，這個地
　　　　方里安家時，淘金也能過個生活。於是，我們把所帶的水
　　　　和這裡的湖水在秤盤上試量了一下，可是，稱量不符，我
　　　　們又走了。走著走著，我們來到一片茂密的森林裏，我們

想，這裡安居時，賣木料也能過個日子。我們把土試量時，
土量又不符。我們又繼續往前走。翻過來塘山，走到循化
街子。此時，看到一條河水，河邊有肥沃的平地。我們想，
這裡是個種麥菜的好地方。於是，我們當即卸下《古蘭經》，
並把所帶的水土進行試量，果然不出所料，稱量相等，大
家歡呼蹦跳。眨眼間，駱駝失蹤了，當時，天欲昏暗，我
們那上火把在奧土斯坡上尋找。直到天亮時，在一處有草
的平攤上，看見白駱駝臥地化爲白石，嘴裏噴出一股子水。
我們的心也定了，安居在街子了。

尕勒莽剛說到這裡，裝扮的駱駝迅速揭頭，把早已準備的核桃
撒向人群。

周圍群眾一同喊「亞海西」，駱駝戲也隨之結束。

大夥兒三三兩兩地回家去。

（七）非物質文化遺產代表作申報書

這是循化撒拉族自治縣上報青海省非物質文化遺產代表作申報書中關於
「傳統戲劇——撒拉族『多依奧依納』」的文字簡介：

循化是一個以撒拉族爲主體，青海藏、回、漢多民族聚居地區、歷史悠
久，氣候宜人，物產豐美，人文獨特，文化內涵豐富。700多年前，撒拉族先
民從中亞舉族東遷，牽著駱駝歷經艱辛，最後選擇循化地區作爲繁衍生息之
地，和當地各兄弟民族友好相處，共同創建了循化的歷史文化。

撒拉族有語言沒有文字，全民信仰伊斯蘭教。對這些初來乍到的撒拉先
民，在這樣一個新的陌生的環境中，爲了能夠在這塊土地上生存發展，他們
首先在心理上表現出對異族的文化進行全方位的防範，而千方百計保全自己
民族的母文化的個性特徵。但是在漫長的歷程中，還是不斷地受到了漢藏文
化全方位的滲透，浸染了民間音樂、民間文學、民間習俗和民族語言，但也
實踐證明了撒拉族先民們表現出了確信自己生存、發展而保留了「多依奧依
納」這個戲劇。「多依奧依納」有其形成、發展和逐漸淡化過程。

1、「多依奧依納」戲劇的早期形成過程

循化原本是蒙古族和藏族居住地，撒拉族先民於十三世紀前半葉在今循
化定居，並加入這裡異族行列後，爲保持其宗教信仰及生活習俗，並傳以後

人，與婚禮場面將舉族東遷之艱辛編成以白駱駝爲素材的戲劇進行表演（駱駝一詞在撒拉語稱「多依」以後將婚禮也叫「多依」）。

2、「多依奧依納」戲劇的成熟發展期

十六世紀中葉，撒拉族在中國的土地上已經形成，其「多依奧依納」亦在婚禮場中形成了戲劇式專業表演，孟達地區還形成專業表演隊伍，應邀到周邊各村莊演出助興，一直延續到民國時期。

3、「多依奧依納」戲劇的淡化期

民國時期，循化伊斯蘭教多種派別並存，相互間矛盾突出，時有鬥爭突發。加之，興辦教育和大批青壯年服役，撒拉族人民的生活、生產日益落後，導致「多依奧依納」戲劇始時有時無，有時僅應付性簡單化出現。至一九四九年，大部分地區基本不以演出。

「多依奧依納」是流行於撒拉族地區傳統的民間戲劇，是集對白、獨白、呼應、舞蹈爲一體的綜合藝術形式。由於「多依奧依納」戲劇開始於循化本土的民間文化、發展於縣城黃河沿岸及甘肅、新疆、青海等省的撒拉族地區，它即代表了伊斯蘭教的主流高雅神聖文化，又涵蓋了山鄉村落的邊緣民俗文化。它在特定的環境和文化語境中，成爲包容宗教信仰、文化生活、民俗習慣等各種藝術成分和文化意義的民間戲劇。

「多依奧依納」戲劇中的對白內容，包含了撒拉族祖先從中亞遷徙至循化途中所經歷的艱難歷程。它是反映撒拉族歷史的一本好教材，對白中既有敘事，又有感歎，對白方式爲一問一答。

舞蹈也是該戲劇最有特色的組成部分，雖然扮演的駱駝沒有高難度的動作，但是兩個扮演者動作的協調性、熟練性恰到好處。

「多依奧依納」戲劇主要包括對白、獨白、動作、呼應、舞蹈等，演出時間大約 2 小時左右。由於各地流行的「多依奧依納」戲劇各有所不同或繁或簡，加之外來文化的衝擊，如今撒拉族地區瀕臨已失傳。

「多依奧依納」戲劇的第一部分爲對白。通過本地人與尕勒莽之間的問答，著重說明撒拉族源，撒拉族祖先所帶來的物品（《古蘭經》、秤、土、水、提壺等）及遷徙至中國的目的（傳播伊斯蘭教，安居樂業）；第二部分爲獨白，尕勒莽主要講述他們離開中亞以後，在中亞境內的金札、明札，新疆的吐魯番、甘肅的甘家灘等多地沒有落腳的原因和最終定居循化街子的經歷。尕勒莽在講述當中，曾有三次停頓，停頓期間，眾人一口同聲：「依得日」（是的），

此時，尕勒莽放下棍杖，雙手下垂，接著平擡雙手，大姆指頂住耳根，掌心朝前祈禱一遍後，雙手捧起照面接「都哇」（求眞主護祐）。片刻後，抹臉，拿棍杖牽駱駝，與阿合莽一起繞場轉一圈，接著又繼續講述起來。總之，第二部分爲獨白以外，還兼有動作，呼應等情節。第三部分爲對白，內容主要包括白駱駝在撒瑪爾罕所吃的食物（饊子、糖包、棗等）和排泄物（核桃）；第四部分爲對白兼舞蹈。戲中扮演的駱駝忽而躺平，四肢伸展；忽而臥地，身軀縮成一團；忽而站立，點頭擺尾；忽而跳躍，最後向人群拋撒核桃等食物。

民間藝人韓占祥簡介：

　　韓占祥，男，撒拉族，1942 年 12 月生人。1961 年畢業於西北民族學院。是二十世紀 60 年代撒拉族唯一的一名大學生，畢業後被分配到青海省循化縣工作，一直致力於研究和挖掘撒拉族民族文化。1964 年，在北京舉辦的全國少數民族演唱會上，他代表撒拉族演唱了一首自編的讚美循化新面貌的《新循化》，得到了與會專家和學者的高度評價。1979 年，在全國少數民族歌手、詩人座談會上，韓占祥被推舉代表全體歌手到中南海參加演唱會，他的花兒（西北民歌）演唱受到了黨和國家領導的交口稱讚，在演唱會上被評爲一等獎。被譽爲撒拉族的「花兒王」。

　　文化大革命期間，韓占祥準備編寫反映撒拉族東遷歷史的《駱駝泉》舞劇時，被打成現行反革命，下放到基層接受勞動改造。平反後，他被安排到縣文化館工作，並任館長一職。在此期間，韓占祥潛心挖掘撒拉族音樂歌舞，他創作的 4 個撒拉族節目代表青海省參加全國「烏蘭牧騎」（紅色宣傳隊）文藝調演，拿了 1 個一等獎，2 個二等獎，1 個三等獎。

　　2001 年底，韓占祥從文化館退休後，他對民族文化的責任心一點也沒有減弱。他仍然爲了搶救撒拉族文化，四處奔走呼號，並致力於成立一個「撒拉族民間文藝研究會」。志在把全縣的民間藝人集中起來，將其寶貴的民族優秀文化素材搶救記錄下來。

（碩士生劉羽整理與撰寫）

二、甘肅省保安族民間傳統藝術與戲劇田野調查報告

（2007 年 4 月 25 日～29 日；2008 年 7 月 3 日～10 日）

（一）關於保安族的族源

根據馬少青著《保安族文化形態與古籍文存》以及董克義主編的《積石山風韻》，保安族的族稱來源於原居住地青海省同仁縣隆務河邊的保安城。根據歷史記載、口碑資料、語言特點、生活習俗和有關專家的研究成果，一般認爲是元朝以來一批信仰伊斯蘭教的中亞「色目人」，在青海同仁地區屯墾戍邊，同當地的回、土、藏、漢、蒙古等民族長期交往，自然融合，逐步形成一個民族。早在漢、唐之際，曾先後爲西羌、吐谷渾、吐蕃的屬地。到宋仁宗明道元年（1032），西夏勢力涉及同仁地區。遼、金時期，女眞人勢力也抵達包括同仁地區在內的積石州境域。

公元十三世紀初，成吉思汗西征過程中，將中亞諸國大批被俘的青壯年人編入「探馬赤軍」，將擄掠的大量的手工工匠和有技藝之人發往蒙古軍隨軍服役，或押送後方進行生產。這些人中大部分信仰伊斯蘭教，通稱爲「色目人」。1227 年，成吉思汗率蒙古軍隊消滅了西夏，佔領了包括同仁在內的河州地區。從此同仁一帶成爲兵家過往的交通要道，後來發展爲重鎮和重要邊卡，同時成爲內地與西域貿易的據點。蒙古軍隊的色目人組成的「探馬赤軍」和「各色技術營」的人駐紮在隆務河畔，亦兵亦農。後就地駐紮屯墾，成立家業，成爲保安族的先民。元朝建立以後，元世祖封皇子忙哥剌爲第一代安西王，蒙古軍、探馬赤軍遍佈其轄區。忙哥剌死後，其子阿難答襲安西王位。因阿難答自幼爲穆斯林撫養，遂皈依伊斯蘭教。他承襲王位後，在其領地及所轄蒙古軍中廣泛傳播伊斯蘭教。有大量蒙古人信仰伊斯蘭教，促使蒙古人與原來從中亞諸國東來的伊斯蘭教的色目人更加接近，也由此影響了同仁一帶部分藏族、土族和漢族人，從而促進了這一地區保安族的形成。

明初以來，爲了鞏固邊防，加強對同仁地區的管轄，明廷在積石州設立千戶所與貴德守禦百戶所。這時包括同仁在內的河州一帶落戶就業的蒙古人、色目人仍然居多，原信仰伊斯蘭教的居民則主要居住在隆務河畔的保安城、下莊、尕撒爾等地。後來明廷增加了由各地調來屯戍邊防的大批內地回、漢族等軍士，保安地方的民族成分有所變化，包括以原有色目人後裔爲基礎的回族、蒙古族、藏族、土族等民族在內的各族人民。他們長期的共同生活

中，形成了共同語言，具有了共同心理素質，最終在明朝中葉，自然融合爲一個新的民族共同體——保安族。

保安族人民世世代代居住在隆務河畔，同其它兄弟民族共同開發了這塊土地，同時也建立了兄弟般的民族友誼。但是到了清朝，地方統治者利用同仁地區民族風俗習慣和宗教信仰的不同，不斷挑起民族矛盾，強迫信仰伊斯蘭教的保安人改信喇嘛教。加上因水利灌溉農耕問題經常發生民族糾紛，關係十分緊張。保安人爲了生存，不得不告別美好的家園，在清朝同治年間，輾轉遷徙到今天的甘肅積石山大河家地區。

（二）民間歌謠「花兒」

「歌謠」是民歌和民謠的合稱，是民間文學中可以歌唱和吟頌的韻體文藝形式。它是民眾唱誦的詩，是人類歷史上產生的最早的語言藝術。從原始社會開始，歌謠就一直伴隨著民眾的生活，在其日常勞動中產生，並隨著社會的變化而發展。保安族的民間歌謠內容十分豐富，其中以「花兒」爲主要形式，堪稱是「保安族人民生活的百科全書」，另有宴席曲、打調、小調、酒曲、號子和兒歌，內容獨特，別具一格。

「花兒」，根據郗慧民教授所著的《西北花兒學》考述，是產生和流傳在甘、青、寧、新部分地區的一種以愛情爲主要內容的山歌，是這些地區的少數民族人民用漢語歌唱，其格律和歌唱方式都相當獨特的一種民歌。

保安族的「花兒」屬河州型「花兒」。河州花兒是產生和流傳在甘肅南部、青海東部廣大農業區的一種地域性的民間歌謠。隨著這些地區的人口流動的遷徙，花兒也廣泛地流行到甘、青、寧、新等廣大西北地區。生活在這裡的漢、回、東鄉、撒拉、保安、裕固、土、藏等各種群眾，喜歡以這種方式表達自己的情感。

河州花兒主要以河州方言演唱，其格式奇特，句型、旋律簡短固定，主要表達愛情內容。它有四句體、三句體、兩句體，形成「花兒體」。人們稱其爲大西北民族情歌。其音調高昂、遼闊、蒼涼、婉轉，十分動聽。保安族花兒同河州花兒的格式大體一樣，演唱時襯詞中多使用保安語，但它與其他演唱同類型「花兒」的民族——回族、東鄉族、撒拉族等相比又有著明顯特徵和民族性。保安族「花兒」除了上述具備的共同特點之外，主要有如下兩個方面的顯著特點：

一是保安族「花兒」以其聲調和襯詞突出，故此稱其爲「保安令」，主要有「大眼睛令」、「拔青禾令」、「哎西千散令」、「六六二三令」等。保安族的「花兒」運用的主詞是通俗而口語化的河州漢語方言。襯詞襯句卻使用了本民族語和撒拉語、藏語等其他民族的語言詞彙。例如，在歌唱中，使用撒拉語的語氣詞「哎西」，「得本西」爲起音或中間連結詞。而保安語「尕尕尼麥日燕」（意爲阿哥的麥日燕，麥日燕爲假設的一女人名字）、「那物勒槓」、「穆尼吾日岡」（意爲我的嫂子）、「哎西勒靠」（遺憾、後悔）等置於「花兒」曲調中間或結尾。

二是保安族的「花兒」──「保安令」，主調音域寬廣、曲調高亢、唱法粗獷奔放，散發著優美的山野氣息，受蒙古族、藏族民歌影響而形成獨特的風格。

保安族花兒深刻地反映著保安族人民的喜怒哀樂，反映著該民族歷史發展中的種種經歷，體現了保安民族的特性。保安族花兒中絕大多數是表現保安族人民愛情生活的內容，即「花兒」的主體是情歌，如：「核桃樹開花的人沒見，綠核桃咋這麼大了？我倆人好的沒人見，名聲兒咋這麼大了？」這類「花兒」產生、流傳的時間長。充滿激情，藝術水平高超，是「花兒」中最精彩、最動人、最豐富、最有價值的部分，是「花兒」中的精品。「花兒」是人民群眾的心聲，花兒唱詞是他們從自己生活體驗中提煉出來的，最能反映他們的生活情形。所以，保安族花兒在表達愛情中，同時也反映著保安族的歷史：「天上的星宿星對星，腳戶哥看下的三星；保安城紮的是營武人，連麩面吃下的難辛」；保安族人民的生活環境和自然環境：「背背裏背的糞背斗，叉叉哈撈的者後頭，見了尕妹沒給頭尕手裏戳了把大豆；保安的城是四四方，金盆吧養魚的地方；多人的夥夥裏我孽障，離開了個家的地方」，反映著保安族人民的生產勞動、宗教信仰、風俗習慣，包括服飾、飲食、居住、節日、禁忌等各種民俗特徵，以及婚姻、家庭等：「慣了五貝子染了個烏多多黑，丹造礬，離不來是由不下我了；不開青州的紫魁，喊一聲胡達下一個跑，繞我的罪，舍不哈陰間的妹妹；罐罐的茶哈喝慣了，黃煙哈吃成了癮了，我你的大門上個」。

同時「花兒」也反映保安族的文學、倫理道德、價值觀念：「綠絨的蓋頭誰織了，阿一個染坊裏染了；這一趟見了者變臉了，阿一個壞良心挑了」，以及反映他們在舊社會的苦難生活、新時代的幸福和對共產黨的歌頌：「高不過

藍天深不過海，好不過毛澤東時代，幸福的大道共產黨開；保安人，放開個
腳步了走來；胡麻開花藍上藍，天上的鴿子瓦藍，如今活人難上難，右難上
加的左難」。在所有這些「花兒」唱詞中，有的反映並展示著保安族歷史背景
和發展軌跡；有的反映並展示著保安族人民居住地的風貌和民俗。

　　因此，保安族的花兒具有印證民族發展的歷史的史詩性質。對此，西北
民族大學郗慧民教授在《西北花兒學》中曾作了如下精彩的論述：

　　　　似乎整個愛情生活都是在一種極其險惡的情勢下進行的，面對
　　著深刻而尖銳的矛盾，充滿激情的和不顧一切地去愛，去思念。充
　　分體現出生活在西北高原的少數民族的共同精神面貌和性格特點，
　　它是一種雄奇、剽悍、粗獷和帶有悲壯氣氛的精神。而這種精神是
　　西北高原的特殊的自然環境，經濟生活，政治情勢和文化傳統的湯
　　水裏浸泡出來的，反映了這樣的精神，也就反映了這樣的社會面貌。

可見，保安族的花兒無論是何種類型的感情，它們總表現得那麼大膽、直截
了當和撼人心扉。他們在抒發感情的濃烈性主要表現在感情的真摯，方式的
直露，格調的粗獷，氣勢的宏大和色彩的濃烈。所以說保安族人們扯著嗓子
喊出的花兒，是內心的坦露和真情的表白。

　　由於「花兒」的令曲不同，詞句的結構和字數也各有不同。保安「花兒」
大部分是四句和六句式的，結構上大同小異。最有名的四句式「花兒」《小嘴
一抿（者）笑了》：「三月的桃杏花紅了，喜鵲兒登枝（者）叫了；路頭路尾
上碰見了，小嘴一抿（者）笑了。」這首四句式「花兒」，屬於「興體結構」。
所謂興體結構，根據郝蘇民主編的《西北民族歌謠學》，是指用「從屬」的景
物把「主旨」的情意引出來的構思方式。在這首四句式「花兒」中，前兩句
起興，後兩句為本意，寫得生動含蓄，耐人尋味。屬於這類構思方式的作品
數量很多，但其構思模式主要只側重於形式的和內容的兩類，這首是側重於
內容的興體構思作品。

　　保安花兒一般用漢語演唱，有時詞中出現保安語、藏語等，這與該民族
的生活環境以及歷史有關。因為「河州型花兒」主要是河湟一帶回、東鄉、
保安和撒拉等民族創作和演唱的，加之各民族的所居住的地理環境，歷史傳
說有許多相似之處，故用「花兒」表達情意的方式也很相似，甚至相互揉雜，
很難區分。如果單獨提出「保安族花兒」就不是很科學了，而應將其納入到
整個河州型花兒中去理解。不過應該一提的是，保安族人雖然都會唱或編「花

兒」，但是有規矩，就是「花兒」只能在山中野外唱，不准在村裏或家裏唱，更不准在長輩面前隨意吟唱。有一首「花兒」告訴人們：「花椒樹上不要上，上去時口剝札哩！莊子裏到了不要唱，你唱時老漢們打哩！」

（三）民歌「宴席曲」

「宴席曲」作為河湟地區各民族人民婚禮宴席慶典中演唱的一種的民歌，是與俗稱「野曲」的花兒相對應，專在庭院或村莊內演唱的「家歌」。保安族的「宴席曲」吸收融彙了回族、東鄉、撒拉等民族宴席曲的精華，集歌舞說唱為一體，內容豐富，尤以伴舞而顯其妙。宴席曲大致可分為散曲、敘事曲，說唱曲等。是在娶親的日子裏唱的曲，歌詞動聽，曲調優美，歡快明朗，節奏性強，演唱時邊舞邊唱，內容幾乎涉及生活的各個方面，是保安族說唱藝術中的一個主要形式。

保安族的宴席曲有《恭喜曲》、《十勸人心》、《沒奈何》、《出嫁歌》等曲目，其中最有名的最具特色的是《出嫁歌》：

> 啊！我的父母喲！從今日起我在人家的門上活塵土式的人哩。
> 我祝願你們活得舒服，每晚睡個好瞌睡。感謝你們對我一生的撫育和操心。從今日起，放下了你們的一片心。你們受了人家的白銀子，受了人家的肉份子，卸下了對女兒的重擔子。我生長在家裏，廚房裏跑了千千遍，為你二老侍候了萬萬遍。今日我朦打胡塗的出門哩，我的心就不安穩啊！我心裏害怕得很，難過得很啊！我的父母喲！

> 噢！媒人，我的媒人噢。你憑著你的麻雀嘴，當了我的催命鬼！你當媒人想穿鞋，花言巧語能把鴉鵲關得來。你當媒人想吃油饃饃，你就把兩家的大人關得團樂樂。你當媒人想吃肉，山上的野兔你也能哄上了走。我的媒人喲，你就像枯樹上的黑烏鴉，攪得我頗煩不安穩呀。哎！壞了良心的媒人喲！噢！我的媒人，你千萬不要壞良心了！

《出嫁歌》是用保安話演唱的歌謠，表達保安族婦女的哀怨之情。在封建時代，婦女們憑父母之命，媒妁之言，沒有婚姻自由，就又哭又說又罵。久而久之，演唱者們便把它們東拼西湊，編創成完整的作品。隨著社會的發展，婚姻制度的變化及婦女地位的提高，這種以哭腔說唱的曲調逐漸消失，偶而由宴席曲的表演者所演唱，其目的也是為了娛樂而已。

「宴席曲」的演唱由原來的一人，後來增加爲幾十人，形成對唱問答式，或一人領唱眾人相和；或眾人唱一人舞蹈，是唱和舞相結合的表演藝術。宴席曲沒有打擊樂，也沒有道具，但這種清唱伴舞，不受嚴格的節奏約束。舞蹈的動作和造型也隨唱詞而變化。曲調也是一詞多曲或一曲多詞，沒有嚴格固定的程序。因有長短句，歌詞造成曲式結構上音節的不足，常用「呀、哈、者」等虛詞來襯托和補充。有些演唱者還借引「花兒」中的折斷式來擴展和補充原曲調，把「花兒」和「宴席曲」融爲一體，更使民族風格、地方特色趨於濃鬱而強烈。但這類「宴席曲」的歌詞和「花兒」截然不同，曲調也不一樣。大家邊說邊唱，邊舞蹈，直至嬉鬧盡興而散。通過這些表演，表達著對美好生活的讚賞與嚮往，體現著保安族特有的情感與審美價值。

（四）說唱藝術「打調」

「打調」又名「打攪」，是廣泛流傳在甘肅河州回、保安、東鄉、撒拉等民族中的說唱藝術，更是保安族人民喜聞樂見的一種說唱形式。其特點是語言幽默、表演滑稽、插科打諢、引人發笑。打調的曲文結構由三部分組成，即「起頭語」、「正文」、「結尾語」。起頭語起著一種承上啓下起韻的作用，如「你唱個曲子我打個調，不打個調是不熱鬧」。正文敘述故事或即興創作，結尾眾和。它和宴席曲不同，打調以說閒話，惹笑話，插科打諢，滑稽逗趣的藝術形式，反映保安族的生活經歷和情趣。如有名的打調《奴家院子裏說麻來》唱道：

> 哎喲——芽芽兒有呀樹葉青，我實心給東家（嘛）長精神；一年三百的六十天，我十指（啦）掙來口踏算；肋巴的頭頭（哈）當算盤，算過一天（者）少一天；算哩嘛算哩到眼前，油缸們倒的（哈）我沒管；忙忙的吃了些尕撒飯，撒飯裏的洋芋團圓咽；連手們喊個地動彈，我撇過筷子（者）撂過碗；葡萄花的大花碗摔了個爛，我的尕媳婦嚼了個「死不要臉」；尕媳婦嚼的（哈）我沒管，尕羅體一穿了我彈展；大步（啦）跑了小步彈，連手們跑過不見面；大路上不走了小路上趄，奴家（們）追下了一身汗；連喊了三聲的嘔嘍嘍，東家的大門上走一走。

這是一段用漢語演唱的保安族打調。由於各民族掌握漢語的程度不同，再加之本民族語言發音上的特點，使打調「名同形不同，詞同音不同」。其演唱風格各有千秋，唱腔、唱本也發生一定變化，形成各民族特殊的打調。

據調查，打調的曲目非常豐富，內容涉及到生產生活的各個方面，並以短小精悍、一事一曲爲主體。王沛在《河洲說唱藝術》中把曲目按內容分爲四類，概括的十分科學。它們分別是「宴席類」、「譏諷類」、「逗趣類」和「新編打調」。保安族的打調主要在婚宴上，日常生活的即興演唱也比較多。相比較而言，漢族的打調主要在秧歌表演中的「折子戲」前，或兩個「折子戲」中間進行，一爲助興，二爲節省時間。

（五）俚曲「小調」

「小調」，又稱小曲、俚曲、市俗小令、俗曲等，是一種廣泛流傳於城鎮集市，經過較多藝術加工，民歌體裁曲體較爲均衡，節奏規整，曲調細膩委婉。少數民族地區的短長篇抒情小曲、敘事歌曲中有許多小調。小調在保安族人民中十分流行。一般在新年或喜慶的日子裏演唱，男女老少均樂於接受。小調有悲哀的，有控訴封建社教的，也有明快的，節奏感強的，以及歌頌新社會和男女老少的。保安族的有名的小調有《四季青》：

> 春季裏什麼花兒香呀？牡丹花開園中香，花紅柳綠天晴日又
> 暖，小妹妹同哥去散心。年齡才十八，我的大眼睛，哥哥把妹妹領
> 上了行。夏季裏什麼水兒清？山泉的流水四季青，花紅柳綠油菜花
> 兒俊，小妹妹同哥去散心。年齡才十八，我的牡丹花，哥哥把妹妹
> 不忘下。

這首小調名曲，在結構體式和藝術手段方面，採用了多段體分節歌的陳述方式，將抒情性與敘事性融爲一體，在總體上獲得了一種敘詠兼顧的體裁屬性。給人以嚮往美好生活的，振奮人心的力量，讓人聽起來輕鬆活潑，跳動感極強。它是保安族人民文學藝術思維邏輯、思維方式的反映。它具有普遍性和簡潔性，深刻而典型地揭示了獨具特色民族性。

（六）傳統「戲劇」

「戲劇」是由演員扮演角色，運用多種藝術手段，當眾表演故事情節，顯示情境的一種綜合表演藝術。戲劇文學不像敘事文學那樣，在塑造人物時可以由作者出面描寫或者敘述，將主要人物的語言即對話反映人物形象。戲劇文學的代言體對話在要求高度個性化的同時，還必須精練含蓄，發人深思，要在有限的有聲臺詞後面，潛藏著無聲的「潛臺詞」。因爲戲劇是一門綜合藝術，它的表現手段是多方面的，其中語言造型是創造戲劇人物形象的一種重

要表現手段，同時也具備有音樂、舞蹈、化妝、服裝、道具等。戲劇包括歌劇、話劇、戲曲、舞劇和詩劇以及新近出現的電視劇等。

保安族的戲劇文學是在保安族書面文學基礎上而發展起來。保安族書面文學的起步比較晚，可追溯從 1958 年的「大躍進」時提倡全民寫詩，歌唱「三面紅旗」，唱「花兒」運動開始的。黨的十一屆三中全會以後，在有關文化部門的扶持下，保安族的文學創作有了新的開端，文學創作的新人逐漸成長起來，文藝體裁也隨之多種多樣，戲劇體裁也相繼出現。

保安族著名作家馬少青於 1976 年創作獨幕說唱劇《索非亞上大學》，反映一名農村保安族姑娘上大學的故事。因為時代的背景，這部作品明顯有受「文革」中文藝創作的典型人物「高、大、全」的影響。這個獨幕說唱劇曾參加了甘肅省臨夏回族自治州的會演。

《桑摩爾》是馬少青和郭正清合作編創的一部五幕花兒舞劇，是發表在省級刊物的保安族的第一部戲劇作品。劇情是以保安族青年尕拉孜和藏族姑娘卓瑪的愛情為主線展開的，反映的是保安族從青海遷徙到甘肅積石山大河家的歷史情況。作品以藝術的手法體現歷史事實，揭露了封建統治者的罪行，歌頌了民族團結。作為保安族代表性戲劇作品，《桑摩爾》無疑在保安族文藝創作史上佔有非常重要的地位。

保安族的戲劇具有明顯的民間藝術特色，反映了保安族特有的經濟、文化、歷史和地理狀況。由於廣大民眾審美情趣和欣賞習慣不同，不同特色和風格的民間戲劇各有自己旺盛的生命力。正因如此，我們對待民間戲劇的態度應該是確切地把握它們各自的特點和風格，重視它們各自的藝術傳統、革新創造以及藝術個性。使它們在優秀傳統的基礎上，更加在現代化進程中，符合人們的審美情趣，不斷隨著時代向前發展。如今在保護非物質文化遺產的熱潮中，各地的民間戲劇也列入了搶救、保護的範圍，受到了國家和人民的重視，這的確是一筆非常珍貴的文化財富，對民族戲劇的保護具有全國和世界意義。

（七）保安族民間田野調查記錄（一）

在李強導師的指導與安排下，陝西師範大學文學院中國少數民族語言文學專業的幾位同學選擇了對西北地區人口較少的五個民族的課題研究。我的重點是對保安族傳統文化的調查研究。經過精心的準備工作後，我與同學權

薇二人於 2007 年 4 月 25 日至 4 月 29 日首次奔赴積石山保安族東鄉族撒拉族自治縣進行四天的採風活動。

這次採風活動的主要目的是結合書面資料實地瞭解保安族，對保安族的民間文學資料進行較爲全面的搜集與整理，尤其是對「花兒」的演唱進行親身的體驗。抱著這樣的目的，我們於 4 月 24 晚從西安出發，次日清晨到達甘肅省會蘭州市。在蘭州，我們帶著陝西師範大學文學院的介紹信進入了西北民族大學的圖書館，飽覽了裏面各種與少數民族相關的書籍，並完成了導師分配給我們的對一些相關書籍目錄的摘錄以及與我們研究的資料相關內容的複印。在西北民族大學，看著那些民族風格的建築，看著那些來自民族地區的大學生的服飾，我生平第一次感受到了濃鬱的民族文化氣氛。

爲了獲取更多的信息（或者說我們不想因爲遺漏一點點信息而留下遺憾），我們於下午又趕赴到了甘肅省圖書館，在特有民族館內再度進行相關信息的蒐集。

26 日，我們坐上去積石山縣的汽車到達了縣委宣傳部和文化部。在有關人員的熱情接待與介紹下，我們很快就與和自己課題相關民族的地方文化部取得了聯繫，便馬不停蹄地奔向各自的民族地區。中午一時左右，我就到達了保安族聚居的地方大河家，與文化部介紹的保安族青年詩人馬學武取得了聯繫。在馬學武的陪同下，我們首先親臨了保安族的積石山雄關，親眼目睹了這塊自秦漢以來的軍事要地，眞不虧是「一夫當關，萬夫莫開」，並深切體會到了保安族的先民在歷經青海隆務河到達甘肅積石山的萬般艱辛。

四時許，我們到達馬學武工作的大河家發電廠，發電廠就在奔騰不息的黃河上。爲了減輕一天的坐車勞累，馬學武特意請來了保安族年輕的「花兒」歌手，在發電廠的場院裏進行演唱。這位頗爲帥氣的小夥子用保安語清唱了一首「保安令」，還用漢語唱了在保安族流行的愛情「花兒」：「櫻桃好吃樹難栽，葡萄樹要搭個架哩；心裏有話口難開，「花兒」要答個話哩。」之後，又有幾位姑娘在廠裏的另一邊對唱：「白牡丹白著耀人哩，紅牡丹紅著破哩；尕妹的跟前有人哩，沒人時陪你坐哩。」廠裏只要是會唱的，不論是保安族、土族、撒拉族還是漢族都一一展示了各自的風采。我眞的好像是走進了民間藝術花海裏，盡情享受著花兒的魅力。這裡的人們眞的是生活得如此般的灑脫、豪放與不拘束。

27 日一清早，我就被廣播裏一曲清清爽爽的伊斯蘭教禮拜曲叫醒了。來

不及吃早飯便匆匆朝聲音的發源地——清眞寺趕去。這是大河家最大的一座
清眞寺。從先前所搜集的資料中知道，大河家清眞寺創建時間很早，很有特
色。帶著一種要看到清眞寺的激動與好奇，我便急匆匆地走進這座清眞寺的
大院，不料被其中的幾位穆斯林阻擋住，理由是清眞寺不得女子入內，我這
才想起之前看到過的許多資料中有關這方面的知識。只好在大院內欣賞這座
宏偉壯麗的清眞寺的外觀。等到他們禮拜完後，才在馬學武的介紹下，見到
了這座清眞寺的阿訇。這是一位年輕、精幹、有氣派、思想開放的神職人員。
他熱情地接待了我們，並領著我們進入清眞寺禮拜堂內，踏著具有民族風味
的地毯，親眼看到了堂內華麗的伊斯蘭裝飾與雕塑。這位阿訇向我們介紹了
室內的各種圖案所代表的意思以及做禮拜時的前後的過程。終於了結了我心
儀已久的參觀考察清眞寺的夙願。

　　距離清眞寺不遠的地方是大河家的一所學校。瞭解西北地區各民族學生
的學習情況也是這次採風的一大目標。這是一所初級中學學校，初一至初三
共有一千多名學生，比我想像的學校要大得多。當問及爲什麼有如此多的學
生時，一位老師的回答是：幾乎周圍幾十里以外的學生都在這裡上學，遠處
的學生都是住宿制。學生學習的內容基本上是國家規定的義務教育制的課程
內容，也開設一些阿拉伯語課程，爲了滿足這裡的信仰伊斯蘭教的少數民族
的需求。學校不收取任何費用，完全的義務教育。這讓我先前還提心弔膽的
心理得到了極大得放鬆與寬慰。在學校停留到放學之後，便和附近的幾位學
生相跟著走出校園，這些學生因爲離家近，便可以晚上回家住宿。因爲放學
時天還很亮，我問他們回家會做些什麼，回答是做禮拜。那些不回家住宿的
同學在學校裏有老師統一安排進行禮拜。回家的男學生晚上在教堂裏禮拜，
女學生在家裏和母親一起禮拜。

　　最後一天的安排是對馬少青先生的專訪。到了大河家以後，馬學武進行
了積極的聯繫，但不巧的是馬少青先生去了北京參加會議。遺憾歸遺憾，但
我們還是懷著對這位保安族土生土長的民族優秀作家的敬仰，在馬學武的引
領下，前去參觀了馬少青先生的保安老家。

　　馬少青先生的出生地就在大河家的保安山莊。保安山莊的整體構建是戶
與戶的房屋屋頂相連，這種居住形式，在董克義的《保安族民居》中，是這
樣解釋的：「保安族生活在戰亂環境中，爲了保護自己，相互團結，共同禦敵
而形成的。」關於這個建築特點，馬少青先生在他自己的一篇散文《隆務河

緬懷》（馬少青《積石山的路》甘肅人民出版社，1999年版，第29頁）中十分生動的描述：

> 小時候我吃完飯要找小朋友玩，不用走街穿巷，只要上了自家的屋頂就可以任意走到任何一家的屋頂，站在屋頂朝院子一喊，小朋友蹬蹬爬上梯子上屋頂了。那時候屋頂是我們最好的走處。鄰居之間有什麼事情也是往來於屋頂。說實話，這屋頂像是用白色的氈連結起來的，好看，好玩。站在這裡可以遠眺四面景色，仰望星光燦爛，俯視家家戶戶發生的趣事，其中的樂趣難以言表。

到了馬少青先生家，第一印象是寬敞的庭院。這是一座獨院，據馬學武介紹，是國家專門給五十五個少數民族中最具影響力的民族作家蓋建的。馬少青先生是保安族的代表作家。進入坐北朝南的堂屋，便是傳統的具有保安族特色的土木結構房屋。屋內寬敞明亮，古香古色。整座房屋由三間組成，一門兩窗。堂屋的正中間置放一張八仙桌子，牆上略靠左邊的是馬少青先生的一些舊時照片。堂屋內兩邊出簷的地方建兩個土炕，保安族人喜歡睡熱炕。炕上全鋪毛氈，被子擺放整齊（馬少青先生工作在蘭州，家裏暫且有親戚看家）。炕牆的周圍安裝板子，掛著炕圍，炕上還有炕櫃和板箱，裏面放衣服和雜物。保安族的堂屋一般是供老人居住，老人去世後，如果家中房屋寬餘就不住人，專門接待客人或請阿訇念經時使用。堂屋的東西面是廂房，由看家的親戚暫且居住。我們到來時，這位親戚非常熱情地接待了我們，並端上了保安族人最喜歡吃的油香、甜面餅子、饊子、羅鍋，還有他們自己種的西紅柿。

雖說沒能見上馬少青先生，但是先生的文學創作之路與成就，不得不讓我再次感慨和景仰。他是積石山縣大河家保安三莊腳踏實地一步一個腳印走出來的文學佼佼者，是保安族民族的優秀的作家。現就其文學創作做一介紹，以表示對這位著名保安族作家的崇敬。

1982年他發表散文《隆務河緬懷》，追溯保安族的族源，對保安族的先民表示懷念。1985年開始發表第一部小說《保安腰刀和蛋皮核桃》，描述改革開放以來濃鬱的民族特色。1986年發表小說《艾布的房子》，以質樸無華的風格、通俗上口的語言於1990年榮獲第三屆全國少數民族文學獎特別獎，並於1993年再度榮獲甘肅省首屆「敦煌文學特別獎」。在此期間，馬少青與郭正清合作，在深入研究保安族社會歷史的基礎上，創作了反映保安族生活的第一部五幕

歷史花兒劇《桑摩爾》，以藝術手法再現保安族歷史事實，在保安族戲劇史上佔有重要地位。1989 年他編寫了民族知識叢書《保安族》，從民族的淵源、社會經濟、文化藝術和民族風情等方面進行深入淺出地介紹，並且論述了我國特有的保安族的形成及其發展歷史和獨特的風俗習慣，具有一定的可讀性、史料性和準確性。同時，由他撰寫解說詞，甘肅省黃土地電視製作中心拍攝地大型民俗片《中國保安族》是迄今爲止第一部較爲全面系統介紹保安族的電視藝術片。1991 年馬少青發表《祖父》，榮獲甘肅省青年文學獎。1992 年發表小說《馬六》。1996 年發表小說《關懷》。1999 年甘肅人民出版社發行了他的《積石山的路》，這部作品集凝結了馬少青多年來的心血，收入了前面提到過的小說、散文、隨筆和花兒劇。2000 年，他獨立承擔並完成了國家民委全國少數民族古籍整理資助項目——《保安族文化形態與古籍文存》一書的編纂工作，這本書全方位、多角度地剖析了保安族特有的文化形態，是一本融學術性、史料性和系統性爲一體的優秀學術專著。

離開馬少青先生的老家後，我們去參觀了馬占鰲的「拱北」宗教建築。馬占鰲曾經是大河家清眞寺的阿訇，在清朝同治年間於西鄉舉起反清大旗，在西北發動了大規模的反清運動。但是在反清運動正在取得節節勝利的時候，馬占鰲卻提出乘勝降清的主張，投降了左宗棠，成了清王朝統治者鎭壓人民的工具。去了拱北之後，我們還去了積石山縣的幾個古蹟和名勝。

這次採風就要結束時，有必要對馬學武做一介紹。他是保安族詩人，剛剛崛起的文學新秀，曾寫過《保安腰刀遐邇名》，被收錄在董克義主編的《積石山風韻》裏，另外還有組詩《最美麗的記憶》。陪我們進行完這次的採風活動後，他將乘飛機赴上海參加國家舉辦的少數民族文學研討會。我們就像一個小麻袋，裝滿了保安族的方方面面資料，結束了爲期四天的採風活動。

(八) 保安族民間田野調查記錄（二）

2008 年 7 月 3 日至 7 月 10 日，我和權薇一行再次踏上積石山縣的美麗土壤。這次田野調查的目的主要是對先前資料的再深入和再補充，並爲各自的碩士學位畢業論文做出準備。我們在西北民族大學和甘肅省圖書館查了兩天的資料，對自己所選課題方面的資料進行看大面積的搜集與整理。

我們先是去了臨夏自治州，與自治州的文化局進行了聯繫。我們在文化局見到了《河州》雜誌的（東鄉族）副總編馬志勇，在馬志勇的介紹下，我們與

自治州的文化館取得了聯繫，在文化館，我們找到了自己最想得到的資料：我終於找到了馬少青的《積石山的路》，以及農民作家綻繡義的小說《麻拉巴過節》，這部小說就被收集在《臨夏短篇小說精選》中。隨後我們又重返積石山大河家，與一年前的朋友再見面，並深入到其他村莊並對文物遺存進行細緻考察。

我們獲取的關於文獻方面的資料有《保安族社會歷史調查》，這是保安族現存的最早文獻，是建國初期，由國家有關部門幹部、學者組成調查組，實地訪問保安人民而進行整理的。它以第一手資料反映了保安族的形成與發展歷史、遷徙情況和建國後這個民族的生產、生活狀況，史料價值非常高。其中的《關於保安族語言的調查》、《保安族歷史概述》、《青海省同仁縣年都乎等地區的歷史調查材料》、《青海省同仁縣保安地區的歷史調查》等四篇資料，從保安族的語言、宗教信仰和生活環境、生活狀況等各個方面，全面分析了保安族的形成歷史、民族成分和遷徙原因；《保安族人民和各族人民的友誼》的調查，反映了保安族同其他兄弟民族的民族關係狀況；《保安族的生活習俗》調查，雖然篇幅不多，但對保安族的社會關係、家庭關係及婚嫁、喪葬、服飾、民俗等及甘肅臨夏大河家地區的文藝活動有較為全面的反映；還有《甘肅臨夏大河家地區高趙李家村社會經濟調查》、《甘肅臨夏大河家地區幹河灘村冶鐵生產的調查》、《保安族商業活動情況調查》、《甘肅臨夏大河家地區高趙李家村冶鐵手工業的調查》等四篇資料，全面反映了保安族生產力、生產方式和經濟生活情況和保安族內部階級關係；《保安族的解放》、《保安族地區的土地改革運動情況調查》、《保安族地區的農業合作化運動情況調查》、《解放後大河家地區小學教育狀況調查》等，則全面反映了建國後保安族歷次社會改革中的情況，有非常高的史料價值。

在大河家，我們專門參觀了保安族的文物遺存，即積石關禁伐林木告示碑，於光緒八年（公元 1882 年）所立。此碑圓頂無座，長 104.5 釐米，寬 76.5釐米，下邊有榫，長 14 釐米。高石碑附近為保安族居住區域，立此碑禁伐積石關附近林木，這項規定直接針對保安族人民的生產、生活。「積石關禁伐林木告示碑」對研究保安族遷徙大河家時期的經濟、文化生活狀況，有重要的史料價值。

（碩士生裴亞蘭整理撰寫）

三、湖北、廣西土家族、苗族、壯族、京族戲劇考察報告

（2007 年 7 月 11 日～22 日）

（一）鄂西地區民族樂舞戲劇

2007 年 7 月 11 日我們登上從西安開往湖北的列車，12 日早上到達武漢，稍作停留，就搭乘前往湖北省恩施土家族苗族自治州的汽車，於 13 日淩晨到達目的地，當天即開展了調查活動。分別走訪了恩施土家族苗族自治州圖書館，湖北民族學院圖書館，以及恩施州文化體育局、文化宮，並且有幸參加了恩施州舉辦的民族音樂歌舞比賽，參賽選手全部是土家族或苗族人。在此活動中，讓我們領略到了少數民族人民在歌唱以及舞蹈方面與生俱來的才能，以及豐富的奔放而細膩的文化藝術氣質。

於 14 日的下午 2 時開始，我們與文化體育局文化科科長何起群進行了座談，座談的主要內容包括土家族，苗族的傳統戲劇，也稱民族地方戲，例如南劇、燈戲、毛古斯以及它們的歷史和之間的關係。他認為恩施的燈戲，是由四川傳來，又稱「燈調」，受到南劇的影響。「南劇」，因為恩施過去叫做施南洲而得名，南戲與燈戲混在一臺演出叫做「風絞雪」。

他告訴我們，在來鳳的河東一帶，有很多的老人說土家語，恩施與宣恩還有一些業餘燈戲班子，在解放前，除了恩施的巴東，其他幾個縣都有南戲。還有恩施州的傳統文化活動，例如「耍耍」，包括「文耍耍」和「武耍耍」。「文耍耍」以唱為主，主要流行於恩施市，「武耍耍」以跳為主，主要流行於宣恩一帶。「耍耍」也是湖北省審報非物質文化遺產的項目之一。

另外，我們還瞭解到了一些當地民間藝人的情況，其中最富盛名的是民間老藝人彭長松，以及恩施市文化部門提供的非物質文化遺產申報的資料。下面是這次所獲得的一些申請非物質文化遺產的一些民族劇種的信息，在這裡做一簡單的梳理：

1、鶴峰柳子戲

此為以「柳子戲」冠名的地方戲曲，全國好幾個省市都有，但其形式和風格均不同於鶴峰柳子戲。鶴峰柳子戲，又名「楊花柳」，是恩施土家族苗族自治州五大地方劇種之一。據《長樂縣志》載「演戲多唱楊花柳戲，其音節出於四川梁山縣。」清代詩人田泰斗《竹枝詞》云：「一夜元宵花鼓鬧，楊花

柳曲四川腔。」以及容美土司田舜年《容陽世述錄》載：「冶大雄與田旻如為看楊花柳結怨。」可見，鶴峰柳子戲是土司末期從四川梁山一帶傳入的民間地方戲曲。

鶴峰柳子戲，主要流傳於鶴峰走馬、五里、鐵爐一帶，以及湖南省的石門縣、張家界市的部分地區。鶴峰柳子戲是研究土家族地區與漢文化交流的重要實物資料，是中華民族戲劇寶庫中僅存的「土司劇種」。其獨特的戲劇音樂具有重要研究價值，對研究中國少數民族地區戲劇文化具有不可替代的作用。

1980 年，鶴峰成立了業餘柳子戲劇團；1983 年，該團參加了全國「烏蘭牧騎文藝匯演」，首次將鶴峰柳子戲搬上了文藝大雅之堂，當時的中國戲劇家協會有一位副主席寫詩稱讚鶴峰的演出：「盛會土家富土氣，民族特色數鶴峰」。1984 年，走馬柳子戲劇團專程赴恩施州參加接待中央首長的文藝彙報演出，演職人員受到了時任中央總書記胡耀邦同志的親切接見。

2、鶴峰儺願戲

儺戲，是一種古老的文化事象，被稱之為人文學科的稀世「活化石」。儺戲在鶴峰被稱為「儺願戲」，是一種以還願為依託，以儺壇為載體，以祭儀出現的一種地方戲曲藝術。鶴峰儺願戲自開壇、啟教、傳承至今至少已有三百多年歷史。

有文字記載，鶴峰最早的儺祭活動，在容美田氏土司時期。最早見於文字記載的儺願戲，可參見明代天啟年間容美土司田信夫的詩《澧陽口號》或《田氏一家言》：「山鬼參差迭歌裏，家家羅幫載身魔。夜深響徹鳴鳴號，爭說鄰家唱大儺。」自此詩中可以看出當時儺願戲在鶴峰之盛行。

鶴峰儺願戲有一套完整的祭儀，民間稱之為「24 戲」，亦稱 24 堂法事，其中包括：《發功曹》、《白旗掃臺》、《請神》、《修造》、《開山》、《打路》、《紮寨》、《迎神》、《傳茶》、《開洞》、《戲豬》、《出土地》、《點猖》、《報卦》、《收兵》、《掃臺》、《邀罡》、《祭將》、《操兵》、《立標》、《勾願》、《撤寨》、《送神》。在施實法事過程中插入一段正戲而構成 24 戲。一套簡約的祭儀稱為「正八出」，具體名目為《發功曹》、《白旗掃臺》、《迎神》、《紮寨》、《開山》、《出土地》、《祭將》、《立標勾願》。

鶴峰儺願戲班稱「儺壇」，班主又稱「掌壇師」，一個儺壇約 8 至 10 人不等。解放前鶴峰約有 25 個儺壇。主要分佈在走馬、白果、鎖坪、南北、陽河、鐵爐、馬家、五里、桃山、六峰、清湖、下坪、北佳、中營、鄔陽等鄉鎮。

現在在鶴峰燕子鄉的清湖村、鐵爐鄉的江口村還有兩支完整的儺壇隊伍，他們常年開展儺願戲演出活動，能完成儺願戲全劇演出，且有青年人入壇。其它地方仍有零散儺藝人。

3、湖北巴東堂戲

堂戲，始於明末清初時期，因早期多在當地堂屋演出而得名。又稱「花鼓戲」或「稿薦戲」等，是由大、小筒子腔構成聲腔，兼唱少量雜腔小調，以巴東江北方言行腔和道白的地方戲曲劇種。

鄂西地區的「堂戲」萌生於巴東縣長江以北的神農溪流域，流行於長江三峽地帶的巴東、建始、秭歸、興山、宜昌、長陽、五峰、神農架林區以及川東巫山部分地區。地處三峽腹心，川、鄂咽喉、鄂西門戶。神農溪流域的東、西、北三面為大、小神農架山脈所擁抱，南抵長江大三峽。

神農溪流域是中國革命的老區，是一方美麗、神奇的熱土，久為舟楫列泊、輪蹄雜踏的水陸交匯之地，又是歷史上兵家攻伐、貨物吞吐的川鄂咽喉。「一方水土養一方人」，這方熱土，積澱了巴東江北各民族數千年風土人情和歷史文化的底蘊。它不僅擁有豐富的自然資源，更為享有盛譽的巴風土韻。

巴東堂戲同南、儺、燈、柳等劇種被榮稱為恩施州民族地區文化藝術的「五朵金花」，是極其寶貴的民族文化遺產，在土家族地區有著獨特的文化地位。其主要價值體現在具有廣泛的人民性，以及道德審美觀和可供研究的藝術性品質。

其一，堂戲源於深山峽谷，根植於民間。不論階層高下，不論路途遠近，請戲、接戲等風俗蔚然成風。它通俗易懂，喜聞樂見，當地群眾倍感親和。其流行地域廣闊，深受人們愛戴，具有廣泛的人民性。

其二，在美學思想的指導下，民間藝人把許許多多的道德、理想、人格搬上舞臺，達到「懲惡揚善」的目的。如在上演《王麻子打妝》、《勸夫》、《送寒衣》、《山伯訪友》等劇目中，其「善」與「美」的完滿結合，具有高尚道德感的審美意識。

其三，堂戲「大筒子腔」音樂特色具有寶貴的藝術研究價值。如在唱腔與唱詞結構的處理上，有七、十字句的單、雙句頭；在人聲幫腔上，有極富特色的長、短「梢板」；在內容情感轉換時，別樹一幟地採用了民族音樂變速不變腔的手法；在演唱風格上，多用真假聲結合，尤其「梢板」全用高八度假聲演唱。

　　長期以來，堂戲戲班屬業餘「搭班」性，演員嚴重外流，加之老藝人相繼辭世，演出雖以爲繼。建國後第一代傳人易秉宣、費天鳳等，如今也漸步入古稀之年，堂戲已呈後繼乏人之狀。昔日的十四個戲班，百餘演員，而今僅有沿渡、平陽兩個戲班十餘人尚在堅持活動，且演出甚少，上演的保留劇目不足十個。

　　堂戲民族戲曲韻味，表演程序及唱腔特色，亦日漸消散失落，且由「即興」替代了「規範」，由「新潮」衝擊了「傳統」。如此惡性循環，幾百年來深受群眾歡迎的傳統堂戲藝術，難免在強勁的時代潮流衝擊下銷聲匿跡。

　　有幸的是如今堂戲得到政府文化部門的重視，我們在當地工作人員的幫助下，得到了很多客觀地關於湖北少數民族地區的劇種的認識以及宏觀的理解。爲了更加直觀、真實的瞭解土家族、苗族戲劇情況，我們決定深入到基層地區去調查研究，於是 7 月 15 日從恩施州趕往來鳳縣，在來鳳縣的「申遺」辦公室，我們查到一些關於來鳳縣以及來鳳的民族地方戲的資料。

（二）來鳳縣傳統民族戲劇

　　來鳳縣地處鄂西南邊陲，鄂、川、湘三省邊區的要衝，東接湖南龍山，西鄰四川酉陽，北與湖北省宣恩、咸豐相連。全縣總面積 208.78 萬畝，耕地 37.18 萬畝。1985 年，縣轄 8 區 2 鎮，52 鄉（鎮），202 個村民委員會，1984 個村民小組，36 個居民小組，57811 戶，247804 人。

　　來鳳縣以翔鳳山飛來鳳凰的傳說而得名。周代爲巴子國五溪地，春秋戰國沿襲，此後，歷秦、漢、晉、隋、唐，或隸此，或屬彼，未成定制。宋仁宗時，置散毛司，土司世襲承傳。歷元至明，或升或降，不一而足。清雍正十三年（1735）「改土歸流」。乾隆元年（1736）廢散毛司等七土司，建立來鳳縣，歷屬施南府。民國初年，直隸於省。繼而先後隸屬荊南道、施鶴道、鄂西行政委員會、第十行政督察區、第七行政督察區。1949 年 11 月 9 日，來鳳解放，隸屬恩施專區。1979 年 12 月 19 日，撤銷來鳳縣建制，設立來鳳土家族自治縣。1983 年 12 月 1 日，仍恢復來鳳縣建制，隸屬鄂西土家族苗族自治州。

　　我們經過調查研究得知：來鳳、宣恩、咸豐這一帶遺存著一種區域性民族劇種，即「南劇」。南戲除南、北、上三大聲腔之外，僅雜腔就有十幾種，伴奏樂器與曲牌也比較多。其劇目在湖南漢戲的基礎上，又吸收了川戲與辰

河戲及民間小戲的不少劇目，共約 1000 個。南劇聲腔是由南路、北路、上路所組成，另外還夾有南北雜、崑曲、高腔、楊琴部分曲調。

據來鳳老藝人徐雙慶說：

> 南劇的「上路戲」和湖南的不同，來鳳有雲慶科班教過上路戲，在來鳳也唱過，和湖南不同就是教上路戲，上路戲打單鈸。漢劇是我們的祖人。南劇用地方音唱，老漢劇不好聽的地方就加一點「梆子」。

據老藝人宋潤浦說：

> 聽老前輩藝人講，南戲和湖北老漢戲差不多，湖南北河藝人來的多——北河包括永順、大庸、慈利、津市、石門、桑植、花垣、龍山、澧縣等地。

由此可見「南劇」與湖南漢劇（常德漢劇及荊河漢劇）同一血脈。但是湖南漢劇沒有上路戲，而來鳳南劇有上路戲和打單鈸。改土歸流以後隨著鄂西少數民族與周邊漢民族的商貿往來與文化藝術的交流日漸頻繁。在乾隆年間，南北路聲腔就已傳入鄂西地區，又由於來鳳、建始、利川、恩施、咸豐與四川接壤，所以川戲（彈腔、川梆子）也很快傳了進來。到來鳳曾調查過南劇的學者說：「南劇流入鄂西是在改土歸流以後。約在乾隆年間，」來鳳藝人覃友元說：「南劇傳到鄂西有兩百多年歷史」。

經瞭解，可從以下文獻與口碑資料進一步證實南劇在鄂西醞釀形成以及成熟的歷史。

改土歸流（清雍正十三年）以後，清王朝對鄂西地區土著施行鎮壓與柔化相結合的政策。設兵營，興義學，建廟宇。江西、湖南、四川等地移民來鄂西定居經商，在恩施各縣、鎮結行邦修宮廟，設會館。官方則修文廟（文昌宮），武廟（武堅宮）、城隍廟，商辦有各種會館。如遍及城鄉各地的萬壽宮（江西會館）、禹王宮（湖南會館）、川主宮（四川會館）。《來鳳縣志》記載：「來鳳關帝廟在城南乾隆四年修、城隍廟乾隆四年建，聖廟乾隆四年於執中倡建……武廟在乾隆四年建……許真君廟一名萬壽宮、江西會館，乾隆二十年建，嘉慶二十一年重建，卯洞、大河壩、舊司鄉、上寨場皆有之。」《來鳳縣志》載：來鳳縣城四川會館、禹王宮、萬壽宮、戲樓照面方上雕有戲圖《烏龍河救主》、《庵堂認母》、《捉放曹》、《白水關》等。來鳳川主宮戲樓有一副關於南劇的對聯，上聯是：「載治亂，知興衰，千秋事業若親目」；下聯

是：「寓煲貶，別善惡，萬古綱常全在茲」。據覃友元介紹，卯洞百福司有萬壽宮、禹王宮、三義宮等，當年都建有戲臺。

來鳳南劇藝人覃友元的舅舅和爺爺都是唱南劇的，到覃友元爲第四代。覃友元七、八歲時，就聽到舅舅唱《坐宮探母》，覃友元接受採訪時已72歲，如果每輩平均差30歲，他舅舅的爺爺應是70歲左右年紀。按傳統習俗，藝人10歲學戲，可知來鳳距採訪時160年前就有唱戲的了。而採訪時至今已有26年了，可見距今186年前來鳳就有戲班活動了。據1980年盧海晏多方調查，得出結論：「南北路聲腔大抵在兩百年左右，由湘西來鳳傳入施南府」。

1949年，中華人民共和國建國後，黨和政府對南劇事業十分重視。1951年，來鳳縣城關鎮人民政府及工商聯在縣人民政府的授意下，組建了「來鳳縣人民劇院」，性質爲集體經營，國家補助。1953年改爲地方國營，自負盈虧。1956年「人民劇院」，正式定名爲來鳳縣南劇團。1958年，開創了建國後的第一個南劇科班──「紅旗科班」，培養出吳兆雲、李安正、曹永龍、楊立德、嚴治華、唐運菊、張金連等一大批享譽川、鄂、湘一帶的南劇新秀。1970年、1979年、1992年又先後開辦了三次南劇科班。1969年，縣南劇團由集體所有制單位改制爲國家事業單位。1989年經縣編委和縣財政局核定，縣南劇團爲事業單位，經費差額補助。1997年，經縣常委會通過縣編委核定，來鳳縣南劇團升格爲相當於副局級單位。從解放以來該劇團挖掘、移植了數百個南劇劇目，其中《瞧相》、《羅成戰山》等南劇劇目還獲得過省級獎勵，創作劇目《接龍橋》、《愛與恨》、《山寨新家》、《換娘》、《邊寨新曲》等都分別獲得過國家級省級州級獎勵。

但是，由於一些身懷絕技的南劇老藝人相繼謝世，科班藝人們，現在大多退休，有的基本失去演出能力，有的改行、調動。尤其是劇團改成「差額補助」單位以後，無業務費、辦公費、工資只能發放60%，劇團運轉十分困難，再加上南劇行當不齊，南劇觀眾群老化、萎縮等原因，南劇事業出現了斷層、衰落、退化、甚至瀕臨絕境。如果不及時的搶救，這一個珍貴的少數民族地區戲劇藝術形式，恐怕有絕滅的危險。

以上是對南劇大概地介紹，當然我們也得到了與其有關的一些資料看到民族戲劇的未來希望。來到來鳳縣，還有一個目的就是，就是對當地土家族「擺手舞」的調查。一路上，我們聽到很多與其有關的信息，這次有機會可以親眼目睹了，終於在7月15日晚上在來鳳中心廣場採訪到了正在跳「擺手

舞」的各民族參與者。「擺手舞」現在已經成為當地群眾很普遍的文化健身活動，可見「擺手舞」的影響之大。16 日早上走訪了來鳳縣文化局，並且見到了文化局向副局長，她在「擺手舞」的發源地舍米湖村工作了四年多，對「擺手舞」有更加廣泛和系統的認識。並且得知在當地不斷的有此類的公開表演，並且設有文化藝術團，其中的大型民族歌劇劇目《西蘭卡普》在社會影響最大，多次在全國獲獎，並且得以查看一些圖文資料。

（三）舍米湖村的「擺手舞」

由於對來鳳舍米湖村「擺手堂」的嚮往，我們決定親自前往實地考察。據說那裡有現存最古老的土家族「擺手堂」，我們在當地人的指引下抵達擺手舞發源地舍米湖村。此村位於湖北、湖南、四川三省的交界處。受到了當地人的熱情招待，也得到了有關「擺手舞」的第一手資料。

擺手舞，土家語叫「舍巴」、「舍巴格癡」，其意為「敬神跳」，漢語叫「跳擺手」，是流傳於鄂湘渝邊區酉水流域土家族的一種祭祀舞蹈。土家族在祭祀祖先、祈禱過年、喜慶佳節等活動中的都要跳擺手舞，多在每年正月初三至十五期間進行，也有在暮春三月夜間進行的。

關於擺手舞的起源，民間有很多傳說，一說為：土家族祖先在一次抵禦外敵入侵的戰鬥中，彭公爵主、向老官人、田好漢三位首領不幸陣亡。三人死後屍體直立，三天三夜不倒地。玉皇大帝得知，很受感動，遂降一道聖旨，讚揚三位英雄「在生能人，死了能神」，並賜封他們「上八府，下八府；上管三十三重青天，下管一十八層地獄；左管青龍，右管白虎之神靈」這樣，三位英雄才黯然臥地。天皇還聖旨要土家先民「十里一堂，九里一殿；殺牛宰羊祭拜」。「十里一堂」，據說是要土家人每隔十里修建一座神堂，即搭「擺手堂」。堂內即設供奉三位英雄的神像，要土家後人時代不忘他們的豐功偉績。這樣，每年正月，土家人都在擺手堂舉行祭祀活動，跳擺手舞紀念祖先。

一說為唐朝發生安史之亂，唐明皇降旨，調遣五溪八峒酋長帶兵參加平亂。八峒酋長（土家人稱「八部大王」）隨即帶兵出征，戰功顯赫，不久凱旋回朝。唐明皇擔心他們以後會留下隱患，犯上作亂，於是聽信讒言，在宴席上用毒酒害死了八部大王。八部大王含冤不平，死後竟鼓眼轉睛地站了起來。唐明皇嚇得要死，忙許下諾言，封八部大王為八部大神，永掌五溪八峒，並廣修廟宇，使之永享土民供奉。以後，土家人居住的地方，到處都建起了八

部大王廟，即「擺手堂」。每年正月，土家人都成群結隊來到廟前。以擺手歌、舞來祭祀八部大神。

以上兩種說法，都是民間傳說，帶有強烈的神話色彩，真實性值得商榷。覃詩翠在《中華文化通志》中說：「漢代揚雄、何晏都在巴人居住的地方耳聞目睹過巴人的歌舞。從漢到唐宋，巴渝舞在民間經久不衰，《夔州圖經》、《蠻書》、《老學庵筆記》等都有記載。《夔州圖經》中有：「俗傳正月初夜……以鼓為踏蹄之戲。」這種「踏蹄舞」便是巴渝舞的繼承。明清以後，踏蹄舞演變為擺手舞。」

這種說法認為擺手舞是「巴渝舞」的繼承，筆者認為這種說法可信度比較高。有些學者認為土家族的「撒爾呵」，也就是「跳喪舞」也是源自巴渝舞。（張世炯著《簡述與土家族歌舞撒爾呵與擺手舞、巴渝舞以及楚文化的關係》記載：「擺手舞與撒爾呵是同源異支，都是巴人舞的分支。」）巴渝舞發展為兩支，一支是跳喪舞，另外一支就是擺手舞。在恩施地區，尤其是來鳳地區，擺手舞已經發展成為一種廣場文化，演變成當地人的一種文化健身活動。

擺手舞是酉陽縣土家族在祭祀祖先、祈禱過年、喜慶佳節等活動中的一種群眾性舞蹈，多在每年正月初三至十五期間進行，也在暮春三月夜間進行。屆時，男女老少身披「西蘭卡普」（土花被面），手舉龍鳳大旗，肩扛鳥槍、梭鏢、齊眉棍，浩浩蕩蕩，聚集於擺手堂或擺手壩。巫師頭戴鳳冠高帽，腰繫八幅羅裙，手搖銀鈴司刀，手舞足蹈地進行指揮。場中敲響震天鑼鼓，吹起牛角、土號，點放三眼銃，周圍群眾隨之載歌載舞。

擺手舞的形式分為「大擺手」和「小擺手」兩種。大擺手主要用於祭祀，三年或五年舉行一次，人數多至成千上萬，氣氛隆重。小擺手用於一般喜慶活動，人數為數十人、數百人不等，氣氛熱烈活潑。擺手舞的動作分為「單擺」、「雙擺」和「迴旋擺」，表現各種祭祀禮節儀式、勞動與戰鬥動作。諸如雙手合十、屈膝墊腿、觀音坐蓮臺、舉刀舞棍、圍獵撒網、跋山涉水等，舉止簡潔，氣勢粗獷，原始氣息十分濃鬱。

除了「擺手舞」之外，我們還觀看到了民間老藝人的表演的「麻舞」令人激動。由於語言問題，「麻舞」具體情況不甚瞭解，只知道是比擺手舞的出現時間更早，邊唱邊跳，參加的人數少，不像大眾舞蹈「擺手舞」，具體情況有待以後繼續研究。

除了南戲和擺手舞，在來鳳還瞭解到了另一種地方劇種的資料，就是「木

偶戲」。木偶戲俗稱「木腦殼戲」或「矮臺戲」。由湘西傳入，流傳有百多年歷史。演木偶戲不僅是娛樂也帶有功利目的。農民為祈保豐收，多於春夏之時，由數村寨聯合邀請木偶戲班演出，謂之「青苗戲」。有時，大戶人家因家人病傷或久出未歸或求子，便向神佛許願唱戲，若願望達成，即請本木偶戲班演出，向神靈還願道謝，最後「打叉敬神」，謂之「勾願」。

據了解，來鳳縣木偶戲藝術多為家傳，主要劇目有辰河高腔的《觀音戲》、《目連戲》、《蘆林記》等連臺本，亦有唱彈腔的《封神榜》等戲。其唱腔和南劇南北路唱腔較接近，故南戲演員常與木偶戲演員互相客串演出。解放前，較有影響的土家族和苗族藝人有楊松青、田漢青等。解放後，由於其他藝術樣式的興起，縣裏木偶戲基本消亡。目前，境內尚有影響的是柳子戲、燈戲流傳。

（四）土家族族源與文化

有關土家族族源的說法很多：有古代巴人之後說；有古代羌人說；有以古濮人為主體，融合巴人、漢人說；有湘西土著、古代巴人、江西漢人融合說；還有認為土家族是古代烏蠻的一支、由土著、古代巴人融合而形成等說法。筆者還是同意古代巴人這一說法。

關於巴人的起源，據戰國時編撰的《世本》記載：「巴郡南郡本有五姓：巴氏、樊氏、瞫氏、相氏、鄭氏皆處於武落鍾離山。其山有赤黑二穴，巴氏之子，生於赤穴；四姓之子生於黑穴。未有君長，俱事鬼神，乃共擲劍於石穴，約能中者，奉以為君。巴氏子務相，乃獨中之，眾皆歎。又令各乘土船，約能浮者，當以為君。餘姓悉沈，唯務獨浮，因共立之，是為廩君。」這個樸素的神話傳說，反映了巴人從部落聯合到國家形成的歷史情況，說明巴人子「務相」在五個部落的選舉中取得了領導權。

又據《後漢書·南蠻列傳》記載：後來務相率眾「乘土船從夷水至鹽陽」。「鹽水有女神，謂廩君曰：此地廣大，魚鹽所出，願留共居。廩君不許，鹽神暮輒來取宿，且即化為蟲，與諸蟲群飛，掩蔽日光，天地晦冥，積十餘日，廩君思其便，因射殺之，天乃開明。廩君於是君乎夷城，四姓皆臣之」這段神話傳說，剔去其荒誕的成分，可以理解為「廩君」率眾西進，沿途吞併或聯合了其它一些部落，鹽水女神可能是其中的一個母系部落，在歷史發展進程中，為其先進的父系部落所取代。

　　上述的「夷水」發源於川鄂交界的七嶽山脈，東流貫穿湖北西部的利川、恩施、建始、巴東、長陽，經宜都注入長江。清江水系乃是長江在湖北境內的第二大支流，它的源頭於四川境內的大溪、烏江水系很近。向南，其支流於湘西境內的澧、沅水系相通，可以斷定巴人早期的活動區域以清江流域為中心，包括湘西、川東等地域。在湘西、鄂西、川東廣大地域裏，各地方志記載過去曾出土和發現不少巴人的遺物。解放後，文物工作者在採集和發掘工作中，發現了不少具有古代巴文化特徵的文物，這些實物資料，是研究巴人和巴文化的有力實證，也是證明土家族族源來源於巴人說的重要佐證。比如，1956 年在長陽縣大堰鄉鍾家灣村發現了「長陽人」化石；1985 年後，長陽縣清江沿岸又陸續發現多處新石器時代文化遺址，其中的出土文物都屬於新石器時代的「大溪文化」和「龍山文化」。它們表明，在遠古時代，清江流域、澧水流域、酉水流域、武水流域就已有人類的廣泛活動，人類的祖先在這裡創造了燦爛的古代文明。

　　土家族自稱「畢茲卡」，意為本地人。據 1990 年第四次全國人口普查統計，土家族人口總數為 5725049 人。主要分佈在湘、鄂、川、黔接壤的廣大地區。即湖南湘西土家族苗族自治州、湖北恩施土家族苗族自治州、湖北長陽土家族自治縣、湖北五峰土家族自治縣、四川秀山土家族苗族自治縣、四川酉陽土家族苗族自治縣、四川黔江土家族苗族自治縣、四川彭水苗族土家族自治縣、四川石柱土家族自治縣、貴州沿河土家族自治縣、貴州印江土家族苗族自治縣。其中清江流域從遠古時期就是土家族、苗族等少數民族的聚居地。據文字記載，在恩施市少數民族占總人口的 28.03％，其中土家族占總人口的 26.46％。其餘為苗、侗、蒙古、羌、畲、壯、朝鮮、滿、白、黎、納西、土、彝等民族。

　　「恩施」二字的來歷，是清雍正時皇帝所賜，意即皇帝所恩賜施於之地縣，故以此為名。恩施城又稱為「施南」，係由施南府演變而來。據記載：一千四百多年前，後周平定施王，以其地置施州，乃施王屯餘地。元朝建立土司制度，在今宣恩城關駐有一大土司，恩施城亦為所轄。因土司居於施王屯之南，故名「施南土司」，從此有施南之稱。府即名施南，縣又為附郭，故亦習稱恩施城為施南。

　　土家族有自己的語言，但是沒有文字。在日常生活中，通用漢語漢文，其語言屬於漢藏語系中的藏緬語族。土家族主要分為兩大方言區，即北方方

言區和南方方言區。恩施土家族苗族自治州中的土家族屬於北方方言區，屬於這一方言區的土家人還有部分用本民族語言作爲交際工具，而有些土家人雖已使用漢語漢文，但在他們的生活中還有一些土家語的遺存。據考察，恩施州的土家族大部分可以使用漢語交流，只有老一輩的人跟漢族人交流還有障礙。

在恩施州最偏僻的土家族村落——舍米湖村，這裡是土家族原始風貌保存最好的原始村落。在這裡，村長和村民與採訪者已經可以較流利地運用漢語交流，但老者的話語採訪者卻很難理解。據說，歷史上土家先民創造並使用過自己的文字。秦滅巴蜀後，採取統一文字措施，土家先民的文字就廢止了。土家族的宗教信仰，舊時有多神信仰、圖騰崇拜、祖先崇拜、鬼神與巫術信仰，還有部分人信仰從異民族傳入的道教、佛教、基督教。

（五）恩施地區土家族戲劇

據調查研究與考證，土家族主要的戲劇種類有：毛古斯、儺戲、南戲、酉戲等。而在恩施地區現在還遺存上演的在此主要介紹流傳最廣的主要是南劇、儺戲和土家族傳統戲劇毛古斯。南劇在恩施地區土家族得到了廣泛的發展，土家族儺戲作爲中國文化的「活化石」，其研究價值不容忽略，而毛古斯作爲土家族傳統戲劇，其中蘊含的學術價值卻還沒有被挖掘出來，故更值得重視。

1、南劇

南劇是由漢族地區傳入，流行於湘、鄂、川、黔等土家族地區的傳統戲劇種類。是這些地區最大的地方曲劇種，又稱「漢戲」、「施南調」、「人大戲」。在當地，南劇是最受歡迎，流傳最廣的一個劇種。南劇在土家族地區形成和流傳的時間很早，在清康熙乃至更早的明末時期，鶴峰容美田氏土司即引進流行於漢族地區的楚調、秦調、崑曲等諸種聲腔，以後又逐漸與土家族民間歌舞、禁忌音樂等融合產生了早期南劇雛形。因此，南劇成型於清康熙年間，乾隆年間已有職業藝人和南劇戲班流行於除巴東外的恩施所有縣市。解放前，是恩施唯一能在戲臺（亦稱「高臺」）演出的劇種。南劇善於唱連臺戲。有近千種傳統劇目。南戲劇目十分豐富，有「唐三千宋八百」之稱，內容多係列國、封神、水滸、岳傳等歷史故事與傳奇故事，並較多以全本戲，也即是連臺本的形式表現。

　　南劇屬典型的皮黃聲腔系統，其主要聲腔為南路（似「二簧」），北路（似「西皮」）、上路（似「秦腔」）。以南北路為主的南戲角色分為生、旦、淨、丑，文武兼備，文戲武唱、氣功、武術雜於其中。南劇音樂由鑼鼓譜與曲牌樂組成，伴隨有大鑼、大鈸與雙鈸；化妝造型上則較多體現土家族的民族特色。據來鳳老藝人徐雙慶說：「南劇的上路戲和湖南的不同，來鳳有雲慶科班教過上路戲，在來鳳也唱過，和湖南不同就是教上路戲，上路戲打單鈸」。「漢劇是我們的祖人。南劇用地方音唱，老漢劇不好聽的地方就加一點『梆子』」可見，南劇在湖南漢劇的基礎上產生的，與湖南漢劇不同的是，南劇中有上路戲，打單鈸。

　　在鄂西地區，南劇已不是土家族的獨有劇目，由於與苗族等其它民族混居，演出一個南劇劇目常有多個民族的演員摻雜在其中。但是，南劇在恩施地區得到發展與土家族的影響密不可分，很多南劇藝術名家都是這一地區培養出來的。改土歸流後，隨著鄂西少數民族與周邊漢民族的商貿交流日漸頻繁，文化藝術的交流也日漸增多起來。

　　2、儺戲

　　儺戲是土家族土生土長的原始戲劇，流行於恩施州的鶴峰、來鳳、宣恩、咸豐、建始縣等地。儺和儺祭是一種原始巫術，也是一種原始宗教的反映，它是我國極為古老的傳統文化現象。據文獻記載，早在商周時期，這種巫術活動在廣大中原地區曾十分盛行，有「國儺」和「鄉儺」之分，但其主題都是驅鬼逐疫。到了宋代，儺戲從內容到形式都發生了許多變化，除了保存驅鬼逐疫的儀伏之外，又增加了許多反映歷史和現實生活的戲劇表演。宋代以後，儺戲的表演將驅鬼、娛神和娛人雜糅在一起。但隨著中原地區文明的不斷開發，儺戲不僅從宮廷，而且從中原地區很快消失，然而，卻在一些邊遠少數民族地區保存下來。

　　目前民俗學考察表明，我國湖南、湖北、廣西、貴州一些地區民間儺戲的演出很普遍。其中土家族儺戲演出還保留著古老的儀式。首先是開壇，儀式由巫師主持，包括開壇請神下馬、發文敬竈、造橋、祭兵、開洞等環節。這種儀式承襲了商周以來「方相氏」驅鬼逐疫的傳統，但又有很多變化。其次是開壇以後的儺戲表演。演出單位叫「壇」，掌壇的是「土老師」，他是導演又是演員，一個壇少則六七人，多則十餘人，全係男性，有農民業餘演出，沒有專業演員。除了土家族儺戲外，貴州地區還有彝儺、苗儺、侗儺、仡佬儺、布依儺等。儺

戲被譽為中國戲劇的活化石，具有極高的戲劇發生學和文化史學價值。

現在，儺戲在鄂西土家族的演出還十分頻繁，而其中恩施市鶴峰的儺戲歷史悠久，保存完整，呈良性發展。在全國開展非物質文化遺產搜集的大氣候下，鶴峰儺戲正在積極地申請加入。儺戲在鶴峰被稱為「儺願戲」，是一種以還願為依託，以儺壇為載體，以祭儀顯現的一種民族戲曲藝術。鶴峰儺願戲自開壇啟教傳承至今至少已有三百多年歷史。鄂西這一地區的土家族對於儺劇的喜愛，隨著國家對於少數民族非物質文化遺產的重視，政府對於這一劇種的投入越來越大。

3、毛古斯

在土家族的擺手活動中，還保留著一種與擺手舞相併列的極其古老的表演藝術——毛古斯，也稱為「茅古斯」，即毛人的故事。此種土家族古老的戲劇，主要記錄土家先民生產勞動和遠古時代的生活情景，它的表演一般在擺手活動中進行。據考證，毛古斯起源於土家族土司王祭祀時的專用舞蹈。宋仕平著《土家族傳統制度與文化研究》認為「毛古斯只有發展到土司時代，才在土司祭祀時上演。因為，歷代土司王在每年農曆六月初六重大祭祀活動中必須上演茅古斯，它的真正起源，應在幾千年前的母權社會。」

此種說法還有一個根據來自毛古斯的起源說。據傳說，土家族先民有一位女英雄，名叫「梅」，或叫「梅山」，長的漂亮，心地善良、智慧超群。為了殺死一隻危害族人的白虎，最後關頭，她奮不顧身衝向虎，與白虎抱成一團滾下懸崖同歸於盡。當人們發現時，她赤身裸體。全身被老虎抓的稀爛，已經體無完膚，族人還發現「梅」英雄的陰部露在外面。當時人們十分羞澀，便把茅草放在她的身上遮擋。為了紀念她，將她封為「獵神」，並與祖先一樣供奉、拜祭。而且在拜祭過程中，人們用茅草、樹葉、稻草、麻線纏在腰間來遮擋下體以示尊重，然後以載歌載舞的方式進行祭祀，毛古斯因此得名。因此，認為毛古斯起源於母系社會是有一定根據的。

除此之外，毛古斯的演出還有許多的娛人性質，它主要有七大部分，即祭祀掃堂，刀耕火種，捉魚戲水，打糍粑，接新娘，甩「火把」，圍獵。期間最活靈活現的是圍獵表演。他們以「報信」、「開山」、「埋腳跡」、「圍山」、「倒杖」、「分肉」、「祭梅山」、「封山」等一系列情節。真實、古樸地再現了原始社會中土家族祖先共同勞動，平均分配的生活情景。當代的毛古斯，又有了新的發展。古代純用樹葉纏身的表演，今天畢竟不太雅。所以，如今的表演，

表演者在身上穿上了少部分衣服，在衣服外再纏以茅草。

「毛古斯」作爲土家族一種獨特的劇種，現在主要在湘西永順、龍山等縣土家族聚居區盛行。在表演過程中，由一人扮演老毛古斯，另有若干女毛古斯和小毛古斯。除女毛古斯外，全部赤裸上身，頭上紮五根大草辮，身穿稻草衣。男毛古斯腰上捆一根用草紮成的「粗魯棒」，象徵男性生殖器，裡面含有生殖崇拜的遺風，具有一定研究價值。然而，在今天，擺手舞在當地很盛行，毛古斯卻已逐漸銷聲匿跡。這是因爲毛古斯只是在土家族擺手舞之前和之後表演，不能獨立演出，而擺手舞可以隨時隨地演出。故此毛古斯發展空間很小，瀕臨滅絕的危機。

目前學術界對於毛古斯還存在許多的爭論，主要集中在：毛古斯的界定問題，是戲劇種類還是舞蹈形式？因爲，整個毛古斯的演出有情節、有人物、有語言及其它的故事內容，基本具備了戲劇形態雛形，因而說它是原始戲劇，但它又沒有戲劇的基本規範；還有就是毛古斯對男性生殖器的重視，是否與印度神話中印度教表演藝術性文化有一定關聯。我們相信，隨著研究的深入，人們會在毛古斯表演藝術中發現更多的文化信息。

（六）湘西地區的「梯瑪歌」

離開恩施，我們前往湘西地區調查到此地流行的「梯瑪歌」，作爲土家族多種民間藝術的聚合體，它所隱含著許多土家族音樂、舞蹈、戲劇等方面的文化藝術因子，爲土家戲劇整體研究提供了廣闊的思維空間和平臺。因此，筆者認爲有必要對這種土家族原生形態藝術進行一番學術考察。

「梯瑪」是土家族主持巫祀儀式的巫師，俗稱「土老司」。梯瑪在巫祀活動中唱的歌是「梯瑪歌」，也叫做「梯瑪神歌」，爲土家族的原始宗教敘事歌曲。分爲祭祖先、敬神、慶豐收三種。主要用於祭祖、祀神、求子、驅瘟、逐邪等祭祀活動中。其內容涉及到人類起源、民族遷徙、天文地理、勞動生產、衣食住行、法術醫道等各個方面。作爲一種原始的宗教藝術，其源流與形成受其特殊的歷史、地理、人文等文化環境的制約。由於土家族先民處在生產力低下、思想意識陳舊、科技落後的原始社會，因此他們將早期人類的生老病死、天災人禍等現象都歸結爲是神的意志。爲了解決這些問題，他們就寄託於神的護祐。這就形成了原始的自然崇拜。張岱年、方克立主編《中國文化概論》指出：「不同的地理環境與物質條件，使人們形成了不同的生活

方式與思想觀念。」

在原始思維觀念的驅使下，土家先民臆造出一個個超自然的神靈，諸如山神、河神、獵神、土地神等等。因此自然崇拜是土家族至今保留的古老習俗，這也爲「梯瑪神歌」的儀式內容提供了豐富的資料來源。此外，對「八部大神」的信奉將梯瑪歌神秘內涵進一步擴大。八部大神就是在保靖縣拔茅鄉首八峒八部廟中供人拜祭的八個大神。它是對土家族古代酋長的拜祭，這種對酋長的崇拜又逐漸演變爲對土司、土官的崇拜。總之，梯瑪神歌的形成就是在民間祭祀這些神靈的儀式過程中，根據祭祀中所做法事的內容不同而詠唱的一種歌調，被稱爲「梯瑪調」。梯瑪歌被認爲是人與神靈的共同語言。

梯瑪神歌有著濃鬱巫風，最有代表性地表現了土家族人的巫術意識，最全面眞實地記錄了本民族的巫術事象，又最廣泛地充當了梯瑪行巫通神的媒介。從其重要性來看，沒有梯瑪神歌，巫祀活動也就不復存在了。所以說梯瑪神歌最集中地體現了巫文化的沉澱。

在如此眾多的原始表演形式的基礎上，土家族戲劇豐富多彩。近幾年，旨在傳揚土家族文化的南劇《西蘭卡普》，就在恩施地區多次公開演出，頗受好評。《西蘭卡普》由來鳳縣南劇團創作演出，以男女主人公西蘭和卡普曲折離奇的愛情故事爲主線，塑造出土家族兒女不畏強暴、勇於抗爭的民族氣質和勤勞、樸實、忠貞的優秀品格。伴隨著土家織錦「西蘭卡普」織紋的逐漸完成，通過訴說土家族人的生命形態和風俗人情，展示了土家族的圖騰、儀式、服飾、舞蹈、人物、情景、民歌等內容。該劇以土家族織綿「西蘭卡普」爲載體，通過「織天」、「織船船」、「女兒織」、「醉織」、「男人織」、「神織」六個篇章，採用具有土家族風格和特色的民間歌謠和舞蹈，多層次、多側面、多角度地表現土家族生產、生活和追求美好、不畏艱難、樂觀向上的精神風貌。

雖然《西蘭卡普》被標示爲南劇作品，但在其中融入了大量土家族其它的戲劇形式和表演藝術，像其中運用了毛古斯的形式，表達了淤積在土家人生命中的衝動與狂躁；劇中女兒會，表現了土家族男女青年對愛情和美好生活的嚮往與追求；哭嫁，罵媒，表現了土家姑娘懷春、出嫁的羞澀與企盼；還有擺手舞，體現了土家族的狂放、執拗的蒼勁；呷酒，表現了土家族男女青年在日常生活中的嬉戲、撩撥與幽默；儺舞，表現土家族人對生命降臨的欣喜、驚詫以及虔誠的祈福與期待；蓮湘，表現了土家人慶賀豐收的狂喜與慶典氣氛；撒爾呵，即跳喪舞，是土家人的祭祀性舞蹈，以獨特的動律、灑脫的舞姿、粗獷古

樸的動作，展現土家人的桀驁奔放、灑脫自信的民族性格。可以說，此種民族
有機地戲劇綜合了土家族多種表演形式，並且將其完美地結合在一起。

（七）湖南湘西苗劇

7月17日我們來到湖南湘西吉首市龍山縣，稍作停留，又趕往張家界市，
在此期間對湘西土家族苗族自治州的苗劇歷史文化與現實情況作了一些訪問
與瞭解。此地的花垣、鳳凰、吉首、保靖、古丈、瀘溪以及湘西南的城步苗
族自治縣、靖縣、綏寧、芷江、新晃等縣市，是我國苗族同胞的聚居地之一。
中華人民共和國成立之後，苗族同胞在政治上、經濟上翻身，當家作主，民
族民間的文學藝術也得到迅速的發展。1953 年，湘西花垣縣文化館在麻栗場
鄉建立了沙科中心俱樂部，並隨之成立了文化站，將熟悉苗族文藝的苗族教
師石成鑒調到文化站工作。石成鑒深知苗族同胞喜愛文藝娛樂，但又沒有本
民族語言的戲看的情況，萌生了創立苗劇的願望。

湖南花垣縣苗劇團是全國唯一的專業性苗族表演藝術團體，排練的苗劇
多次在國家級和省級比賽中獲獎。在縣文化館的支持下，以石成鑒擔綱，將
苗族民間故事《瀘溪峒》改編成苗劇《團結滅妖》，交給麻栗場俱樂部排演。
他們用苗歌、苗語演唱，把生活動作和舞蹈、武術的動作加以發展。使之相
當於地方戲曲形式的唱、念、做、打，於1954 年農曆正月初六在麻栗場首次
演出。這齣戲以親切的民族語言、樸素的感情和濃鬱的民族特色，受到苗族
群眾的熱烈歡迎。這次文藝演出，標誌著苗劇的誕生。

後來，湘西土家族苗族自治州文化部門加倍努力，對各苗區的民間藝人
進行培訓，積極推廣苗劇。於是，苗劇便在花垣、吉首、古丈、鳳凰等縣廣
泛興起，相繼創作演出了十幾個劇目。諸如花垣縣的《龍寶三姐》、吉首縣的
《合作大生產》、古丈縣的《石丁叭拉》、鳳凰縣的《神箭手》等。這是湘西
苗劇的業餘演出階段。

1958 年，苗劇進入城市演出，一些專業演出團體對唱腔的發展進行的各
種嘗試。如 1958 年花垣縣文工團演出的《千歌萬頌石昌忠》，第一次突破原
始苗歌的束縛，借用歌劇的手法創立聲腔；1965 年花垣縣農村文藝宣傳隊演
出的《借牛》，第一次借用戲曲的板腔手法進行改編加工；1979 年花垣縣文工
團編演的《帶血的百鳥圖》，以民族音樂創作為主，借鑒漢族戲曲唱、念、做、
打等表現手段，使苗劇的表演藝術水平得到進一步提高。

（八）廣西自治區壯劇

於 7 月 18 日我們坐上了從張家界到南寧的火車，來到了嚮往已久的廣西壯族自治區首府，並且於當天就聯繫上了廣西壯族自治區文化廳，在文化部門的介紹下，於翌日下午三時，在廣西壯族自治區群眾藝術館，與廣西壯族自治區民族藝術研究院的工作人員舉辦了一場熱烈的富有成效座談會。

參與此會的主要人員有廖明君院長，黃嚴義副院長，民族藝術研究中心潘主任，彭雷雨，楊丹音等等，列席十餘人。在這次座談會上，爭論最大的是目前所有公開演出的壯劇中，是否還是原汁原味的壯族的戲劇。研究院的專家學者認為現在壯劇，不是用壯語演繹漢族的歷史，而是用漢語演繹壯族的歷史，大部分已經失傳的壯劇都是在漢族專家的幫助下才得以存在，已經不是少數民族土生土長的，大部分都是為了政治目的而產生和存在。他們還認為廣西任何一個民族戲劇中都可以找到其他民族戲劇的痕跡。總結他們的觀點，少數民族戲劇的專業劇團，有社會影響的戲劇成果中所蘊藏的少數民族的文化已經不是那麼純正，大部分都是在漢族的組織之下形成的，出於民族團結的政治目地，而不是真正為了挖掘壯族傳統文化。他們勸告我們要統觀少數民族戲劇的過去、現在，對於少數民族的發展趨勢要有正確的審視、預見。當然，我們對於這種觀點持有保留意見，少數民族戲劇中是受到漢族文化的一些影響，但是其本源是不會變的，與漢族戲劇在各個方面仍然有著很大的區別，以客觀的角度冷靜、慎重的研究博大精深的中國少數民族戲劇是歷史賦予我們的責任。

除了上述值得探討的觀點之外，在這次座談會上我們也得到了許多有價值的關於壯劇的信息。例如壯劇的分類，起源等等。壯劇又叫「壯戲」，是在壯族民間文學、歌舞和說唱技藝的基礎上發展而形成的。舊時壯族自稱「布托」，意即「土著者」、「本地人」，把壯戲稱為「昌托」即「土戲」，以別於漢族劇種。由於廣西地域環境、方言土語、音樂唱腔、表演風格及伴奏樂器的差異，壯劇產生了廣西的北路壯劇、南路壯劇、壯族師公戲（又稱壯師劇）以及雲南的富寧壯劇、廣南壯劇等分支。

其中廣西北路壯劇流行於使用壯語北部方言的地區，以馬骨胡、葫蘆胡、月琴等為伴奏樂器，其唱腔主要包括正調、平調、卜牙調、毛茶調、罵板、恨板、哭調、哀調等，部分角色有特定唱腔。壯劇代表性劇目有《卜牙》、《文龍與肖尼》、《劉二打番鬼》等；廣西南路壯劇包括壯族提線木偶戲和馬隘壯戲，流行於使用壯語南部方言的地區，以清胡、厚胡、小三弦等為伴奏樂器。

唱腔主要包括平板、歡調、採花、喜調、快喜調、高腔、哭調、寒調、詩調等，行腔時採用幫腔形式，劇目有《寶葫蘆》、《百鳥衣》等；壯族師公戲脫胎於壯族民間師公教的祭祀娛神歌舞，流傳於廣西河池、柳州、百色等地。此劇種表演初時著紅衣戴木面具，後改爲化裝著戲服，以蜂鼓、鑼、鈸和無膜笛伴奏，劇目有《莫一大王》、《白馬姑娘》等；流行於雲南的富寧壯劇及廣南壯劇受漢族地方戲曲影響較大，其形式與內容另有民族藝術特點。

壯族有眾多傳統節日，從大年初一、正月十五、小年三十、二月二、三月三、端午節、六月六、七月七和中元節、八月十五、九月九、十月十、十一月冬至、十二月送竈王到大年三十晚，幾乎月月有節慶活動。據鄭傳寅《節日民俗與中國古代戲曲的傳播》記載，這些節日「通常是固定在某一日期上的，千百年來形成的節日風俗習慣，構成一種特殊的民俗環境，能使千差萬別的個體在同一時間內作出大致相同的行爲選擇。」節日爲壯劇展演培養了大量的觀眾，而觀眾就是壯劇展演賴以生存的源泉。觀眾的大批量集結展示了節慶民俗環境的巨大魅力，使壯劇的內容成爲節日慶典的組成部分，節日慶典成爲壯劇傳播、傳承的重要媒介和載體。

自古迄今，壯族各地形成許多歌圩，在眾多歌節中，壯劇活動也往往扮演非常重要的角色。如《田林縣志》記載：每年農曆三月十二到四月初一是當地歌圩的活動時期，歌圩中除了對歌還要演戲。本地沒有戲班的，則邀請別地的戲班來演出。壯劇演戲每日兩場，白天一場，晚上一場，多是古裝戲。參加歌圩的人，少則幾百人，多則幾千人，歌圩聚會被認爲是比節慶還熱鬧的文藝活動。1984 年，田林縣文化館組織了一次歌圩活動，演出節目有北路壯劇、壯話快板、壯族舞蹈、壯戲表演等。歌圩爲壯劇提供了創作的源泉和傳承場域，壯劇借助歌圩得以生存和傳襲，同時也爲歌圩增添了表演藝術吸引力，兩者相互影響，相互豐富發展。

廣西田林縣還組織了北路壯劇文化藝術節活動，北路壯劇屬於民間小戲範疇。經歸納起來大致有以下特點：

從內容方面看，不少劇目取材於民間傳說或故事，如本屆北路壯劇藝術節期間上演的《三穿洞的故事》、《枯木逢春》、《對歌招親》等；故事線索單一，情節簡單，如《三穿洞的故事》講某青年之妻被妖精擄走，該青年習練好武功之後，斬除妖魔，將妻子救回的故事；《枯木逢春》講一姑娘救起一男青年，兩人結成美好姻緣的故事，故事情節都極爲簡潔明瞭；角色也不多，

少者三、四個，多者七、八個。就形式方面看，演員的唱白採用的是北路壯語方言，不但唱腔帶有濃鬱的山歌韻味，劇中還時常穿插對歌的場面，表現壯族地區獨特的民俗風情，有著濃鬱的鄉土氣息。使用樂器有馬骨胡、小竹胡、土拉胡、葫蘆胡等數種。馬骨胡、葫蘆胡是壯劇藝師獨創的一種伴奏樂器，前者音色高亢嘹亮，後者音色深厚柔軟，各具特色，皆爲其劇種所特有，可以說既具民族風采，又有地方特點。就其形成過程看，它是民間音樂演奏活動與民間歌唱活動相結合的文化產物。

北路壯劇形成於清乾隆年間，歷經十代人的傳承，積澱了許多民間藝人的心血與智慧，在幾百年來深受廣大壯區人民的歡迎，是壯族地區最有影響的劇種之一，應該說具有一定的審美價值和藝術水平。

北路壯劇的藝術魅力究竟如何？長期從事田林縣群眾文藝輔導和北路壯劇研究工作的黃志元在《北路壯劇——一朵絢麗迷人的山花》中曾有這樣的描述：

> 一個寨子唱戲，周圍幾十里遠近的群眾，扶老攜幼、翻山越嶺來看戲，白天從上午唱到下午五時才散場，晚上又唱到十二點以後才收場。每逢熱天雨天，觀眾自帶雨帽雨傘前來觀看。天幕濕透了照樣演，臺面濕了就撒穀糠，直到演員難以走場爲止……當晚唱完戲，觀眾在臺下唱感謝歌，戲班也在臺上唱歌對答，一首接一首，成了「對歌臺」。吃夜宵時又唱「敬酒歌」，歡歡樂樂鬧到天明。

第十代北路壯劇藝師閉克堅《我的藝術生涯年譜》也談到幾次演出時的盛況：

> 去田林縣利周鄉歌節演唱，兩天三夜共五場，每場觀眾約六千人，在塘興成立百色市民間壯劇團……排演出壯劇《蝶倫與蝶宅》，觀眾約達四千人……把《蝶倫與蝶宅》這齣戲調到百色市烈士紀念碑前公演，觀眾約八千人，表演生動，領導和觀眾感動流淚……

黃志元、閉克堅等所講觀眾人數是一個大約估計，可能有一定出入，但當時肯定是一種人山人海、觀眾如潮的局面。由此可知，北路壯劇曾經具有怎樣的藝術魅力，它曾經讓多少人爲之著迷。此種草根藝術的魅力，或許是專家、學者和其他知識精英所無法體味到的，我們只能通過藝人回憶文字與群眾的態度去感受或領略。

（九）防城京族戲劇

7月20日，我們前去廣西壯族自治區圖書館，翻閱和複印了大量的有價值的資料，感覺收穫頗豐。接著又跟隨李強教授趕往防城，與京族人民進行了近距離的接觸。在那裡「京族三島」生活的京族群眾正在歡度盛大的民族傳統節日「哈節」。在此過程之中貫穿著豐富多彩的宗教祭祀與文藝演出活動。

據實地考察，得知京族自十五世紀以後陸續從越南塗山等地遷來，最先居住在巫山島和江平鎮附近的寨頭村，後來才逐漸向欽州、潭吉等地發展，主要聚居在廣西壯族自治區的防城縣的巫頭、澫尾、山心3個島嶼亦稱「京族三島」。

「京戲」是京族傳統的戲劇，又稱「嘲劇」，獨具民族特色。京族的歌唱藝術頗有特色。唱時由一位「哈哥」操三弦琴伴奏，二位哈妹則邊敲打竹梆子與竹板輪流進行演唱，內容多為民族敘事史歌以及中國古詩詞等。歌曲樂調不下30種。按內容分有山歌、情歌、結婚歌、漁歌、訴苦歌、長篇敘事歌、風俗歌、勞動生產歌等等。京族音樂有民間歌曲、器樂戲曲音樂等。民間歌曲有海歌、小調、舞歌等。京族歌手對唱，以竹片、吉彈伴奏「出海歌」，主要是反映出海捕魚或摸螺、洗貝等勞動生活。音樂旋律明快，節奏規整。

京族民間樂器，主要有獨弦琴和吉彈。獨弦琴適於表現節奏舒展、旋律悠長的樂曲，尤擅長演奏回音、顫音、滑音等裝飾音，傳統曲目有《高山流水》、《孤山寒影》、《騎馬》等。吉彈，是三根弦的彈撥樂器，多用於「唱哈」的伴奏。京族的傳統戲曲京戲，與越南的嘲劇相通，代表性傳統劇目有《阮文龍英勇殺敵》、《等新娘》等，熟悉的人已不多。1949年後，京族人民編了一些地方小戲，其曲調來自民族歌謠、小調和敘事歌等。

7月22日我們坐上了返回西安的火車，這次考察暫告結束，收穫不容小視，但是也有很多的遺憾：鄂西、湘西、廣西這一區域的少數民族眾多，而其中的戲劇資源也很豐富，有已經被發掘和重視的，但還有一大部分已經快被人遺忘，甚至沒有被挖掘出來或逐漸消失，看到如此珍貴的音樂、舞蹈、戲劇資源將被人遺忘，沒有機會展現在世人的眼前，心理感覺很複雜。我們希望以後不斷深入生活基層調查與研究，盡力將中國少數民族豐厚的文化底蘊展現在中國乃至世界的面前。

（碩士生權薇整理撰寫）

四、內蒙古、遼寧地區蒙古族地方戲劇考察報告

（2007 年 7 月 29 日～8 月 9 日）

（一）山西大同訪古

2007 年 7 月 29 日，陽光燦爛、萬里無雲，李強教授帶領我們乘坐公共汽車先行從古城臨汾出發前去山西太原，第二天又乘車出發，經過 4 個多小時的行程，到達了大同。隨後，邊國強也按原計劃從長治趕到了大同，約下午四時左右，我們三個人在大同市會合見面。從此開始了這次企盼已久的山西北部和內蒙古東部的諸多民族歷史文化與民間戲劇的藝術田野實地考察。

「八一」建軍節，對於我們來說，是有著特殊的意義的。這天一大清早，我們三人簡單地吃過飯，然後乘坐公交車去了被列爲世界文化遺產之一的「雲岡石窟」。途經觀音堂、晉華宮、青礦等旅遊景點，用了半個多小時，汽車到達了雲岡石窟。我們並沒有直奔石窟景點，而是先在附近向當地人瞭解一些民俗活動和戲臺概況。經過一位老人家的指引，我們首先找到了一座位於石窟西部 200 米左右的鋼筋石灰建造的現代戲臺。隨即買了三張門票和一張《山西省旅遊交通圖》，進入雲岡石窟遊覽區。

只見不遠處的牆上張貼著一張醒目的《雲岡石窟參觀線鳥瞰示意圖》，按根據圖上所標示，我們先行來到位於入口正前方的一處戲臺，經考察與丈量，此爲卷棚歇山頂，面闊三間 10.98 米，進深兩間 6.62 米，明間 3.72 米、次間 2.55 米、臺基高 1.05 米、柱礎高 0.10 米、柱礎直徑 0.21 米、柱高 2.80 米、柱徑 0.20 米。我們邊測量邊拍照，收拾完畢後，來到入口處，在其臺階下面，立有一塊中、英文石碑，其文字表述如下：

> 聯合國教科文組織保護世界文化和自然遺產公約，世界遺產委員會已將雲岡石窟列入世界遺產名錄。一處文化或自然遺產地列入世界遺產名錄，是對其獨特或普遍價值的確認。爲了全人類的利益需加以保護。列入時間 2001 年 12 月 14 日。聯合國教科文組織總幹事。

於登山臺階處，見到入口左側有一塊白色的長方形牆上書寫：左側爲「世界遺產雲岡石窟。聯合國教科文組織世界遺產委員會第 25 次全會 2001 年 12 月 14 日通過。」

右側爲「全國重點文物保護單位，雲岡石窟，中華人民共和國國務院，

一九六一年三月四日公佈，山西省人民委員會立。」豎匾爲：「雲岡石窟研究院」。

　　進入雲岡石窟景區，根據相關文字閱讀，它位於大同城西 16 公里武周山北崖，石窟依山開鑿。開鑿於北魏和平初年（公元 460 年），距今已有 1500 年的歷史。雖然唐、遼、金、明、清歷代都進行了修繕，但由於自然侵蝕和人爲破壞，石雕藝術品受到了程度不同的損壞。進入二十世紀以來，雲岡石窟藝術越來越引起國際學術界的重視，它與印度阿旃陀、阿富汗巴米揚石窟被譽爲「東方三大石窟藝術」。

　　據記載，雲岡石窟東南綿延 1000 米，從東向西洞窟依次編號有 45 個，大小窟龕 252 處孔，石窟造像 51000 餘尊，是我國規模最大的古代石窟群之一。看完文字簡介，李強教授建議從後先前依次倒著觀看，爲的是接其時間順序，於是就先來到雲岡石窟的代表作——第 20 窟，看到有許多遊客在大佛釋迦牟尼坐像前合影留念，我們也順勢在佛前留下了難忘的合影。好在每個石窟前都有關於該石窟的碑文介紹。20 窟碑文介紹：「第 20 窟（公元 460～465 年）窟前壁約遼代以前已崩塌，造像露天。主像是三世佛，北壁鑿釋迦坐像，高 13.7 米，面相豐腴，兩肩寬肩，造型雄偉，氣魄渾厚，是雲岡石窟雕刻藝術的代表作品。東側的立佛像著通肩衣，體態端正，兩側的立佛像早年已毀。」

　　從第 20 窟以後的洞窟正在維修中，我們想藉此機會看看其它的洞窟，於是就和當地的工作人員進行協商，好不容易我們才被允許「西行」去探窟。但見大多數洞窟破敗不全，有的甚至已蕩然無存。我們逐洞細察，所見洞窟，瘡痍滿目，深深激起我們對破壞、踐踏國家寶貴文化遺產之強盜豺狼的痛恨，以及大大加強我們發掘、整理、保護、繼承優秀石窟藝術義不容辭的責任。

　　從西向東行，我們依次逐個進到各洞窟、參觀、考察、拍照、筆記，看到許多與古代少數民族有關聯的樂舞戲劇與樂器雕塑，所得文字資料如下：

　　　第 19 窟（公元 460～465 年），主要是三世佛，主窟中的釋迦坐像，高 16.8 米，是雲岡石窟中的第二大佛。其面相方圓，兩耳垂肩，雙肩齊挺，著袒右肩式袈裟，衣邊飾折帶紋，內著僧祇支，邊雕環狀忍冬紋條飾。窟外東西鑿出兩個耳洞，各雕一尊 8 米的倚坐佛像。這種三世佛布局頗爲新穎。

　　　第 18 窟（公元 460～465 年），主像是三世佛，北壁釋迦立像，

高 15.5 米，身著袒右肩式千佛袈裟，魁偉高大，慈藹莊重，右手持
衣角舉於胸前，手部雕刻細膩，質感 N 強烈。東壁上層的弟子雕像，
或深目高鼻，面貌蒼老；或嘴角上翹，笑容可掬；或雙手捫胸，心
領神會；慈容憨態，令人稱絕。

第 17 窟（公元 460～465 年），北壁雕交腳彌勒，高 15.6 米，
東壁雕坐佛，西壁雕立佛，合稱三世佛。西壁龕內右側的供奉天像，
頭束高髻，臂繞帔帛，下著長裙，雙手捧蓮蕾，造型優美形象生動。
明窗東側後期補刻太和十三年（公元 489 年）的佛龕，是研究雲岡
石窟雕刻藝術發展史的形象資料。

第 16 窟（公元 460～465 年），第十六至二十窟是雲岡石窟最早
開鑿的五個洞窟，爲北魏時期高僧曇曜於文帝和平年間（公元 460
～465 年）主持開鑿，通稱「曇曜五窟」。十六窟主像爲釋迦立像，
高 13.5 米，波狀髮，著褒衣博帶式佛裝，胸前結帶下垂，衣紋作平
直階梯式，屬於太和改制後的樣式。

第 15 窟，窟洞平面呈長方形，四壁滿調千佛，素有「萬佛洞」
之美譽。西壁中部佛龕龕楣上的水藻、魚鳥浮雕，運用了浮雕加陰
刻線的技法，更具有裝飾性。畫面中沙鷗翔集、魚躍於淵，造型生
動、華麗典雅。

第 14 窟（公元 494～525 年），窟內的四根列柱已崩塌，西壁保
存較好，其中有單層的塔式建築物雕刻和《維摩詰經》中的香集品
故事。

第 13 窟（公元 470～493 年），主像爲交腳彌勒菩薩，頭戴寶冠、
佩臂釧、手鐲，胸前佩蛇形飾物。左手撫膝，右手上舉，臂下部雕
一托扛力士像。南壁門拱上方的七佛立像，著褒衣博帶。東壁龕形
多樣，雕飾華麗。明窗兩側的菩薩形體豐滿健美、雕刻細膩精巧。

第 12 窟（公元 470～493 年），窟分前後室，前室外立壁雕廡殿
頂飾及列柱四壁，構成一座三間殿堂式的建築。前室壁面鑿有各種
龕佛形及佛像。窟前頂雕平棊藻井，北壁雕一列天宮伎樂，東、西、
南壁雕八身夜叉像。所持箜篌、琵琶、排簫、笛、塤、鼓等樂器，
是研究音樂史的重要資料。

第 11 窟（公元 470～493 年），窟中央鑿方形塔柱，四面上下開

龕造像。南面上龕爲彌勒像，其餘均爲釋迦立像。南面下龕立佛兩側的脅侍菩薩，從風格上看似爲遼代遺刻。東壁上層有北魏太和（公元 483 年）造像題記，爲雲岡石窟最早的造像銘記，是研究石窟開鑿歷史的重要資料。

第 8 窟（公元 470～493 年），八窟形制、布局與七窟相同。門窟兩側雕護法天神像，東側摩醯首羅天，三頭六臂，騎白牛，手托日月、持弓箭、執葡萄，其右腳雕塑的非常逼眞；西側鳩摩羅天，面似童子，擎雞、乘孔雀。兩像的造型與雕刻技巧十分成熟。

第 7 窟（公元 470～493 年），七、八窟爲一組雙窟，窟前有三層木構窟簷，窟分前後室。後室北壁上層主像是三世佛。東、西、南壁列四層佛龕，窟頂飾平棊藻井圖案。南壁門拱上方六供養天像，雕刻十分精美，明窗兩側山中雕坐禪比丘像，是研究北魏佛教思想史的重要史料。

第 6 窟（公元 470～493 年），後室中央雕直通窟頂的二層方形塔柱，上層四面雕立佛，四角雕塔；下層四面開龕造像，佛龕內外兩隅和窟內東、南、西壁以及明窗兩側，浮雕 33 幅描寫釋迦牟尼從誕生到成道的佛傳故事畫面。

據石窟導遊介紹，相傳釋迦牟尼出生在公元前 565 年，死在公元前 486 年，共活了八十歲。釋迦牟尼是天竺尼波羅南境一個小城主淨飯王的兒子，他曾雲遊外地四次，分別遇到過四種人：即一位老人，一個病人，一個死人，最後一次出去，遇到了一個僧人，於是就請教這位僧人，他向釋迦牟尼解釋：「生、老、病、死乃是人生的過程，唯有出家才能解脫痛苦。」他恍然大悟，決定出家爲世人尋找一條解脫痛苦之路。從此，釋迦牟尼出家求道，苦行外道同修六年，然而毫無所得，於是在菩提樹下獨坐冥想，經過若干年晝夜，忽然覺得自己已經成就無上正覺，即所謂成佛。佛的意思就是覺悟，覺悟了人生的究竟，解決了生死的問題。

中間區域的石窟規模宏大，雕飾富麗。傾聽導遊的解說，我們邊觀看邊作筆記：

第 5 窟（公元 470～493 年），五、六窟爲一組雙窟，位於雲岡石窟中部，窟分前後室。五窟後室主像爲三世佛，北壁中央釋迦坐像高逾 17 米，是雲岡石窟最大的佛像。窟內壁畫滿雕龕像，拱門兩

側的菩提樹下雕刻二佛對坐像，兩窟前室五間四層木結構樓閣，爲清初順治八年（公元 1651 年）重建。

第 4 窟（公元 494～525 年），中央雕長方形塔柱，塔柱四面開龕造像。南壁窟門上方原雕有正光年間（公元 520～525 年）題記，是雲岡石窟最晚的北魏銘記。窟門地面低於窟內 1.4 米，係未完工所致，這爲瞭解石窟開鑿方法和造像雕刻程序等問題提供了可靠的實物依據。

第 3 窟，該窟是雲岡石窟規模最大的洞窟，史稱靈巖寺。窟前立壁高約 25 米。北魏時期，僅鑿出前、後室南部的窟形及前室上層的彌勒龕和東西雙塔，其它部分因遷都洛陽而輟工。後室唐代初年雕刻的三尊造像，面相圓潤、肌膚豐滿、冠飾華麗、衣紋流暢。

第 2 窟（公元 470～493 年），二窟的形制、布局與一窟略同。中央爲方形三層塔柱，每層之間以屋檐相隔，屋脊、瓦壟、簷柱、額枋、斗拱、叉手等仿木結構建築雕刻，是研究北魏佛塔的重要實物資料。窟頂南部浮雕團蓮及飛天圖案。

第 1 窟（公元 470～493 年），一、二窟是一組塔廟式雙窟。一窟中央雕出兩層方形塔柱。後壁主像爲彌勒。東、西、南壁上部雕天宮伎樂與禪定坐佛，中部爲一列龕像，東壁下部北端是睒子本生故事畫面。南壁窟門兩側爲維摩、文殊塑像。

（二）呼和浩特市節慶演出

走馬觀花式地看完了現存的石窟，已經是下午三時多，我們告別了雲岡石窟，在乘車返回旅店途中恰巧遇到了一輛即將發往呼和浩特市的客車，即刻風馳電掣般上車出發。八月的草原，千山一碧、翠色欲流，我們迎著蔚藍的天空，懷著異樣的心情一起踏上了內蒙古草原。汽車一直北上，經過四個小時路途的顛簸，晚上八時到達呼和浩特市。

8 月 2 日下午我們三人乘車來到內蒙古教育出版社書店，一本厚厚的文精主編《蒙古族大辭典》，如一塊巨大的磁鐵閃電般地把我們吸引過去。我們迅速找出與民族樂舞戲劇有關的內容，拿出照相機、筆和紙，逐個拍下來、記在本子上。在書店裏轉了一圈，又發現僅有最新版本的《蒙古秘史》和《蒙古逸史》等少數幾本蒙古民族的書。從內蒙古教育出版社書店出來後，我們

繞道去了自治區圖書大廈,在此我們掏到不少「寶藏」,自然欣喜不已。

於歸途中的自治區體育場前,遠遠地看到前面圍著一大群交換門票的各族觀眾,我們就湊了過去,經打問,原來今晚要在呼市舉辦中國內蒙古第四屆國際草原文化節、呼和浩特第八屆昭君文化節開幕式,即「伊利情」大型文藝晚會《天堂草原》,並且是由中央電視臺的著名主持人白岩松和香港鳳凰衛視的著名主持人許戈輝,還有內蒙古電視臺的主持人劉欽、杜鵬、歐仁托婭等共同主持並作現場直播。我們毫不猶豫買下了三張門票,迫不及待進入晚會現場,約晚上八時,隆重的期待已久的晚會隨著優美的音樂、嘹亮的歌聲徐徐拉開了帷幕,會場氣氛頓時一片活躍、歡騰。坐在我們附近的小姑娘情不自禁、有節奏地翩翩起舞,我們也隨之融入了歌舞詩劇的海洋。

根劇節目單與主持人簡介得知整場晚會共分為如下四個篇章:

> 第一篇章「蒼狼大地」,包括大型樂舞《駿馬精神》、長調音畫史詩《都仁札那》、聲樂舞蹈組合《勇士》、歌曲《來自北方的狼》、大型舞蹈《駿馬追風》五個節目;

> 第二篇章「和諧草原」,有情景歌舞《四季歌》、情景舞蹈《這是我的家鄉》、歌舞《春天來了》、交響組歌《美麗的草原我的家》、《內蒙古好地方》和《草原戀》、歌曲《草原上昇起不落的太陽》、女群舞《盛裝舞》、歌舞《送親歌》、歌曲組合《康定情歌》、《跳起舞來》、歌舞《父親的草原母親的河》;

> 第三篇章「綠色交響」,演出的節目有世界名曲聯奏《西班牙鬥牛士》、《拉德斯基進行曲》,歌舞《喀秋莎》(俄羅斯演員列娜領銜)、歌舞《我的兄弟姐妹》、舞蹈《麼呼爾》;

> 第四篇章「吉祥歡歌」,包括新編「漫瀚調」民歌《天下黃河九十九道灣》,歌曲《蒙古高原》、歌舞《這是世界迷人的地方》、歌曲《邊疆的泉水清又純》、歌舞《相約北京》、大型歌舞《為蒙古喝彩》。

大型文藝晚會整整持續了三個半小時,最後在體育場上空燃起煙花,各式各樣的煙花和周圍眨眼的星星交相輝映,人們都爭搶著拍下這難忘的一刻,多美多麼別緻的夜景啊!

8月3日,今天陽光明媚,空氣格外清新,我們三人從旅店出來直奔內蒙古圖書館。乘坐公交車不一會兒就來到了目的地,我們首先向工作人員說明來意,並詳細地詢問了有關蒙古族樂舞戲曲的書籍和資料,他們熱情地接待

了我們。按照當地規定，邊國強還專門辦了一張內蒙古圖書館閱書證，我們就逐一挨個查找。從圖書館出來後，看到附近有一個代售車票處，我們趕忙進去向工作人員咨詢車票情況，沒想到順利地買到了翌日中午十二時整發往通遼的火車票。吃過午飯已經一時了，我們生怕路上耽擱時間，索性不回去午休，利用這個空擋，我們來到附近的滿都海公園，這樣既可以觀光風景，也能緩解疲勞，我們在河邊附近的一塊大石頭上坐了下來。眼前河面開闊，陽光透過雲縫將五顏六色的光束撒在河面，成群的飛鳥來回舞旋，河的四周柳樹成蔭，還有三五群人在柳樹的陰涼下悠閒地釣著魚，景色真是美妙極了！

下午，我們早早地又靜候在圖書館門外，從兩時半到六時一直呆在館裏。在此期間，「天道酬勤」，通過翻閱《蒙古族大辭典》、《少數民族戲劇研究》、《中國地方志戲曲集成·內蒙古自治卷》、《中國少數民族文化大辭典·東北內蒙古地區卷》、《中國蒙古族當代文學史》（戲劇部分）、《二人臺傳統劇目彙編》、《蠻漢調研究》、《中國內蒙古民族劇團》、《內蒙古戲劇劇本選》等等書籍和辭典，我們終於搜集、整理、摘抄了一系列的相關的圖文資料。眼看就要到下班的時間了，工作人員對我們遠道而來表示非常理解，特意為我們延長了閉館的時間。待我們把資料搜集完整後，他們才下班閉館。回到住處，我們重新整理、核對資料，感到收獲頗豐。

（三）考察昭君墓

8月4日上午我們乘坐公交汽車去昭君墓，中途還需要轉車，直接到達昭君墓的車半個多小時才發一次。我們沒有太多的時間，因為必須得趕上中午十二點鐘發往通遼的車。所以半路下車後，雖然烈日當空，但我們仍堅持徒步行走約兩三公里，終於到達目的地。

我們遠遠地就聽到鑼鼓喧天聲，看到很多人圍在一起，放眼望去，一個個扮演者凌空而立，甚為奇妙，有一種飄逸空靈的感覺。我們饒有興趣地湊近觀察，真是令人感到玄妙而奇巧！原來這長長的演出隊伍，不知道的還以為是一個大人身上坐個假人呢。其實上面扮演角色的這些孩子都是真的。孩子大多五六歲，最小的四歲，身下的大人都是自己的親屬。每當表演的始末，旁邊都有負責的人來叮嚀孩子、囑託大人、撫慰表演者。而在上面的孩子們是被穩穩的綁在下面大人肩頭的支架上。他們只要站在上面不動，下面的扭動起來，上面的孩子自然就跟著扭動。此刻上面的孩子們更是喜笑顏開，在

上面扭得更歡了。有的大人肩上還綁著兩個孩子，用鐵架支撐著，一邊一個，這樣就可以保持平衡。不過有的大人肩上架著一個小孩，我認為這樣從重量上來看，雖然輕了點，但平穩度就相對差了點，這需要掌握熟練的平衡力技術。

更令人吃驚的是，上面的孩子們裝扮成民族歌舞戲劇中的男女人物。他們悟性很好，扮相、動作、表情極為自然風趣，令人百看不厭，拍手叫絕。而下面背小孩的大多數是 40 至 50 多歲的中老年人，有的竟然 60 多歲了，還是那樣神采奕奕地當眾表演。他們表演時伴奏樂器有大鼓，大銅器，長號等，烘託氣氛。另外還有旗手、標槍手相護衛，使我們看後，既感到怵目驚心，又覺得心曠神怡。

每場表演下來，他們都要用自己隨身攜帶的大手帕擦拭額頭上的汗珠。當我們湊過去問他們是不是很累時，他們笑著對我們說：「我們都習慣了，每年過節都要表演，而且每次表演都是一連最少三天，每天表演達五、六次之多。雖然有點累，但大夥高興啊！」

我們又好奇地問起那些年長的表演者，他們是如何把那些孩子固定在上面的，他們解開衣服，讓我們看了看。原來是用鐵木結構加工而成，把精巧的美學與牢固的力學結合起來，形成一體，這樣來承重的。觀之使我們從心裏由衷的驚歎不已。

看完「民間技藝」表演之後，我們買了三張門票，當我們進入昭君墓陵園時，他們已開始表演第三遍了。看到這些邊塞藝人們在熱烈的音樂聲中遊走，奇妙無窮，使人樂而忘返。

李強老師和我們邊走邊聊，他對我們說，剛才看到的表演就是「背閣」，其源頭可追溯到明朝，是由祭神而演化為民間喜慶節日的娛樂活動。「背閣」是一種北方民族民間演出形式，有些類似「踩高蹺」、「耍龍燈」。不僅歷史久遠，形式獨特，而且需要較高的表演技藝。

「背閣」就是成人身上綁一特製的金屬架子，然後將少年兒童捆綁在金屬架子的頂端，兩人或三人都身穿各民族古裝戲服，運用鐵拐支架和人物道具。通過綁紮，偽裝，美化，造型而塑造出的藝術情節。表演時配以大鼓、雙釵、小鐃、鑼、嗩吶等多種樂器伴奏。背閣人腳踩樂點，走出轉圓圈，踩八角，插四角，二龍相鬥等陣式。演員們在上面表演傳統劇目中的一些典型情節和武術套路，場面熱鬧，內容豐富。

背閣也叫「芯子閣」，其特點是：上裝和下裝是一個整體，通過小巧玲瓏的鐵芯連在一起。在服裝上十分講究，完全和地方戲劇中一樣。鐵芯子也很講究技巧，使觀眾根本看不出芯子插在什麼地方。諸如傘上、樹枝上、花籃上、帽沿上等。不說不唱，僅是下裝走動，走時行小碎步，時快時慢，慢時走，快時跑，都是按規定的程序，上裝自己作動作。

李老師說完，我記得以前好像在一本書上看到過背閣形式，不過叫「擡閣」，一直疑惑不解，於是就向李老師請教二者區別在哪裏，李老師接著耐心地講解：「背閣、擡閣都是深受群眾喜歡的一種藝術形式，要說區別，『擡閣』是一種由兩三名孩童扮演古裝戲劇人物，立在閣子上巡行的民間傳統娛樂活動，它是由四位或八位精壯男子扛擡一個閣子形擡櫃而得名。它集歷史故事、神話傳說於一體，融繪畫、戲曲、彩紮、雜技等藝術爲一身，是民間社火活動的重要組成部分。」查看資料，得知擡櫃要大於背閣，是一米見方的正方體平台，四面飾有花卉蟲鳥，後面兩側插竹竿，用彩綢紮成一個有頂蓋的敞式亭閣。由兩三個甚至更多的俊男俊女扮演，古時擡閣表演以神話、傳說爲主，戲劇題材如《濟公》、《梁祝》、《西廂》等。擡閣造型優美、畫面壯觀，加上鑼鼓相伴，十分氣派。

我們走到昭君墓入口處，見在其右側有一塊石碑，該碑文是由蒙漢兩種文字組成，左側是蒙文，右側是漢語：

第六批全國重點文物保護單位

王 昭 君 墓

中華人民共和國國務院二零零六年五月二十五日公佈

內蒙古自治區人民政府二零零七年六月立

根據文字介紹，王昭君，名嬙，字昭君，後人稱昭君或明妃，西漢時南郡秭歸人（今湖北省興山縣），後爲漢元帝後宮的待詔。公元前三十三年，在漢匈兩族人民和好的形勢下，匈奴胡韓邪單于入朝求和親。王昭君自願請行出嫁匈奴，爲漢匈兩族的和平相處，做出了重要貢獻。

隨著絡繹不絕的遊人，我們來到了昭君博物館前，看到昭君墓如下碑刻概況：

昭君墓，坐落於呼和浩特市南郊六公里大黑河南岸，蒙古語稱

「特木爾烏爾虎」意爲「鐵壘」。傳說，文獻記載亦稱爲「青冢」。

因爲每到深秋時節，北方草木皆枯，唯獨昭君墓上草青如茵，故稱

「青冢」。從唐代開始有明確記載。據考證，它由漢代人工積土，夯築而成。高達 33 米，底面積約 13000 平方米，是中國最大的漢墓之一。

沿著導遊的路線，從東向西依次觀看了董必武《謁昭君墓》詩碑，詩曰：「昭君自有千秋在，胡漢和親識見高。詞各自攄胸臆薀，舞文弄墨總徒勞。」還有神道石像、王昭君雕像、和親銅像、青冢牌坊。最後我們來到昭君墓，墓前有平臺及階梯相連，第二層平臺及墓頂各建有一亭。佇立墓頂，極目遠眺，墓草青青，古木參天，陰山迤邐崢嶸，平疇阡陌縱橫，昭君墓周圍景色宜人，加上早晚霞光的映照，墓地的景色似乎時時都有變化。民間傳說昭君墓一日三變，「晨如峰，午如鐘，暮如縱」，更增添了昭君墓這一塞外孤墳的神秘色彩。

在中國古代歷史上，王昭君是一位獻身於中華民族團結的偉大女性。在民間百姓中，昭君是美和善的化身。數千年來，她的傳說故事在中國民間廣為流傳，家喻戶曉。自唐、宋以來，歷代文人詠唱昭君、抒發情感的詩文、歌詞、繪畫、戲曲更是多不勝數，形成了千古流傳的「昭君文化」。來此一遊，真是青冢兀立、巍峨壯觀，遠遠望去，顯出一幅黛色朦朧、若潑濃墨的迷人景色，難怪歷史上被文人譽為「青冢擁黛」。

「琵琶一曲彈至今，昭君千古墓猶新」。如今的昭君墓，宛如北方草原上一顆璀璨的明珠，成為名揚世界的旅遊勝地。著名史學家翦伯贊讚美：「王昭君已經不是一個人物，而是一個象徵，一個民族友好的象徵；昭君墓也不是一個墳墓，而是一座民族友好的歷史紀念塔」。這裡不僅有歷史悠久的文物古蹟，還有鳥語花香的自然情趣和獨具特色的人文景觀，其詩情畫意，實在令人流連忘返。

（四）科爾沁喇嘛寺

上午約十一點時我們離開了昭君墓，緊趕慢趕，很幸運趕上了中午十二點從呼市發往通遼市的 K502 次列車，一直向東行，途經烏蘭察布、商都、化德、正鑲白旗、桑根達賴、克什克騰旗、巴林右旗、巴林左旗、阿魯科爾沁、開魯等地。火車在向前疾駛著，一路上，我們時而談論著少數民族戲劇，時而又禁不住地透過擋風玻璃遙望那窗外一望無際的茫茫綠海，清澈的河流，可愛的牛羊，勤勞的草原人民，天上的朵朵白雲共同繪製出人類美好的家園。

這是我不知曾經多少次魂牽夢繞的地方，對那裡的一切都充滿著神秘感，今天終於有幸親眼目睹你的風采。啊！我愛你美麗的大草原，但我更迷戀那具有濃烈民族特色的蒙古族民間藝術與戲劇。

我們在火車上呆了近二十個小時，於八月五日早上六時左右到達通遼。過去早就聽說此地就是遠近聞名的「科爾沁草原」，尤其是產生的蒙古「安代戲」更有名氣。我們下了車，在通遼市稍作整頓，吃了點飯，沒敢多加逗留。在通遼汽車站買到通往甘旗卡的車票，拿到票後僅僅還有五分鐘就發車了，又踏上了開往科左後旗之旅。

到了科左後旗汽車站已經上午九點多了，我們在車站稍作整頓，就打車去當地的僧格林沁博物館。不巧的是到了後，大門卻緊閉著，只見幾個民工在整修門外的一大片空場地。我們急忙上前問清情況，原來他們正在修建賽馬場地和停車場，聽說過兩天將在這舉行賽馬呢。因為裏面也沒有完全修好暫不開放。於是我們先來到山門前，見到有六根柱子高高聳立，兩邊的兩根柱子是看不懂的滿文，中間的四根柱子倒是寫的是漢語。前兩根柱子寫道「山河依舊此處寶獅盤龍，古蹟重新知是何人圖畫」，後兩根柱子文字是「金馬馳騁塞外春，龍音聳立博王府」。山門右側立有一通《博王府博物館誌銘》。

看完柱石簡介後，我們敲開了大門，遞給工作人員介紹信，並且說明來意，經過一陣商量，他們才勉強同意我們到院子裏看看。進入山門，映入眼簾是一尊典雅的僧格林沁銅像。他身後牽著一匹銅塑的駿馬，一副威風凜然的將軍氣慨。正面碑文刻著蒙漢文「僧格林沁」（1811～1865）右側是「塑像說明」：

> 據全旗三十七萬各族人民的意願，旗長布仁提議策劃塑僧格林沁銅像。旗長、鎮企業局道布丹讚助人民幣三萬元。總設計：旗史志辦公室副編審巴根那，瀋陽市雕塑場承制。
>
> 科爾沁左翼後旗文物管理所，一九九五年十月立。

背面碑文是蒙漢兩種文字關於「簡傳僧格林沁」內容如次；

> 僧格林沁蒙古族博爾吉特氏，1811 年生於科爾沁左翼後旗哈日額日格蘇木白興興吐嘎查一個普通臺吉家庭。1825 年承襲旗箚薩克多羅郡王，1855 年因戰功卓著晉封親王朝廷賜「博多勒噶臺」親王號，曾兼哲里木盟盟長。在（清）道光、咸豐，同治三朝備受重用，身居御前參贊欽差後扈等大臣，兼任滿族八旗蒙古族漢軍都統和領

侍衛內大臣等要職。四十年多次奉命出征立下赫赫戰功。在第二次天津大沽口保衛戰中，率軍大敗英法聯軍，爲維護國家的獨立和尊嚴立下不可磨滅的功勳。1865 年 4 月在征戰中不幸身亡，同治帝親自祭奠、諭旨繪圖紫光閣。歷戰五省建僧王祠，四季進香諡號曰「忠」，陵寢建在公主陵（今遼寧省法庫縣境），同治帝題寫碑文青石盤龍碑立在陵殿正南。

沿著中軸線，再往前是正殿、耳房和兩側的廂房。由於正處於修建之中，不允許我們仔細觀看，就匆忙出來了。在返回科左後旗汽車站的途中，我們在司機的幫助下又找到了一處的石碑，從中進一步了解了科爾沁旗歷史文化。

好心的司機把我們送回科左後旗汽車站，正值中午時分，毒辣辣的太陽熏烤著大地。我們饑渴難耐，邊國強同學機靈地走到旁邊的一個擺地攤前，不一會兒，他笑眯眯地抱著一個大西瓜向我們這邊走來。不管三七二十一，我們拿起切好的一塊塊西瓜狼吞虎嚥地就吃了起來，感覺一絲絲涼意沁入心脾。我們在焦急地等著，望眼欲穿，好不容易盼到了開往庫侖旗的客車向這裡緩緩地駛過來，就像大救星來了一樣，一骨碌湧上了汽車，好不快哉！

這幾天連續疲憊作戰，一直乘車趕路，又經過兩個多小時的行程，終於在下午約三時來到享有「安代藝術之鄉」、「蕎麥之鄉」美譽的庫侖旗。該地是一個以蒙古族爲主體的多民族聚居旗，位於內蒙古自治區東部，通遼市西南約 140 公里處。庫侖南與遼寧省阜新、彰武二縣交界，東北西分別與本市的科左後旗、奈曼旗毗鄰。庫侖旗歷史悠久，境內文物古蹟較多，而且還有清代建造的 30 多座寺廟，規模宏大，其中著名的「庫侖三大寺」就是歷史見證。

到達庫侖城區，安頓好住處後，我們出來準備拜訪當地居民，剛出門不遠處就望見「興源寺」三個大字。興源寺位於庫倫旗中街以北，是錫勒圖庫倫主廟。此時剛過下午四點，離下班的時間還有差不多兩個小時，我們按捺不住內心的喜悅之情，加快了腳步奔向興源寺。看到山門外立有一塊名爲《庫侖三大寺 清代喇嘛寺廟》的石碑，碑文正面由漢蒙兩種文字組成：

全國（第六批）重點文物保護單位庫倫三大寺

中華人民共和國國務院 2000 年 5 月 25 日公佈

內蒙古自治區人民政府立

其碑文背面文字如下所述：

庫侖三大寺 清代 喇嘛寺廟

　　順治三年（1646 年）庫倫旗確定力錫脫垳圖庫倫札薩克喇嘛旗即政教合一的特別旗。興源寺、福緣寺、象教寺便是這段歷史的見證。（圖爲興源寺）興源寺爲政教中心，始建於順治六年（1649 年），清廷賜名「興源寺」。光緒二十五年（公元 1890 年），將大殿改爲汗藏結合式二層建築；福緣寺爲財政中心，建於乾隆七年（公元 1742 年），乾隆皇帝賜「福緣寺」匾額。該寺由山門、誦經殿、佛殿和老爺廟一連四重殿宇組成；象教寺爲札薩克喇嘛辦公場所。建於清康熙九年（1679 年），由山門寺、正殿、無量壽佛廟組成。庫倫三大寺是漢、藏、蒙古文化有機融合在建築上藝術上的典型體現，爲研究民族文化史、建築藝術史、科技史提供了翔實的資料。

　　看完碑文介紹，我們準備進去作實地調查，但興源寺的門緊閉著。於是我們小心翼翼地敲門，只見出來開門的是一位年紀約五十多歲的中年男子，中等的個子，面容消瘦，一雙充滿滄桑的大眼睛上下打量著我們。他脫口而出：「你們是？」「我們是專程來拜訪這兒的，想進去看看，聽說這裡的寺廟很有名啊。」我們邊說邊把介紹信遞給他，他看了看我們，就打開了大門，還不住地搖著頭，小聲嘀咕道：「裏面幾乎什麼也沒有啦，請進去隨便看看吧！」

　　經了解，這位蒙古族工作人員叫其木德勒，1950 年出生，小學文化程度，畢業後直到 1982 年之前在金寶頓農場工作，曾擔任會計；文革期間，陸陸續續換了幾個工作；1982 年被調到庫侖旗烏蘭牧騎，直到 1989 年，這一段時間從沒有離開過在烏蘭牧騎，整整工作了 7 個春夏秋冬；1989 年調到興源寺當管理員，一直工作至今。

　　興源寺位於庫倫旗庫倫鎮，爲藏漢混合式藏傳佛教寺廟。兩側對稱地修建配殿，殿前有鐘樓，鼓樓已毀。庫倫旗於清順治三年（1576 年）正式確定爲政教合一的特別旗，全稱爲錫垳圖庫倫札薩克喇嘛旗。興源寺是此旗最高的政教權力機構，錫垳圖札薩克喇嘛在此坐床。

　　據其木德勒大叔介紹，興源寺沒有轉世活佛或呼比勒罕。爲首的喇嘛稱錫勒圖庫倫旗的掌印剳薩克達喇嘛。四年前，也就是在 2003 年，該寺院由當地政府賣給一位美國喇嘛，去年（2006 年）剛收回來。美國喇嘛購買了這座歷史悠久的寺院後，在多方面做了很大的改修，就連雕牆畫棟也都是按照他

們美國僧人的習俗進行裝飾的。去年，一個內蒙古個體維修者對寺院的正殿重新維修了一翻，而山門是由內蒙古一姓張的老者設計的，誦經殿上的畫是一個山西人劉國勝畫上去的。

　　他還告訴我們，建國後，興源寺一度成為庫倫旗黨政機關辦公的地方，文物古蹟被破壞了不少，寺內的佛像、經冊在土地改革中被毀掉。「文化大革命」期間，興源寺遭到嚴重的破壞，只存正殿完好無損。1986 年，庫倫旗人民政府對興源寺進行維修，才使這座古寺面目一新。

　　進入山門後，首先映入我們眼簾的是擺放在寺院中間特別醒目兩口大鍋，其木德勒大叔邊走邊指著說道：「大鍋在當時是舉行嘛尼大會時用的，其中東邊的一口大鍋上還刻著字。」我們走近一看，上面果然寫著：「同治四年立匠汪永和」。他又說，「我們小時候每逢廟會，就會觀看薩滿舞還是「查瑪」（即帶著面具跳舞）的表演活動。不過現在幾乎沒有人跳了，那時更為熱鬧的是在寺院裏舉行的嘛尼大會。」「嘛尼大會是幹什麼呢？」我緊接著插話。「簡單的說，就是吃大鍋飯。每逢節日，那些信仰者、各寺院的喇嘛們，自發地組織起來，一步一叩頭來到這裡，大家繞著寺院磕頭，把來時自助的食物放到大鍋裏，等熟了後，大夥聚到一起邊吃一邊聽講經。」

　　大鍋後面就是正殿了，但見正殿呈十字歇山頂，漢藏混合式二層建築，正殿兩側有對稱著的配殿，殿前有鐘樓，鼓樓已毀。我們進入正殿內，經測量，面闊、進深各 9 間，64 根朱漆瀝金龍大柱、梁、枋、斗拱、門、窗均為木雕並彩繪，雕梁畫棟，圖案絢麗多彩，所有的這一切都在向世人訴說著歷史上它曾經有過的輝煌。「正殿修建的年代早，當地人稱其為母廟。母廟又叫瑪扼廟。」其木德勒大叔接著講解，「其實，庫倫這三大寺原先是在一個院子裏的，當時這個寺院很大。興源寺位於寬闊公路的西面，福緣寺和象教寺在路東面，如果把這三個寺院連接起來，再加上中間有寬又長的路，是可以想像得到它起初確實是具有相當大的規模。只不過文革期間由於各種各樣的人為因素破壞了不少。後來修路，就分割成各自獨立的新的小院落，形成了今天一分為三的格局。」他神秘地笑道：「有意思的是，興源寺和別處不一樣，這裡的喇嘛還可以娶媳婦。」由此也引起我們一笑。

　　據史料記載，興源寺每年舉行 4 次盛大的法會，屆時全旗大小喇嘛全部參加。正月和六月的十四、十五兩天為「跳鬼會」，每隔三年即逢牛、蛇、雞年，各舉行一次「喇嘛」法會。這是規模尤為盛大的法會。籌備工作提前兩

個月開始，主要是製成「喇嘛丸」。法會從七月初五至初七，用 3 天時間整修座位，從初八正式開始至十四日，共 7 晝夜。期間，凡參加誦經的喇嘛必須持齋，不得走出寺院外石子圍成的界線。每逢嘛呢法會，興源寺內外香客雲集，當街貨攤擺得琳琅滿目，熱鬧異常。

從興源寺出來，天色已漸漸暗了下來。我們在廣場前的一家小飯館吃飯。飯後出來，廣場上人頭攢動，唱歌的、跳舞的，好不熱鬧，在西南一角還搭有高臺，走近一看，是少林和尚在表演絕技，那兒吸引了不少觀眾。我們在此稍留片刻，就打道回府了。晚上我們一起整理資料，到大半宿，大家才散去休息。

八月六日一大早，我們去了福源寺，因為寺院裏一般清早都念經。福緣寺位於通遼市庫倫旗庫倫鎮，在興源寺東南 50 米處，建於（乾隆七年）（1742年），是錫埒圖庫倫第十二任箚薩克喇嘛阿旺箚米揚呼圖克圖建造，清廷賜名「福緣寺」，當地人習稱「下倉」（意為公寓、寓所）。

一進門我們看到山門上貼著一張已經褪了色的紅紙，黑色墨跡的兩個大字「通知」格外顯眼。文字內容如下：

> 望廣大信友周知。
>
> 本寺在 4 月 6 日～14 日將會舉行盛大的法會；
>
> 在 6 日～8 日誦讀度亡經；
>
> 在 9 日～11 日舉行長壽佛灌頂會；
>
> 在 12 日滿達西瓦經；
>
> 在 13 日～14 日誦讀藥師佛經；
>
> 在 6 月 6 日我寺還將誦讀甘珠爾經；
>
> 在 7 月 8 日舉辦瑪抳大會。
>
> 此通知
>
> 福源寺
>
> 農曆三月二十八日

在山門的另一側，懸掛著一幅滿漢兩種文字的《庫侖喇嘛旗福源寺簡介》長方形的橫匾，上面寫道：

> 庫侖旗是整個內蒙古地區（1634 年）最早建立起來的唯一喇嘛旗。1646 年（清順治三年），清廷任命盛京實盛寺喇嘛西布札為庫倫喇嘛旗第三任札薩克達喇嘛，他在任期內大興土木建造寺廟。在

1742 年（清乾隆七年）喇嘛第十二任札薩克達阿旺札木楊呼圖克圖
建造了一座寺廟，乾隆皇帝親臨此處賜名「福緣寺」，而且親手所種
兩柏一松。香火盛旺，福源寺是喇嘛旗規模較大的寺廟之一。在上
世紀的土地改革運動和十年浩劫中遭到嚴重破壞，隨著民族宗教政
策的落實，部分得到修復，福源寺現已成爲全旗宗教活動場所。

再沿著中軸線往前走，我們看到福緣寺建築由南向北一連四重殿宇，即
山門殿、誦經殿、供佛殿和老爺廟組成。山門是 3 間歇山頂建築，門洞上方
懸掛藍地金字「福緣寺」，及滿、蒙、漢三體文寺額。誦經殿爲藏式二層樓閣，
面闊、進深各 5 間，是舉行各種佛事活動的場所。誦經殿後面是供佛殿，5 間
重簷廡殿頂建築，是福緣寺主廟。佛殿的背後有兩株高大的樹，左爲松，右
爲柏，這兩棵樹是在建廟的同時栽植的古樹。古樹後面是老爺廟，是硬山頂
二層建築，寬 5 間，主供關羽像。

福緣寺除了舉辦例行法會外，時間最長，最獨具特色的是卻伊喇法會。
法會一年四季都舉行，而且每季度分 3 次舉行一次。第一次爲 1 個月，第二
次爲 20 天，第三次爲 15 天。現有喇嘛 20 多個，全部都是當地的蒙古族人。
正當我們要離開時，見一個精瘦的老人隨著一行走出寺門，該寺已經 71 歲的
管理人員告訴我們，他就是福緣寺大喇嘛，再過幾天，大喇嘛就整整 94 歲啦。
我們在心裏默默爲他祈禱，眞誠地祝願他老人家長壽。

福緣寺在解放初土改運動和「文化大革命」中遭到嚴重破壞。1986 年，
庫倫旗人民政府對福緣寺進行維修，維修後的福緣寺面目一新，重放昔日光
彩。從現今尚存大從福源寺出來，我們來到了象教寺。它位於興源寺東側，
始建於康熙九年（公元 1670 年），通稱「上倉」，是箚薩克達喇嘛居住的地方
和辦公的場所。在庫侖三大寺中，象教寺是行使政教權力中心所在地，也是
損壞最嚴重的一個。在過去歷來政治運動中，寺內的佛像、經書被毀掉；尤
其在「文革」中，象教寺已被破壞的面目全非，而我們去時它原來的建築已
蕩然無存。一幢寺廟模樣鋼筋水泥的結構物空立在那兒，尚未完工。

（五）庫侖旗「安代戲」

我們依次參觀完庫侖三大寺後，乘坐著小蹦蹦車興致勃勃地來到了被譽
爲草原文藝戰線「紅色輕騎兵」的庫侖旗烏蘭牧騎。現任的庫侖旗第十二任
烏蘭牧騎團長傲根，1990 年由哲里木盟藝術學校畢業後自願回到家鄉爲群眾

服務。在這近二十年的歲月裏，他默默無聞地工作著，奮鬥著、努力著，對自己當初的選擇無怨無悔。

我們輕輕地敲開了傲根團長辦公室的門，只見有一個年輕人正在伏案認真的工作著，桌上整齊地擺滿了許多書、報紙和雜誌，他手中的筆在不停的揮舞。屋子裏很簡單，有一張辦公桌，一個書櫃和兩張沙發。看到我們來訪，傲根團長就聯忙起身相迎，還不住的說：「歡迎！歡迎！」，他中等個子，批著一頭略長的、帶有藝術家個性的黑髮，飽滿的臉上顯出幾許滄桑，鑲嵌著一雙鷹一樣的眼睛格外刺目，我們似乎已經領略到烏蘭牧騎的風采。他親自為我們砌茶倒水，當我們談到烏蘭牧騎時，傲根團長引以為自豪地說個滔滔不絕。

「烏蘭牧騎」，蒙古語意為紅色文化工作隊，是一種適合草原基層活動的小型文藝演出隊。庫倫旗烏蘭牧騎成立初期，裝備簡陋，當時他們的全部家當只有一輛馬車，一架手風琴，加上四胡、馬頭琴、蒙古笛各一把和兩輛「勒勒車」。每個演員身兼數職，一專多能，他們在草原上巡迴演出。艱苦的環境和承擔的使命，決定了烏蘭牧騎從一開始就必須具有一種艱苦奮鬥的精神。

烏蘭牧騎以演出、宣傳、輔導、服務為己任，他們紮根基層，活躍在內蒙古萬里大草原，與廣大牧民結下深厚的情誼。烏蘭牧騎成員進蒙古包，既為牧民演出，又和牧民一同勞動；既做文藝宣傳工作，又為牧民送藥、遞書、理髮等。

烏蘭牧騎節目所表現的題材、主題、人物和藝術形式，都貼近草原人民，適應草原人民的需要，富於草原的氣息，熱情地歌頌草原人民的勞動生活。烏蘭牧騎創作演出的大量歌舞和曲藝節目，都表現出濃鬱的生活氣息和各民族人民團結建設內蒙古的時代精神。

輕便、流動的文藝輕騎隊——烏蘭牧騎庫倫旗烏蘭牧騎現有演職 40 名，其中有編制的僅 26 人。他們每年下鄉慰問義務演出達 40 場之多。

他們的演出一般以歌舞為主，輔以蒙古戲。演出的劇目有《北京喇嘛》，該劇的人物四個：金枝、金枝丈夫、北京喇嘛、軍閥。其劇情大致是：軍閥讒於金枝的美貌，伺機調戲，不巧被其丈夫撞見。但金枝丈夫懾於軍閥之權威，表現懦弱。後經北京喇嘛出面調解，將軍閥調侃戲弄一番後，各自離開。還有著名的《安代傳奇》等一大批反映現實生活和勞動場面的歌舞作品，深受當地各族人民的喜愛。

此外還有表演唱《張玉喜》，劇情梗概：一山東貨郎擔小夥子來內蒙古謀生，看上當地蒙族一女子張玉喜，二人墜入愛河。但張家反對二人結合，於是張玉喜與小夥子私下成親，後張家不得不同意。小夥子在蒙地勤勞致富，最後趕著大車把張玉喜娶回了山東。

作為民間歌舞「安代」發祥地的庫倫旗於 1996 年被國家文化部命名為全國「安代藝術之鄉」。1988 年，由旗烏蘭牧騎庫倫旗烏蘭牧騎根據「安代」的歷史傳說和民間音樂舞蹈素材，創作並演出的歌舞劇《安代傳奇》被國家文化部認定為新劇種「科爾沁蒙古劇」。

在此期間，傲根團長非常爽快地拿出了斯·巴特爾《安代傳奇》的文學劇本送給我們，並且向我們展示了一沓當年《安代傳奇》的黑白演出劇照，與近年大型樂舞史詩《蒙古風》的彩色劇照，這些正是安代藝術走出庫倫，走向全區、全國乃至世界的歷史見證。但是傲根團長還不無遺憾地告訴我們，由於近些年來政府撥給的經費有限，《安代傳奇》曾經錯過了一次進京調演的機會，還耽誤了一次赴法國演出的機會。

根據採訪所知，「安代」起源於 300 年前的庫倫旗一帶，其表演形式最早是用來醫病消災的宗教性舞蹈，後來發展成為一門集歌舞、曲樂為一體的綜合性民族民間藝術，被譽為「中國蒙古族第一舞」。

安代為什麼與庫倫結緣，又從這裡傳揚開來呢？這與清初庫倫「喇嘛旗」的畸形建制不無關係。據史料記載，於 1603 年前後，西藏喇嘛曼蘇希禮由法庫山來到庫倫，他看到這裡水清山緩、樹林茂密，便決定在此地定居，傳經布法，興建寺廟。此後，庫倫旗便逐漸變得寺廟星羅棋佈，喇嘛遍地，庫倫也有了「喇嘛庫倫」之稱。喇嘛教教義的滲透在精神上對蒙古民眾產生消極影響，但它在客觀上也推動了庫倫文化的形成和發展。

這種文化底蘊孕育了蒙古族文化的奇葩——安代舞。原始的安代與郭爾羅斯蒙古文化有關，與科爾沁諸旗蒙古文化有關，與其他蒙古部落的文化也不無關係。它是蒙古多元文化融合的結晶，只不過是在庫倫找到了適合它形成和發展的環境。

期間，我們提出想親耳聆聽與安代有關的薩滿調。傲根團長不假思索，親自高歌一曲，出乎意料的是，他還專門為我們安排了傑出演員毛儒前輩現場表演了一些曲目，如《敬酒歌》、《婚禮歌》、《給馬唱的歌》等等。雖然我們聽不懂歌詞，但從那雄渾、嘹亮、悠揚的歌聲中，已經能夠領略其中獨特

的韻味和風采。

關於「安代」名稱的解釋，我們查閱了文精主編的《蒙古族大辭典》，對其有了一個清晰、明確的認識：

> 安代，蒙古族民間歌舞。蒙語意為「擡起頭來」、「欠起身來」的變音。蒙古人亦稱之為「唱安代」。流行於內蒙古哲里木盟（今通遼市）庫侖旗、遼寧省阜新蒙古族自治縣。安代的產生、發展與傳播，同薩滿教有密切的關係。「唱安代」一般在薩滿巫師的提議和主持下進行。其目的是趕鬼避邪，為人治病。每逢天旱不下雨時，在祈雨儀式上也跳安代。

根據所治疾病的不同，安代可分為三種類型：一曰「唱鳶安代」，現已絕迹。二曰「驅鬼安代」，三曰「阿達安代」與「烏爾嘎安人」，乃是安代舞的主體部分，主要為年輕婦女治療癔病、精神猶豫症與不孕症等。表演形式上尚有「大場安代」最具特色，往往有十幾個人乃至數百人參加歌舞。

「唱安代」具有一套嚴格的程序：1. 設壇。在平坦場地上豎起一根車軸或車輪，旁邊放一條凳子，供病人歇息。由薩滿巫師擊鼓祈禱、宣佈安代開始。跳安代者每人手持一條手帕，肩靠肩圍成圓圈。2. 開場。主唱安代的歌手入場，手持一根象鈴鞭（二尺長的木棍，黑色布條纏之，繫以幾枚銅鈴和五色哈達），唱起《贊鞭歌》，眾人隨聲附和之。3. 入題。領唱者巧妙地向病人探詢病情，以便對症下藥，眾人揮動手帕，踏足歌舞。直至病人被熱烈氣氛所感染，開始說話，或哭或笑。4. 起興。領唱者針對病因進行耐心勸慰，即興編唱許多詼諧風趣地歌詞，以至病人霍然而起，隨隊歌舞。跳得大汗淋漓，人們便唱起《勸茶歌》，病人飲茶。5. 高潮。歌舞節奏加快，氣氛變得熱烈奔放。病人與大家一起盡情歌舞。若人多而場地容不下時，可另設新場。兩隊或兩隊以上安代同時表演。各隊競相歌舞，力圖把病人吸引到自己一邊來，以致出現難解難分的比賽場面，稱之為「奪安代」。6. 尾聲。領唱者根據病人的表現，逐漸放慢歌舞速度，使之趨於平緩。最後，由病人焚燒事先準備好的紙房子、紙人紙馬，安代歌舞至此結束。

每次唱安代時間不等，視患者病情與家庭財力而定，一般為三

日到五日，或半月十天，最長可達四十天。安代歌舞「慢——快——慢」的節奏進行，與薩滿歌舞基本一致，顯示出兩者在藝術上的內在聯繫。其舞蹈動作以甩綢踏足為主，粗獷剽悍、剛健有力，音樂風格質樸古拙、節奏鮮明、曲式短小。有些安代舞曲竟與匈牙利民族舞曲如出一轍。如安代舞曲《哲古爾‧奈古爾》，與匈牙利舞曲《載歌載舞》十分相似，是同一曲調的不同變體。由此可以看出：蒙古族安代音樂同我國北方游牧民族草原音樂有著淵源關係，尚保留著漢代北匈奴西遷以前的音樂孑遺。

關於安代的起源，傲根團長給我們講述了一個美麗的傳說故事：在很早以前，一個美麗的姑娘奔布來和一個貧窮的小夥子安達相愛，不料遇到一個財主額爾頓從中阻撓。他看上了奔布來，通過賄賂興源寺執政大喇嘛，千方百計陷害安達。安達被發配到邊遠的五臺山，額爾頓欺騙奔布來她心愛的安達已不在人世。於是，奔布來悲痛過度而得病，且病情愈來愈加嚴重。其父桑潔便套上毛驢車，拉上女兒出外治病。在途中，車子陷入泥潭無法行走，急得老人圍著驢車頓足悲歌，歌聲引來附近的人們。而此時，安達已逃出五臺山，在返歸途中，遇到了昏迷的奔布來，於是大夥圍著驢車邊歌邊舞，奄奄一息的奔布來漸漸蘇醒，她也悄悄下車跟隨眾人歌舞起來。不久，她身出透汗，病情減輕，和安達兩人重逢，最後大家一塊跳起了安代舞。這種圍圈唱跳祛病的形式便在庫倫漸漸傳開。通過這個神奇的故事，我們可以窺視到當地牧民的美麗善良、純潔和勤勞。其中《安代傳奇》就是根據這個民間傳說故事改變成文學劇本的。

不知不覺時針已經旋轉到十二點了，我們足足談了三個多小時，早已超過了他們下班的時間，我們深表歉意。臨別時，傲根團長跟我們一起合影留念，而且要送我們回旅店，再三推辭，盛情難卻，只好「屈從」，乘車漸漸遠離了庫倫烏蘭牧騎。

（六）考察阜新蒙古劇

為了獲得更多少數民族戲劇資料，我們沒有在庫倫多耽擱，告別了「安代之鄉」，下午乘坐客車前去遼寧省阜新市。沿途，我透過玻璃汽車的玻璃窗，忘情地觀賞著不時更換地一幅幅角度不同、風格不一的草原風景畫。當汽車行駛過一道又一道路卡時，旁邊的白楊樹在向我們微笑著揮手告別。啊！多

美的、多麼令人神往的庫侖旗啊！

　　下午約四時到達的阜新位於遼寧省西部，北靠內蒙古自治區，東與瀋陽市接壤，西南部分別同朝陽市、錦州市毗鄰。該市轄阜新蒙古族自治縣、彰武縣和海州、太平、新邱、清河門、細河 5 個區。境內有漢、蒙古、滿、回、錫伯等 24 個民族，少數民族中以蒙古族居多。阜新是中國藏傳佛教黃教的東方文化中心，其寺廟文化堪稱中國佛教文化的瑰寶。

　　下車後，我們直接在汽車站提前買上八號到敖漢的汽車票，然後乘車到了阜新蒙古族自治縣。我們還是按部就班先找到安身之處，飯後散去，大家分頭去整理寶貴的文字材料。

　　八月七號上午，我們隨即走訪了阜新蒙古族自治縣文化局局長包玉明、李青松和阜新民族藝術團書記馬愛國書記。從他們那裡欣喜得知在當天下午，正在進行阜蒙縣第三屆蒙古劇調演活動。這次調演共有來自大板、佛寺、紅帽子、沙拉等 7 個鄉鎮的蒙古劇團參加演出，上午為忙碌的準備階段。之後，李局長向我們引見了阜蒙縣文化館的由館長，她高條的個子，戴著一副黑色鏡框的眼鏡，衣著整潔大方，向她說明了來意，由局長介紹了一些有關阜新蒙古劇的情況，而且提供了安靜的環境，以便我們查閱資料。其間，她親自為我們砌茶倒水，非常熱情地招待著我們，猶如久別的游子回家一般的感覺。臨別時，她還贈送我們每人一本《阜新市戲曲志》，並說：「這對你們日後工作和研究也許會有用。」並且還留下了電話號碼和郵箱地址，反覆叮囑：「若以後需要什麼關於我們這裡戲曲音樂舞蹈之類的資料時，打這個電話就行，我們一定會盡力想辦法！」接過她手中的書，聽到她的話感覺沉甸甸的，備受感激，心想只有潛心研究學問，作為回報了。

　　從文化館出來，已是中午，再加上天又下起了小雨，我們也只好先到路旁的一家小飯館裏避雨吃飯。過後，坐上一輛開往佛寺的車前往目的地。

　　真是「吉人自有天相」，我們剛下車不一會兒，阜蒙縣第三屆蒙古劇調演於八月七日下午兩點演出就正式開始了。兩位身著蒙古族服裝的主持人（一男一女）在眾目睽睽下閃亮登場，頓時引起臺下一陣陣歡呼雀躍。儘管此時還不時地下著雨，但觀眾熱情絲毫不減，人們把早已備好的傘撐起來，五顏六色、好看極了。那場景甚為壯觀，只見那位男主持人操著一口流利的蒙語，好像在傳達著無比興奮的喜悅之情。尤其有那位女主持人更是激情彭湃，臺下觀眾掌聲如雷鳴般經久不息。

蒙古劇調演過程中，不時有悠揚的馬頭琴聲，粗獷豪放的曲調不停地環繞，還有演員們自編自演的《聖水請活佛》、《母語情深》、《尋驢記》、《風雨眞情》、《井臺相會》、《新房》、《打工歸來》等一幕幕內容精彩、服裝豔麗的蒙古劇展現在觀眾眼前。演員們用質樸的語言和嘹亮的歌聲，向人們講述一個個關於親情、友情、愛情、黨的恩情等方面感人至深的故事，生動形象地歌頌了眞、善、美，抨擊了假、惡、丑，也展示了社會主義新農村建設所取得的成果。這一切令在場的觀眾時而跟著落淚，時而喜笑顏開，整個演出沉浸在歡樂的海洋裏。

據《阜新市戲曲志》記載，二十世紀 50 年代初，阜新蒙古劇，產生於阜新蒙古族自治縣，此種少數民族地方劇種，其源爲喇嘛教的宗教文化和「蒙古貞」民間口頭文學。

阜新蒙古族地區素有「民歌海洋」稱謂，並傳有「三人同行，其二必是『達古沁』，其一也是『胡爾沁』」的文藝佳話。

阜新蒙古劇是在「蒙古貞」敘事民歌的基礎上，融彙蒙古族書曲、好來寶、祝詞、哀詞、安代、查瑪等民族、民間及宗教藝術形式，將其民族民間廣泛流傳的敘事體短調民歌變爲人物代言體後形成的。

早在 1948 年，中國解放軍進入蒙古貞地區，此地泡子鄉村民就演出了用蒙古民歌《明月》曲調編寫的表演唱《慰問軍屬》，演員分別扮演了老貧協、青年婦女、軍屬大娘等角色，在民族敘事民歌向戲曲衍化方面做了有力的嘗試。

1951 年 8 月，佛寺鄉小學教師郭振義、布和爲配合婚姻法宣傳，節選「蒙古貞」短調民歌《桃兒》的部分段落改變成小戲，根據情節設置了人物並用蒙古語彩唱演出，且用四胡伴奏。隨後，由圖力古熱口譯，札木蘇執筆，將漢語手抄本《桃兒的故事》改編成完整的蒙文腳本《花兒》，並增加了四胡、二胡、橫笛、鑼、鈸、木魚等伴奏樂器，由南梁村組織業餘劇團排練演出。在 1952 年 3 月參加阜新地區文藝比賽大會，且受到了嘉獎。從此宣告第一個阜新蒙古劇的正式誕生。

很快，阜新佛寺、大板、沙拉、大巴、王府、哈達戶稍、國華等鄉鎮紛紛成立業餘蒙古劇團，《雲良》、《嘎達梅林》、《興格爾札布》、《奔布來》、《達那巴拉》等敘事民歌相繼被改編成蒙古劇。同時，《翻身民兵卻札布》、《光榮軍屬》、《教訓懶漢》、《羊山打虎》、《蒙古族婚禮》、《第一個春天》等一批表現時代生活的新創作劇目也不斷湧現出來，一些漢語新歌劇如《愛社如家》、

《白毛女》、《劉胡蘭》等也被翻譯成蒙文改編成蒙古劇。阜新蒙古劇產生之後，獲得了迅猛的發展。自 50 年代初到 60 年代初，是阜新蒙古劇從萌芽、誕生，向完善、成熟發展的興盛時期。

「文革」後，阜新蒙古劇被打成「牛鬼蛇神」，一些劇作者受到迫害，劇團紛紛解散，絕大部分戲劇腳本被沒收、焚毀。「蒙古貞」人民喜愛的蒙古劇就這樣銷聲匿跡了。

1979 年末，佛寺公社文化站重建業餘蒙古劇團，並編演了《王子爭親》。在此之後，相繼成立了佛寺、大板、沙拉、大巴等四個農村業餘蒙古劇團，共有演職人員 70 多人。1980 年，阜新市舉辦首屆少數民族業餘文藝調演，佛寺業餘蒙古劇團編演的《王子爭親》獲創作、表演獎。接著，這個業餘劇團又陸續創作、排演了《牡丹仙子》、《鬧分家》、《烏雲其其格》等劇目。其中《烏雲其其格》在這次文藝調演中獲優秀劇目獎。1981 年 1 月，阜新蒙古族自治縣舉辦了蒙古族民間業餘文藝調演，有 16 個鄉鎮 210 餘名業餘文藝骨幹共演出了蒙古劇等 25 個劇（節）目，可謂盛況空前。

1982 年春，佛寺業餘蒙古劇團《烏銀其其格》劇組隨縣政府參觀團前往吉林省郭爾羅斯蒙古族自治縣、內蒙古自治區土默特右旗和呼和浩特市進行慰問演出 170 餘場，觀眾反響強烈。此後，阜新蒙古族自治縣文工團也開始排演蒙古劇。1982 年 9 月，阜新市舉辦少數民族文藝調演，蒙古劇《烏銀其其格》獲表演獎。但到 1982 年底，阜新蒙古劇尚無專業表演團體，只在阜新蒙古族自治縣民族歌舞團中有時編演蒙古劇。1984 年 11 月，佛寺業餘蒙古劇團的《烏銀其其格》作為阜新的代表劇目，參加了在昆明舉辦的全國少數民族劇種錄像調演，並獲得「銅杯獎」和文化部頒發的「民族團結」獎。1988 年中央民族出版社出版發行了中國第一部蒙古劇選集——選編了阜新蒙古劇 10 個劇目的《蒙古貞戲劇選》。阜新蒙古劇的發展也由此進入了一個嶄新的階段。

據我們調查掌握的資料，阜新蒙古劇劇目很多，從第一個蒙古劇《花兒》開始至今，共有 59 個劇目。其中 53 個見於文獻記載，另外 6 個劇目（《母語情深》、《打工歸來》、《聖水請活佛》、《風雨真情》、《新房》、《尋驢記》）則是在阜新蒙古族自治縣第三次蒙古劇調演中發現的。阜新蒙古劇題材來源有四類：一、根據短調敘事民歌改編而成；二、根據蒙古族民間故事、古典名著和現代文學作品改編而成；三、根據現實生活創作而成；四、由其他漢語劇種的劇本翻譯成蒙語移植而來。（參見下面附表）

阜新蒙古劇劇目表：

題材來源	根據敘事民歌改編	根據民間故事、古典名著、現代文學作品改編	根據現實生活創作	移植而來	暫不明確來源
劇 目	《花兒》 《雲良》 《奔布來》 《嘎達梅林》 《烏銀其其格》 《達那巴拉》 《那布其公主》 《龍梅》	《參姑娘》 《牡丹仙子》 《洪格尒朱蘭》 《王子爭親》 《鬧分家》 《娜仁格日樂》 《神算笛》 《吉莫得額吉的心》 《虎鹿狐》	《翻身農民卻札布》 《教訓懶漢》 《著了鬼》 《拜壽》 《團結有力量》 《教師頌》 《除害》 《海公爺》 （《海龍》） 《搶妻》 《光榮軍屬》 （《慰問軍屬》） 《第一個春天》 《楊山打虎》 （《羊山打虎》） 《一筐葡萄》 《兩個兒媳》 《闔家歡》 （《闔家迎》 《養雞一家》 《麻將風波》 《買化肥》 《蒙鄉烈火》 《布穀鳥的呼喚》 《三百元》 《城鄉姻緣》 《選女婿》 《幹部下鄉》 《巧計》 《新房》 《母語情深》 《打工歸來》 《聖水請活佛》 《風雨真情》 《尋驢記》	《愛社如家》 （評劇） 《劉胡蘭》 （歌劇） 《白毛女》 （歌劇）	《蒙古族婚禮》 《阿拉坦丁合爾》 《三英》 《莫德來瑪》 《雜鬥》 《桃饒》 《高林桃布其》 《陶拉》

阜新蒙古劇的角色行當，是以其民族習俗分作籃、白、紅、黃、黑等 5
種，其蒙語稱謂是：「乎和」（籃）、「查幹」（白）、「烏蘭」（紅）、「西爾」（黃）、
「哈爾」（黑）等 5 行。再依次將每種顏色按不同性別分爲老、中、青、少等
角色。角色行當表：

行 特 角	呼 和	查 幹	烏 蘭	西 爾	哈 爾
	正義、智勇雙全、頂天立地。	心地善良、軟弱怕事。	性情剛烈、耿直豪爽、愛打抱不平。	不務正業、油嘴滑舌、好吃懶做、好壞不分。	奸詐狡猾、兇狠殘暴。
額布根 （老頭）	重唱、做聲音蒼勁有力。	重做、少唱。	重做、少唱。	講究身架、表情，尤重眼神和嘴上功夫。	唱、做並重，講究拿架子、變臉子，嗓子需有炸音、虎音或尖細音。
額姆根 （老太太）	同上	唱做兼重	唱做並重，兼有少量舞蹈。	同上	重白、少唱。
額日絲 （中年男子）	講究臺步、舞步，要求歌、舞、詩俱全，有的兼騎射功。	多白、少唱。	做講究身架、臺步、神韻及武功；唱講究聲音洪亮、清脆明快，要求歌、舞、騎、射俱全。	重念、做，少唱；具腰腿和騎射功。	要求唱、做、念兼備，尤重做功，發音講究憨、尖、怪、脆。
額姆絲 （中年女子）	同上	同上	同上	同上	同上
札魯 （男青年）	同上	同上	同上	同上	同上
呼很 （女青年）	同上	同上	同上	同上	暫無資料說明
努棍 （少男）	同上	暫無資料說明	暫無資料說明	暫無此角色	暫無此角色
嫩吉 （少女）	同上	多白、少唱。	暫無資料說明	暫無此角色	暫無此角色

也是在這一時期，阜新蒙古劇的藝術風格更加鮮明，表演也日趨規範。
藝術手段上分爲「道勒乎」（歌唱）、「布吉勒乎」（舞蹈）、「西魯格勒乎」（詩

韻念白）、「那木那乎」（騎射）。表演以歌舞為主，有一定的程序動作和虛擬表演。舞蹈則以「查瑪」、「安代」以及「賽馬舞」、「牧羊舞」為基礎，根據劇情進行一定的加工創造，特色鮮明。

阜新蒙古劇主要流佈於阜新蒙古族自治縣的佛寺、大阪、大巴、王府等蒙古族人民聚居的鄉村。阜新蒙古劇表演以歌舞為主，生活氣息濃鬱，有一定程序化動作和虛擬表演。這與其他劇種有一定的相通之處，都表現為程序化和虛擬性。既借鑒了中國傳統戲曲的程序化和虛擬性，也吸收了西方戲劇某些寫實性的因素，全劇對白較多，通俗易懂，具有強烈的民族特點，又反映民族風情習俗。它以其獨特的蒙古民族風格，豐富了中國的文化藝術寶庫。我們真誠地祝願阜新蒙古劇這枝民族之花植根於民族文化沃土之中更加絢麗多彩。

看完文藝調演精彩紛異的節目後，我們參觀了附近的「瑞應寺」。走進瑞應寺，但見蒼松翠柏掩映中，廟宇殿堂恢宏壯觀，寺廟金頂碧瓦，瑰麗輝煌。寺內香煙繚繞，香客不斷，不時傳來陣陣悠長的鐘聲。

瑞應寺，當地蒙古族人稱「葛根蘇木」，俗稱佛喇嘛寺。漢語簡稱「佛寺」。位於佛寺鎮政府所在地，距縣城西南 40 公里。三面環山，面臨伊瑪圖河。瑞應寺始建於清康熙八年（1669 年），到康熙四十三年（1704 年）形成了規模宏大的建築群。1704 年，康熙皇帝親賜金龍鑲邊，用滿、蒙、藏、漢四種文字雕刻的「瑞應寺」匾額。一進入山門，我們看到張貼在牆上的《瑞應寺法會日程表》，可知此地法事活動興隆。文字內容如下：

日　期	法　會	意　義
每日早課	「芒金」法會	為眾生消災祛難，祈願眾生早日脫離苦海同生極了。
農曆每月初一	主供藥師佛	誦《藥師佛經》，為眾生消災、祛病、延壽。
農曆每月初八	主供綠度母佛	誦《二十一度母經》等，為眾生消災祈福，為無子嗣者求子。
農曆每月初十五	供養上師法會	紀念上師，誦《上師供養儀規》，依上師證得果位。
農曆正月初四至十五	祈願大法會	祈願國泰民安、法門昌盛、慈雲廣被，人民吉祥如意。
農曆四月初一至十五	「濃乃」法會	主供觀世音菩薩，祈願惡去眾生早日脫離苦海，為其消罪增福。

日　　期	法　　會	意　．義
農曆六月二十四	紀念關公護法法會	誦《伽藍菩薩供養儀觀》，禮敬護法，常求善祐眾生。
農曆七月初八至十五	千供法會	主供尊勝佛母，祈願眾生健康長壽。
農曆十月二十五	千燈法會	紀念宗喀巴大師，誦《上師供養儀觀》，供千盞酥油燈。
農曆十二月初八	紀念佛祖成道日	熬臘八粥供佛，求佛祖保祐眾生吉祥，向信眾捨臘八粥。

在「瑞應寺」山門旁邊還書寫有如下文字：

　　我寺為紀念前六世活佛，頌揚其業績，為其圓寂日都要誦經做法，誦《上師供養儀觀》，表達弟子禮敬上師，常求善祐、加持。

　　一世活佛圓寂日：農曆二月二十七日

　　二世活佛圓寂日：農曆八月二十六日

　　三世活佛圓寂日：農曆四月二十九日

　　四世活佛圓寂日：農曆正月二十三日

　　五世活佛圓寂日：農曆三月初三

　　六世活佛圓寂日：農曆十一月二十三日

　　另外映入我們眼簾的是聳立於南北兩邊的高大的鐘樓、鼓樓，再沿著中軸線從東向西依次參觀了傳經廳、天王殿、大雄寶殿、佛祖殿、長壽塔、九大臣祈願殿，還有左側的彌勒佛。其中大雄寶殿是瑞應寺的中心建築，是全寺最大的殿宇，共上下兩層。底層是藏式建築，面積 10000 平方米，殿內高達八尺的大圓柱 64 根，托巨梁而立。寶殿的中央臺座上聳立著五尊巨型佛像，東西兩側擺列銅塑佛，金幡條幢異彩紛呈。寶殿二樓謂宮殿式建築，殿頂金龍拱脊，金鹿躍躍欲試式鍍金法輪金光耀眼。

　　瑞應寺是集藏、漢、蒙式建築風格為一體的建築傑作，在我國古代建築體系中具有重要地位。寺內保存著大量具有歷史、藝術、科學價值的珍貴文物，不僅反映了蒙古族獨特的傳統文化藝術特點，也反映了蒙漢及其它多民族文化的交流與融合的歷史事實。

（七）敖漢旗「好德格沁」

　　8 月 8 日上午我們收拾好行禮，辭別阜新，又踏上了下一個征程前去內蒙古自治區赤峰市敖漢。為的是去那裡瞭解蒙古說唱劇「好德格沁」。因前天買

票早，今天我三人撈了個最前面的位置，不顛不擠。我們可以藉此機會一則休息，二則左顧右盼，深思遐想。

敖漢旗位於內蒙古自治區赤峰市東南部，是一個有著深厚文化積淀的少數民族縣，在途中，只因昨晚整整下了一夜大雨，路被沖壞，司機師傅只得繞道而行。汽車改道轉了一大圈，一路上老向從敖漢方向過來的司機打問，前方是否可以通過。就這樣，我們走走停停，已經是傍晚時分了，司機又開始打聽前方的路況怎樣了，乘客們坐得不耐煩，產生了些許的焦慮情緒，於是大夥下車來透透氣，緩解一下沉悶的氣氛。

恰巧停車不遠處有一塊莊稼地，李老師指著不遠那塊田地：「這是什麼？」「不知道。」我脫口而出。站在旁邊的一位年輕小姑娘，圓圓的臉蛋，紮著一個馬尾辮，雪白色的半袖和七分短褲搭配的十分協調，她朝著我們說：「這是蕎麥呀」。「蕎麥？昨天剛吃過蕎麵，但還沒真正見過蕎麥長得啥樣呢？」說著說著我就走進蕎麥地，蹲下去掐了一根，小心翼翼地放在手中，來到那個姑娘面前問：「這就是蕎麥吧！」「看！」她用手指著「這是蕎麥果實，現在還沒成熟，過一段時間後，蕎麥就會長成飽滿的橢圓形的顆粒。」「噢，原來和小麥差不多？」我一知半解地說，沒想到她則糾正，「還是不太一樣，蕎麥是菱形的，顆粒沒有小麥的大。」我們閒聊中得知，這個姑娘是瀋陽人，遠嫁蒙古地區，在這裡已經生活了四年自然知道許多農家事。

待司機打聽清楚路後，我們又極不情願地上了車，車往前開了沒多遠時，又發現了新情況，前面有一小段泥濘山路，這是必經之路。大家都替司機師傅捏了一把汗，當時只見車子緩緩地向前行駛著，沒有出現任何異常。突然，聽見車廂裏冒出一聲「好啦，險境過去了。」大家都伸出大拇指為司機精湛的技術贊口不絕。

不一會兒，車子駛進敖漢市區，歷經近十個小時行程的旅客們情不自禁地歡呼雀躍起來。在此前的哀歎、牢騷、困乏、煩愁一下子拋到九霄雲外了。人們活躍起來，銜首交耳、搔首弄姿，興奮地議論著，高談著，比劃著，瞬間，車廂裏的空氣沸騰起來。

下了車，夜幕漸漸降臨了。興奮之餘，李老師提議我們去吃蒙古餐。晚上，我們終於嘗到了純正的馬奶茶，吃到了蒙古特色的手抓羊肉，第一次入口有些不太習慣，但全身每個器官都能感到那麼香醇的美味。席間，李老師與我們聊起他在全國各地田野考察中遇到的一樁樁奇特又鋌而走險的經歷，

眞是不勝感歎。待我徒步返回旅店，躺在床上細細品味繁忙、興奮、新鮮的一天的所見所聞時，感到有說不出的喜悅。

8月8日上午，我們搭車去敖漢旗烏蘭牧騎。在路上，李老師和那個女司機攀談起來，才知道昨晚這裡爲慶祝蒙古自治區成立60週年舉行了一場文藝演出。獲知此消息之後，我們很惋惜錯過了一次實地考察的好機會。於是改變了主意，決定先去昨晚表演地四處打聽打聽，看是否能挖掘出什麼有價值的信息。結果，現場只剩下空架子，我們只得悻悻離去。一轉眼的功夫就來到敖漢旗烏蘭牧騎，經許景泉局長介紹，找到了長期執管敖漢文化工作的馬文波局長。等我們到時，一個很精幹的中年人已經在門口了，互相介紹後，馬局長耐心地向我們介紹敖漢旗推出的草原評劇《大漠綠海》。

此劇來自現實。從二十世紀80年代起到本世紀初，經20多年的艱苦奮鬥，敖漢人迎來了綠色的春天，成功地培植出「三北地區」防治荒漠化的科學模式。2002年9月4日，溫家寶總理對敖漢的生態建設作出批示：「敖漢人民幾十年艱苦奮鬥，植造林，治山治水，改變了生態環面貌，榮獲全球環境五百佳光榮稱號，成績來之不易。要再接再厲，制定長遠目標和規劃，努力把敖漢建成秀美山川，對敖漢這個好典型，內蒙古自治區和中央有關部門要給予關心、指導和幫助。」，這些醒目的批語至今仍激勵著敖漢各族人民。

2003年2月19日全國綠化委員會、國家林業局授予敖漢旗「再造秀美山川先進旗」稱號，從而成爲全國知名的「綠色敖漢」。全旗各族人民幾十年如一日高舉生態建設大旗，堅持植樹造林，治山治水，既是「全國人工造林第一縣」，也是「人工種草第一縣」。2004年6月4日，聯合國環境規劃署在深圳召開會議，授予敖漢旗「全球500佳環境大獎」。這是全中國唯一獲此殊榮的旗縣，爲敖漢旗獲得的巨大榮譽。

《大漠綠海》一劇就是以敖漢旗植樹造林，治山治水、生態建設爲題材，反映了敖漢人民幾十年改造生態環境的艱苦歷程和光輝業績，弘揚了「一屆接著一屆幹，一代接著一代幹、一張藍圖繪到底」的敖漢精神，展現了敖漢人民改造環境，感天動地的英雄形象。此部民族特色濃鬱的草原評劇，集中塑造了三組英模形象。一組是林業科技工作者，李君、鮑華等；二組是農牧民群眾這支主力軍，寶力、敖日布、李大妃等；第三組是身先士卒戰鬥在一線的黨政幹部，鐵鋼、白雲、巴圖等。主創人員調動多種藝術手段，大氣磅薄地歌頌了敖漢人民「死是植樹造林鬼，活是植樹造林人。林帶樹海是我命，

綠色是我夢與魂」的精神境界，這四句話既是對敖漢精神的藝術概括，又是敖漢人民人生價值時代追求的崇高評價。

在戲劇衝突和情節安排上，主創人員採用了紀實創作方法。眞實反映了如 80 年代風沙阻斷鐵路交通線，30 多戶村民集體搬遷；夏季造林山洪沖人傷亡事件，爲提高苗木成活率研製抗旱深溝大犁和抗旱栽種技術，對沙化牧區實行人工治沙和飛播牧草相結合；在實現造林生態效益的同時，注重經濟效益和社會效益，全方位地開發農林牧養殖加工等多種產業，直到敖漢旗獲得全球環境 500 佳大獎。這些內容，都在該劇中得到了藝術的再現，成爲展現敖漢旗生態建設的立體畫卷。

評劇《大漠綠海》在敖漢旗演出受各界廣泛關注，並將其作爲 2004 年中國評劇藝術節選調劇目參加全國匯演。如果說，敖漢旗生態建設成就是一場綠色長征路上的偉大壯舉的話，那麼，這臺評劇就是一首表現綠色長征路上敖漢精神的壯美頌歌。

貼近生活，善於表觀現實生活是北方各族人民喜聞樂見評劇的一個優良傳統。評劇演出的大量現代戲，以眞人眞事爲素材，從不同側面展示了社會主義建設不同歷史時期的生活面貌。謳歌了社會主義新人新事，提出或試圖解決群眾普遍關注的一些問題，積累了可貴的經驗。

馬文波局長向我們介紹評劇《大漠綠海》的有關情況大約有一個小時，因爲馬局長參加一個重要會議，不得不結束我們的談話。臨走時他給我們介紹一套張乃夫主編《敖漢旗志》。我們通過仔細查閱，對敖漢旗烏蘭牧騎有了更全面地認識。

1966 年 10 月建立的敖漢旗烏蘭牧騎，爲國家事業單位，隸屬旗文教科。主要演出現代歌舞、曲藝和小戲等文藝節目。1968 年 8 月，敖漢旗烏蘭牧騎改爲敖漢旗毛澤東思想文藝宣傳隊，主要排演了「革命樣板戲」《沙家浜》等。1976 年，文藝宣傳隊恢復敖漢旗烏蘭牧騎名稱，時有演員 21 人。1978 年，恢復演出傳統的戲曲，先後到 24 個公社演出《打漁殺家》、《小女婿》、《茶瓶記》等。1985 年，在全區改革體裁小戲調演中，由本隊創作演出的評劇《桃園喜訊》獲內蒙古自治區演出和創作獎，後被西部地區移植成「二人臺」。

在此其間，李老師指導我們從該書中發現了長久以來找尋的「好德歌沁」，在《敖漢旗志》第三章「文學藝術」第四節「文學創作」中明確詳細記載了「好德格沁」。「好德格沁」有的譯爲「胡圖歌沁」。是流傳於敖漢旗海力

王府（今烏蘭召村）地區的蒙古族著名的地方名間戲劇。其產生於何時無史料記載，但有兩種民間傳說：

> 一說是敖漢始祖岱青杜棱來老哈河畔建部，但不久便發生了天災和瘟疫。爲此，當地一個名叫嘎拉德恩萬根的喇嘛去西天求拜佛方。佛祖告訴他：「阿爾泰山白音查幹老人能消災祛邪。」嘎拉德恩按其指教請來白音查幹老人。從此，敖漢大地災滅福臨。臨別時百姓問：「再有災難怎麼辦？」白音查幹說：「每年正月十三至十六扮成我的模樣，按我的做法即可。」於是便留下了《好德歌沁》這一民間舞蹈兼有戲曲雛形的藝術形式。

> 二說敖漢多羅郡王府（海力王府）初建時，府北住著 7 戶人家（七浩特）。一年，天降大災，生靈塗炭。浩特中有一個叫布爾固德的老人整天祈求神仙保祐。一日，從北方來了一個手持寶杖、腕挎數珠的白鬍子老人，用寶杖在浩特四周邊指點，邊跳起吉祥舞。從此，災去福至。臨別時，告於眾人，「我有老伴和一子一女，專解人間災難。以後每年正月十三至十六扮成我的模樣，按我的做法去做，可保四季平安。」從此，在這裡便留下了《好德歌沁》的藝術形式。

> 至於孫悟空、豬八戒、原來還有沙僧，據說是佛祖派他們護送白音查幹一家人到人間祛邪送子的。

據調查了解，《好德歌沁》（下文簡稱《好》）中的戲劇人物有白音查幹、曹門岱（白妻）、朋斯克（白的義子）、花日（白的女兒）、孫悟空、豬八戒。其演出形式：演出前，演員要沐浴淨身。事先做好的面具要拿到廟裏，請喇嘛念經，意爲讓神靈附位。

《好德歌沁》表演隊伍在鼓、鐃、鈸等打擊樂器的伴奏下由孫悟空、豬八戒開路。其它角色一字排開。白音查幹居中。邊走邊唱《敖漢讚歌》進村。迎《好》隊的人家在院中鋪好毛氈，擺好茶點、焚香迎候。見面時，戶主問：「你們從什麼地方來，到什麼地方去？」白音查幹答：「我們從北方來，聽說這邊瘟疫流行，人畜不旺，我們特來除邪去災，保祐平安的。」戶主說：「好！好！我們正想去請你們呢。」《好》隊唱起了《達熱力根》（即招福迎祥歌）歌進院。《好》隊進院後，主人捧起擺在院中的哈達和酒說：「尊貴的客人們，本應早建驛站，可是來不及了。只好用藍天當屋，大地當炕迎接你們了。」白音查幹接過哈達和酒，把酒彈向天、地，並且揮動寶杖、數珠向四周做祛

邪招福狀。《好》隊在打擊樂器伴奏下跳起吉祥舞（亦稱盤腸舞）。舞罷，除了孫悟空、豬八戒留在院子裏，其餘進屋。主人擺上茶點，《好》隊唱起《四季歌》、《祝福歌》、《四泉水》歌。

如果有人來求子，求子夫婦跪向白音查幹說明來意。白風趣的說：「我來時身前身後領了不少小子，懷裏還有 108 個，挑個最好的給你。」說著拔下一根鬍鬚上一枚銅錢投向求子婦女的衣襟內。《好》隊在主人屋裏，還要為主人招福，唱《祝福歌》。唱完《祝福歌》後，《好》隊將要離開房主前唱《青鳥歌》。當《好》隊離開戶主屋時，有取笑者可故意將曹門岱留下。白音查幹、朋斯克唱《求情歌》。屋外孫悟空、豬八戒用寶棒、釘筢在院內做袪邪動作，要出曹門岱後，院內起鼓，《好》隊邊舞邊唱《四杭蓋》歌離去。

正月十六晚上，待滿天星斗後，《好》隊在村外找一塊空地，點起火堆，扮演者在鑼鼓聲中反覆越過火堆唱起《祭火歌》。待火勢漸衰後，且將面具投向火堆，《好德歌沁》即為結束。第二年在村西南方祭火，第三年在村西北祭火，意為神從西北來，然後送回西北去。

《好德歌沁》須連著辦三年。它在多年的流傳的過程中，行成了獨特的表演藝術風格，既有民間舞蹈粗獷、豪放的氣質，又吸收了漢族秧歌和宗教舞蹈「查瑪」的部分動作。他還具有舞蹈與戲曲結合的藝術特點，前半部以舞為主，後半部以在室內對話、唱歌為主。其音樂有打擊樂和歌曲兩種，兩種音樂單獨使用，整個表演形式是固定的。

我們尚未來得及和馬局長告別，就匆匆踏上了歸途。因為當時馬局長仍在忙碌著主持會議，我們不便再次打擾，但出乎意料的是馬局長竟然還安排他的秘書為我們送行。我只覺得一股熱流湧上心頭，眼前浮現出電影《紅河谷》中的頭人義正言辭回絕入侵西藏的英軍的一段鏗鏘有力的臺詞：「藏族是這個，漢族是這個，回族是這個，蒙族是這個，還有滿族、維族，許許多多的族」他依次伸出大拇指、食指、中指、無名指、小指，然後非常有力地攢成一個大拳頭，「……我們的祖先把我們結成一個家……」。是呀！我們的心早已彼此相擁、患難與共，風風雨雨共同守望著中華各族人民的大家園。

「讀萬卷書，行萬里路」，無容質疑。一路走來，我們收穫頗豐。不僅開闊了眼界，增長了閱歷，而且還真正領略到蒙古人民熱情好客的異地風俗，他們的音容笑貌不斷湧現在眼前，久久迴蕩在我的腦際。

離開敖漢，回到旅店，拿上行禮，急急忙忙坐上了中午十二點開往赤峰

市的車，我們本來打算要去那裡實地考察一番，因為赤峰是著名紅山文化的發祥地。可是時間不允許，只好從赤峰的車下來，又馬不停蹄地上了下午三點即將發往石家莊的客車。歸途中，我思忖著由敖漢烏蘭牧騎推出的《大漠綠海》這臺新劇目，可能只是敖漢的一滴水，但卻能折射出敖漢生態建設的輝煌；也許這部戲只不過是一個音符，但她能彙入我們時代的主旋律。在中華大地的綠色長征路上，需要一代接一代的奮鬥，也需要一曲接一曲的讚歌！

又經過十多個小時車上的顛簸，我們於 9 日上午八時風塵僕僕來到石家莊，先在火車站買了三張返回太原的票，雨一直在淅淅瀝瀝地下個不停，我們冒雨走了一程，然後又改乘公交車轉到石家莊北站。從昨天到現在，由於長途奔波，我們還沒來得及吃上一頓熱氣騰騰的飯呢！現在可以趁等車這段時間，進飯店裏飽餐一頓，飯飽後在車站耐心地等著。因為我們去時，車站正在重修中，疲憊的乘客們只有在車站外僅有的椅子上擠著稍作休息。

時鐘敲響了十一下，終於迎來了遠道而來的火車。我們排著隊，挨個檢過票，隨著長長的隊列進入車站。幾個小時後我們就要各自分手了，人生就是這樣，聚散無期。路途中我們先是目送李強導師遠去後，邊國強有事也先行離開了。我一個人站在來來往往的人群中，似乎散了戲，卸了裝，出了場，腦海裏迴蕩著這十幾天來朝夕相處的點點滴滴，內心深處由衷地感謝導師李強長年給予我們的指導和關懷。

（碩士生王顏飛整理撰寫）

（八）蒙古劇調查附記

在我完成此篇考察筆記時，同專業的碩士生邊國強同學特給我寄來他寫的一篇關於「內蒙古蒙古劇的發生與發展」的調查報告，因為是資料性較強的學術論文，與我行文風格不甚一致，故特附錄於後，以作上述田野調查的補充文字。

內蒙古蒙古劇的發生要追溯到二十世紀初。早在民國初期，一些蒙古族民間藝人就突破了傳統文化形式，扮演成敘事民歌中的角色進行說唱，這種角色化的民歌演唱，是由說唱藝術向戲曲表演嬗變的開始。到 1932 年，在哲里木盟奈曼旗達沁廟廟會上，當地蒙古族學生將興安盟敘事民歌《金珠兒》改編成載歌載舞的小戲，隨後在察盟蒙古族學校裏，又以同樣樣式改編成了

歌舞小戲《黃花鹿》，此二劇成爲蒙古劇的雛形。1941 年到 1942 年，科右中旗著名的說書藝人常明將蒙古族敘事民歌《敖日古麗瑪》改編成內蒙古蒙古劇演出，同時期被改編成蒙古劇的還有《諾麗格爾瑪》、《韓秀英》、《達那巴拉》，它們標誌著蒙古劇的發展。而《諾日古麗瑪》經過詩人、作家其木德道爾吉的改編則更加完善，也標誌著蒙古劇走向成熟。據李悅《中國當代少數民族戲曲》一文介紹，此外，還有《血案》、《額爾登格》等新歌劇被翻譯成蒙古語並用蒙古劇形式演出。

解放後，黨和人民政府十分重視發展民族藝術，內蒙古蒙古劇繼續發展，表演藝術上也更趨成熟。二十世紀 50 年代初，興安盟札賚特旗一支由蒙古族說書藝人和青年組成的業餘劇團創作演出了《上前線》和《光榮花》等藝術上更趨成熟的內蒙古蒙古劇。1953 年，內蒙古歌舞團以抗美援朝爲題材創作了內蒙古蒙古劇《慰問袋》，該劇於 1955 年參加內蒙古首屆民族民間音樂舞蹈戲劇觀摩演出，並獲表演二等獎。此後直到文化大革命爆發，曾創作或改編過許多劇目：《好的開端》、《漢城烽火》、《諾麗格爾瑪》、《黎明前》（又名《森吉德瑪》）、《人畜兩旺》、《席莫勒》、《達那巴拉》、《興格爾札布》（後更名爲《烏銀其其格》）。

隨著「文革」的到來，內蒙古蒙古劇的發展受到干擾。許多內蒙古蒙古劇劇目被誣衊爲「民族分裂」和「反黨叛國」的「毒草」而受到批判；在普及「樣板戲」的年代，《紅燈記》、《杜鵑山》、《龍江頌》等劇曾被移植成內蒙古蒙古劇進行演出。直到二十世紀 70 年代末，80 年代初，文化藝術活動開始復蘇繁榮，內蒙古蒙古劇也進入了新的發展期。一批蒙古族優秀民歌、傳奇，不論未曾被改變成內蒙古蒙古劇，還是已經被改編成蒙古劇搬上了戲劇舞臺，都在這時經過改編和再度改編而變得完善和成熟，如《烏銀其其格》、《達那巴拉》、《滿都海斯琴》、《森吉德瑪》等。而且伴隨著各類文藝調演，內蒙古蒙古劇獲獎劇目增多，影響也越來越大。這一時期，對於內蒙古蒙古劇的發展，尚有不同的認識。有人主張向漢族戲曲靠攏；有人主張走新歌劇或歌舞劇的道路；還有人認爲在蒙古劇這一劇種內，可以發展多個地域性的分支流派。而內蒙古地域遼闊，東部與西部的蒙古族，在民俗、方言、民間音樂、舞蹈等方面也有較大差距，因而各地創作演出的內蒙古蒙古劇在藝術風格上各不相同。據《中國戲曲志·內蒙古卷》編輯委員會編《中國戲曲志·內蒙古卷》介紹自治區的文化主管部門對於內蒙古蒙古劇的發展上採取了「不定

調調，不加框框，鼓勵各種形式的嘗試」的態度，這就使內蒙古蒙古劇在經過較長時間的發展和積累了大量藝術實踐經驗之後，形成了「內蒙古蒙古劇的劇本、音樂、表演等方面的相對穩定的劇種特點。」

從整體而言，新中國成立以來，內蒙古蒙古劇在黨和政府的關懷下得以迅猛發展。截至 1982 年，全區共有 76 支烏蘭牧騎，其中演出內蒙古蒙古劇的烏蘭牧騎就達 32 支，數量接近一半。在內蒙古自治區舉辦的各級、各類文藝會演中，內蒙古蒙古劇獲獎的劇目的數量越來越多，分量也越來越重。而且有多個劇目獲得國家大獎，如鄂爾多斯歌舞劇團排演的《蒙根阿依嘎》（即《銀碗》）獲 1994 年全國第四屆精神文明建設「五個一工程獎」，1995 年獲第四屆全國少數民族題材戲劇劇本孔雀杯特別獎。內蒙古民族劇團排演的《滿都海斯琴》1981 年首演，1999 年經過改編作為國慶 50 週年獻禮劇目晉京演出，2000 年獲第九屆「文華大獎」、第六屆中國藝術節大獎，2001 年獲全國第八屆精神文明建設「五個一工程獎」。基於這些劇目尤其是《滿都海斯琴》在藝術水平上的較大提高，很多專家認為內蒙古蒙古劇的劇種特徵已經趨於成熟。

但是同時也應看到，內蒙古蒙古劇在進入二十世紀 90 年代後發展勢頭明顯減弱。從 1988 年內蒙古庫倫的《安代傳奇》、1990 年赤峰的《沙格德爾》和 1990 年鄂爾多斯的《銀碗》，到 1999《滿都海斯琴》，10 年間只產生了這 4 部蒙古劇。而且，在民族戲劇藝術的探索上，內蒙古蒙古劇一直在不斷摸索，試圖找到一條更加適合本民族審美習慣的藝術之路，這種探索無疑充滿了艱難與曲折。1999 年，《滿都海斯琴》赴京參加國慶 50 週年獻禮演出時，借用了美聲唱法。當時有專家指出：「如何在美聲唱法中結合民族傳統，創造出自己獨特的演唱，這是《滿》劇又一次給我們提出的課題。」2003 年，「非典」疫情前後，《滿都海斯琴》再度投拍，並於 10 月 7 日正式上演。這次復拍在戲劇形式、音樂風格、主題挖掘等方面都做出了大膽嘗試。整劇全用蒙古語；音樂上則不論唱腔還是樂曲，都使用了不同情緒、不同節奏的民歌曲牌，還配以蒙古族獨特的「呼麥」唱法；舞蹈上則編排了「祭祀舞」、「薩滿舞」、「鞭鼓舞」、「摔跤舞」等；演唱上則摒棄了美聲唱法，代之以蒙古民歌唱法。這些大膽嘗試與藝術手法回歸，顯示了內蒙古蒙古劇在經過長期藝術實踐之後，已經找到了自己保持本民族特色的發展方向。

阜新蒙古劇的發生應追溯到 1948 年，中國人民解放軍進入蒙古貞地區，

泡子鄉村民就演出了用蒙古民歌《明月》曲調編寫的表演唱《慰問軍屬》，演員分別扮演了老貧協、青年婦女、軍屬大娘等角色，在敘事民歌向地方戲曲衍化方面做了有力的嘗試。到1951年8月，佛寺鄉小學教師郭振義、布和爲配合婚姻法宣傳，節選蒙古貞短調民歌《桃兒》的部分段落改變成戲劇，根據情節設置了人物並用蒙古語彩唱演出，且用四胡伴奏。隨後，由圖力古熱口譯，札木蘇執筆，將漢語手抄本《桃兒的故事》改編成完整的蒙文腳本《花兒》，並增加了中四胡、二胡、橫笛、鑼、鈸、木魚等伴奏樂器，由南梁村組織業餘劇團排練演出，並在1952年3月參加阜新地區文藝比賽大會，且受到了嘉獎。第一個阜新蒙古劇正式誕生。很快，佛寺、大板、沙拉、大巴、王府、哈達戶稍、國華等鄉鎮紛紛成立了業餘蒙古劇團，《雲良》、《嘎達梅林》、《興格爾札布》、《奔布來》、《達那巴拉》等敘事民歌相繼被改編成蒙古劇。同時，《翻身民兵卻札布》、《光榮軍屬》、《教訓懶漢》、《羊山打虎》、《蒙古族婚禮》、《第一個春天》等一批表現時代生活的新創作劇目也不斷湧現出來，一些漢語新歌劇如《愛社如家》、《白毛女》、《劉胡蘭》等也被翻譯成蒙文編成蒙古劇。

阜新蒙古劇在產生之後，近二十年內獲得了迅猛的發展。但隨著「文革」的到來，在極左文藝思潮的嚴重干擾下，阜新蒙古劇被打成「牛鬼蛇神」，一些劇作者受到迫害，劇團紛紛解散，絕大部分戲劇腳本被沒收、焚毀，戲劇演出資料散落殆盡，以至於我們今天很難找到關於當年演出情況的史料。蒙古貞人民非常喜愛的蒙古劇就這樣被迫銷聲匿跡了。

1979年末，佛寺公社文化站重建業餘蒙古劇團，並編演了《王子爭親》。隨後，大阪、沙拉、大巴、王府、紅帽子、國華等鄉鎮紛紛重建業餘蒙古劇團，並且在重新排演老劇目的同時，積極創作新劇目。當地政府也先後多次舉辦少數民族文藝調演和蒙古劇調演，這也極大地推動了蒙古劇的發展。一批優秀劇目也相繼產生。1980年，阜新市舉辦首屆少數民族業餘文藝調演，佛寺業餘蒙古劇團編演的《王子爭親》獲創作獎。1981年1月，阜新蒙古族自治縣舉辦了蒙古族民間業餘文藝調演，有16個鄉鎮210餘名業餘文藝骨幹共演出了蒙古劇等25個劇（節）目。同時對《烏銀其其格》進行改編，使其逐漸完善，「並成爲重點保留劇目」。其他劇目如《王子爭親》《參姑娘》等亦越來越成熟。1982年春，佛寺業餘蒙古劇團《烏銀其其格》劇組隨縣政府參觀團前往吉林省郭爾羅斯蒙古族自治縣、內蒙古自治區土默特右旗和呼和浩

特市進行慰問演出 170 餘場，觀眾反響強烈。此後，阜新蒙古族自治縣文工團也開始排演蒙古劇。1982 年 9 月，阜新市舉辦少數民族文藝調演，蒙古劇《烏銀其其格》獲表演獎。1984 年 11 月，佛寺業餘蒙古劇團的《烏銀其其格》作為阜新的代表劇目，參加了在昆明舉辦的全國少數民族劇種錄像調演，並獲得「銅杯獎」和文化部頒發的「民族團結」獎。1988 年中央民族出版社出版發行了中國第一部蒙古劇選集──選編了阜新蒙古劇 10 個劇目的《蒙古貞戲劇選》。阜新蒙古劇的發展也由此進入了一個嶄新的階段。也是在這一時期，阜新蒙古劇的藝術風格更加鮮明，表演也日趨規範。藝術手段上分為「道勒乎」（歌唱）、「布吉勒乎」（舞蹈）、「西魯格勒乎」（詩韻念白）、「那木那乎」（騎射）。表演以歌舞為主，有一定的程序動作和虛擬表演。舞蹈則以「查瑪」、「安代」及賽馬舞、牧羊舞為基礎，根據劇情進行一定的加工創造，特色鮮明。

　　如今，阜新蒙古劇仍在繁榮中不斷髮展。傳統劇目不斷完善，新劇目也不斷湧現出來。在遼寧省和阜新市、阜新蒙古族自治縣的戲曲舞臺上，阜新蒙古劇一直比較活躍。以大板鎮衙門村為例，該村於 1995 年再次成立業餘蒙古劇團，截至 2003 年，共演了《嘎達梅林》、《闔家歡》、《麻將風波》、《城鄉姻緣》等 14 部蒙古劇。其中有一部分是新創作劇目。而當地文化部門亦特別重視對阜新蒙古劇的支持鼓勵。比如 1999 年，遼寧省文化廳為大板鎮衙門村業餘蒙古劇團頒發了「優秀群眾文化藝術活動團體」區牌；2003 年，縣政府又為其頒發了「蒙古劇基地」牌區。省市有關部門如此多的獎勵，自然也更加促進了阜新蒙古劇的繁榮局面。尤其喜人的是，在今年 8 月 7 日，阜新蒙古族自治縣又舉辦了第三屆蒙古劇調演，我們正巧在現場。演出從下午三點開始至六點結束，中間還下了一陣小雨，但觀看群眾一直沒有減少。這次調演共演出七個劇目，其中有六個劇目都是以前文獻資料未曾記載過的。在這次阜新蒙古劇調演中，筆者還欣喜地發現許多新的因素，它們有如新鮮血液，勢必為阜新蒙古劇的發展注入新的活力。

　　內蒙古蒙古劇從誕生以來，曾經流佈了幾乎整個內蒙古自治區，包括阿拉善盟、鄂爾多斯、巴彥卓爾、錫林郭勒盟、赤峰、通遼、興安盟、呼倫貝爾盟等地，今天則主要流佈於鄂爾多斯、通遼、赤峰等地。據我們目前掌握的數據，內蒙古蒙古劇自產生以來至今，共演出過有 40 個劇目，其中 38 個見於文獻資料，另外 2 個（《打假》、《農家院子》）是我們在採訪調查中發現

的。從題材來源看，主要有四類：一是根據蒙古族敘事民歌、民間傳奇和歷史故事改編而成，如《金珠兒》、《黃花鹿》、《諾麗格爾瑪》、《沙格德爾》、《達那巴拉》、《森吉德瑪》、《百依瑪》、《烏銀其其格》、《諾日古麗瑪》、《韓秀英》、《北京喇嘛》、《嘎達梅林》、《滿都海斯琴》等皆屬此類；二是根據蒙古族民間舞蹈敷衍而成，如《安代傳奇》就是根據「安代」舞敷衍故事而創作出來的；三是結合蒙古族人民的現實生活創作而成，如《漢城烽火》、《打假》、《農家院子》、《好的開端》、《人畜兩旺》、《上前線》、《光榮花》、《慰問袋》、《扇子骨的秘密》、《拐棍》、《戈壁之光》、《走向綠洲》等；四是從其他劇種移植而來，如《賽烏素溝畔》移植於二人臺，《血案》與《額爾登格》則移植於歌劇，「文革」期間演出的《紅燈記》、《杜鵑山》、《龍江頌》等移植於京劇樣板戲。

阜新蒙古劇主要流佈於阜新蒙古族自治縣的佛寺、大阪、大巴、王府等蒙古族人民聚居的鄉村。此地區劇目較多，演出較頻繁，據我們掌握的資料，從第一個蒙古劇《花兒》開始截至 2007 年 8 月 7 日，共演出過 59 個劇目。其中 53 個見於文獻記載，另外 6 個劇目（《母語情深》、《打工歸來》、《聖水請活佛》、《風雨眞情》、《新房》、《尋驢記》）則是在阜新蒙古族自治縣第三次蒙古劇調演中首次出現。其題材來源亦有四類：一是根據短調敘事民歌改編而成，如《花兒》、《雲良》、《奔布來》、《嘎達梅林》、《烏銀其其格》、《達那巴拉》、《那布其公主》、《龍梅》等；二是根據蒙古族民間故事、古典名著和現代文學作品改編而成，如《參姑娘》、《牡丹仙子》、《洪格尒朱蘭》、《王子爭親》、《鬧分家》、《娜仁格日樂》、《神算笛》、《吉莫得額吉的心》、《虎鹿狐》等；三是根據現實生活創作而成，如《翻身農民卻札布》、《教訓懶漢》、《光榮軍屬》、《第一個春天》、《楊山打虎》、《一筐葡萄》、《兩個兒媳》、《闔家歡》、《養雞一家》、《麻將風波》、《買化肥》、《布穀鳥的呼喚》、《新房》、《母語情深》、《打工歸來》、《聖水請活佛》、《風雨眞情》、《尋驢記》等；四是把其他漢語劇種的劇本翻譯成蒙語移植而來，如《愛社如家》移植於評劇，《劉胡蘭》和《白毛女》移植於歌劇。

（碩士生邊國強整理撰寫）

五、青海省黃南、互助等地藏族戲劇與史詩田野調查報告

（2007 年 8 月 5 日～11 日；8 月 24 日～9 月 5 日）

（一）歷史沿革和稱謂

藏戲，藏語稱爲「拉吉拉姆。」（意爲仙女），是一種廣泛吸納藏族民間音樂歌舞、說唱等，在宗教意識及審美認識的基礎上經過長久錘鍊而形成的戲劇藝術形式。藏戲作爲極具地域特徵和獨特文化背景的傳統演藝形式，從八世紀白面藏戲開始，已經繁衍、發展了一千餘年。由於藏族人口分佈較爲廣闊，從青海向南，直至甘肅、西藏、四川、雲南地區都有藏族人的居住。廣闊的地域也形成了各不相同的語言環境，這使得遠播他地的藏戲也形成各具特徵的藏戲地方劇種。

如果按照流傳地域和方言大致分類的話，藏戲可以分爲三大版塊：「西藏地區藏戲」、「西康地區藏戲」、「安多地區藏戲」，其具體內容與形式如下：

1、分佈於西藏地區的衛藏藏戲系統，此地也是藏戲最早的發源地，曾創造出了優秀的傳統「八大藏戲」，即：《文成公主》、《諾桑法王》、《朗薩雯蚌》、《卓娃桑姆》、《蘇吉尼瑪》、《白瑪文巴》、《頓月頓珠》、《智美更登》。藏戲兩種主要傳統的戲劇形式——「白面具藏戲」和「藍面具藏戲」均發源於此。

2、分佈於今四川省境內及西藏昌都地區的康巴藏戲系統。使用康巴方言，如「德格藏戲」、「昌都藏戲」、「康巴藏戲」等。

3、分佈於青海省境內的安多藏戲系統。這是其影響和戲劇成就僅次於西藏地區的藏戲系統。主要流傳於青海省黃南族自治州、甘肅省甘南藏族自治州、四川阿壩藏族自治州及甘孜藏族自治州色達縣等安多藏語區。由於長期的發展和自身的藝術特點，又被稱爲「黃南藏戲」、「甘南藏戲」、「四川藏戲」。

在歷史上，有關藏戲的起源有多種論點。李悅著《中國當代少數民族戲曲》指出：「一是宗教舞蹈說，即藏戲來源於藏傳佛教的樂舞；二是民間歌舞說，既藏戲源於民間歌舞的逐漸衍化；三是民間說唱藝術說，這是因爲傳統藏戲的表演形式和傳統民間說唱存在諸多相似；四是湯東傑布說」公元八世紀時出現的白面藏戲是藏戲成型的雛形階段，當時藏族的歌舞說唱藝術已經比較發達，尤其是源於宗教祭祀的擬獸舞蹈與面具舞。公元 779 年，印度高僧蓮花生受藏王邀請入藏弘法，在山南桑耶寺落成典禮上，吸收藏傳佛教的教義和當地民間表演藝術及原始苯教的祈神儀式，形成一套具有弘揚藏傳佛

教特徵的啞劇祭祀舞蹈「羌姆」。已具有較為簡單的故事情節和假定性的情景人物，初步具有了戲劇的因素。

十四到十五世紀，藏傳佛教噶舉派僧人湯東傑佈在西藏地區周遊朝佛，目睹山川河流給交通帶來的不便，決定造橋架渡，為了籌集修橋費用，湯東傑布召集了山南瓊結縣百納鄉的七位能歌善舞的姐妹，創立起札西賓頓巴（意為七姐妹）戲班。並被當地人稱作「阿吉拉姆」，藏戲名稱即由來與此。湯東傑布大膽吸收蓮花生時代的跳神舞蹈，融合藏族歌舞、說唱等民間藝術，加入戲劇情節，用歌舞演繹了一些佛經故事和民間傳說，形成了具有簡單故事情節的歌舞劇。湯東傑佈在看到觀眾對此很感興趣時，他開始陸續加入更多的演員，擴大表演，完整情節、人物，藏戲開始向成熟戲劇發展。從此，湯東傑布被人們視為創建藏戲的「祖師」。後來，湯東傑布對白面戲劇進行藝術加工修飾，創造出更富有表現力的藍面具戲劇。

十七世紀「雪頓節」的出現使藏戲發展達到一個新高峰，當時西藏建立噶丹頗政權後，社會發展比較穩定。五世達賴喇嘛洛桑嘉措在夏令安居修習結束的「酸奶宴會」中，邀集享有盛名的藏戲班子進哲蚌寺助興演出，從而開創了「哲蚌雪頓」藏戲演出的慣例。後來形成一年一度規模宏大的藏戲演出習俗，「雪頓節」也成為當時具有重大意義的藏戲演出舞臺。由此，藏戲也得到了快速的發展。這時藏戲逐漸從寺院宗教儀式脫離，成為一種帶有世俗化色彩的獨立的藝術形式。很多地方和寺廟都組建起具有職業性質的藏戲演出班子，藏戲開始職業化，也更加廣泛地綜合民間文學、音樂、舞蹈、說唱、雜技等藝術成分，從最初依賴舞蹈表現的初級藝術形態，逐漸形成以說唱為主，廣泛表現唱、講、舞、表、技等綜合藝術。藏戲傳播的廣闊與紮根於民間使其生機勃勃而富有活力，其源遠流長而內蘊深厚，包孕著長久變遷中的諸多的歷史與審美價值。

（二）劇種分類與分類

藏戲在藏族文化發祥的中心衛藏地區孕育、萌生、形成、發展，逐漸流傳到西藏全區與其他地，如普蘭、亞東、錯納、察雅香堆等；不定期傳到區外四川的嘉絨，青海的黃南藏區，甘肅南部的夏河以及鄰國印度、不丹、錫金、尼泊爾和克什米爾地區等。在此過程中，藏戲繁衍、滋生出了多種戲曲劇種。在我國，藏戲的傳播地區主要為西藏拉薩、日喀則、山南、阿里、昌

都，青海的安多地區，甘肅甘南地區，四川阿壩、甘孜地區。

在我國民族與地方戲劇理論界，歷來把藏戲當作藏民族和藏族地區惟一的一個劇種對待。直至《中國戲曲志》西藏卷、四川卷、青海卷、甘肅卷陸編編纂竣工，以及青、甘、川、藏四省區藏戲研究者們的努力，藏戲劇種問題的研究才有所新的進展與突破，經不斷深入研討恢復了藏戲劇種的眞實面貌，由此而在戲劇理論界和藏學界獲得了大體一致的共識。如 1998 年 11 月初審《中國戲曲志・四川卷》書稿時，確認四川除有「德格藏戲」和傳自甘南的阿壩和色達「安多藏戲」外，還將傳自西藏康巴藏戲確定爲一個單獨的藏戲劇種。1989 年 5 月《中國戲曲志・西藏卷》在西藏進行了終審，確認區內民族戲曲劇種共有五個：藏族的的白面具戲、藍面具戲、昌都戲和傳自四川的江達德格戲，還有門巴族的門巴戲。同年 8 月對《中國戲曲志・青海卷》初審時，確認青海有三個劇種：屬於安多藏語言區的黃南藏戲、華熱藏戲和傳自甘南的果洛藏戲。人們逐漸發現，中國戲曲中的藏戲實際上有一個包括不少劇種及其流派的系統。總之，按一般地理概念歸屬，藏戲劇種主要分爲西藏藏戲、青海藏戲、甘肅藏戲、四川藏戲共四大類。另有按方言劃分爲三大類：衛藏方言藏戲、康巴方言藏戲、安多方言藏戲。

（三）青海藏戲

青海藏戲主要分爲黃南藏戲、安多藏戲兩大類。

1、黃南藏戲

黃南藏戲是青海黃南地區藏族戲曲劇種，在十九至二十世紀中期，流佈區域曾經覆蓋黃南藏族自治州以及相鄰的循化撒拉族自治縣、化隆回族自治縣的部分地區，目前主要流行於黃南地區。

黃南藏戲屬於安多語系藏戲的一個重要支系。它的發展經歷了十七世紀中期到十八世紀中期的說唱階段；1740～1794 年夏日倉三世時期三人表演的形成階段；1854～1946 年吉先甲時期的成熟階段；1910～1973 年多吉甲時期的興盛發展階段；1980 年以來的提高革新階段。

黃南藏戲有如下六大特點：

（1）具有廣泛的群眾性和民間傳承性。民間和寺院藏戲隊，始終與社會民眾保持著密切聯繫。

（2）音樂方面保留了宗教音樂的成分，也吸收了當地民歌、舞蹈、音樂

等文藝素材。

（3）演出劇目除八大傳統藏戲外，還有《格薩爾王傳》、《國王官卻幫》等其他藏區沒有的劇目。

（4）保留了《公保多吉聽法》這齣古老而珍貴的原始戲劇形態的儀式劇。

（5）即興表演獨具特色。這些即興表演形式，既表現了編劇、演員高超的藝術水平，又對抨擊社會時弊、淨化環境起到了很好的作用。

（6）歷代黃南藏戲藝人在長期的藝術實踐中，總結出各種行當及成套的表演程序、手式指法、身段步法和人物造型，吸收黃南寺院壁畫人物形態，融入寺院宗教、民間舞蹈及藏族生活素材動作等，形成本劇種獨有的藝術風格。

二十世紀 80 年代以後，青海藏劇團在黃南地區成立，陸續創作演出了《意樂仙女》、《藏王的使者》、《金色的黎明》等優秀劇目，在國內外產生了很大影響。

2、安多藏戲

安多藏戲，係影響僅次於黃南藏戲的流行於青、甘、川、等地的劇種。最早醞釀產生於十八世紀末葉青海黃南隆務寺，在寺院喇嘛夏令安居後舉行「呀什頓」（夏日宴會）遊樂活動時，喇嘛們根據在西藏習經期間所看到的藏戲演出和輸入的藏戲「經文本」，開始以安多語和安多民間說唱調來表演民間戲劇故事片斷。到十九世紀中葉以後，其演出唱腔、音樂、表演、服飾更加豐富，也日趨規範。如戲師吉先甲把黃南地區的藏族山歌「拉依」糅進了唱腔，而且還能演出完整的劇目《諾桑王子》。與此同時，在甘肅省的甘南拉卜楞寺二世嘉木樣的倡導下，貢塘倉丹白準美也開始採用西藏藏戲演出的辦法，編演了《米拉日巴十萬道歌集》中「獵人受教化」的故事，當時稱為《鹿舞》，於每年的雪頓節上演出。後來《鹿舞》還傳播到拉卜楞教區的很多藏區寺院中。

到二十世紀 40 年代，五世嘉木樣從西藏學法回來，又一次倡導創建甘南安多藏戲，由曾在內蒙古講學多年、比較熟悉西藏藏戲和內地京劇的朗昌活佛，創編了劇本《松贊干布》，唱腔音樂以安多民歌、牧歌、說唱調為主，表演採用民間歌舞和寺院跳神舞蹈，包括服裝、道具也借鑒京劇樣式，與程序化動作注重舞臺演出效果。他們還大量編演了《格薩爾王傳》中英雄史詩故事劇目。甘南安多戲後來又傳入青海果洛藏族自治州和四川阿壩州四個草地

縣，以及甘孜州的色達草地縣。甘肅和四川的安多戲，還編演了許多傳統藏戲故事劇、民間故事劇、藏族文學名著改編劇和歷史人物傳奇劇等劇目。

安多藏戲最早形成於青海黃南隆務寺和甘肅甘南的拉卜楞寺，迄今已有二百年左右的歷史。具有較完整的表演、音樂唱腔和劇目，則是二十世紀 40 年代以後的事。安多藏戲發展較快，十幾年的時間就迅速傳播於黃南、甘南、果洛、阿壩州各地，80 年代又傳入青海撒拉族自治縣的藏族地區和甘孜州色達地區。唱腔以安多地區藏族民間說唱、民歌、僧曲爲素材加工而成，演唱時不用幫腔，道白速度較西藏藏戲慢。人物的臺步、上下場動作、武打及其他表演動作，吸收安多民間舞蹈、法舞的因素較多。表演時不戴面具，不是廣場劇而是舞臺劇的框架。形式上接近漢族戲曲特色，基本上是沒有什麼程序的藏族民謠說唱歌舞劇。唱腔尚無成套的戲曲曲牌，均採用廣泛流行在民間的民歌曲調，根據人物的性格、表演內容和唱詞格式靈活鑲嵌套用。

諸如在四川藏區紅原縣、若爾蓋縣上演《松贊干布》時，其主要人物的重點唱腔，運用的是藏族當代著名歌唱家才旦卓瑪演唱的著名歌曲《毛主席的光輝》中的民歌曲調。而在甘肅拉卜楞寺藏戲團演出的松贊干布和仙翁的唱腔，則完全是高亢、遼闊、悠遠的牧歌。還有普遍運用民間十分發達的《格薩爾》史詩的說唱調。這些民謠、牧歌和說唱調運用到戲劇之中作了一些小的變動，與原始曲調有一定的區別。這種情況在西藏藏戲中也常出現。如正式唱腔外，也直接吸收採用民間酒歌、「堆諧民歌」和其他一些歌舞藝術。但時間長了，它們與民間原始樂曲相比較，已有很明顯的變動。安多藏戲運用的民間曲子有些還套用到別的劇目中去，從而形成了一定數目的可供表現戲劇角色的曲調唱腔，而且都有曲名。如《崗欽奧大》是《松贊干布》一劇中開場和劇終的齊唱曲徵；《格徒達》是尼泊爾公主看到父親不悅時疑惑而詢問的一段商調式唱腔；《當牙賽》是《德巴登巴》中王子欲會見公主時一段豪放熱情的唱腔；《牙尹更卡》是文成公主依依不捨與父母告別時唱的一段較爲自由的散板式唱腔。

安多藏戲表演動作也沒有西藏藏戲那樣一套虛擬精鍊的舞蹈身段，主要吸收運用了一些民間藝術表演和古代藏族寺廟裏的跳神動作，以及部分京劇的臺步動作。這些動作都比較簡單，更多的是像話劇一樣的生活化表演。如《松贊干布》一劇中松贊干布召集大臣商議向尼泊爾和唐朝請婚一段戲，群臣分兩隊從左右臺口上，重複做著跳神中擺手致禮和腳下類似京劇中官員踱

方步的單一動作，也沒有鼓點伴奏。來到舞臺中間按八字列陣，然後松贊干佈在音樂歌舞聲中走到舞臺中心，開始演唱，大臣答唱和互相對話，最後高興地跳起當地藏族的民間舞蹈。安多地區表演中還沒有形成專門的藏戲舞蹈。夏河縣文工團學習拉卜楞寺藏戲《諾桑王子》一劇中的仙女舞蹈，將京劇女角臺步動作和藏族仙女舞姿相結合。整個表演除了上場動物戴面具以外，人物角色都沒有面具，由此注重「人戲」表演，即演員直接用面部表情和眼神動作來作較爲細膩的表演。

比較起西藏藏戲樂隊伴奏衹有的一鼓一鈸，安多藏戲則要發達得多，有許多管絃樂器。如甘南有笛子、揚琴、四胡、札聶琴（六弦）和鼓、鈸等；青海的黃南藏戲《意樂仙女》，既有像六弦等藏族傳統樂器，又有現代的以民樂爲主的大型混合樂隊。用這個大樂隊伴奏，不僅有間奏的氣氛音樂，而且可以直接爲唱腔伴奏，不像西藏藏戲的一鼓一鈸，只爲舞蹈和表演動作壓節奏，很少爲唱腔伴奏。

安多藏戲演出運用與拉薩藏語很不一樣的安多方言，有比較通俗易懂的口語道白，又有說唱中帶腔調的說白；還有類似藏語快板的韻白和藏族詩詞朗誦，只是沒有西藏藏戲中很重要的數板念誦形式的連珠韻白「雄諧」。

安多藏戲自創建不久，就開始從廣場搬上舞臺演出。相對來說，舞臺美術各部門比西藏藏戲發展得更好，有比較多的布景，大小道具、燈光、效果，特別是化妝造型更爲發達。像拉卜楞寺藏戲演出的《智美更登》布景十分複雜，規模大，換景很多次，有山有水，有房有樹，還配上燈光效果，舞臺藝術效果很好。再像青海演出的《意樂仙女》，更是以富麗堂皇、神奇秀逸、變幻莫測的布景和舞臺美術見長。

（四）劇目情況

藏戲劇目可分爲五大類：歷史人物劇、民間故事劇、愛情神話劇、人情事態劇、佛經本事劇。也可分爲：宗教劇、世俗劇、宮廷劇、移植改編劇、創作劇五類。或只分爲兩大類：傳統藏戲、現代藏戲。

藏戲傳統劇目普遍帶有宗教演義性質，像在歷史人物劇《文成公主》中，松贊干布被演繹成觀音菩薩的化身，文成公主則是綠度母的化身；《朗薩雯蚌》是根據當時現實社會生活中一個眞實事件演繹的劇目，但其宗教色彩貫穿從頭貫到尾，把農家女朗薩的苦難當作佛教「四大皆空」教義的形象印證，她

的不幸遭遇也成爲演變成女菩薩的必然過程。傳統藏戲中完全屬於宗教演義劇目的還有《智美更登》、《雲乘王子》、《德巴丹保》、《日瓊巴》、《獵人貢布多吉》、《釋迦十二行傳》等。但眞正被長期廣泛傳播的宗教劇僅有《智美更登》，它褒揚佛教利他主義信徒，在被冤屈流放的境遇中仍然堅持樂善好施，最後將兒女、妻子，以至自己的眼珠都賜給乞丐。該劇是《大藏經》中《佛說太子須大拿經》的直接演繹，但劇中開頭部分描寫智美更登廣作施捨，被敵國利用，派人裝扮成叫化子騙去了傳國之寶，後又被奸臣抓住把柄而告了狀，使國王下令流放王子智美更登。這樣一個很有生活氣息的生動的傳奇情節，顯然是從民間吸收了營養的文藝佳作。從而藏戲作品也普遍保持了民間創作的浪漫色彩。

歷史人物劇目，反映歷史上松贊干布與文成公主的唐蕃和親佳話的劇目《文成公主》，著重描寫噶爾東贊去長安，事先帶了松贊干布王的三封密函，回答了唐皇三次考問，又與財國波斯、軍國格薩爾、強國霍爾、佛國印度的婚使一起，經過「穿珠」、「辨馬」、「認雞」、「分木」、「宰吃羊肉」、「夜宴回店」和最後「校場選主」七次智慧的比試，全部獲勝，才終於娶得了文成公主。這齣劇主要是根據歷史故事編撰排演，所以帶上了十分強烈的民間傳說的傳奇色彩。

愛情生活的劇目主要有《諾桑王子》及《雲乘王子》、《拉萊沛瓊》、《若瑪囊》等。《諾桑王子》抒寫與表演的是人間王子與天界仙女之間的浪漫神奇的故事。即使最純粹的浪漫主義文藝也不能完全排斥現實主義的描寫，正是藏戲傳統劇目，把兩種創作方法結合起來，成爲整個藏族古典文學藝術作品一個異常突出的傳統。

人情世態劇目主要有《卓娃桑姆》、《蘇吉尼瑪》、《頓月頓珠》等。《卓娃桑姆》透過卓娃桑姆與魔妃哈江相鬥爭的宗教演義，其實所反映的是王宮中前妃迫害新妃的故事。《頓月頓珠》中也有這方面的內容，是新妃迫害前妃的大王子，但是故事的主要部分卻放在前妃的大王子頓珠與新妃的小王子頓月兄弟的手足情誼上。而《蘇吉尼瑪》則是反映妖女化身的新妃迫害「鹿女」（實際上是度母）化身的王后的故事。主人公蘇吉尼瑪是一個純潔溫順、精誠善良，而又智慧過人、巧作鬥爭的藏族女性的典型形象。

傳說故事劇目中的《白瑪文巴》，這是一個比《諾桑王子》更加神幻奇異的神話劇。白瑪文巴這個商人的後代，誓爲被國王害死的父親報仇，這個苦

孩子不僅有「哪吒鬧海」式的本領，而且還有「齊天大聖」孫悟空降伏妖魔的神力。他先在大海中戰勝了黑白兩條毒龍，最後使白螺龍女獻出了寶貝。當他被九頭羅刹女王一口吞進肚子裏去時，一念慧空行母傳給他的咒語，使羅刹女王肚子疼得滿地打滾，連連叫饒，把他吐了出來，並答應獻出金銀匙之寶。當兇殘而又貪婪的國王想坐著金鍋去逛景時，聰明的白瑪文巴就把國王恭敬地請進金鍋，用銀匙一敲，金鍋便凌空飛起來，一直飛到羅刹國上空，白瑪文巴把國王一下掀了下去，呼喚都是餓煞鬼的眾羅刹：「來吧，吃你們的點心！」在藏族神話傳說故事中，包括藏戲作品，一般喜歡把主人翁的形象，描寫成半人半神、有血有肉的人和超凡脫俗的神靈，幻想和現實的情景渾然一體。

《諾桑王子》寫的是一個王子追求自由愛情的故事，可是把他說成是神王，可以追上天界去。《蘇吉尼瑪》寫的也完全是個涉世未深的少女被娶進王宮受人陷害，最終通過自己的努力洗雪了冤獄，可是偏偏把她說成是隻母鹿喝了仙翁「洗下身白布」的泉水而懷孕生下的姑娘，這就顯得十分詭秘離奇而又優美神妙。所以藏戲作品讓人感覺是那樣的浪漫、奇特、神秘，而又自然、質樸、真實，產生令人驚異的藝術魅力。

社會鬥爭劇目中直接反映農奴制社會尖銳的階級鬥爭劇目《朗薩雯蚌》，雖然有著明顯的宗教宣揚和封建道德的說教，但它塑造的一個農家女（實際上是農奴）從被領主強迫訂親，到搶婚和成家生子後受迫害，直到暴打致死，而又於心不甘，還魂成佛，是十分具有典型意義的人物形象。

大型歷史劇《牟尼贊普》被稱為「藏戲的第一齣悲劇，反映公元八世紀吐蕃王朝由盛轉衰時期贊普牟尼在執政不足兩年中三次平分財產，最後被親母執殺的歷史事件，歌頌了牟尼作為藏族歷史上難得的明君，同情廣大農奴，以封建農奴主的叛逆者姿態，向他的家族和階級作殊死鬥爭的改革精神。

《格薩爾》英雄史詩故事劇有《地獄救妻》、《霍嶺大戰》、《降伏魔國》等。根據青海民族出版社出版的藏文本整理改編，一反宗教主旨的宣揚，格薩爾王因妃子阿達拉姆死後殺妖魔太多被引人黑暗地獄。為此，他大鳴不平，敢於深入到地獄，向閻王展開說理鬥爭，終於使閻王釋放了以阿達拉姆為首的掉進地獄的眾生，巧妙而特殊地寄寓了藏族人民樸素真摯的善惡現，劇作特色顯著。其中「古牧歌」、「傳統說唱調」、「弓箭舞」、「擬獸舞」、「古鼓舞」、「殺牲祭祀」、誓師出征儀式，還包括大皮鼓、小鼗鼓、彎月弓、金羽箭等民

族戲劇道具，都很好地反映了雪域民族那種淳厚、質樸的民族風情，使賈察的耿直忠誠、丹瑪的勇武渾厚、森姜珠牡的忠貞無畏、晁同的奸詐陰險、白帳王的冥頑殘暴、格薩爾工的神勇機智等人物品性給觀眾留下了深刻印象。

（五）藏戲表演團體與藝人

在藏戲發展的歷史上，湧現了一批有卓有影響的藏戲演藝家。十八世紀末，江嘎爾戲班著名戲師朗傑就是其中的一位。他排演的《諾桑王子》成為江嘎爾戲班及其流派的保留劇目。同時期香巴戲班著名演員根角，也很有名，由八世班禪親自選定為香巴戲班的接任戲師。十九世紀下半葉覺木隆藏戲開創性人物唐桑，破例吸收培養女演員，使男女角都由男演員扮飾發展為由男女演員分別扮飾，充分發展豐富了藏戲表演藝術。十九世紀末至二十世紀初，覺木隆戲班著名戲師米瑪強村，學習苦練藏族傳統的聲樂技巧，對藏戲傳統唱腔進行豐富、革新和發展，形成了自己鮮明而獨特的唱腔風格，可以說他是藏戲唱腔開宗立派的一代宗師。

二十世紀上半葉，覺木隆戲班出了一位善演丑角的喜劇明星即江嘎爾戲班有名演員唐曲，是熱振活佛親自選定的戲師，曾帶隊去廷布為錫金國王獻藝。著名藏戲演員仁青卓瑪，出生於青海循化撒拉族自治縣。為青海省藏劇團國家二級演員，中國戲劇家協會會員。1982 年她在藏戲《意樂仙子》擔任主要角色，領銜主演藏戲《蘇吉尼瑪》；1990 年在藏戲《藏王的使者》中飾演文成公主；1991 年參加全省文藝調演，獲個人表演三等獎。

黃南州歌舞劇團 2007 年參加了由國家文化部主辦，中國藝術研究院、中國非物質文化遺產保護中心在北京承辦的中國非物質文化遺產珍稀劇種展演活動。代表團在廣泛宣傳的基礎上，演出了原始藏戲、最早的一部安多藏戲《貢保多傑聽法》和傳統藏戲、「八大藏戲」之一《諾桑法王》中的《伊朝被捉》。該劇團借助兩部戲的展演，向專家和媒體介紹了原始藏戲和傳統藏戲在表演等諸多領域的不同，用鮮明的對比方式展現藏戲藝術的魅力，整個展演活動獲得極大的成功。

四川省色達縣格薩爾王藏劇團創建於 1980 年 2 月，經過十多年的不斷髮展壯大，現擁有編導演職人員三十多人。劇團所有演職人員都來自於當地的牧農民，是一個純民間業餘文藝團體，也是我國藏區藝術實力較為雄厚的業餘劇團之一。色達格薩爾王藏劇團在安多藏戲劇目的基礎上，把繼承傳統和

發展創新有機地結合起來，前後共編演出了藝術價值較高的傳統藏戲：《智美更登》、《卓瓦桑姆》、《朗沙翁波》、《鄧月登珠》、《松贊干布》、《洛桑聖王》、《赤松德贊》，還獨樹一幟把英雄史詩《格薩爾王傳》改編成藏戲搬上舞臺，受到民族戲劇行家好評。他們先後演出了《地獄救妻》（秋吉編）、《取阿里金窟》（塔洛活佛編）、《賽馬登位》（塔洛活佛編）、《換馬風波》（秋吉編）、《征途之爭》（秋吉編）、《七員勇將》等六部格薩爾藏戲，此舉不僅在藏區是首創。

新編藏戲結合本地土生土長的藏民族文化藝術，因此，具有濃厚的地方特色，也豐富了藏戲的劇目和表演方式。格薩爾王藏劇團十餘年如一日，艱苦奮鬥，勇於開拓，不斷創新劇目，新近又將寺廟樂舞、安多鍋莊、拆嘎、彈唱、說唱、山歌、獨唱、對唱、小合彈唱等民間音樂舞蹈搬上了舞臺。格薩爾王藏劇團除在本州本縣演出外，還先後幾次到四川省的各地和西藏、青海、甘肅等三省一區作巡迴演出，行程十幾萬公里，演出超過千場，觀眾達四十多萬人次。1996年和1997年先後兩次受成都西南日月城聘請，在內地演出數百場藏戲、歌舞。得到了各族觀眾的讚揚和好評。

格薩爾王藏劇團先後在青海黃南州澤庫縣、果洛州班馬縣、久治縣、甘德縣，阿壩州金川縣、壤塘縣，甘孜州丹巴縣莫斯卡鄉、新龍縣中學、道乎縣玉柯鄉、甘孜縣大塘壩，色達縣的年龍寺、洞卡寺、且吉寺、洛若寺、向陽鄉等組建了16個藏戲團。定期派出編導人員巡迴指導。1987年，塔洛活佛出國期間，爲錫金王國寧瑪高級研究院組建藏戲團，傳授藏戲演技，受到該國好評。成爲藏族人民心中一朵絢麗多彩的藝術之花。

（六）藏戲與宗教文化

藏族文化是特殊地域裏形成的具有複雜形態結構的文化形態。在這獨特的精神世界之中，藏傳佛教具有主導的地位。實質上，傳統藏戲在表演形式及內容主旨中多體現出藏族原始苯教與印度佛教二者世俗化後的民間藝術表現。苯教對於藏戲的影響主要在早期，至今仍可感受到苯教存在的遺留痕跡。如某些表演中摹仿動物的面具舞，是苯教原始祭祀儀式的戲劇動作遺留。但對於藏戲有著更爲長久的深刻影響的是藏傳佛教，從傳統藏戲的創作人員，劇作內容，到戲劇表現的精神，都和藏傳佛教存在緊密的聯繫。

傳統藏戲如藍面戲劇的創始者湯東傑布是僧人，創作者的僧人身份使戲劇作品整體上具有濃鬱的宗教色彩，許多傳統藏戲劇目也都是由佛經故事改

編或直接引用而來。如《智美更登》，源於藏譯經藏《大藏經·方等部·太子須大拏經》；《諾桑王子》，源於《甘珠爾·菩薩本生如意藤》六十四品《諾桑明言》。內容大量借鑒的原因一方面是因為佛教信仰與藏族地區生活的深刻聯繫，一方面也是早期僧侶劇作者依此希望達到弘道的宗教目的，從而傳統藏戲內容在內在精神價值追求上可以明顯感受到來自藏傳佛教的價值觀念的影響。佟錦華：《藏族民間文學》認為：「藏戲表演也很大程度上成為了宗教教義的闡釋和抽象。」

首先，宗教精神在藏戲中的表現即是「以善為美」的道德審美追求。藏傳佛教具有肯定「因果輪迴」的宗教觀念，在藏區影響廣泛的藏傳佛教——格魯派（黃派）認為世界依次區分為價值不同的三重世界，即「三惡趣」（地獄、畜牲、惡鬼）、「三善趣」（天、人、阿修羅）、「涅槃寂靜」（常、樂、我、淨）三個層次。三惡趣象徵殘酷、痛苦的世界，三善趣是一個有情眾生得以享受人間一切幸福的世界，但這些都是暫時、無常、可變的。無常變化的幸福本身就是苦，但在無常中可以自修，體悟，從變化的肉身中認識世界，瞭解自我，從而走向涅槃寂靜世界。上述三重世界六種層次都意味著苦難深淵，涅槃寂靜世界是對苦難世界的超越之所在，是佛教出世離世的最高理想境界，其內質是「常、樂、我、淨」，與「無常、苦、無我」相對立，「常」是超越肉體有限而達到無限，「樂」是超越現世無常之苦而獲得絕對自由，「淨」是在清除情慾之俗常之絆後達到的情操高潔。

人生最高的境界——涅槃就是一種至善，佛教的意義就在於使人們領悟至善，脫離苦難。而脫離的途徑就在於現世人生的向善自修，達到一種心靈境界。於是藏傳佛教就把善做為人生的理想追求和現實實踐。反映在藏戲中就多在主題中表現出對宗教理想世界觀念的堅定認識和努力踐行理想的現實實踐。

其次，藏戲在僧人手中創制的最初時期，也有宣揚宗教、導人向佛的初衷。傳統藏戲《雲乘王子》的「序言」中寫到「我雪域之最勝成就自在湯東傑布赤列尊者，以舞蹈教化俗民，用奇妙之歌音及舞蹈，如傘蓋覆蓋所有部民，復以聖潔教法，及偉大之傳記」

最後，在藏戲具體動作表現中，也存在很多宗教痕跡。早期的祭祀表演給後來的戲劇留下大量生動的表演動作，這種遺留動作內涵豐富，具有特殊的審美特徵。《西藏王統記》一書中曾記載一段慶祝大會時白面劇表現場景，

「高樹之巔旗影飄，大正法鼓喧然擂，……或飾犀牛或飾獅虎，或執鼗鼓跳神人，以各種姿態獻樂舞，大擂天鼓與琵琶，鈸鐃諸樂和雜起……」

這是白面劇演出早期從苯教吸取的擬獸的內容表現。藏戲舞蹈表演有圍圈背向觀眾或彎腰躬向圓心，和以手相挽跳圓圈舞，此類舞蹈來源於早期祭祀動作。傳統藏戲的獨有伴奏樂器如鼓和鈸，在適用藏戲之前是宗教法器，而當時在西藏民間同時存在其它伴奏樂器。藏戲對於鼓和鈸的獨特選擇，說明了藏戲受到宗教影響的深厚程度。

（七）藏戲戲劇動作與表演

藏戲是綜合式藝術形式。舞蹈是藏戲的重要組成，其貫穿於戲劇始末，既結合情節具有敘事抒情功能，又具有舞蹈表演藝術的獨立性。藏戲的舞蹈大體可分為三類：一、用以表現時空轉換和固定程序化表現的舞蹈，如出場步「頓達」；二、模仿類舞蹈，如生活的各種動作；三、用以穿插引入的各種民間舞或宗教舞。劉志群曾在《藏戲與藏俗》一書中提出：「戲劇起源於擬態和象徵性表演。」

藏戲舞蹈來源於生活，在長久的發展中，宗教舞蹈和民間舞蹈對其影響最大，模仿性是藏戲舞蹈的重要特徵。藏戲舞蹈的模仿性最初來源於藏族原始舞蹈，藏戲舞蹈繼承了其生活化的特徵，並加以誇張的表現，以具有節奏的動作形式保存下來。其次來源於對動物形態的模擬，早在苯教時期，宗教祭祀舞蹈就有了模仿動物的舞蹈動作開端，後延續至今。並從模仿動物中抽象出擬人的動作特徵，如舞蹈化了的「自豪步」：由模仿烏鴉飛行、走路而成，成為表現王公、大臣的專屬步態身段。藏戲舞蹈在發展中不斷吸收民間舞蹈成分，從而揉合成一種富有民間風格的具有藏族地域特徵的戲劇舞蹈。

藏戲的舞蹈動作也多來自於對於勞動、生活的模仿。在傳統藏戲中有兩種基本動作，叫做「頗儔木」和「姆儔木」。「頗儔木」意為體現男性特徵的表演動作技巧。「姆儔木」意為體現女性特徵的表演動作技巧。「頗儔木」是從模仿藏族古代男子射箭動作的基礎上發展起來的，通過舞臺的動作模仿，明顯的體現出男性動作的硬朗與舒張。「姆儔木」是從模仿女性生活撚毛線動作的基礎上發展起來，動作細膩，輕巧。對男女戲劇動作的傾向性模仿有意突出了男性和女性在動作表現上的不同，或剛陽，或陰柔。這種體態的戲劇要求在藏族早期戲劇資料中就被提及，如在藏文古籍《知識總匯》中，對舞

者形態提出「上身動作像雄獅，腰間動作要妖嬈。四肢關節要靈活，肌腱動作要鬆弛。全身姿態柔軟，表演表情要傲慢。舉止要像流水緩步。膝蓋曲節要顫動。腳步腳尖要靈活，普遍要求英姿雄健……」。才當周試《論黃南民間藏戲表演藝術及審美持徵》總結：女性「全身姿態要柔軟，體態輕捷如身上無肉，舞態柔軟如腰上無尤骨。從背影看好像沒有臀部，從前面看好像無腹肚」，男性要求「普遍英姿雄壯」除了對於男女動作體態風格表現的區別之外，也要求各種擬人的表演表演的模仿性，如「雖不是鹿生的小鹿，要學會鹿臥地的美姿；雖不是鷹生的小鷹，要學會鷹展翅飛翔；雖不是魚生的小魚，要學會水中魚尾閃躍；雖不是獅生的小獅，要學會雄獅的驕姿」。

　　戲劇藝術應該是強調虛擬表現的藝術形式，舞臺的限制使得表演很難全部用來寫實或再現具體情景。同時使得戲劇藝術更多追求寫意色彩，通過表演、動作神態模擬來實現廣闊的時空。由此產生了戲劇表現手法的虛擬性和程序化，通過演員動作的虛擬表現，可以想像性地演繹現實情景。比如演員手虛握馬鞭繞場，觀眾便可感知角色是在驅馬趕路；演員手掂褲腿，踮起腳尖一步步踏過，就可明白的看出所飾演的是將渡河的動作。同樣，對戲劇人物形象、動作、唱腔等進行程序化的規定，也可使觀眾迅速熟悉角色身份，加以區別。但程序化的功能遠不只於此，它使得形成規範的動作表演，在共有的審美空間裏形成系統的互相認知的美的範式。

　　藏戲表演的廣場性對虛擬性要求更高，廣場相對與舞臺，因缺乏布景配飾，所有的場景表現都需要角色精湛的虛擬性藝術來表現。尤其是藏戲題材多涉及廣闊的人神世界，使其在空間轉換表現中更加富有變化。在藏戲中，主要利用自由分場的方式置換空間，依據人物的活動來確立場景的不同。一個情節完畢，人物下場，視爲一個獨立場景的結束。再有人物上場，表現不同的場景內容，在人物的上下場中構成不同時空的間次轉換。如果人物並不完全下場，則在舞臺上依靠人物站位而形成主次，造成空間差別。如《格桑花開的時候》中，兩個部落的人物相見，其中一個部落已提前在臺上，在另一個部落人物上場前，前一個部落即居中靠後並背向觀眾，從而在舞臺視覺上將自己放在次要位置。當另一部落登臺完畢，前一個部落同時轉身，構成雙方舞臺對立的兩方主角。這種簡單的迴避構成空間上的主次鮮明，成爲精湛的舞臺藝術表現。在傳統藏戲之中，也多用鼓和鈸來造成場次的差別感。另外，藏戲因爲和其它民間藝術形式的接近和相互吸納，其中保存了民間說

唱的藝術痕跡。如在戲劇中說唱戲師在場與場的中間出現介紹轉換，成爲了藏戲自身一種獨特的藝術特點。

（八）藏戲的審美功能

在藏戲中可以明顯的感到，藏傳佛教「性空論」哲學觀和「人生苦海」的現世觀體現，同時也可以看出追求圓滿的世俗性因素。在傳統藏戲中，劇作中一般會遵循因事受苦而提出的人生苦難主題，一路罹難卻不改善緣而滅除痛苦而表現對苦的覺悟，最終得以善報，己身也達成圓滿人格結束的情節線。

例如藏戲古老的戲劇《諾桑王子》，講述南方柔登國國王無道，導致國勢衰敗，爲挽回頹敗的國勢，派咒師到北國去拘捕龍神。北方龍神知情求救於漁夫邦列金巴，殺死咒師。後來漁夫拋出向龍神借來的捆仙索，捆住仙女雲卓拉姆，經大仙指點，將雲卓拉姆獻給額登巴國王子諾桑爲妃。諾桑王子與雲登拉姆相愛，引起了眾妃的妒恨。她們收買巫師，讓其做法，逼迫諾桑王子遠征，隨後加害雲卓拉姆。雲卓拉姆得到諾桑母后的幫助，飛返仙界。諾桑王子回國後知情，悲痛欲絕，決心追上仙界。歷經艱苦後，終於在仙界與雲卓拉姆相會並返回人間。老國王幡然悔悟，最終將王位傳給諾桑，劇情以二人團圓告終。

在《頓月頓珠》中，描寫王國中後母爲了讓自己的親生兒子頓月繼承王位，要挾國王廢棄太子頓珠。於是頓珠被流放到鬼地「廓沙地」。弟弟頓月不願意離開朝夕相處的哥哥，便與頓珠一起逃出王宮，一路上他們野果充饑，渴飲流水，年幼的頓月經不起這樣的飢寒困苦，最終死在途中。頓珠將弟弟葬於檀香樹下，自己流浪到另一個國家，被一位喇嘛收留。後此國家逢旱荒，頓珠被選中投湖祭海神，當他被帶進王宮時，美麗的公主對他一見傾心，國王欲重新找人祭海。爲了不讓其他善民替代祭海，頓珠縱身跳入湖中，在龍宮三個月的日子裏，他給群龍講佛法故事，使它們個個終有頓悟，心悅誠服，皈依三寶。最後龍王被感動，放回頓珠，降下雨水，從此國家吉祥安康，頓珠與公主結爲夫妻，並繼承了王位。不久後遇到仙人，弟弟頓月被救活並在回國後繼承王位。從此兄弟二人各自治理一國。

由此看來，佛教題材成爲藏戲的主要表現。戲劇中的主要人物面對災難或困難，往往無須開展任何內心鬥爭，而直接以一種虔誠、忍讓的態度被動

承受。這種強調感化的佛性態度也是藏族社會對宗教化了的人格的理想設定。戲劇矛盾衝突的解決處理，也多依靠神佛的力量介入，或通過另一方對主角進行佛性的人生認識啟迪，使其真心悔過，在心理上皈依於佛教的精神依屬，從而使結局場面達到一種具有佛性人生追求的圓滿。這種戲劇整體的完滿氣氛追求反映了劇作者或觀眾追求佛教的和諧的完滿世界，強調以善的眼光看待世界的一種審美理解。

這種對世界的審美認識也使得在戲劇中排斥了對於激烈矛盾的過多追求。即使劇作中存在主角的各種遭難情節，也都是為了使角色通過經歷痛苦以達成圓滿人生的手段。藏戲的演出，藏族觀眾往往可以在審美過程中將自己代入角色，從而完成理想人生的審美實踐。對於處於此審美空間下藏族觀眾來說，無疑是一種對自我人生觀念的肯定。西方戲劇觀念認為悲劇對於心具有淨化的功能，藏戲在這一審美空間下，也同樣產生了類似的效果。

二十世紀中葉，西藏地區和平解放後，藏戲得到的廣泛的傳播和發展，並在近幾十年中和其它地域戲劇廣泛的交流、相互借鑒，在表演形式、內容等方面超越了傳統戲劇創作與表演。1980 年，西藏自治區已建有業餘藏戲團 150 多個，遍佈廣大的藏族地區。在戲劇配樂運用上，二十世紀 40 年代後加入了二胡、竹笛、揚琴、嗩吶等樂器，80 年代後，黃南州文工團又增添了琵琶、大阮、中阮等民族樂器，以及大提琴、小提琴、長笛、雙簧管、小號等西洋樂器：打擊樂吸收了定音鼓、軍鼓、碰鈴、響板、牛角沙錘等，豐富了民族音樂的表現力。在戲劇表現內容上，突破了傳統戲劇表現內容，開始融入表現現實生活內容。2007 年 10 月份，青海黃南戲劇團在山西大同市舉辦的第一屆中國少數民族戲劇會演中演出《格桑爾花開的日子》，其題材取自有關藏區草山糾紛的現實故事，生動的描寫了解放前藏區兩個部落為草山爭奪而血流成河的情節，富有悲劇風格和時代氣息。會演中獲得金獎，這是專家學者對青海藏戲藝術成就的充分肯定。

（碩士生宋錚整理撰寫）

六、第一屆中國少數民族戲劇會演與研討會綜述

（2007 年 10 月 11 日～10 月 20 日）

（一）戲劇會演概況

　　第一屆中國少數民族戲劇會演，在古城——山西省大同市拉開了帷幕。從 2007 年 10 月 11 日至 20 日，在為期 10 天的會演過程中，來自全國各地 13 個藝術院團為觀眾獻上他們的拿手好戲。戲劇會演由國家民委、文化部、中國少數民族戲劇學會、山西省大同市人民政府共同主辦，大同市文化局承辦。它是近年來中國少數民族戲劇優秀劇目的一次集中展示，同時也是第四屆少數民族文藝匯演的前期準備。

　　參加此次會演的單位除大同市晉劇院、北路梆子劇團、太原實驗晉劇團外，還有來自廣東、甘肅、內蒙古、青海、雲南等地的 10 多個文藝團體。他們中間多為邊疆地區的少數民族文化單位，分別帶來十餘台少數民族劇目與反映少數民族題材的優秀劇作。

　　全國政協民族和宗教委員會副主任李晉有，中國少數民族戲劇學會顧問曲六乙，文化部社文司副司長屈盛瑞，國家民委文宣司副司長蘭智奇，中國少數民族戲劇學會會長譚志湘，中國少數民族戲劇學會副會長秦華生、李悅，雲南省戲劇協會主席喬嘉瑞等出席開幕式。

　　10 月 11 日晚，首屆中國少數民族戲劇會演開幕式在大同市體育館如期舉行。豐富多樣的民族劇種齊聚一堂。開幕式晚會薈萃了青海藏劇、雲南白劇、雲南彝劇、甘肅花兒、評劇、京劇、晉劇等多個劇種，色彩斑斕的服飾，爐火純青的唱段，絢麗濃鬱的各民族文化風情，讓來自全國各地的嘉賓和觀眾得到一次難得的民族藝術的享受。

　　開幕式晚會在熱烈奔放的藏族舞蹈《吉祥雪域》中拉開序幕。「花兒」博得滿堂喝彩，著名京劇表演藝術家楊春霞重現《杜鵑山》裏柯湘的風采。著名京劇表演藝術家劉長瑜再現《紅燈記》裏那個長辮子李鐵梅的精彩唱段，荀派名劇《金玉奴》唱段也被她演繹得美輪美奐，獲得全場觀眾的熱烈歡迎。

　　會演期間，臺上唱念做打，演員們一絲不苟，傾情演出。臺下各位與會專家、學者和演職人員交流創作體會，暢談參演感受。戲劇界的專家、學者、藝術家們歡聚一堂，讓歷史文化名城大同平添了濃濃的藝術氣息。可以說，此次會演是中國少數民族文化史上的一件大事，也是構建和諧社會的具體行

動，更是一次民族大團結的盛會。

　　24 場精品劇目來自全國各地，各具特色，場場精彩。彝劇、白劇、傣劇、藏劇、滿劇、花兒劇等各少數民族獨有的劇種，精品送出，讓觀眾和來自全國各地的戲迷們大開眼界，讓觀眾真正感受到了戲劇藝術的魅力。浙江婺劇《崑崙女》扣人心弦，雲南彝劇《瘋娘》催人淚下，山西晉劇《傅山進京》以史為據，用藝術的手法濃縮和再現了傅山極具光彩的生命樂章。參演的其他 9 臺戲也異彩紛呈，讓大同的戲劇舞臺星光閃耀，姹紫嫣紅。10 天的精彩演出，給大同市民、給來自全國各地的戲迷朋友，捧上了精彩紛呈的戲劇文化大餐，得到一次次難忘的藝術享受。

　　會演期間共演出 13 臺風格各異的戲劇，其中來自少數民族地區的少數民族劇目有：黃南藏戲——《格桑花開的時候》、彝劇——《瘋娘》、傣劇——《南西拉》、白劇——《白潔聖妃》、滿族新城戲——《皇天后土》；另外，表現少數民族題材的漢民族戲劇有：山西耍孩兒——《琵琶聲聲》，北路梆子——《琴笳賦》，浙江婺劇——《崑崙女》，晉劇《傅山進京》、《滿都海》、《邊城罷劍》，秦腔——《大河情》，廣東漢劇《塵埃落定》。現就這 13 臺精彩戲劇與學術研討會做如下綜述。

（二）黃南藏戲《格桑花開的時候》

　　10 月 12 日晚，青海省藏劇團帶來的黃南藏戲《格桑花開的時候》，在大同市雁北影劇院首演。

　　藏戲《格桑花開的時候》描寫了解放前黃河上游的措蓉部落和嘎蓉部落為了爭奪納桑貢瑪豐美的草山，同民族兄弟火併、骨肉相殘的悲劇故事。在這場生死搏鬥的血戰中，部落雙方傷亡慘重，追求和平、幸福、美好生活的青年卓瑪、東珠、札西等人慘死在這場自毀家園的仇殺之中。可是族人的鮮血並沒有擦亮南傑和多加等這些草原上「英雄」的眼睛……該劇嫻熟地運用了藏戲古老劇種的獨特表現手法，駕馭了部族械鬥這一重大社會題材，警示人們只有安寧和睦，才能建設美好家園，才能創造幸福生活。

　　該劇的創作對現實生活給予更多關注，將古老藏戲與現實題材進行了較好的融合，讓古老藏戲具有了時代的印記，使藏戲的「娛神」功能轉向了「娛人」。這種探索標誌著古老的藏戲劇種從表現的題材、主題上已徹底從寺院走向社會，使藏戲藝術煥發出新的藝術活力，在藏戲發展史上具有重要的意義。

　　該劇曾榮獲全國少數民族題材戲劇劇本「孔雀獎」銀獎；第六屆曹禺戲劇文學獎提名獎；第三屆青海民族文化旅遊節全省專業文藝調演一等獎。

　　黃南藏戲是青海黃南地區藏族戲曲劇種，在十九至二十世紀中期，流佈區域曾經覆蓋了青海黃南藏族自治州以及相鄰的循化撒拉族自治縣、化隆回族自治縣的部分地區，目前主要流行於黃南地區。黃南藏戲屬於安多語系藏戲的一個重要支系，它的發展經歷了十七世紀中期到十八世紀中期的說唱階段；1740～1794 年夏日倉三世時期三人表演的形成階段；1854～1946 年吉先甲時期的成熟階段；1910～1973 年多吉甲時期的興盛發展階段；1980 年以來的提高革新階段。

　　青海省藏劇團（初稱黃南藏族自治州文工隊）成立於 1965 年。劇團成立以來，不斷繼承和挖掘、整理民族民間優秀文化遺產，開創了具有濃鬱地方民族特色的演出形式，現已成為能夠上演大型藏戲和大中型歌舞節目的藝術表演團體。

　　黃南藏戲有如下特點：1. 具有廣泛的群眾性和民間傳承性。民間和寺院藏戲隊，始終與社會民眾保持著密切聯繫。2. 音樂方面保留了宗教音樂的成分，也吸收了當地民歌、舞蹈音樂等素材。3. 演出劇目除了八大傳統藏戲外，還有《格薩爾王傳》、《國王官卻幫》等其他藏區沒有的劇目。4. 保留了《公保多吉聽法》這齣古老而珍貴的原始戲劇形態的儀式劇。5. 即興表演獨具特色。這些即興表演，既表現了編劇、演員高超的藝術水平，又對抨擊時弊、淨化社會環境起到了很好的作用。6. 歷代黃南藏戲藝人在長期的藝術實踐中，總結出各種行當及成套的表演程序，其手式指法、身段步法和人物造型，吸收黃南寺院壁畫人物形態，融入寺院宗教舞蹈、民間舞蹈及藏族生活素材動作等，形成本劇種獨有的藝術風格。

　　二十世紀 80 年代以後，青海藏劇團在黃南成立，創作演出了《意樂仙女》、《藏王的使者》、《金色的黎明》等優秀劇目，在國內外產生很大影響。近幾年來，受現代影視文化的衝擊，黃南藏戲面臨失傳危機，劇團減少，藝人老化，演出範圍縮小，搶救、保護勢在必行。國家非常重視非物質文化遺產的保護，2006 年 5 月 20 日，黃南藏戲經國務院批准列入第一批國家級非物質文化遺產名錄。

　　30 多年來，青海省藏劇團創作演出了歌劇《大黃山下》及大量的舞蹈、聲樂等優秀作品和藏族酒曲、拉伊、則柔等民間小調節目，其中很多節目在

全國和青海省獲獎。如大型神話藏戲《諾桑王子》，獲青海省建國 35 週年優
秀劇本創作獎；大型藏戲《意樂仙女》，獲 1982～1983 年度全國優秀劇本獎
並赴香港演出；《蘇吉尼瑪》獲第二屆全國少數民族戲劇創作銀獎，應邀參加
西藏雪頓節的演出。藏戲《藏王的使者》創作和演出的成功則標誌著劇團藏
戲表演進入了鼎盛時期，該劇獲全國第三屆少數民族題材戲劇劇本銀獎，1994
年曹禺戲劇文學提名獎，1996 年文化部文華新劇目獎。1993 年劇團創作演出
的現代藏戲《金色的黎明》，獲第四屆全國少數民族題材戲劇劇本孔雀獎金獎。

（三）彝劇《瘋娘》

　　由雲南省楚雄民族藝術劇院彝劇團選送的彝族大型無場次彝劇——《瘋
娘》，13 日晚在大同煤礦會議中心上演。

　　彝劇《瘋娘》是根據王恒績紀實短篇小說《我的瘋子娘》改編而成。全
劇以一個瘋女人「蕎子」對自己親生兒子的眞摯母愛，乃至爲了兒子不惜付
出寶貴生命的感人故事爲背景，塑造了一個半瘋半傻而又充滿了偉大母愛的
「瘋娘」形象。起伏跌宕的劇情、淒婉絕美的說唱，表達出特殊困境中的同
情之愛、殘疾夫妻之間的眞情之愛、血濃於水的母子之愛，濃濃的「彝」味
和「情」味，不僅贏得了滿堂掌聲，偉大的母愛也感染著現場每一位觀眾，
不少觀眾流下了感動的熱淚。紛紛評議：「沒想到彝劇這麼好看！沒想到《瘋
娘》這麼感人！沒想到演員表演這麼出色！」

　　《瘋娘》全劇情節跌宕，感人肺腑，不僅向觀眾展示了一個美麗淒婉的
故事，同時，結合現代的舞臺聲光，古老神秘的彝族文化與歷史被具象，質
樸的彝族歌謠、炫目的彝族服飾和特色鮮明的舞蹈藝術一一展現在人們眼前。

　　彝劇是雲南省楚雄彝族自治州獨有的少數民族劇種，也是中國少數民族
戲劇百花園中一種新興的劇種，是集民間歌、舞、樂爲一體的地方戲劇藝術。
她糅合了彝族豐富多彩的民族民間文學、音樂、舞蹈、服飾、繪畫等傳統藝
術形式，以彝族中流行的山歌、小調、舞曲和器樂曲結合運用形成唱腔，唱
腔具有濃鬱的彝族特色，對白爲漢語彝腔，用彝族舞蹈來反映當今的彝族同
胞的現實生活，使其具有濃鬱的民族民間色彩，表演動作通俗易懂。

　　彝劇有單一的唱腔，結構比較簡單，以一句式、二句式、四句式爲主，
也有六句、八句和多句式的；也有按段落可以分爲兩段、三段、四段一直到
多段體的；有按速度變化，用散板、慢板、中板、快板等結構組成的；也有

曲調隨著唱詞進行，句式或段落不很規整的。在演唱形式上，有獨唱、對唱、齊唱、領唱、伴唱，即當地彝族群眾所說的「湊腔」、「幫腔」)、重唱、合唱等。

音樂作爲彝劇藝術的重要組成部份，是刻畫地域特色、強調人物個性的重要語彙。作者總結多年藝術實踐的心得，在民族音調戲劇化、個性化方面做出許多有益的嘗試，爲彝劇聲腔的發展積累許多可操作的經驗。彝劇音樂由民歌小調（如〔梅葛調〕、〔曼莫若調〕、〔過山調〕等）、舞曲、器樂曲（如「蘆笙曲」、「月琴曲」、「嗩吶曲」等）結合形成，稱「山歌體」。

楚雄州民族藝術劇院彝劇團於 1984 年建團，擁有一支彝、漢、白、回、苗、景頗、傈僳等多民族演員組成、具有高中級職稱約 20 餘人的彝劇藝術表演隊伍。是我國爲數不多的「天下第一團」和雲南省白、彝、傣、壯四大少數民族劇種之一的文藝團體。

自建團以來，創作演出了《過磅》、《掌火人》、《雙叩門》、《獨赫若》、《兩家人》、《列頗賣藥》、《捉雞》、《拉普鬧官》等一大批小彝劇和大型彝劇《銅鼓祭》、《哀牢春秋》、《咪依嚕》、《臧金貴》等群眾喜聞樂見的大小型劇目 40 多個。其中，小彝劇《雙叩門》在 1992 年，蘭州獲全國小戲小品大賽優秀獎；《篾獨尼鬧店》獲全國少數民族體裁創作「金孔雀」銀獎；《慕勒祭爹》2002 年在福建獲全國小戲小品大賽一等獎。彝劇團所創作演出的彝劇具有濃鬱的民族特色和鮮明的藝術風格，深受廣大群眾的喜愛。

（四）傣劇《南西拉》

17 日晚，來自「孔雀之鄉」的雲南德宏州傣劇團帶著他們的「金孔雀」大獎作品——大型傣劇《南西拉》亮相於大同鐵路文化宮。

被譽爲「東南亞藝術明珠」的德宏州傣劇團登台亮相，絢麗的服飾，多姿多彩的歌舞就十分搶眼。《南西拉》故事從一開始，從南西拉的「打擂招親」到南西拉與召朗瑪牽紅線成婚，再到南西拉被妒火中燒的捧瑪加擄掠到山寨，直至召朗瑪救出南西拉，但因懷疑其不再純潔要放火驗證她的貞操。其戲劇情節一波三折，扣人心弦。

大型傣劇《南西拉》通過南西拉對召朗瑪理想愛情破滅的描寫，反映出古代傣族婦女辛酸悲慘的命運，表現了南西拉堅毅果敢與這種命運作鬥爭的氣概。該劇具有濃鬱的民族風格，折射出深厚的傣族文化風情。結尾出人預

料，不是通常的大團圓，而是南西拉為尋真善美在烈火中「遠行」，為此召朗瑪後悔莫及。戲劇故事昇華了，給觀眾留下無窮回味和思考。

七場神話傣劇《南西拉》於 1999 年創作推出。該劇取材於傣族史詩《蘭嘎西賀》，而《蘭嘎西賀》是印度史詩《羅摩衍那》流傳到傣族地區而產生的變文。《羅摩衍拿》是與《伊利亞特》、《奧德賽》齊名的世界五大史詩之一。無論其思想性還是藝術性，都達到了那個時代不易企及的高度，成為世界文學中不朽的名篇。它對印度文學、南亞、東南亞乃至整個東方文學都產生過廣泛深遠影響，已超越了傣劇文化區域的限制。《南西拉》被戲劇界專家成為是「具有莎士比亞悲劇風格」的，在傣劇發展史上具有里程碑意義的重要作品。它的創作上演，為加強雲南民族文化大省的建設，做出了積極的貢獻。

此劇自上演以來已在傣族聚居區和德宏與緬甸木姐、南坎等邊境接壤地區演出 60 多場。在 2004 年雲南省新劇展演中，《南西拉》以優異的成績榮獲綜合金獎，此外，還獲得四個一等獎、四個二等獎及優秀組織獎。在 2006 年全國少數民族文藝匯演的申報中，《南西拉》在全國申報的少數民族戲劇中排名第一。鑒於《南西拉》在發展傣劇藝術弘揚民族文化方面所做出的貢獻，2007 年 3 月，中國少數民族戲劇協會授予《南西拉》「金孔雀」大獎，有十三人獲十一項「金孔雀」優秀單項獎。2007 年 9 月被雲南省委宣傳部公佈為「第四屆雲南文化精品工程」劇目。

傣劇是雲南獨具特色的少數民族戲曲劇種之一，流傳於雲南省德宏傣族景頗族自治州潞西、盈江、瑞麗、隴川、梁河等縣及保山市部分傣族聚居區。傣劇發源於有一定人物情節的傣族歌舞表演及佛經講唱，後吸收滇劇、皮影戲的藝術營養，逐步形成比較完整的地方戲曲形式。

傣劇最初產生於盈江，流行於德宏州和保山地區部分傣族聚居區，迄今已有一百多年的歷史。傣族藝人們創作的「十二馬」可以說是傣戲產生的基礎。如《牙聖西》、《高罕》等，雖然還幼稚、粗糙，但可以說成為傣戲的雛形。傣劇新的歷史發展時期是在新中國成立以後。1960 年傣族藝人用新的藝術眼光改革傣劇，重新創作劇目，建立導演制，舞臺表演更加規範、唱腔更加豐富，成功地演出了《娥並與桑洛》。1980 年傣劇恢復演出時，重在糾正傣劇演出中的漢族戲曲化的傾向、注重突出傣劇的民族特色，使傣劇成為傣族節日集會中的一朵鮮豔瑰麗的民族之花。1987 年傣劇第一次走出國門到緬甸演出。每場演出中，觀眾過萬人，盛況空前。1992 年第一批傣劇學員到北京

戲曲學校學習，目前這批畢業的演員已成為傣劇藝術的接班人。他們根據《盜仙草》改編演出了《熱西姆洛》，使原本只有歌、舞形式的傣劇又增加了打鬥場面。在漢族傳統戲曲演出不景氣的情況下，傣劇在德宏的演出卻滲透到了每一個角落，無處不受到傣族人民的歡迎。

傣劇音樂是傣劇的重要組成部分，也是傣劇被譽為東南亞明珠的重要標誌之一。它民族特色濃鬱，充滿陰柔之美，典雅之美和人情之美，幾乎完全不受其他劇種音樂的影響。1961 年，成立潞西縣傣劇團後，又進一步吸收了芒市城子、壩子山歌、瑞麗山歌、孔雀歌、朗誦調等傣族民間曲調，使唱腔更加豐富。

傣劇的劇目，內容較豐富，題材也較廣泛。有直接反映傣族人民生活、風俗的歌舞小戲；有根據傣族民間傳說、敘事詩改編的劇目；有上百齣根據漢族章回小說改編或移植漢族戲曲的劇目。新中國成立後，創作上演了一批反映現實生活的現代戲，如《婚期》、《國境線上》、《金湖緣》等。傳統劇目有根據傣族民間傳說和民間敘事詩改編的《帕罕》、《千瓣蓮花》、《紅蓮寶》、《阿暖海東》、《郎金布》、《七姐妹》、《思南王》等；有根據漢族戲曲和小說演義改編的《三聖歸天》、《王莽篡位》、《三下河東》、《穆柯寨》、《花果山》、《大鬧蟠桃會》等；有按歷史故事、傳說編演的《沐英第一次征南》、《張四姐》等；有新創作的現代戲《波岩三回頭》、《波過石的婚禮》、《金湖緣》、《國境線上》、《三醜會》等。較有影響的劇目有《布屯臘》、《陶和生》、《娥並與桑洛》、《岩佐弄》等。德宏州文工團傣劇隊及德宏所屬各縣文工隊是傣劇的專業演出團體，此外凡較大的傣族村寨幾乎都有業餘演出組織。

德宏州代劇團成立於 1960 年。四十多年來，該團先後創作演出了近百個傳統和現代劇目，多個劇目在全國、全省獲獎。其中，有傣家的「羅密歐與朱麗葉」之稱的傣劇《娥並與桑洛》，1962 年參加雲南省首屆民族戲劇觀摩演出引起轟動，被譽為「東南亞明珠」。傣劇《海罕》、《竹樓深情》、《老混巴與小混巴》、《朗推罕》等在全國、全省獲獎，有的劇目到日本等國演出。德宏州傣劇團先後培養了肖德勳、朗小凹、萬小散、金保等一批優秀的老中青民族演員，他們為傣劇藝術的繁榮發展增添了光彩，做出了重要貢獻。

國家各級政府非常重視非物質文化遺產的保護，2006 年 5 月 20 日，傣劇經國務院批准列入第一批國家級非物質文化遺產名錄。

（五）白劇《白潔聖妃》

18 日晚，由雲南大理民族歌舞劇院帶來的白劇《白潔聖妃》，在大同二電廠俱樂部上演。

《白潔聖妃》以唐開元十八年發生在大理地區「六詔一統歸唐」的重大歷史事件以及「火燒松明樓」事件為背景，以白潔與皮羅閣對六詔合一和愛恨情仇的矛盾交織為主線，藝術地再現了一場血與火、生與死、愛與恨、恩與仇的種種歷練與煎熬，演繹出了一個奇美和哀婉的愛情故事，一段沁人心肺的民間傳說。此劇作是一首謳歌民族團結的史詩，給人以血脈噴漲的生命與歷史感悟。該劇中，白潔夫人身上最大的亮點，是劇作為她的重新定位：她不僅是美麗、善良、忠於愛情、以死抗爭的復仇女神；更是具有遠見卓識、明大體、顧大局、眼裏有鄉親、心中有百姓的傑出才女。而正因為她性格中的這種雙重性，讓她時時處處居於戲劇矛盾的顛峰，時時刻刻處在進退兩難的境地。戲卻因此而更好看，情節因此而更曲折，人物因此而更豐滿，內涵也因此而更厚重。劇作對民間傳說以至野史逸聞中白潔形象的提升，由此而得到了實現。

白劇是白族的戲曲劇種，原名「吹吹腔」，流行於雲南西部洱源、雲龍、大理、漾濞、鶴慶、劍川等白族聚居地區。該劇種與明代的弋陽腔有淵源關係。從現存的戲臺、手抄劇本、臉譜集等資料看，清乾隆年間就已流行，光緒年間興盛。解放後，吸收了白族說唱藝術大本曲的曲調，改稱「白劇」。白劇的業餘演齣目前仍舊遍佈這一地區的農村山鄉。

白劇的唱詞格式基本上是白族韻文「山花體」，即「三七一五」（前三句為七字句，第四句五字），或「七七一五」（前七句為七字句，第八句五字），其曲調被稱為「七句半」，用白語和漢語兩種語言演唱，唱腔曲調有 30 多種。演唱時無伴奏，用嗩吶接腔，接腔過門一般較長，變化複雜，誇張而富有表現力，用以烘托感情和加強表演動作的節奏感。打擊樂採用民間舞蹈鑼鼓打法，常與嗩吶配合使用。

白劇的傳統劇目有反映白族人民鬥爭生活的故事戲，如《血汗衫》、《牟伽陀開闢鶴陽》、《火燒松明樓》等，有生活小戲，如《瞎子洗澡》、《張浪子薅豆》、《劉成五搬板凳》、《石山告狀》等。此外尚有與滇劇等其他劇種題材相同的《三國》、《說唐》、《楊家將》等歷史故事戲。新編劇目有《紅色三弦》、《蒼山紅梅》、《望夫雲》等。

在不斷深化文化體制改革和大力發展文化產業的需求下，2004 年 4 月，大理州白劇團、大理州民族歌舞團整合組建成大理白族自治州民族歌舞劇院。該院是大理州唯一的專業文藝表演團隊，劇院下屬「三團、三部、一中心、一辦」即：金花舞蹈團、白劇團、天龍樂團、舞美工程部、演出市場營銷部、藝術培訓部、藝術創作中心、院辦公室的建制。全院編制 120 人。歌舞劇院的成立給大理州文化事業的發展帶來了勃勃生機，為此地區民族歌舞和白劇的發展提供了更加廣闊的空間和更為良好的大環境。

（六）滿族新城戲《皇天後天》

來自吉林省松原市滿族藝術劇院的滿族新城戲《皇天后土》，於 19 日晚在大同鐵路文化宮上演。

該劇是由乾安縣創作員張海君以全國勞動模範、吉林省特等勞動模範、吉林省創業先鋒、松原市國營乾安鹿場黨委書記呂金山的感人事蹟為素材創作的，真實地刻畫了金山書記在錯綜複雜的矛盾面前沉著冷靜、坦然面對、果斷解決的國家公務員性格，光明正大，剛正不阿的共產黨員形象。展示了他高超的領導水平和人格魅力，令人信服地塑造了新時期一名基層黨員領導幹部、一個為民排憂解難的公僕以實際行動踐行「三個代表」重要思想的先進典型。《皇天后土》是一部融思想性、藝術性和觀賞性於一體的優秀民族戲曲劇目。

「新城戲」是二十世紀 50 年代末期 60 年代初葉，以流傳于吉林省扶餘一帶的滿族曲藝八角鼓為基礎而逐漸發展而成的。因為扶餘鎮曾是清朝新城府治所，故而定名為新城戲。

新城戲在音樂整體上以八角鼓為基礎，吸收滿族民間音樂（滿族民歌、太平鼓等），以板式變化為主，兼用曲牌。行當以生（小生、老生）、旦（青衣、花旦）、丑（文丑）為主，長於表現悲歡離合的故事情節，以及輕鬆喜悅的故事情節。1963 年以後，曾編演一些多行當的文武並重的劇目。表演取京劇的唱、做、念、打兼收滿族民間舞蹈，具有滿族歌舞特色。念白可以分為韻白與散白兩種。韻白類似評劇的上韻，多用於古代戲官宦和才子佳人。散白是東北地方語音的說白，多用於古代戲曲中平民百姓和滑稽腳色，在現代戲中一律運用散白。

新城戲的腳色行在該劇種創建的初期，基本上是沿用京劇的行當體制。

其中以旦腳的青衣和花旦爲主。如古代戲《箭帕緣》裏的主人公貞娘（花旦）和現代戲《戰風沙》裏的主人公楊松梅等。70 年代末期，劇團開始著重建設滿族戲曲的腳色類別。自滿族題材古代戲《紅羅女》的創作之後，就大致放棄了原有的行當。在人物表演上著重從年齡、身份、性格等特點出發，並無明顯的行當屬性。新城戲的身段大多從滿族民間歌舞中提煉而成，亦無固定的行當程序。

中國吉林省松原市滿族藝術劇院是中國唯一的滿族戲曲專業表演團體，享有「天下第一團」的美譽。該院滿族新城戲曲是中國獨創的地方劇種，以流傳在中國民間的滿族說唱「八角鼓」曲牌音樂爲基礎，並不斷吸收滿族民間薩滿音樂和清宮舞樂逐漸豐富發展而成。

該院現已擁有一批滿族經典傳統音樂舞蹈曲目，如《薩滿舞》、《祈太平》、《腰鈴舞》、《火神舞》等等，具有濃鬱的民族特色。其中一些曲目多次晉京參加演出和到國外進行文化交流，並多次榮獲最高藝術獎項。滿族新城戲現已被列入《中國大百科全書‧戲曲曲藝卷》，《中國戲曲年鑒》和《中國戲曲曲藝辭典》等典籍，成爲中華藝苑的知名劇種。

（七）耍孩兒《琵琶聲聲》

10 月 12 日下午，作爲安排在第一輪演出的山西省代表劇目、大同市「耍孩兒」劇團新編的故事劇《琵琶聲聲》，在大同市鐵路文化宮上演，精彩表演引來觀眾陣陣掌聲。

西漢初元年（公元前 33 年），爲了化解漢匈數百年的積怨，王昭君應徵出塞和親。當她的行車輾轉至雁門關時，大單于呼韓邪的妻弟，大將軍巴音圖不願昭君出塞，親自率軍前來阻攔。漢送親使臣蕭恒以防萬一，即令送親隊伍入住邊城雲中郡（今山西大同）。呼韓邪也令匈奴鐵騎返回草原。匈奴軍師烏日泰誓死不願匈奴臣服於漢，於是重金收買漢朝送親護衛王虎，讓其行刺王昭君以絕後患。後巴音圖被王昭君的眞情所動，當刺客行刺昭君時，巴音圖用身體擋住飛刀而遇難。烏日泰趁機誣陷送親使臣蕭恒，說是他指使刺客殺死了巴音圖。蕭恒爲表清白，揮刀斷臂消除了大單于的疑惑。王昭君也脫下婚裝換上素服，在雲中郡爲巴音圖舉行隆重的葬禮。之後，烏日泰的陰謀被揭穿，王昭君終於從雲中郡走向了大漠。

「耍孩兒」又稱「咳咳腔」，是流行於我省北部大同、懷仁、應縣一帶的

一個古老劇種，大約有 700 多年的歷史，比京劇還早 500 年。關於「耍孩兒」
這一劇種的形成，流傳著兩個遙遠的傳說。一說漢代王昭君出塞行至雁門關
外，目睹一片荒涼，心中無限酸楚，於是大放悲聲，後人模仿她的哭聲，即
成耍孩兒調。另一說，是唐玄宗時生下一太子，日夜啼哭不止，梨園弟子為
逗太子一樂，使出渾身解數，均不奏效。惟有一班藝人用後嗓子「咳」了一
曲，太子哭止，皇帝大喜，當即給此曲種賜名「耍孩兒」。據考證，該劇種真
正起源於元代，與元曲有著千絲萬縷的聯繫。大同「耍孩兒」是戲曲百花園
中的一朵奇葩，目前有 40 多個劇目。它演唱發音獨特，打擊音樂歡快火爆，
別具一格，有人稱它為戲曲史上的「活化石」。

　　大同「耍孩兒」的早期演員都是社會底層農民，他們知道老百姓喜歡什
麼，內容很多反映家長里短。大同是農耕文化與草原文化相交的地帶，「耍孩
兒」唱腔發聲使用後嗓子，聲音從喉嚨下面發出來，聽起來渾厚、質樸。這
一唱腔正能表達該地域人粗獷、豪放的性格，也打下了深深的大同地方文化
「烙印」。

　　早在 1954 年在原民間劇社的基礎上成立的大仁縣劇團，就是耍孩劇團的
雛形。這個劇團於 1959 年改為大同市民間戲劇團，文革期間被迫解散。1982
年，大同市耍孩兒劇團正式成組建成立，現有國家二級演員，二級演奏員 9
人，優秀青年演員、青年演奏員、及舞美、音響設計師 37 人。

　　大同市耍孩兒劇團，從建團至今已有 20 多年的歷史，大同市耍孩劇團成
立以來，除了每年下鄉演出活動外，還捧回全國、省、市級大小獎項 100 多
個。1992 年，在文化部舉辦的全國「天下第一團」優秀劇目展演中，耍孩兒
劇團獲得 12 項大獎，著名耍孩表演藝術家薛國治（小飛羅面）獲最高榮譽獎
——特別獎，著名青年演員薛瑞紅（小小飛羅面）獲優秀表演獎，市耍孩兒
劇團被授予「天下第一團」稱號。

（八）北路梆子《琴笳賦》

　　大同市北路梆子劇團參演的由馬彬編劇、肖桂葉導演的劇目《琴笳賦》，
14 日晚在雁北影劇院上演。

　　《琴笳賦》演繹了蔡文姬戰亂中沒入匈奴，嫁匈奴左賢王後育有一子，
為完成父親未竟的事業，她離夫別子回到中原重修《漢書》的故事。

　　《琴笳賦》全劇的重頭戲都在蔡文姬身上，扮演者張彩萍充分發揮自己

唱功之優長，或低徊淒婉，或高亢悲涼，以韻味醇厚、快慢相間、收放自如的聲腔，將蔡文姬修史責無旁貸，又苦於與親人生離死別的複雜心境刻畫得淋漓盡致感人至深。特別是她那華麗跳躍的花腔，令戲曲界的專家都為之鼓掌叫好。

另外，《琴笳賦》一劇無論是大寫意風格的舞臺布景，還是跌宕起伏的劇情，還是演員們精湛的演技和完美的唱腔都得到專家們的一致好評。

北路梆子，又名「上路戲」，是在華北地區較有影響的劇種之一。與中路梆子（晉劇）、上黨梆子、蒲劇並稱山西「四大梆子」。郭沫若先生曾用「聽罷南梆又北梆，激昂慷慨不尋常」的詩句，來讚譽北路梆子。北路梆子，大約形成於十六世紀中葉，至清嘉慶、道光年間的十九世紀初葉已趨於成熟。三百多年來，北路梆子以其慷慨激越的邊塞風格，流行於晉北、河北張家口、內蒙古、包頭、呼和浩特等地，深受城鄉勞動人民的喜愛。

北路梆子，是蒲州擴展的梆子產物，是蒲劇北上演出留下的劇種，逐漸與當地語言和民間音樂結合融化而形成的新的劇種。北路梆子老藝人代代相傳，陳陳相襲有幾句順口溜：「生在蒲州，長在忻州，紅火在東西兩口（指張家口至包頭一線），老死在寧武朔州。」即為明證。山西寧武縣、朔縣一帶是山區，許多老藝人上了年紀之後，到這一帶搭班混飯，直至老死，可見這一帶是北路梆子的重要基地。過去的北路梆子演員中，不少演員是蒲州人，道白也說「蒲白」。即使本地人招收「娃娃班」，也請蒲州老師教戲。雖然北路梆子和蒲州梆子關係密切，淵源很深，但其劇目內容，表演手法，以及音樂旋律都不同於蒲州梆子。北路梆子本身具有獨特的藝術風格。它的腔調高亢、激越，表演強健有力，音樂節奏直爽慷慨，表現了塞外人民強悍的性格，因而受到晉北人民的廣泛喜愛。

北路梆子傳統劇目主要有《王寶釧》、《打金枝》、《算糧》、《金水橋》、《哭殿》、《斬黃袍》、《血手印》、《鍘美案》、《蝴蝶杯》、《斬十王》、《訪白袍》、《回龍閣》、《九件衣》、《楊八姐遊春》等兩百多個。在戲曲發展史和地方文化史的研究中，北路梆子具有不可替代的史料價值。但在飛速發展的現代社會，北路梆子和許多地方戲曲一樣與時代需求拉開了不小距離，那種萬人爭勝的景況已經一去不復返了。傳承乏人、演出市場萎縮等問題長期困擾著北路梆子，這個古老的劇種正盼望著有關部門能對其加以搶救和保護。

大同市北路梆子劇團是山西省四大梆子之一的專業藝術劇團。近年來，

該團在省、市舉辦的各類演出中成績優異，2002 年該團張彩萍一舉獲得第 20 屆中國戲劇最高獎項「梅花獎」。2003 年以來，該團努力開拓演出市場，創作了一批優秀的藝術作品，打造一流的文化品牌，再造北路梆子劇團的輝煌。

（九）婺劇——《崑崙女》

15 日，浙江省婺劇團在二電廠俱樂部演出的大型婺劇《崑崙女》，場面氣勢恢弘，戲劇情節起伏跌宕，人物形象栩栩如生，用眞實動人的藝術形象，演繹了一幅民族交往的歷史畫卷，譜寫了一曲民族團結的頌歌。

《崑崙女》脫胎於傳統戲曲劇目《雙陽公主》，講述西域單單國雙陽公主與河西國公主海雲飛在如何對待要求修好的宋將狄青的問題上發生衝突，引發一場民族、鄰國糾紛和戰爭的動人故事。

婺劇《崑崙女》是一個歷史傳說故事劇，揭示了民族團結這個歷久彌新的主題，很深刻也很有新意，舞臺表現流暢、乾淨。雙陽公主犧牲個人恩怨換取民族團結、民族進步，這種精神是可貴的，也是歷史發展和進步所需要的。劇中，梅花獎、文華獎得主陳美蘭飾演的雙陽公主，剛柔相濟、大氣俏美。她通過高超的技藝剝繭抽絲般層層揭示、繪聲繪色地把人世中的喜、怒、哀、樂、愛、恨等諸多心態、情感展現得淋漓盡致。國家一級演員苗嫩把武藝高強、快人快語卻又蠻橫、稱霸，而把一切都置於腦後的海飛雲的雙重性格塑造得活靈活現。國家一級演員劉智宏飾演宋朝大將狄青，唱做念打準確到位，頗具功力。劇中雙陽公主的心腹愛將朵娃的赤膽忠心感人至深；單單國王后深明大義、威武不屈；目中無人的大將吐爾丹的私心雜念及叛徒嘴臉令人唾棄、憤恨；在國難當頭時，單單國老丞相力挽狂瀾，救民於水火之中。劇中演員舞姿優美，武功利落，韻味濃鬱的唱段，令現場觀眾如癡如醉，掌聲、喝彩聲不斷。

婺劇是浙江省第二大劇種，是一個多聲腔劇種，擁有高腔、崑腔、亂彈、徽戲、灘簧、時調 6 種聲腔，迄今有 400 多年的歷史。該劇種表演古樸、粗獷，多特技武功，生活氣息濃鬱，特點鮮明，風格別緻。

婺劇，俗稱「金華戲」，是浙江省主要戲曲劇種之一。因金華古稱婺州，1949 年定名爲婺劇。它以金華地區爲中心，流行於浙江的衢州、麗水、台州、建德等地和贛東北一帶。婺劇是一個多聲腔劇種，擁有高腔、崑腔、亂彈、徽戲、灘簧、時調六種聲腔，歷史悠久，傳統豐富。

　　婺劇表演古樸、粗獷，多特技，生活氣息濃鬱，特點鮮明，風格別緻，深受當地群眾歡迎。其誇張、生動、形象、強烈的表演，講究武戲文做，文戲武做，所謂：「武戲慢慢來，文戲踩破臺」。由於過去服裝原無水袖，表演多在手指、手腕上下功夫，亮相、功架近似敦煌壁畫的人物姿態，自具一格。且特技表演甚多，如變臉、耍牙、滾燈、紅拳、飛叉、耍珠等。

　　婺劇的傳統劇目十分豐富，較有影響的劇目有：《黃金印》、《孫臏與龐涓》、《三請梨花》、《斷橋》、《西施淚》和現代戲《桃子風波》等。

　　浙江婺劇團成立於 1956 年。劇團建立後，即著手搶救、發掘婺劇傳統遺產，收集整理了 800 多個大小劇目和 3000 餘首唱腔、曲牌及婺劇獨有的傳統臉譜和服裝圖樣，使大量珍貴傳統藝術資料得到保存。同時創作、改編、整理、演出了《黃金印》、《送米記》、《三請梨花》、《雪裏梅》、《斷橋》、《僧尼會》等許多優秀劇目。

　　劇團現有保留劇目 30 個，其中不少劇目和表演在全國和華東地區及省匯演中獲優秀獎，得到國內外專家和廣大觀眾的好評。1981 年《西施淚》被長春電影製片廠拍成電影，並被該廠第五屆小百花獎評選為最佳戲曲片。1985 年改編上演的《白蛇前傳》更是別開生面，受到國內外專家的讚譽。

（十）晉劇《傅山進京》

　　此次會演期間上演了三場晉劇——《傅山進京》、《滿都海》和《邊誠罷劍》。這三場中國北方戲劇以地方劇種的形式演繹出少數民族歷史題材，深受廣大戲迷的喜愛。

　　晉劇是山西省四大梆子劇種之一，因產生於山西中部，故又稱中路梆子，外省區稱之為「山西梆子」，主要流佈於山西中、北部及陝西、內蒙古和河北的部分地區。清代初年，蒲州梆子流入晉中，與祁太秧歌、晉中民間曲調相結合，經晉商和當地文人的參與而形成名噪一時的晉劇。其後幾經變化，在晉中、晉北以至內蒙古、河北、陝北的部分地區發展傳播。清末民初的近百年間是晉劇的發展時期，當時班社眾多，人才輩出，尤其是以丁果仙為代表的第一代女演員出現之後，晉劇藝術提升到了一個新的階段。

　　晉劇的特點是旋律婉轉、流暢、曲調優美、圓潤、親切、道白清晰，具有晉中地區濃鬱的鄉土氣息和獨特風格。晉劇十分注重運用二人以上的對唱、輪唱手段發揮其唱腔的藝術特色。在晉劇中也有大段獨唱。這種獨唱，

一般用慢垛板，輕鑼鼓之響，多絲絃之音，行腔運調有如甘露細雨，點點入地。在晉劇唱腔中，還有用平板、夾板、二性、流水等組成的套唱腔。一般用於追敘、懺悔、思考問題等戲劇場面。

晉劇傳統劇目豐富，經常上演的有二百多出，包括《渭水河》、《打金枝》、《臨潼山》、《乾坤帶》、《沙陀國》、《戰宛城》、《白水灘》、《金水橋》、《火焰駒》、《梵王宮》、《雙鎖山》等。

2007 年是紀念傅山先生誕辰 400 週年的日子。為了紀念明末清初山西這位集思想家、文學家、書畫家、醫學家於一身的著名人物，太原市實驗晉劇院青年劇團編創了優秀晉劇《傅山進京》。

該劇以封建王朝的更迭為歷史背景，在表現主人公威武不屈的民族氣節的同時，著力展現了他的淵博學識和樸素的親民思想。劇情始於傅山進京，終於他重返故里，在有限的舞臺時空裏，以藝術的手法濃縮和再現了傅山最具光彩的生命樂章。既彰顯了傅山先生剛直不阿的氣節、開一代風氣之先河的學者風範，同時也刻畫了康熙皇帝尊儒惜才、海納百川的天子氣度。傅山先生的崇高氣節備受士林推崇，堪稱一代冠冕，後人評價說：「明代養士三百餘載，獨先生為中流砥柱。」此劇以唯物史觀的視角再現了歷史的真實。

傅山先生是明末清初著名的文學家、書法家、畫家和醫學家，太原市實驗晉劇院青年團創作排演了新戲《傅山進京》，講述其被康熙帝宣召進京卻不肯為官，最終仍回歸故土太原。此劇以曲折有趣的情節將傅山這一明朝遺老立於舞臺之上，特別是對他思想微妙變化的揭示，筆觸細膩，細節的運用準確到位。他與康熙皇帝的交鋒更是精彩迭現，並映襯出康熙皇帝的襟懷氣度、機敏睿智和大略雄才，使戲變得輕鬆好看，增添了幾抹喜劇色彩。專家們認為《傅山進京》提升了晉劇藝術的品位，肯定了該劇在反映山西本土歷史文化名人創作上的開拓性價值，認為它為晉劇在新世紀的發展做出了示範。《傅》劇的成功還得益於一個好劇本、創作的強強聯手以及改革創新的自覺意識。編劇鄭懷興、導演石玉昆等戲曲名家的加盟，梅花獎獲得者謝濤的出色表演，是該劇取得成功的關鍵。

太原市實驗晉劇院的前身為太原市實驗晉劇團，1961 年為一代宗師丁果仙、張寶魁等創建。經過 40 年的艱苦創業，已發展成一個陣容強大、行當齊全、名家薈萃、劇目豐富的優秀劇團。晉劇表演藝術家高翠英、郭彩萍、謝濤、武淩雲、胡嫦娥先後獲得第五屆、六屆、十四屆、十七屆、十八屆中國

戲劇梅花獎，謝濤還獲得了第七屆文華表演獎。在全國「金三角」戲曲調演及山西省戲劇杏花獎評比中，該團有眾多演員獲得殊榮。

40 年來，實驗晉劇院堅持深入農村和基層演出，並在長期的藝術實踐中打造了上百部久演不衰、觀眾喜聞樂見的優秀劇目，如《打金枝》、《楊門女將》、《三關點帥》、《大院媳婦》、《蘆花》等。近年來，該院每年下鄉演出 600多場，收入百萬元，取得了良好的社會效益和經濟效益。此外，他們還曾四進中南海，遠赴歐洲、日本和香港、臺灣等地演出，均獲好評。

（十一）秦劇《大河情》

由甘肅省秦劇團上演的大型現代秦劇《大河情》通過尖銳激烈的矛盾衝突，鮮明生動的人物形象，反映了回、漢、東鄉、保安、撒拉等民族英傑在抗日戰爭時期，為維護祖國的統一和完整，粉碎了日本間諜「回漢分家、另立門戶」的陰謀，將堅貞的愛情昇華為愛國熱情，為報效祖國英勇捐軀的壯舉。表現了民族英傑們「生死不離黃土地，忠心報國志不移」的愛國情懷，以及「黃河之水天上來，奔流到海不復回」的英雄氣概。

秦劇《大河情》以史料記載為基礎，表現發生在大西北月亮灣一個穆斯林家族的悲情故事：楊府公子楊世龍與愛國女學生白雪兒在「漫花兒」時產生了愛情，並相約成婚。但是日寇的侵略打破了他們的情夢。為了國家，他們毅然奔赴前線，抗擊日寇。最後，面對日軍的圍追堵截和侵略者的刺刀，他們英勇無畏地跳下了懸崖。此劇通過楊氏父子和回、漢、東鄉、保安、撒拉等民族群體英傑的成功塑造，揭示了一個民族在面臨民族危亡之時的覺醒。

該劇主題深刻，表演形式新穎，秦腔和花兒交相輝映，秦腔與花兒的結合自然、優美，地方特色濃鬱。在民族音樂風格上，《大河情》選擇了中國文化積澱最深厚的秦腔藝術，同時又成功融入了大量西北黃土地上民族特色婉轉花兒元素。

甘肅省秦劇團前身是陝甘寧邊區隴東文工團秦劇二隊，建團五十餘年來，劇團堅持繼承、發展、創新的傳統，致力於秦劇事業的振興。先後創作排演了《白毛女》、《劉胡蘭》、《小二黑結婚》、《白花曲》、《央金卓瑪》、《蒼山勁松》、《飛將軍李廣》以及《思源》、《大河情》等一大批頗具影響、深受觀眾喜愛的秦腔優秀劇目。竇鳳琴在《白花曲》一劇中生動地刻畫了胡承華而榮膺第十四屆中國戲劇梅花獎。該劇在全國梆子戲調演中榮獲 7 項獎勵。

譚建勳主演的《飛將軍李廣》，成功地塑造了曠世英才李廣而榮膺第十八屆中國戲劇梅花獎。作爲一種有益嘗試和探索，將秦腔和花兒兩種音樂曲調結合，而成功編演出《大河情》這樣的反映西北各少數民族題材與感人群像的劇目，這在秦腔演出中還是第一次。《大河情》不負眾望，在山西舉行的首屆中國少數民族戲劇會演中榮獲金獎。

（十二）晉劇《滿都海》

新編蒙古族歷史晉劇《滿都海》，講述了十五世紀後期發生在內蒙古草原上的一個眞實而感人的故事：蒙古族女英雄滿都海面對戰火蔓延的時局，爲成就大漠統一偉業，毅然作出抉擇，犧牲自己的親情和幸福，嫁給 7 歲少主巴圖孟和，輔助他開創了大漠近一個世紀的安定、祥和的局面。

《滿都海》具有濃鬱的草原文化特色，突出了民族性、地域性的特點；舞美採用了舞臺大寫意手法，用簡單的舞臺道具表現不同的草原景色；音樂唱腔在晉劇傳統的音樂程序中融入了蒙古族的音樂文化元素，採用了馬頭琴、四胡等樂器，既不失晉劇本色，又保持了草原文化的特點，形成了草原晉劇特有的藝術魅力和文化底蘊。

這次少數民族文藝會演中推出的《滿都海》是歷經二十年、十餘次修改之後的最新版本，彙聚了眾多知名專家、藝人，由國家一級演員何小菊擔任主演。該劇以蒙古族巾幗英雄滿都海徹辰夫人的人生經歷爲主線，展現了她卓越的政治才能和軍事韜略，以及促進民族團結、共同繁榮的豐功偉績，反映出民族團結友好的主旨。

據呼和浩特市晉劇團有關負責人介紹，新編蒙古族歷史晉劇《滿都海》突出了民族性、地域性的特點。音樂唱腔上在晉劇傳統的音樂程序中融入了蒙古族豐富的音樂文化元素，採用了馬頭琴、四胡等樂器，既不失晉劇本色，又保持了草原文化的特點。該劇從音樂、舞美到演員的表演都融入了草原民族文化特有的表現形式，形成了草原晉劇特有的文化魅力和底蘊。據悉，該劇曾獲 2005 年自治區精神文明「五個一工程獎」戲劇組第一名，該團建團五十年來，演出足跡遍佈內蒙古、山西、陝西、河北廣大地區，在內蒙古以及呼市戲劇發展史上寫下了輝煌的一頁。

享有盛譽的老一輩藝術家康翠玲、任翠鳳、楊勝鵬等息影舞臺後，何小菊、渠建紅等一批年輕有爲的青年演員脫穎而出，繼往開來，使劇團的戲曲

事業不斷煥發新的生機。現在的演職人員陣容整齊、行當齊全、功底紮實、颱風嚴謹。在內蒙古和呼和浩特歷屆歌舞、戲曲大獎賽中，有 30 餘人獲獎。劇團每年演出 200 多場，觀眾達 50 萬人次。在市場經濟的大潮中，呼市晉劇團不斷努力與創新，為兩個文明建設做出貢獻。

（十三）晉劇《邊城罷劍》

　　晉劇《邊城罷劍》於 2003 年 10 月開始創作，經山西省文化廳和大同市有關專家多次討論、反覆論證，歷時 10 月有餘，先後 6 易其稿而推演。他根據歷史真實事件，著力謳歌中華民族的大團結，充分展現了地處中原農耕文化和北方游牧文化結合部大同獨特的地域文化。

　　古城大同，地處中原農耕文化和北方游牧文化的結合部，雄踞恢宏博大的內外長城之間。史稱「九邊重鎮」、兵家必爭之地。在漫長的歷史發展過程中，由於漢民族與游牧民族在拉鋸般的戰爭中相互傾軋，農耕文化與游牧文化在不斷地接觸中猛烈碰撞。使得這裡的人民生靈塗炭，飽受戰亂之苦。明代中後葉，蒙古韃靼部在其首領俺答帶領下大舉擾邊。地處邊城的大同多則數月，少則幾天，動亂不堪，可謂「邊無寧日」。隆慶四年，大同總兵王崇古抓住俺答愛孫那吉，借此有利時機，從蒙漢人民的根本利益出發，拋棄私仇，臨危不懼，拼死上諫。以非凡的勇氣和遠見卓識，恩威並重，終使兩個近百年相互仇視、兵戎相見、戰事不斷的民族一釋前嫌，為中華民族的大團結創造了條件。從而使兩種文化在這裡融會浸潤，出現了「東自海臺，西盡甘州，延袤五千里，無烽火警」的局面。在以後長達半個多世紀裡，「沿邊曠土皆得耕牧」、人民「醉飽謳歌，婆娑忘返」，其功績彪炳史冊。

　　大同市晉劇院，是由原大同市晉劇一、二團於 2002 年 9 月合併重組。劇院擁有職工 161 人，其中國家一級演員 2 人，國家一級演奏員 1 人，國家二級演員 20 人，國家二級演奏員 4 人，優秀中青年演職員百餘人，行當齊全，陣容強大，是大同市最大的專業文藝團體、山西省第二大晉劇藝術表演團體。劇院自成立以來，攜帶 20 餘齣經典優秀劇目，演出足跡遍佈晉、陝、蒙各大、中、小城市、農村、廠礦，每年演出場次達 500 餘場，觀眾 2000 餘萬人次。以精彩的演出和團結協作的良好精神風貌受到各屆好評。多次被市委、市政府授予先進、文明單位，屢獲市、局表彰的優秀劇目獎。

　　2003 年，該劇院參加山西省第九屆「戲劇杏花獎」評比演出，奪得表演、

音樂設計、舞美設計、樂隊伴奏等多個獎項，展示了雄厚的團體藝術實力。受到了省、市各級領導的高度重視及山西省文化廳表彰。

（十四）廣東漢劇《塵埃落定》

作爲廣東省的唯一參演劇團與劇目、廣東漢劇大型民族題材劇目《塵埃落定》在山西省大同市礦區同煤會議中心參加第一屆中國少數民族戲劇會演。

本劇根據阿來創作長篇小說並獲中國茅盾文學獎作品《塵埃落定》改編，也是廣東漢劇院改編的第一部藏族題材戲劇。康巴地區的麥其土司有兩個兒子，一個強悍一個傻呆。按傳統規矩，哥哥是當然的土司繼承人。而弟弟也不會不樂意，因爲他是個傻子。不過，傻子眞的傻嗎？這一問題一直困擾著麥其家的人。有人希望他眞傻，有人希望他假傻；有人懷疑他裝傻，有人告誡他要傻；有人感到他很傻，有人認爲他不傻。在複雜而封閉、冷酷而有序的土司世界裏，傻子並不傻，他冷靜地目視祖傳規矩早已固定了一切。可是，當愛情降臨了，當鴉片豐收了，當糧荒來了，人們才突然發現，傻子竟然是個智者。當聰明的傻子成爲「末代土司」時，延續了近千年的土司制度也轟然坍塌。

在這個故事裏：有靈魂與靈魂的眞誠擁抱；有詭計與詭計的殘酷較量；有土司制度的驚魂攝魄；有愛恨情仇的生死搏殺。我們將穿越時空，見證一個時代轉入另一個時代的喧囂與動蕩，感悟一個古老民族的歷史與人文的變化與滄桑．

該劇音樂唱腔設計者鍾禮俊介紹說，劇中音樂大膽吸收了藏族民間音樂元素。中心人物是傻子和卓瑪，他便以廣東漢劇中流行的唱腔板式爲基調，再揉進藏族民間音樂「鍋莊」來表現傻子的特點；而卓瑪是一個飽受封建奴隸制度壓迫的藏族姑娘，不同於一般的青衣，因此他在保留漢劇青衣唱腔的基礎上美化了「哭板」，使之達到如泣如訴的效果。反面人物奴隸主土司則用「大花腔」結合「醜腔」來表現。該劇糅合了藏族民間音樂的漢劇旋律、具有藏族服裝特色而又時尚現代的服裝設計、富含藏族特有的圖騰式圖案和飾物的舞美，演員們的傾情演出無不讓觀眾沉醉其中。

廣東漢劇舊稱「亂彈」、「外江戲」、「興梅漢戲」，1933 年廣東大埔縣人錢熱儲著《漢劇提綱》，定名爲漢劇，從此約定俗成，沿稱至今。流行於廣東的梅縣、汕頭和粵東北、粵閩贛邊區各地。實際上它來自皮簧合流後的徽戲，

與閩西漢劇同屬以西皮二黃為主要聲腔，用中州官話演唱的劇種。清雍正至乾隆間，徽劇傳入廣東後形成此劇種。廣東漢劇的表演程序與京劇、湘劇、祁劇、湖北漢劇等劇種大同小異，但也有自己的特點和風格。它的武功屬南派，臉譜有一百多種，以黑、紅、白三色為主。黑色象徵剛勇，紅色象徵忠賢，白色和青色象徵陰險、奸詐。廣東漢劇的音樂唱腔以皮黃為主，兼收崑曲、高腔、吹腔、小調等，並保存很多古老的曲牌。樸實淳厚，高昂悲壯，是廣東漢劇音樂唱腔固有的風格特點。其角色分為公腳、老生、小生、老旦、正旦、花旦、紅淨、烏淨、丑腳等九大行當。它的伴奏樂器也頗有特色，頭弦、大蘇鑼及號頭是廣東漢劇特有的伴奏樂器。廣東漢劇傳統劇目有八百多個。較著名的有《百里奚認妻》、《齊王求將》，現代劇目《一袋麥種》等。

該劇種的行當分工與其它劇種略有不同，角色淨又有烏淨、紅淨之別。烏淨發炸音，紅淨則以鼻腔共鳴為主的真假嗓結合，高音用假嗓，低音用本嗓，唱腔悠揚清脆，頗有特色。聲腔基本是皮黃腔，另有有四平調（大板）、吹腔（安春調），還有少量崑曲、小調和佛曲等。它不但在唱腔曲調上更為接近徽戲，而且在伴奏樂器方面，如頭弦、號頭、大蘇鑼，都與老徽戲的徽胡、先鋒號、蘇鑼相同。

廣東漢劇院成立於 1959 年，其前身為廣東漢劇團。劇院曾 4 次晉京演出，為首都觀眾帶去了由表演藝術家黃桂珠、黃傳和、梁素珍、曾謀等主演的《百里奚認妻》、《盤夫》等劇目。古裝劇《齊王求將》、現代劇《一袋麥種》等被珠江電影製片廠拍攝成戲曲藝術影片發行。《花燈案》等 10 多個劇目被廣東省電視臺攝製成電視劇或舞臺劇播映。劇院除在本省演出外，還曾到北京、湖北、上海等省市演出。

自 1982 年以來，幾度赴香港、臺灣地區和新加坡演出，得到海內外觀眾的高度評價。劇院整理、改編、創作了一批優秀劇目，如《昭君出塞》、《貨郎計》、《叢臺別》、《擊鼓罵曹》、《時遷偷雞》、《丘逢甲》、《包公與妞妞》、《義子登科》、《昭君行》、《憾戀》、《熱嫁冷婚》、《琴心盟》、《麒麟老道》、《蝴蝶夢》、《深宮假鳳》等，在歷屆廣東省戲曲觀摩匯演或國家級、省級藝術節上演出，獲得多項獎勵。劇院現有主要藝術家：梁素珍（一級演員，代表作品《二度梅》、《盤夫》）、氏丹青（一級編劇，代表作品《花燈案》、《丘逢甲》）、林仕律（一級演員，代表作品《打洞結拜》、《林昭德》）、范開聖（一級演員，代表作品《秦香蓮》、《齊王求將》）、李仙花（一級演員、梅花獎獲得者，代

表作品《百里奚認妻》、《蝴蝶夢》)、楊秀薇（一級演員、梅花獎獲得者，代表作品《昭君行》、《深宮假鳳》）等。

（十五）研討會與評獎情況

伴隨著一場場精彩的少數民族戲劇劇目的演出，各位蒞臨專家學者們也適時的召開了四次評論會議。在研討會上，各位專家學者各抒己見、暢所欲言，針對此次會演和各個已演出劇目的內容、優缺點及意義價值等進行認真評述。

中國少數民族戲劇學者何玉人研究員說，民族團結與民族融合是少數民族戲劇的永恒主題，也是世界文化的永恒主題。在構建和諧社會的今天，少數民族戲劇會演推出這樣的劇目是對中華民族和諧進步的貢獻。這個意義是非凡的，其價值今後還將逐漸顯現出來。她說，對中華民族大文化的重新認識、瞭解和挖掘，其社會意義超出會演本身。

雲南省劇協主席喬嘉瑞說，少數民族題材過去局限於表現少數民族服飾、歌舞、風情等表面的東西，這次會演的劇目如廣東漢劇《塵埃落定》在開掘民族題材和民族心理方面作了新的突破，有震撼人心的力量和深度。浙江婺劇《崑崙女》是一齣歷史傳說故事劇，揭示了民族團結這個歷久彌新的主題，很深刻也很有新意，舞臺表現流暢、乾淨。雙陽公主犧牲個人恩怨換取民族團結、民族進步，這種精神是可貴的，也是歷史發展和進步所需要的。

陝西師大教授李強帶著他的四位碩士研究生觀看會演，並現場做他們關於中國少數民族戲曲文化生態的研究課題。李強教授對大同北路梆子《琴笳賦》裏迴腸蕩氣的音樂表示讚賞。他說音樂對民族性的強化甚至比劇本和臺詞還要重要。

《琴笳賦》的編劇馬彬在談到創作這部戲的初衷時說，晉北一直是多民族文化交融激蕩的地區，我們希望充分反映這樣的主題。這個戲就是表現蔡文姬在民族團結大業上付出的感情代價。該劇作曲指揮任新寧也表示，在創作中要把漢民族音樂和少數民族的音樂完美地結合起來。

中國少數民族戲劇學會顧問、中國戲劇家協會研究員曲六乙介紹說，「少數民族戲劇是少數民族歷史與現實生活的『活化石，通過少數民族戲劇能更好地反映這個民族的歷史與現實生活。」少數民族戲劇的唱腔、舞蹈、音樂大多吸收了當地民間藝術的養分。少數民族戲劇以其獨具特色的表現方式和

藝術手法，多層次地展示了各地區豐厚的少數民族地域文化，尤其是各地少數民族歷史文化、戲劇文化、民俗文化。另外，他對傣劇《南西拉》評價極高，他說：「所有少數民族戲劇中，傣劇和藏戲一樣，在體現民族個性、民族心理，表現自己民族藝術風格上獨樹一幟。一開戲，聽見象角鼓、葫蘆絲響起來，就知道這是傣劇。」曲老先生讚揚《南西拉》的民族風格最濃鬱的，最能體現人文原理的優秀劇目。

此外，專家們還讚揚《白潔聖妃》是一部思想性、藝術性、觀賞性俱全的成功之作。其創作源於歷史，又高於歷史，在「取信歷史、關照現實」這兩個歷史劇創作的重要維度上，把握得比較好，通過藝術地再現大理地區六詔一統歸唐的重大歷史事件，謳歌維護國家統一，民族團結，主題非常好。認爲其作品在人物塑造上滲透了一種對人文精神的探索和思考，人物形象血肉豐滿。全劇唱詞寫得非常好，主要演員演得也比較到位。該劇在音樂、唱腔的設計，燈光舞美，演員表演等方面還需再下功夫，進一步增強民族性、藝術性、觀賞性，增強白劇的藝術感染力、震撼力和市場吸引力。

在經過歷時 10 天的好戲連臺之後，第一屆中國少數民族戲劇會演於 20日在雁北影劇院隆重落幕，並舉行了頒獎儀式。國家民委文宣司司長金星華、文化部社文司副司長李建軍、中國少數民族戲劇學會顧問曲六乙、中國少數民族戲劇學會會長譚志湘出席了盛大的閉幕式。

參演的劇目中，傣劇《南西拉》、婺劇《崑崙女》、彝劇《瘋娘》、晉劇《傅山進京》、藏劇《格桑花開的時候》、秦腔《大河情》、耍孩兒《琵琶聲聲》獲金獎，北路梆子《琴笳賦》等 5 部劇目獲銀獎。閉幕式上，金星華、李建軍、曲六乙、譚志湘、豐立祥、李世傑、閻文照爲獲獎者頒發了獎狀。

首屆中國少數民族戲劇會演演出過程中，觀眾反響熱烈，與會的專家學者評委也都很激動。他們看到了中國少數民族戲劇旺盛的藝術生命力和少數民族戲劇事業的發展前景。尤其是會演的劇目，唱響了「民族團結的頌歌」這一個宏大而意韻深遠的主題。在構建和諧社會、和諧文化的今天，這樣的戲劇會演格外具有現實意義，這樣的活動也充分體現出弘揚中華民族優秀傳統文化的主旨，其價值和意義已經超出會演本身。

（碩士生轟瑩、博士生導師黎羌整理撰寫）

七、甘肅、寧夏地區回族戲劇藝術實地考察報告

（2008 年 7 月 7 日～7 月 18 日）

（一）考察行程

2008 年 7 月 7 日我們踏上了去西北地區的火車，經過一天一夜的旅程（中間在西安、蘭州轉車），終於，在 7 月 8 日的中午來到了甘肅省臨夏市。先是看到一塊「臨夏回族自治州劇目創作研究室」的牌子，經過打聽和瞭解，我們在一間四合小院的二樓見到了該創作室的馬智祿先生，他中等身材，微微發福的肚子，一副和藹可掬的樣子。

他向我介紹了該創作工作室的是臨夏回族自治州文聯下屬的一個科室，大概共有五六個人的樣子，但平日裏只有他一人在辦公，與州歌舞團相互配合，審定創作劇目協調指導專業劇團及各縣市劇目和藝術創作。目前該室領導正在外地開會，尚未回來。對於劇目創作和研究的方面，他熱情地介紹了一些情況。會談之後，他還興致勃勃地約我們前去品吃了當地特色小吃——羊肉灌腸。

第二天一大早，我獨自來到州歌舞劇團採訪，趙學權團長接待了我。經過簡短的介紹後，經他同意，我單獨會見了該團音樂創作者——李科長，舞美設計——康巨生及主演石堅，並經由該團演員任慶臨陪同考察了該團舞臺演出服裝，對該團的一些情況做了初步的瞭解。

臨夏州民族歌舞劇團成立於 1965 年，是目前全州唯一的專業文藝表演團體。作爲花兒劇的創作、演出主體的臨夏州歌舞團，進行了長期的艱辛探索、實踐。

花兒劇的雛形，始自於 1966 年演出的小型花兒劇《試刀面》，這是第一次把花兒表現形式作爲戲劇藝術的主題，搬上舞臺，引起戲劇工作者的高度重視和廣大觀眾的一致好評。此劇參加了 1966 年由甘肅省文化廳舉辦的地方戲曲節目調演，獲得專家和同行的好評。從此確立了花兒劇這一劇種，由此開始了花兒劇的漫長的創作，演出與探索。

改革開放後，花兒劇和其他文學藝術一樣，迎來了春天。劇團先後創演大、中、小型花兒劇 10 多部。1984 年，小型花兒劇《瓜園情》獲甘肅省劇本創作二等獎；1988 年，花兒劇《育苗曲》獲甘肅省少數民族文藝調演集體獎；花兒劇《命蛋蛋的婚事》參加全省「送文化下鄉」劇目調演獲三等獎；1997

年中型花兒劇《情繫橄欖綠》獲臨夏回族自治州「五個一工程」優秀作品獎。隨著一些小、中型花兒劇的成功，在進行大量藝術實踐的基礎上，於 1985 年創演的第一部大型花兒劇《花海雪冤》獲甘肅省戲劇調演「特別獎」。該劇於 1987 年晉京彙報演出，受到國家民委、文化部的獎勵和好評，並參加了首屆中國藝術節《西北薈萃》演出。隨後，應邀赴寧夏、青海等地進行交流演出，該劇先後演出 100 多場。

該團 1994 年又與甘肅省歌劇院聯袂演出了大型花兒劇《牡丹月裏來》。該劇參加了第四屆中國藝術節的演出，於 1995 年和 1999 年分別獲得第四屆全國少數民族題材劇本「孔雀獎」銅獎和甘肅省、臨夏州「五個一工程」獎；1999 年花兒劇《雪原情》參加甘肅省新創劇目調演，獲綜合二等獎及七個單項獎。2003 年，由劇團創作上演的大型花兒劇《霧茫茫》分別獲得甘肅省、臨夏州精神文明建設「五個一工程」獎。2006 年 11 月該劇參加了甘肅省新創劇目調演，共獲獎項 22 個。其中集體獎 3 個，個人單項獎 19 個，是劇團歷史上獲得獎項最多、獎次最高的一次。

中午吃過飯之後，我在新華書店買到一些書，然後來到自治州文化局，受到了文聯秘書長、辦公室主任、州作家協會主席祁鳳鳴的熱情接待。她贈給我剛出版的《臨夏短篇小說精選》及《花兒爛漫》兩本書，並指導我去州辦公室，在那裡，我湊巧遇到了中午在書店買書的那位女孩，她正在忙，我們一見面，她就認出了我。她認為我應該去州文化館，因為那裡的資料多一些，正好碰上有中國民族大學來考察的兩位學生過來，所以她便一塊打電話了讓那頭準備了。我們便一同出了門，打車去到文化館。

在路上瞭解到，中國人民大學一行有好多人，已經來臨夏快二十天了，主要是調查有關回族人口分佈的，同學們都分散開在其他地方，老師讓他們來州文聯調查該區非物質文化遺產內容。我們說著話就到文化館了，文化館的馬曉燕同志接待了我們，把我們帶到非物質文化遺產展廳裏，詳細介紹此地國家、省、地區（州）級非物質文化遺產情況，我們便一邊聽講一邊記錄。

臨夏州第一批國家級非物質文化遺產名錄的項目有 5 個：1、甘肅臨夏磚雕；2、甘肅康樂蓮花山花兒；3、甘肅保安族腰刀鍛製技藝；4、甘肅河州《賢孝》；5、甘肅和政松鳴岩花兒。

第二批已公佈的國家級非物質文化遺產名錄有東鄉族《米拉尕黑》；永靖縣七月跳會；東鄉族擀氈技藝。

第一批省級非物質文化遺產名錄中除國家級項目的五個外還有：1、保安族口頭文學與語言；2、東鄉族口頭文學與語言；3、臨夏雕刻葫蘆；4、臨夏回族宴席曲；5、東鄉族擀氈工藝；6、永靖縣儺舞、儺戲。

第二批已公佈的省級非物質文化遺產名錄有：河州平弦；東鄉釘匠工藝；和政秧歌；永靖王氏鐵器鑄造技藝；永靖白塔鄉古建築藝術；河州北鄉秧歌；甘肅穆斯林建築藝術。

第一批公佈的臨夏回族自治州非物質文化遺產名錄有：保安族口頭文學與語言；東鄉族口頭文學與語言；東鄉族民間故事傳唱《火者阿古》；蓮花山花兒會；松鳴岩花兒會；積石山蓋新坪花兒會；永靖縣儺舞、儺戲；和政縣秧歌；永靖縣秧歌；河州平弦；河州賢孝；回族宴席曲；永靖財寶神；臨夏磚雕；保安族腰刀鍛製技藝；東鄉族擀氈技藝；臨夏雕刻葫蘆；永靖王氏鐵器鑄造技藝；河州白塔寺木雕技藝；東鄉族釘匠技藝；穆斯林麵食技藝；保安族服飾；保安族婚禮；臨夏穆斯林建築藝術；臨夏民宅。這25項名錄可以說基本上囊括了臨夏地區民族、民間、民俗文化的方方面面。

看著時間不早了，我們才戀戀不捨地從展館裏出來。在路上我想，這些遺產繼承人有的還在世，有的已經不在了，在世的老人大多也都八九十歲了，而且技藝也面臨失傳的地步，這讓人聽起來甚覺惋惜。

吃過晚飯後，由馬曉燕老師那裡我得知了王沛先生家中的電話。於是，我與當地的一位研究「花兒」的老學者、老專家王沛先生取得了聯繫。因各種原因，我們在晚上卻沒有相見，於是相約第二天上午，在10日的上午我在一家賓館的會客廳終於如願以償見到了王沛老師，在親自請教了一些問題後，我於11日中午時分離開了臨夏，返回蘭州。

在甘肅省圖書館和蘭州大學圖書館中用了一個下午和一個上午的時間，我們查閱了有關該地花兒的著作，並於7月12日下午順便拜訪了甘肅省藝術研究所的徐峰老師。13日上午乘車至平川區汽車站，下午至寧夏海原縣，14日至海原縣文化局拜訪海原縣文化局李俊文科長，同時有幸碰到了花兒劇編劇張明公先生。採訪到海原縣文工團的創作與演出情況，15日至西吉縣文工團，採訪尹團長，16日至固原，得以至固原市博物館作一探訪。17日前去寧夏回族自治區文化廳、群藝館、歌舞團等文藝單位實地調查，獲得許多關於回族歷史文化與傳統音樂、舞蹈、戲劇的寶貴資料。

（二）回族花兒劇現狀

在歷史上很長時間裏，由於回族信仰伊斯蘭教的原因，回族都沒有屬於自己的戲劇劇種，這種情況一直持續到建國之後。在黨和人民的關懷下，在新時期的形勢下，在回族「花兒」歌謠深厚的藝術土壤基礎上，中國逐漸誕生並繁衍了回族自己的民族藝術形式——「花兒劇」，有人說，花兒劇並不屬於麗格意義上的戲劇，因為它的表現形式離不開「花兒」民歌，往往看起來更像回族「歌舞劇」，其成熟程度要遠遠遜於其他民族戲劇如藏戲、蒙古劇。這種爭論也一直延續到現在，如 2008 年 2 月上演的《大山的女兒》，被新聞報導評論為第一部花兒劇，其實，早在 1959 年就有花兒劇《攔路》的誕生。評論界出現對於花兒劇的論調不一致的原因，筆者認為應該有以下三個方面：

1、花兒民歌的流傳範圍如同回族人口的分佈一樣，其特點呈「大分散、小聚居」，這導致各地的藝術土壤成分不一，創作力量上也有差異。

2、同樣由於以上原因，在花兒劇的創作上，整體上也呈分散的狀況。各地彼此沒有太多聯繫，在創作上也缺乏統一指導。

3、在信息化日益加速的今天，「花兒」這種體現回族特色的文化遺產正在逐步失去民間的廣闊土壤，這不僅讓人擔憂。而且對於尚未成熟的花兒劇的創作缺乏專業技術指導，文藝理論建設存在進退維谷同樣的困難。

建國以來，對於「花兒」的研究成果往往集中在對「花兒」的搜集和整理上。在對花兒音樂、格律、名稱的來源、花兒的淵源，花兒的故鄉與族屬、花兒會與歌手的研究方面取得了很大的發展，這些科研成果在一定程度上填補了回族藝術的空白。但是在目前，還未有大規模、系統地研究花兒的學術論著出現。另外，由於花兒劇的出現較晚，對於花兒劇的關注也遠不如對於花兒本身的關注，對於花兒劇的研究尚為空白。花兒劇的研究眼下還處於寫觀後感的整理階段，資料也僅零星出現在工具書和個別論著的章節中。

（三）科研成果

根據大量田野調查與資料查詢，目前可依循的回族樂舞戲劇與花兒劇書目資料有：

1.《中國戲曲志·寧夏卷》，中國戲曲志編輯委員會，《中國戲曲志·寧夏卷》編輯委員會編，北京：中國 ISBN 中心出版，1996 版，第 69 頁。

2.《中國戲曲劇種大辭典》，《中國戲曲劇種大辭典》編輯委員會編，上海：

上海辭書出版社，1995 年 1634 頁。

3. 王沛著《河州花兒研究》，蘭州大學出版社出版，1992 年 7 月版。

4. 邱樹森撰《回族文化志》，上海人民出版社出版，1998 年 10 月第 1 版。

5. 趙宗福著《花兒通論》，青海人民出版社出版 1989 年 4 月第 1 版。

可查詢的學術論文資料有：

1. 陸耀儒《談回族花兒劇》，《民族藝術》1987 年第 4 期。

2. 楊克英《花兒劇之本》，《民族報》2000 年。

3. 楊克英《淺析花兒劇音樂》，《民族報》2000 年。

4. 程野萍《觀回族花兒劇〈花海雪冤〉》，《中國民族》1987 年第 10 期。

5. 艾華《花兒劇〈花海雪冤〉晉京演出成功》，《戲曲藝術》1987 年第 4
期。

6. 曲六乙《漫評回族花兒劇〈花海雪冤〉——兼議創立少數民族新劇種
問題》，《中國戲劇》1987 年第 9 期。

7. 彭根發《獨闢蹊徑，詩歌舞交相輝映——〈敦煌樂舞〉、歌舞劇〈阿萊
巴郎〉、花兒劇〈牡丹月裏來〉述評》，《音樂天地》1994 年第 9 期。

8. 周家興《贊花兒歌舞劇〈曼蘇爾〉》，《中國戲劇》1980 年第 12 期。

9. 佳新《花兒歌舞劇新苗——王存琴》，《中國戲劇》1980 年第 12 期。

10. 王震亞《祝賀與期望——花兒歌舞劇〈曼蘇爾〉觀後》，《人民音樂》
1981 年第 1 期。

11. 雪犁、柯楊《「花兒」小議》，《中國民族》1980 年第 9 期。

12. 郭曉蘋《河湟花兒爲什麼不紅》，《中國文化報》2006 年。

13. 柴旭霞《藝海拾貝——寧夏的幾個藝術團體》，《中外文化交流》1996
年第 6 期。

14. 劉慶蘇《從藝術美學的角度看花兒劇及其特色》，《歌劇藝術研究》2001
年 5 期。

「花兒劇」是二十世紀 70 年代末興起於寧夏並流行於甘肅、青海、新疆
等省區的一種新的戲劇形式，可以說，只要有回族「花兒」民歌流行的地區，
都有花兒劇的誕生與繁衍的土壤。1979 年，銀川市文工團首次把民間敘事詩
《馬五哥和尕豆妹》用花兒的曲調加以改編，並加入回族舞蹈、回族舞台表
演而形成戲劇形式。所以說，花兒劇是以「花兒」民歌的唱腔爲主，加上富
有回族特色的舞蹈及其他藝術形式來表現回族生活或故事的戲劇種類。

（四）歷史沿革和稱謂

花兒劇是運用「花兒」樂、舞、詩詞進行創作的民族劇種。也稱「花兒歌劇」、「花兒歌舞劇」，因其音樂主要來源於寧夏南部山區的回族民歌「花兒」而得名。花兒劇的產生是在建國之後，但「花兒」這種民歌藝術產生的歷史卻很早。

1、花兒的起源

學術界認爲著名學者張亞雄先生的觀點較爲客觀，即花兒這種山歌的音樂形式是隋唐以來甘肅、寧夏、青海少數民族民歌和歌舞曲的衍化。據說當時的伊、涼州諸曲是用番語演唱的，「花兒」這一漢族名詞必然是在元、明時期大量向西北邊疆移民，漢民族語言普及甘肅、寧夏、青海地區以後才得以出現。

花兒研究工作者柯楊提出：「從『花兒』本身所提供的材料看，它產生於明」。在明代初年，回回已經形成一個民族共同體，回回遍佈甘肅、寧夏、青海、陝西四省。回族沒有專用語言，使用漢語漢字。如果說花兒形成於這個時期，又是以漢語言的普及爲前提的，那麼回族人民的作用是十分突出的。另外，甘肅河州（今臨夏回族自治州）是以花兒的「聖地」、「故鄉」著稱的。此地不僅回民是「花兒」的主要唱家，居住在這一帶的漢、保安、東鄉、撒拉、土等民族人民也喜愛這種山歌。後來，「花兒」由甘肅發展到青海、新疆一帶，而且也大都在回民當中演唱。例如寧夏的山花（又叫「幹花兒」），多在回族群眾中傳唱。所以，現在人們提起「花兒」，習慣稱做「回族花兒」。「花兒」經過數百年的發展演變，現在已形成河州「花兒」、蓮花山「花兒」、寧夏「花兒」、青海「花兒」、新疆「花兒」等不同的流派和風格。

張正雄先生考證新疆「花兒」：「花兒這種山歌發源於回教同胞最多的河州，而且回教同胞又爲歌唱花兒的主要唱家。」由此可見，回族人民對於創作與普及「花兒」以及後來的「花兒劇」作出了巨大貢獻，

回族花兒在語言上體現了回族語言的如下特點。

其一，回族花兒採用了不少阿拉伯、波斯等外來語彙。這是回族從阿拉伯、波斯語向漢語轉化時留下的語言特徵。如表現花兒歌詞裏的「叫一聲『胡達』哭老天，苦日子哪一天才能完，胡達的『口喚』者到了」等。這類回族所特有的阿拉伯、波斯詞語，在日常生活中，僅甘肅和寧夏地區就有 500 多個。

其二，回族花兒大量使用地區色彩很濃的方言、土語。以「尕」字爲例，本是「小」的意思，回族花兒多用此字，唱讀都覺得格外親切，如「尕妹子」、「尕花兒」、「尕臉兒」、「尕畦里」、「尕牡丹」、「尕馬兒」等等；還有如「孽障」、「干散」、「阿門價」、「難腸」、「難心」、「法碼」、「連手」等方言土語的運用，都土香土色、樸實無華，貼近回族人民生活，使得回族花兒顯出別具一格的民族情調和地域色彩。

花兒以即興山歌爲主，「河湟花兒」的曲調有快調和慢調之分：快調裏的襯句較少，拖腔也相應減少，較爲簡潔緊湊；慢調曲柔緩悠遠，曲首、曲中和曲尾亦大多使用襯句來拖腔，聲調音域範圍廣，多有起伏，其高音階區域用假聲演唱。

甘肅、青海的回族花兒習慣採取以「令」命名的方法：如《河州大令》、《二令》、《三令》、《四令》、《川口令》、《繞三繞令》、《白牡丹令》、《二牡丹令》、《三牡丹令》、《湟源令》、《腳戶令》、《水紅花令》等等，不同類的花兒由許多個不同的「令」組成。所謂「令」，是指某一個特定、具體的調子或曲牌。寧夏的回族花兒除一小部分加有固定襯詞的令曲仍以令命名外，大部分花兒旋律和格調又同其他各類花兒迥然有別。

寧夏的回族群眾經常把當地的「信天遊」、「爬山歌」與「河湟花兒」糅合在一起衍生出一類新型的山歌，當地回族稱爲「干花兒」或「山花兒」。如《強馬不吃倒回的草》、《上山裏打了個梅花鹿》、《一根柱子十二個節》等等。在文學藝術上這類花兒除採用河湟花兒的形式外，也採用「信天遊」的形式，如上下句結構，不加襯詞，下句也不用雙字尾。在調式、結構、節奏等方面，要比河湟花兒豐富、靈活、多樣。

2、花兒劇

經查詢，「花兒劇」的最早提倡者是著名詩人李季。1959 年 1 月 31 日的《甘肅日報》曾發表了他的《希望再開一朵花》的文章，《人民日報》也在 2 月 16 日的登載。他認爲「從鼓舞千百萬人民革命鬥志，從豐富和充實人民的文化生活，從花兒本身的藝術性、群眾性等方面考慮，花兒上舞臺，這也是一個亟待解決的現實問題。」劉尚仁、莊壯立即發表了《讓「花兒」早日報上舞臺——贊李季同志》的倡議文章。當地文藝團體對李季的倡儀積極響應，即開始了花兒劇創作探索。從此，滿溢花兒芬芳的劇作不斷湧現出來。1959 年內即出現了第一齣花兒劇《攔路》。

　　花兒劇流行於寧夏回族自治區的西海固地區和銀川市地區，也稱「花兒歌劇」或「花兒歌舞劇」，因其音樂主要來源於寧夏南部山區的回族民歌「花兒」而得名。1979 年，銀川市文工團首次把民間敘事詩《馬五哥和尕豆妹》用花兒的曲調加以改編，並正式上演。同年，西吉縣文工團又創作並演出了《曼蘇爾》，1980 年，又創作了《金雞姑娘》。

　　甘肅臨夏被譽為「花兒之鄉」。此地花兒源遠流長，聞名遐邇，蜚聲中外。在 1984 年，臨夏州文化局專門成立了花兒劇創作組。他們深入生活，搜集大量素材，創作了一批較好的花兒劇文學劇本。為參加全省調演，自治州歌舞團決定以「花兒案」為素材，重新結構編寫。集中人力，八易其稿，劇本脫稿時，更名為《花海雪冤》，於 1985 年 12 月首演該劇。這是第一次將花兒以大型戲劇形式搬上舞臺，是該地向新劇種挺進，具有劃時代意義。

　　《花海雪冤》以濃鬱的民族風格，優美的唱腔，動人的故事，別緻的舞蹈，奇特的民族風情與習俗，幽默詼諧的語言，榮獲 1985 年甘肅省戲劇調演特別獎。1987 年 7 月，應文化部邀請，進京演出。在北京演出期間，國家領導人及眾多戲劇家、藝術家觀看了演出。文化部隆重召開專題座談會，對演出作了全面的肯定。首都各大報紙紛紛發表專題文章，評介該劇的演出盛況和成就。「花兒漫上首都、奇葩享譽京華」是花兒劇轟動北京的真實寫照。時任文化部部長著名作家王蒙指出：「《花海雪冤》的故事、音樂、唱腔、唱法、舞蹈都是民間的，民族性特別強，給首都觀眾耳目一新的感覺。」繼《花海雪冤》之後，該團又創作上演了《牡丹月裏來》、《雪原情》、《霧茫茫》、《月光寶鏡》等一批膾炙人口的大、中型花兒劇。

　　花兒劇的唱詞以花兒的曲令為基調格式，並援引「信天遊」、「爬山調」等西北地方民歌等演唱形式，以及借用排比、對仗等我國古典詩詞的修辭方式。花兒劇本的唱詞大多採用比興的修辭手法，並在段落中較多地運用疊字、疊句的手法，以及諸如「者」、「嘛」、「呀」、「哈」、「哎」等虛詞來做襯字。

　　花兒的原有旋律是花兒劇的主要基調，花兒在演唱的時候，大多是採用一問一答的方式來進行的對唱模式，其中第一、二句和第三、四句各分為相對應的兩段，一般是「比」在前半段，後半段（第三、四句）為興。在兩段中的上句多為三、三、三句式，而下句則為三、三、二句式；並且一般上句多用單音節詞結尾，但下句一定要用雙音節詞結尾。河湟花兒的唱詞通常是一種單音節和雙音節相互交錯、奇偶句式交相出現的格律詩歌。在寧夏地區，

花兒劇念白上則使用六盤山地區的方言。

（五）劇目情況

1959 年，在甘肅「引洮工地」上出現的第一齣花兒劇《攔路》，具有特殊的開山之功。60 年代，甘肅省歌舞團演出劉尚仁等人作曲的歌劇《向陽川》；甘肅省周西虹等人創作了歌劇《馬五哥與尕豆妹》；1979 年，寧夏自治區銀川市文工團首次把民間敘事詩《馬五哥和尕豆妹》用花兒的曲調加以改編，並正式上演。青海省西寧市文工團與新疆昌吉回族自治州歌舞團，亦有此劇創作、改編與演出。

首部花兒劇《攔路》劇情爲：一群支持引洮水利工程的小夥子被一群鋤草的姑娘攔住，開展熱烈的對歌。在歡快的歌聲中，他們互相幫助，互相支持。女生產隊長百合，工作負責，活潑熱情，在對唱中與濃眉大眼、勞動積極的思廣產生了愛情。此劇內容雖較簡單，但由於音樂上以《河州三令》、《河州二令》、《白牡丹令》、《腳戶今》等曲令連接發展，花兒味道很濃，受到觀眾的歡迎，也產生了較大影響。該劇 1959 年在甘肅引洮工地上第一次演出，成爲有史以來第一部花兒劇，具有劃時代意義。

在西北回族群眾中廣爲傳唱的民間長篇敘事詩《馬五哥與尕豆妹》即爲典型的民族音樂與詩文結合的優秀文藝作品。《馬五哥和尕豆妹》是回族民間敘事詩中的一部傑出文學作品，它在回族群眾中流傳最廣、影響最大。目前共有六個不同的整理本，最短的二百餘行，最長的達六百餘行，是目前回族敘事長詩中最長的一部作品。它不僅廣泛地流傳在甘肅、青海、寧夏、新疆的回族群眾中，而且在西北地區的東鄉、土、漢等族中也產生深刻影響。

這部著名敘事長詩取材於一個眞實的故事。清末光緒初年在河州（今甘肅臨夏）莫泥溝發生了一件轟動一時的事件：十八歲的回族姑娘尕豆，與長工馬五相愛，倆人定下海誓山盟。誰知尕豆因人才出眾被大地主馬七五看中，馬七五仗勢欺人，爲了霸佔尕豆，硬把尕豆強娶來給自己十歲的兒子尕西木做妻子。一天，尕豆妹擔水與在泉邊飲馬的馬五相遇，尕豆約馬五夜間到家裏私會，正當這一對有情人在熱戀中商議今後怎麼辦的時候。尕西木醒了，聽到對話，不依不饒，馬五和尕豆在緊張中把尕西木扼死。事後，馬五逃跑，但不愼一隻鞋掉在院裏，被馬七五抓住把柄告到河州。開始尕豆妹四處奔走湊了些銀錢給河州官府，此案暫時作罷。但馬七五拿出更多錢財與元寶行賄

蘭州城官府，最終馬五與尕豆妹雙雙被斬於蘭州城西的華林山，故此，而形成後世許多文學作品與表演藝術形成。

1979 年，寧夏西吉縣文工團創作並演出的《曼蘇爾》劇情爲：寧夏某地純樸勇敢的放羊娃曼蘇爾的花兒唱得優美動聽，龍宮裏美麗善良的三公主聽得動了心。她愛上了曼蘇爾，曼蘇爾也深深地愛著三公主。可是地主的兒子哈賽企圖霸佔三公主，便與他父母想出種種詭計破壞曼蘇爾與三公主的愛情。勇敢的曼蘇爾同他們進行機智頑強的鬥爭，戰勝了哈賽，終於和有情人結爲夫婦。寧夏銀川市歌舞團創作演出，張宗燦編劇，王華元編曲，根據民間傳說改編而成。1980 年 10 月，該劇赴北京參加了全國少數民族文藝會演，受到了與會專家和觀衆的高度評價。1980 年，西吉縣文工團又創作了《金雞姑娘》。

在 1984 年，甘肅省臨夏州文化局專門成立了花兒劇創作組，他們深入生活，搜集大量素材，創作了一批較好的花兒劇文學劇本。如《六月六》、《恭喜發財》、《娑羅樹傳奇》、《喜鵲喳喳》、《米拉尕黑》、《瓜園情》等。並參加全省文藝調演。自治州歌舞團於 1985 年 12 月首演《花海雪冤》。繼《花海雪冤》之後，自治州歌舞團又創作上演了《牡丹月裏來》、《雪原情》、《霧茫茫》等一批膾炙人口的大型花兒劇。1987 年《劇本》第 3 期增刊發表了《花海雪冤》劇本，甘肅電視臺也播放演出實況。在搬上舞臺的花兒劇中，還有甘肅省歌劇團的《月亮灣》、《咫尺天涯》、《馬五哥與尕豆妹》；臨夏州文工團的《飛鷹嶺》、《試刀面》、《瓜園情》；和政縣文工隊的《四月八》；東鄉縣文工隊的《眯眯情》；新疆昌吉州文工團的《馬五哥與尕豆妹》；青海的《攔車》、《杏花二月天》、《打麥場上》等，這些都是不同時期受人歡迎的劇作。

在此階段，西北地區各省區劇作者還發表了許多優秀的劇本，像寧夏馬治中的《馬五哥與尕豆妹》，羅存仁的《林草情》，甘肅臨夏丁少湯的《索羅樹傳奇》，劉瑞的《喜相逢》、花兒情景劇《回族婚俗》等。1984 年臨夏州群藝館、花兒研究會編印了《花兒新苑》，將優秀的花兒劇本和歌舞文字本彙集成冊，對創作工作的深入，發揮了積極作用。

2008 年，有兩部花兒劇的演出值得注意。即 2 月由寧夏海原縣民族文工團和花兒藝術團在寧夏人民會堂上演的《大山的女兒》，4 月由臨夏回族自治州民族歌舞劇團在蘭州人民劇院創演的花兒劇《春暖》。

《大山的女兒》劇情爲：榆樹嶺的女童受盡了貧困的折磨，加之當地重

男輕女觀念的束縛，女童大多被逼輟學。在馬素貞的幫助下，來自窮鄉僻壤的索菲燕考上了南海大學。送走索菲燕之後，自小受苦未能圓讀書夢的馬素貞堅定了助學信心，使一個個輟學女童重返校園。儘管自己下崗，但看到女童企盼的目光，她為女童做飯洗衣，帶領女童靠刺繡賺錢上學，馬素貞積勞成疾，母親不理解她賭氣離開了家。就在女童高考前夕，馬素貞接到母親去世的噩耗，在進退兩難之際，馬素貞選擇了留下照顧孩子。無法彌補對母親歉疚之情，幻覺中她與母親相會，傾訴了自己的艱辛，母女倆的心結終於解開。該劇以數年助學的海原回族婦女馬志英為原型人物，以她救助百餘名山區女童的事蹟為題材，講述了劇中女主人公馬素貞在寧夏山區的助學故事，闡釋了母愛的偉大和回漢民族團結這一主題。

（六）演出藝術形態

「花兒劇」是一種集民族歌、舞、劇為一體的綜合性舞臺戲劇形式。花兒以即興山歌為主，河湟花兒的曲調有快調和慢調之分：花兒的唱詞在結構上主要有兩種形式：一種稱為「齊頭齊尾式」，一般是按四句一組，分為兩段。如《金雞姑娘》中的唱段：「四季裏日月來又歸，比不上母親的勞累。小溪（者）彎彎流不盡，好似那母親的汗水。」另一種稱為「折斷腰式」，也是四句一組，但在齊頭齊尾式的第一和第二句之間或第三和第四句之間，各有一個半截句，從而形成由五句或六句組成的長短相間的句式。如《曼蘇爾》中的唱段：「上去（嘛）高山望東海，亮閃閃，好一條美麗的彩帶。告訴給白雲捎過來，浪花裏，放養的曼蘇爾穿戴。」

舞蹈是花兒劇的重要表現手段，它以回族民間舞蹈動作為主，並在此基礎上廣泛地吸收東鄉族、維吾爾族以及阿拉伯舞等的其他舞蹈形式加以融合。除了吸收如回族舞蹈《宴席曲》中的一些動作外還在民族的日常習俗如「禮拜」、「都瓦」等形式中尋找舞蹈的藝術所在，並從中提取出不同的舞蹈語彙來表達，並在個別地方還大膽地借用了回族的民間傳統武術形意拳的某些動作。

花兒的演唱曲調稱作「令」，不同的曲調有不同的令名（曲牌名），像《三令》、《白牡丹令》、《大令》、《尕馬兒令》等。它的唱腔則是在各種「令」的基礎上，進一步吸收了其他民族及其相關的戲曲和其他相近的宗教音樂加工而形成的，在保持原調色彩的基礎上又豐富了本身唱腔的音樂渲染力。當然，

原初的花兒曲調一般只是一個個小片段，後來，爲了使劇本的演出更加適合劇本人物的感情起伏，諸多變化的需求，也逐漸嘗試運用吸取外來板式變化的手法，使演出更富有表現力，取得了的戲劇效果有較好的反響。例如《金雞姑娘》的演出就是在傳統的花兒的令曲調的基礎上，加進了地方戲曲的打擊樂，文場以板胡、高胡伴奏爲主；武場伴奏樂器有梆子、堂鼓、鼓板等；道白則是採用了韻白的形式，使得整個演出風格更向戲曲形式轉變，豐富了表現能力。

（七）宴席曲

與「花兒」與「花兒戲」有密切關係的表演藝術形式，首推「宴席曲」。宴席曲是西北回族人民節慶婚宴時演唱的一種民間傳統歌舞曲。西北回族民間俗稱喜事爲「有宴席」或「過宴席」，因而通稱在宴席場合演唱的民歌爲宴席曲。宴席曲產生的時代雖無可證的史料可查，但從現有資料及其文學特點和音樂形態分析，元明時期這類民間自娛性的演唱方式，在回族上層社會和民間已開始形成並流傳了。

宴席曲的內容豐富，曲調多樣，亦歌亦舞，有獨唱、對唱、合唱、問答、領唱作和等靈活多變的形式。除了詼諧曲（打調或說唱曲）之外，一般都有簡單的舞蹈動作和隊形變化，保留著宋元時代西北少數民族民間歌舞的古老藝術風貌。

「宴席曲」分爲散曲、敘事曲、喜歌、詼諧曲和酒曲五類。喜歌是進門或開場前賀喜祝福、誇新娘、說陪客、謝媒人、謝廚師時演唱的歌。散曲屬於散套之類，它只有唱詞、舞蹈動作，沒有人物故事，沒有科白，沒有樂器伴奏，純屬清唱。既不同於戲曲雜劇，又不同於民間歌舞。一般演唱的曲子有《高高山上煙霧罩》、《青溜溜青》等，敘事歌是正式表演時演唱的歌，其內容大部分是唱歷史傳說故事或愛情故事，如《四姑娘》、《王哥放羊》、《楊老爺領兵》、《五更鼓》等，多採用傳統民間曲調填詞演唱，旋律優美婉轉，是宴席曲中的精華部分。

宴席曲中的詼諧歌民間稱爲「打調」，即打比方的意思，有問答式和說唱式兩種，如《鬧菜園》、《打財主》、《懶大嫂》等，有的針砭時弊，有的諷刺不良習慣，有的普及農事知識，語言活潑，曲調流暢風趣。酒曲本是漢族或其他少數民族猜拳行令時唱的歌，伊斯蘭教禁酒，所以回族宴席不擺酒，唱

酒曲只是逗趣玩耍爲節慶宴席助興，像《㞎老漢》、《飛鳳凰》、《醉八仙》、《數麻雀》、《數螃蟹》等是在西北回族中廣泛流傳的酒曲子，它不僅在筵席上唱，平時也一邊唱一邊比劃手勢逗趣自娛。在演唱方式上，有的地方是由「司儀」請人唱，有的地方是清唱家子或歌班子來演唱，還有同時請幾個班子競賽交流演唱。宴席曲演唱時一般由 2～4 人對歌對舞，其舞蹈動作多爲回族拳術中的招式。

　　二十世紀 50 年代以來，專業、業餘文藝工作者都非常注意對回族宴席曲的整理與研究發展。在繼承傳統的基礎上，曾加工改編了《上裏出了個俊姑娘》、《迎賓曲》、《花兒與少年》、《豐收宴席曲》等音樂、舞蹈、曲藝節目，受到了廣泛的好評。宴席曲的令調，也被用作音樂主題，在《向陽川》、《馬五哥與尕豆妹》、《曼蘇爾》、《月光寶鏡》、《牡丹泉》等反映回漢民間傳說生活習俗的歌劇、舞劇中發揮了良好的作用，成爲國內外廣受歡迎的民族音樂。

（八）表演團體與藝人

　　寧夏歌舞團創建於寧夏回族自治區成立的 1958 年秋天。主要由來自北京的中國歌劇舞劇院、中央歌舞團、空政歌舞團、鐵道兵文工團、全總文工團的支寧人員和由原甘肅省銀川地區文工隊組建而成，1986 年底合併了原銀川市文工團。自二十世紀 70 年代末、80 年代初以來至今，又不斷吸收新鮮血液，其中多數爲各大藝術院校的畢業生，目前，這批畢業生已成爲該團的主要力量。多年來，該團創作、演出的「花兒」歌舞劇《曼蘇爾》、民族舞劇《西夏女》、大型民族樂舞《西夏土風》、大型回族歌舞《九州新月：回族之花在中國》，西夏樂舞《漠海羌笛》、舞蹈《喜悅》、《山娃子》、《黃河船歌》、交響音樂《六盤史詩》獲得了觀眾和專家的一致好評。

　　甘肅臨夏州民族歌舞劇團成立於 1965 年，是目前全州唯一的專業文藝表演團體。作爲花兒劇的創作、演出主體，臨夏州歌舞團進行了長期的艱辛探索、實踐。1966 年演出的小型花兒劇《試刀面》，這是第一次把花兒表現形式作爲戲劇藝術的主題搬上舞臺，引起戲劇工作者的高度重視和廣大觀眾的一致好評。此劇參加了 1966 年由甘肅省文化廳舉辦的地方戲曲節目調演，獲得專家和同行的好評，從此開始了創演花兒劇的漫長探索。改革開放後，花兒劇和其他文學藝術一樣，迎來了振興民族文化的春天。劇團先後創演大、中、小型花兒劇 10 多部。1984 年，小型花兒劇《瓜園情》獲甘肅省劇本創作二等

獎；1988 年，花兒劇《育苗曲》獲甘肅省少數民族文藝調演集體獎；花兒劇《命蛋蛋的婚事》參加全省送文化下鄉調演獲三等獎；1997 年中型花兒劇《情繫橄欖綠》獲臨夏州「五個一工程」優秀作品獎。

隨著一些小、中型花兒劇的創作與演出成功，在進行大量實踐的基礎上，於 1985 年該團創演的第一部大型花兒劇《花海雪冤》獲甘肅省戲劇調演「特別獎」，該劇於 1987 年晉京彙報演出，受到國家民委、文化部的獎勵和好評，並參加了首屆中國藝術節「西北薈萃」演出，應邀赴寧夏、青海等地進行交流演出，該劇先後演出 100 多場。1994 年又與甘肅省歌劇院聯袂演出了大型花兒劇《牡丹月裏來》，該劇參加了第四屆中國藝術節的演出，於 1995 年和 1999 年分別獲得第四屆全國少數民族題材劇本「孔雀獎」銅獎和甘肅省、臨夏州「五個一工程」獎；1999 年花兒劇《雪原情》參加甘肅省新創劇目調演獲綜合二等獎及七個單項獎；2003 年，由劇團創作上演的大型花兒劇《霧茫茫》分別獲得甘肅省、臨夏州精神文明建設「五個一工程」獎。

甘肅省歌劇團成立於 1993 年，其前身為陝甘寧邊區政府領導下的「七七劇社」。在長期的藝術實踐中，劇團創作和演出的各種劇（節）目有 300 餘部，包括《白毛女》、《小二黑結婚》、《劉胡蘭》、《江姐》、《向陽川》等幾十部大型歌劇。自 80 年代起，劇團先後創作演出了《阿爾金戰歌》、《彼岸》、《二次婚禮》、《海峽情淚》、《馬五哥與尕豆妹》、《咫尺天涯》、《貨郎與小姐》、《陰山下》、《魂兮》、《牡丹月裏來》等十幾部歌劇。其中民族歌劇《咫尺天涯》1989 年赴北京參加了第二屆中國藝術節及建國 40 週年慶典演出。劇團在創演民族歌劇的同時，排演了「大型交響音樂會」，以「交響中外名曲」、「高歌民族風情」為主題，在弘揚民族文化、創演嚴肅音樂方面作出了貢獻，贏得觀眾的好評。

寧夏海原縣民族文工團成立於 1979 年。1999 年，在全區第二屆「群眾文藝崗位技能大賽」上，他們精心排練的《歡慶》、《抓羊絨》等節目分獲金銀獎。海原縣先後編排了大型民族花兒歌舞《花兒故鄉》、《海風吹綠黃土地》、《春湧六盤》等劇目獲得成功，

寧夏西吉縣文工團創建於 1974 年，現已發展成為一支有 50 名專業演員，集歌舞、戲劇為一體的多功能性團隊。30 多年來，通過不斷改革創新，他們創作出了一大批反映時代風貌和民族特色的歌舞、戲曲、花兒等各類劇目共 280 多個，排練演出傳統歷史劇和現代劇 160 多本（折），演出 5800 餘場次，

觀看群眾近百萬人。西吉縣文工團還曾 36 次參加寧夏回族自治區、固原市的文藝匯演，8 次赴京，3 次參加全國文化藝術節、少數民族運動會，並赴日本做慰問演出。1983 年、1997 年，西吉縣文工團兩度被文化部授予「全國烏蘭牧騎式」先進團隊，1999 年被國務院授予「全國民族團結進步模範集體」，2003 年評獲全國「三八紅旗」先進單位等榮譽稱號，2004 年，又被文化部等部委評爲全國文藝界「烏蘭牧騎」先進團隊。同年，被全國婦聯評爲「全國三八紅旗先進集體」。在簡陋的排練廳裏，該團產生《曼蘇爾》、《數花》、《土豆變金豆》、《花兒四季》、《牧童鞭》、《情暖農家》等文藝精品，被相繼被搬上舞臺。

在西北地區民間有許多花兒藝人，如馬漢東，現任寧夏海原縣民族文工團專業演員。馬漢東原先是一個農民，在他小時候上山放羊，割麥子的時候，經常聽到農民歌手「漫花兒」，語調婉轉，非常動聽。受周圍環境薰陶，馬漢東從小就喜歡唱歌。年少時期，他經常向村裏的老藝人學唱花兒，少年的他逐漸在藝術上嶄露頭角，1976 年，在全縣舉辦花兒歌手大賽中，他奪得金獎，使他堅定了演唱花兒的信心與決心。1978 年他參加了西北五省區的民族花兒比賽，16 歲的馬漢東一舉獲得銀獎，1993 年 3 月，馬漢東被選調到海原縣文化館工作。當年 5 月，他隨西吉縣文工團赴京演出，10 月又隨寧夏民族民間歌舞團出訪日本演出。1986 年，在陝西延安舉行「西北五省區花兒會」，他被選入巡迴演出組，在西北五省區巡迴演出。他演唱的花兒贏得了觀眾的盛讚。1987 年，文化部組織的「西北五省區民歌『花兒』巡迴演出」，馬漢東再次被選入列，並獲得最佳演員獎，使他一舉獲得了「西北花兒王子」的稱號。1990 年「全國農民歌手邀請賽」在山東舉行，馬漢東從眾多參賽者當中脫穎而出，獲得了二等獎。馬漢東爲寧夏歌手爭了光，從此，「西北花兒王子」的美譽不脛而走。1993 年，寧夏文化廳組織的 30 多名「花兒」歌手到日本訪問演出，馬漢東就是其中的一位，他演唱的純泥土的回族「干花兒」，受到了日本人士的好評和喜愛。1999 年，寧夏晉京獻禮演出——大型民族歌舞《塞上春潮》演出，馬漢東與鹽池縣民歌歌手張建軍共同清唱的「花兒」《滿手花兒心裏甜》一舉轟動了全國。2000 年因馬漢東在「花兒」藝術上的執著追求和大膽創新被邀請到中央電視臺參加春節聯歡晚會的錄製，2001 年，他在 22 集電視連續劇《黃河渡》中擔任角色並演唱，在寧夏舉辦的第四屆《群星杯》比賽中榮獲聲樂類銀獎，又跟隨寧夏《塞上春潮》劇組赴北京進行演唱，受到黨和國

家領導人的親切接見。2008 年 2 月由寧夏海原縣民族文工團和花兒藝術團在寧夏人民會堂上演的《大山的女兒》中，馬漢東任主唱歌手。

「花兒戲」是一種有機綜合歌、詩、樂、舞、戲，以「花兒」旋律爲基調，並嘗試借用戲曲版式變化的手法豐富人物唱腔的的戲劇表演方式。在長年的文藝創作與演出實踐中不僅在西北地區陸續湧現出一些著名的表演藝術家。在全國，有更多回族文學藝術家，爲少數民族音樂歌舞與戲劇做出貢獻。

建國以後，在全國從事戲曲、曲藝藝術的回族人物，如馬三立、馬正太、馬名駿、馬連良、馬泰、馬琳、馬最良、馬瓊瑛、王志傑、王蘋、王俊英、王桂英、劉時燕、劉曉莉、安妮、李超、楊元勳、蘇金榮、何輝、侯喜瑞、雪豔琴、管韻華等眾多的曲藝、戲曲名家，可以說，回族在中國文化史上做出的重大貢獻是一些少數民族所無法比擬的。正是因爲如此，我們更應該加緊對該民族民間音樂歌舞與戲劇藝術的研究。

（博士生郝成文整理撰寫）

八、新疆維吾爾自治區少數民族戲劇歷史文化調查

（2008 年 7 月 20 日～8 月 5 日）

（一）西域古代戲劇文化

中國西北地區新疆，古代稱其爲「西域」，大致所管轄帕米爾以東，敦煌以西，巴爾喀什湖以南，喀喇崑崙山以北之間的廣大地區。自漢唐至明清時期，中原政府在此地設立西域安西、北庭大都護府，以及伊犁大將軍府，一直與內地各朝代政權保持著密切的聯繫。其中亦包括各民族之間的文學、藝術、音樂、舞蹈、戲劇、曲藝的文化交流。

「新疆」之稱謂始自清朝 1884 年，繼西域之後其管轄領域主要北至阿爾泰山，南到喀喇崑崙山，以及天山南北塔里木、準噶爾盆地廣大地區。這裡自古迄今世居著維吾爾族、漢族、哈薩克族、回族、柯爾克孜族、烏孜別克族、錫伯族、塔吉克族、塔塔爾族、蒙古族、達斡爾族、滿族、俄羅斯族等十餘個民族。他們共同創作的多民族樂舞戲劇曾在中國古代與近現代戲劇戲曲藝術發展史中佔有非常重要的位置。在漫長的多民族、多元化的歷史長河中，爲中華民族戲劇文化事業的繁榮做出重要的貢獻。

自西漢時期博望侯張騫通使古代西域之後，此地區始與中原政權，以及中亞、西亞、南亞各國發生政治、經濟、文化、藝術等各方面的聯繫，由此借道向東輸送了促進漢、魏晉樂府詩及「清商樂」發展的「鼓角橫吹」和「摩訶兜勒」等原始樂舞。在此之前的先秦時期，傳說周穆王西巡此地，在會見西王母的路途中，有幸觀賞到崑崙山下的傀儡「偃師戲」，說明這裡自古盛行和珍藏著許多最初形態的異域音樂歌舞戲劇文化。

經過魏晉南北朝中外各民族大規模的政權更迭、族人遷徙、文化重組，得以將西域地區發育成熟的「龜茲樂」、「疏勒樂」、「高昌樂」、「于闐樂」、「伊州樂」、「悅般樂」，以及「安國樂」、「康國樂」、「天竺樂」、「西涼樂」等邊地古代樂舞輸入中原朝野。其中諸如龜茲音樂大師蘇祇婆隨呂光東行而傳授的胡琵琶「五旦七聲」理論，對後世的中國樂舞戲曲藝術影響頗大。

隋唐時期，經西域傳入的上述胡樂融彙進梨園教坊，逐漸化爲燕樂大曲，以及「七部樂」、「九部樂」、「十部樂」等大型民族樂舞表演形式。另如胡地流行的《缽頭》、《蘭陵王》、《上雲樂》、《蘇幕遮》、《合生》等歌舞戲陸續東漸中原地區，亦有力地促進了華夏地方小型戲劇藝術的形成與發展。

　　因爲古代新疆毗鄰印度與波斯等地，自漢唐以降就深受那裡的宗教與世俗文化的影響。此階段有公元一世紀前後天竺佛教詩人、劇作家馬鳴菩薩創作的 9 幕梵劇《舍利佛傳》在吐魯番地區出土。原本爲聖月菩薩從印度梵文翻譯改編成爲耆吐火羅文，又有智護法師於八世紀轉譯爲回鶻文的 27 幕大型佛教戲劇《彌勒會見記》，分別於 1972 年在焉耆碩爾楚克遺址，1959 年在哈密托米爾提古代遺址中出土。這是新疆古代民族開始嘗試編寫多幕戲劇文學的歷史明證，也是中國有史以來最早發現的可供表演的少數民族戲劇或講唱文本。

　　在吐魯番盆地的阿斯塔那 206 號唐代古墓曾挖掘出土「女優裝扮生，且角色演合生」、「俳優之戲」的「彩繪木俑和絹衣木俑七十多件」。經專家學者考證，均爲表演《弄參軍》或《潑胡王乞寒戲》的「初唐傀儡」，由此可見當時西域地區與中原樂舞戲劇文化交流的動人情景。

　　約在晚唐或五代時期，西域僧人根據佛經故事編撰成多幕佛教戲曲《釋迦因緣劇》，其中包括「求子」、「得子」、「相面」、「別妻」、「遊四門」、「觀四相」、「妻臨險」、「度妻子」等內容，此文本於二十世紀初在敦煌「藏經洞」問世，可由此窺視中國佛教戲劇文學樣式的最初形態。

　　北宋特使王延德，應太宗之命於太平興國六年（981）出使西域，歸國後，在其著述《高昌行記》中如此記述高昌回鶻王在別失巴里設盛宴，並用歌舞戲伎樂隆重接待他的動人情景：「至七日，見其王及王子侍者，皆樂向拜受賜。旁有持磬者擊以下拜，王聞聲乃拜，即而王之兒女親屬皆出，羅拜以受賜。遂張樂飲宴，爲優戲，至暮。明日泛舟池中，池四面作鼓樂。」

　　金代使者烏古孫仲端於興定五年（1221）訪問了高昌回鶻王國，在他的《北使記》中亦留下了如此優美的有關西域樂舞戲曲的片段文字記述：「其婦人衣白，面亦衣，此外其目，間有髯者，並業歌舞音樂。其織布裁縫，皆男子爲之，亦有倡優百戲。」

　　十一世紀初葉，西域喀拉汗王朝回鶻學者，著名詩人玉素甫‧哈斯‧哈吉甫創作了長達一萬三千行的著名詩劇《福樂智慧》。此文學作品有機地吸收印度梵劇表演藝術的象徵手法，以「日出」、「月圓」、「賢明」、「覺醒」等代表各種抽象性戲劇人物角色。國內外一些學者認爲這部詩劇的誕生，是新疆古代少數民族戲劇文化走向成熟的標誌。其意義在於，此種表演形式突破了文學門類固有範疇，不僅對後來的新疆維吾爾族，乃至中亞各族詩歌、戲劇

的形成均產生了十分深刻、不容低估的歷史影響。

　　元明時期，西域有大批胡人曲家遷居中原地區從事戲曲創作，諸如馬九皋、薛昂夫、貫雲石、楊景賢等。與其同時，亦有內地一些劇曲作品傳至邊塞。1986 年在新疆且末縣塔提讓鄉蘇伯斯坎古遺址問世的元代《董西廂》「仙呂調‧賞花時」和「大石調」套曲即是真實的歷史佐證。另於二十世紀末，在且末縣的文物調查中，發現一部十七世紀末至十八世紀初，由當地藝人創作演出的名為《蘇古江》的戲劇文本，也同時證明此地曾是少數民族戲劇藝術植根的文化沃土。

　　時值十九世紀下半葉的清光緒九年（1887），中原政府廢西域，設新疆省，此邊疆地區在「鴉片戰爭」稍後亦步入國患民憂的近現代社會。亦在此歷史階段，新疆各民族歷經融會整合，日趨成熟。諸如維吾爾族，其主體原本在漠北高原，於唐宋時期陸續來到河西走廊與天山一帶，相繼參與建立高昌汗國、喀拉汗王朝、察合臺汗國、葉爾羌汗國等地方政權。此民族原稱謂如「袁紇」、「韋紇」、「回紇」、「回鶻」、「畏兀兒」等，中華人民共和國成立前夕才定名「維吾爾」，取「團結」、「聯合」之意。

　　「維吾爾族」自古有著很深的歷史文化積澱，尤其擁有悠久的民族文學藝術傳統。如先世遺留下來的形態宏大的「木卡姆」民族音樂套曲，形式多樣的敘事長詩，豐富多彩的歌舞說唱藝術，這些都是組成維吾爾族戲劇不可或缺的重要因素。在新疆境內遺存的「木卡姆」形式，主要有「十二木卡姆」、「刀朗木卡姆」、「吐魯番木卡姆」、「哈密木卡姆」，另外還有不甚完整的「伊犁木卡姆」。此種大型民族民間表演藝術主要由「穹乃額曼」、「達斯坦」、「麥西熱甫」三大部分組成，其中「達斯坦」，即「敘事詩」之意，其中包含有許多戲劇性頗強的文學說唱表演片段。

　　維吾爾族文學歷史上有許多擅長寫作敘事長詩的著名詩人，諸如魯提菲的《古麗和諾魯茲》，翟黎里的《和卓穆罕默德‧謝里夫》，阿布都熱依木‧納札爾的《帕爾哈德與西琳》、《萊麗與麥吉農》、《熱碧亞與賽丁》、《瓦木克與烏祖拉》、《曼合宗與古麗尼莎》、《麥斯吾德與迪麗阿熱》。毛拉‧比拉勒的《努孜古姆》、《玉素甫汗》，等等，其中許多敘事長詩後來被改編為維吾爾劇、歌劇、舞劇和歌舞劇相繼上演。

　　歷史甚為久遠、流傳範圍較為廣泛，最有代表性的維吾爾劇《艾里甫與賽乃姆》。據文字記載，取材於公元十五世紀維吾爾詩人玉素甫‧阿吉的同名

敘事長詩。《艾里甫與賽乃姆》於十六世紀已成為葉爾羌汗國宮廷戲班的常演的劇目。後來這一民間傳說，於十九世紀中葉在伏爾加河、高加索一帶廣泛流傳，俄羅斯詩人萊蒙托夫流放該地時，根據此文本編創出長詩《情侶艾里甫》。1937年，在新疆伊犁地區，根據孜亞・賽買提改編本，此地維吾爾族文化促進會藝術團首演了這齣民族傳統戲劇。隨之，維吾爾劇《艾里甫與賽乃姆》很快傳入塔城、迪化、喀什、阿克蘇等地，得以廣泛演出。

在此前後，遍布新疆各地的維吾爾族文化促進會藝術社都在轟轟烈烈地展開各種形式的戲劇創作和演出。諸如1936年，塔城專區維吾爾族文化促進會排演的《阿娜爾汗》；1938年霍城縣維吾爾族文化促進會排演的《博孜依克特》；1939年，綏定縣維吾爾族文化促進會推演了《牧羊姑娘》；同年，塔城專區維吾爾族文化促進會推演了《血跡》；1942年，喀什專區維吾爾族文化促進會推演了《熱碧亞與賽丁》；1943年，阿克蘇專區維吾爾族文化促進會推演了《帕爾哈德與西琳》；阿克蘇師範學校文工團排演了維吾爾劇《艾爾肯與佳娜尼》；1948年，喀什專區維吾爾族文化促進會推演了《塔依爾與佐合拉》等。這些劇目創作演出不僅繼承了維吾爾族的歷史傳統文化，而且深受毗鄰蘇聯社會主義共和國戲劇表演藝術的影響，尤受內地抗戰戲劇文化運動的促進。

抗日戰爭期間，一批中國共產黨上層人士陳潭秋、毛澤民、林基路等先後來到新疆開展工作。與其同時，受其影響，許多內地著名進步人士沈雁冰（茅盾）、杜重遠、張仲實、趙丹、王為一等也赴新疆從事抗日文化宣傳活動。他們通過新疆民眾反帝聯合會、各民族文化促進會，及其所屬藝術社組織，以各種文藝形式進行創作、演出，將民族音樂、歌舞、詩歌、曲藝、戲劇等編演得有聲有色，社會影響非常久遠。

維吾爾族進步知識分子受抗日文化運動所鼓舞，紛紛投入革命戲劇編演活動之中，黎・穆塔裏甫是其中最有代表性的人物。他激情四射地創作了《戰鬥的姑娘》、《奇曼古麗》、《風暴之後的陽光》、《塔依爾與佐合拉》、《薩木沙克大叔的憤怒》等戲劇劇本。著名劇作家祖龍・哈迪爾創作了以抗日為主題的三幕五場話劇《重逢》，及其《塵世艱辛》、《一滴血迸發出萬朵鮮花》、《古麗尼莎》、《蘊倩姆》等劇目。還有維吾爾族劇作家賽福鼎・艾則孜創作了《不速之客的禮物》，宣傳全民抗戰。

在新疆，人數僅次於維吾爾族的「哈薩克族」，由古代烏孫、突厥、契丹、欽察、蒙古人等西域民族長期相處中發展而成。該民族稱謂意為「避難者」、

「脫離者」。自十六世紀起，哈薩克人劃分為「大玉茲」、「中玉茲」、「小玉茲」三大部分。哈薩克族歷史傳統文化極為豐厚，特別是擁有數量眾多的敘事長詩，以及優美動聽的「闊恩爾」、「阿依特斯」阿肯彈唱，這為哈薩克族戲劇藝術提供了豐富的文化營養。

在二十世紀 30 至 40 年代，新疆哈薩克人與柯爾克孜人聯合成立了「哈柯文化總會」，以及獨具特色的「哈柯劇團」，先後根據該族的民歌、敘事長詩、民間說唱、歷史故事等創作演出了《吉別克姑娘》、《秀尕》、《阿依曼與秀麗潘》、《卡勒克阿曼與馬米》、《艾日他爾根巴圖爾》、《烏庫爾岱高利貸》、《馬力克與瑪米爾》、《阿絲勒爾》、《曙光》、《馬勒別克的經歷》、《喀喇庫茲》等劇目。其中尤以 1938 年推演的反映哈薩克青年愛情故事的《喀拉庫孜與斯仁木》，亦稱《黑眼睛》的歌劇廣受歡迎。當時的《新疆日報》發文讚譽其為「少數民族戲劇的報春花」。

於十八至十九世紀由中亞、東歐地區陸續遷居而來的塔塔爾人、烏孜別克人、俄羅斯人，初來新疆時分別稱之為「韃靼」、「月別即」、「歸化」族。雖然他們人數較少，可是普遍文化素質卻很高，而且有著優良的詩歌、音樂、戲劇藝術傳統。諸如二十世紀 30 年代初，新疆塔塔爾人就上演了《熄滅了的星星》、《阿里亞巴努》、《巴依馬克》、《阿絲勒爾》等歌劇，他們首先在新疆塔城演出，此地可謂新疆民族戲劇的策源地之一。隨之，烏孜別克人上演的劇目有《蘭綺麗與麥其儂》、《新婚之夜》、《亂世之賊》、《孤女》等，另外還有該族著名劇作家秀庫爾・亞力昆的《上海之夜》。俄羅斯人上演的代表性劇目是《聖誕之夜》。他們都在為中西各民族戲劇文化交流架設友誼的橋梁。

另外，在新疆西北邊界生活著一支來自東北地區的特殊的民族，即錫伯族，其稱謂含義為「瑞獸」、「帶鉤」，古有「室韋」、「席百」、「矢比」等之稱。於清乾隆二十九年（1764），該民族由盛京（今遼寧瀋陽）攜家帶口、持旌揚戈，橫穿蒙古高原來到新疆伊犁察布查爾地區屯墾戍邊。他們帶來了家鄉的「烏春」、「貝倫」、「亞琴納」等歌舞說唱形式，並在此基礎上編創出風格獨特的「汗都春」曲子戲。該民族見長於表演「封神演義」、「三國」、「水滸」故事和民間傳統小戲。以郭基南為代表的錫伯族劇作家還配合當時的社會形勢，創作出《在原野上》、《滿天星》、《察布查爾》等優秀劇目。

新疆其他少數民族，諸如塔吉克族中流傳著喜聞樂見《天鵝與狐狸》、《巴達克商人》等傳統戲。蒙古族則樂而不疲地編演著《牛馬兒媳婦》、《勇士鬥

惡魔》、《馬賊的表白》、《和情人在一起》等發生在身邊的故事。這些衛拉特蒙古人的後裔，至今仍忘不了二十世紀 40 年代在迪化上演的大型蒙古歌劇《珠葉兒與商人》時，出現萬無空巷的盛況。

追溯新疆近現代戲劇歷史，離不開內地漢族戲劇工作者們輸入話劇與戲曲藝術所做的貢獻，特別是那些帶有濃重地域和民族文化色彩的戲劇形式更有藝術和學術價值。新疆的話劇運動在抗日戰爭時期，是以迪化各學校師生爲主力的業餘戲劇活動開始的。1938 年夏季，他們舉行了一系列話劇比賽，演出《呼號》、《死裏逃生》、《塞外狂濤》、《犧牲》、《一個受傷的游擊隊員》等劇目。其中由時任新疆學院教務長的林基路編導的話劇《呼號》力拔頭籌。

1939 年，著名戲劇家趙丹、王爲一、徐韜、朱今明、葉露茜、易烈一行 9 人抵達新疆迪化，即刻排演了章泯創作的抗戰話劇《戰鬥》。此爲契機，新疆誕生了第一個職業話劇藝術表演團體「新疆文化協會實驗劇團」。該團相繼推演了《新新疆萬歲》、《前夜》、《古城的怒吼》、《血祭九一八》、《佃戶》、《新新疆進行曲》、《前夜》、《夜光杯》等劇目，受到邊城各族觀眾的熱烈歡迎。翌年，迪化「孩子劇團」成立，排演了《打東洋》、《中國少年》、《插翅虎》、《警鐘》等抗戰兒童劇。隨之，新疆婦女協會組織演出大型話劇《塞上風雲》，遂將邊疆的戲劇活動推向高潮。

1947 年國民黨新疆省黨部籌建第八戰區演劇八隊、迪化保安司令部演劇隊，陸續排演過《雷雨》、《家》、《野玫瑰》、《蛻變》、《藍蝴蝶》、《屈原》、《大地回春》等劇目。隨之，西北文化建設協會實驗劇團成立，在社會演出了《日出》、《寄生草》等，陸續將內地一些名家名劇介紹給新疆各族人民。

追溯歷史，中原地區一些地方戲曲西進新疆，主要依靠三條渠道：一走的是「官宦之路」，清朝發配許多官吏至邊疆，他們不忘攜帶家班優伶，以供閒暇享用；二走的是「兵戎之路」，歷有征伐邊關將士，懷鄉戀情驅使他們時常請來家鄉戲班，坐唱念打以解煩愁；三走的是「遷徙之路」，許多戲曲班社隨著蒙難流民潮而來到遙遠的邊陲，其中多爲秦腔戲班，如「德勝班」、「新盛班」、「三合班」等。他們所演傳統戲《三娘教子》、《走雪山》、《花亭相會》、《八義圖》、《花田錯》、《空城計》、《鴻門宴》、《沙陀國》、《五典坡》、《玉堂春》等。於 1945 年迪化「新中舞臺」最爲興盛之時，曾興師動眾地張羅排演起連臺本戲《狸貓換太子》。

再則出名的爲京劇戲班，如「天利班」、「華僑班」等，以及從蘇聯海參

崴遷入新疆的「新民劇團」。他們除了排演京劇傳統戲之外，還創作演出了一些抗日現代戲《血戰盧溝橋》、《鐵騎下的歌女》、《馬潛龍走國》、《血祭九一八》等。於 1941 年該文藝社班參加「漢族文化促進會」舉辦的迪化戲曲比賽，獲得團體一等獎。參賽的其他地方戲曲劇種還有河北棒子、評劇、花鼓戲等，演出的劇目如《熱血》、《千人針》、《消滅漢奸》等，給新疆各族觀眾很大的精神鼓舞。

（二）新疆各民族戲劇藝術

中華人民共和國成立之後，新組建的新疆省以及進駐與接受整編的部隊文化藝術事業得到全面恢復。至 1955 年新疆維吾爾自治區成立，地方和軍隊各民族戲劇藝術在政府的關懷與扶持下得到長足發展。

1949 年底，新疆省政府接管了「青年歌舞團」，將其改編為「維吾爾劇團」，後來又合併進來「哈柯劇團」。先是成立「新疆維吾爾自治區文工團」，下設戲劇隊；後又在此基礎上組建了「新疆歌舞話劇團」。1963 年成立「新疆歌舞劇院」，下屬有歌舞團，以及話劇一團與話劇二團。隨之又演變為以後的「新疆歌劇團」和「新疆話劇團」。

以維吾爾族與漢族為主體的新疆歌舞劇院自成立時，充分發揮各民族文藝工作者的主觀能動性與戲劇藝術才華，連續創作、改編、排演了一系列有民族與地域特色的話劇、歌劇、歌舞劇與維吾爾劇。諸如 1954 年恢復排演出的《艾里甫與賽乃姆》，1956 年復演的《蘊倩姆》。同年，赴北京參加「全國話劇觀摩演出」，獻演了祖龍·哈迪爾創作的大型喜劇《喜事》。1959 年推演由賽福鼎·艾則孜創作的反映新疆三區革命鬥爭歷史的大型話劇《戰鬥的歷程》。值得一提的是，新疆歌舞話劇團民漢演職人員聯合排演的大型音樂話劇《步步跟著毛主席》，反映解放初期，南疆維吾爾族翻身農民庫爾班·吐魯木，爬山涉水、一心要去北京見毛澤東主席的動人事蹟。著名作曲家王洛賓為此劇譜曲的一首《薩拉姆，毛主席》，旋律優美，感情動人，頓時傳遍大江南北。依此為標誌，讓人們瞭解新疆有「音樂話劇」這樣一種特殊的民族戲劇樣式的存在。隨後，又成功地排演了斯拉吉丁·則帕爾編導的歌劇《吐魯番之歌》。1962 年在烏魯木齊市公演了著名人士包爾漢創作的描寫新疆解放前東疆農民起義事件的大型話劇《火焰山的怒吼》。1964 年排演了音樂話劇《冰山來客》。1965 年，中央戲劇學院表演系首屆新疆班彙報演出武玉笑編劇《遠方青年》

和《豐收之後》。同年夏季，新疆歌舞劇院在蘭州市舉辦的「西北地區現代戲觀摩演出」活動中，獻演了氣勢宏大的由吳云龍、尚久驂編劇《戰油田》。

解放初期，全疆各地的不同民族的歌舞、音樂、戲劇、戲曲藝術團體的文藝創作與演出非常活躍，亦競相推演出許多優秀樂舞戲劇節目。諸如 1949 年年底，新疆新盟劇團演出的由孜亞·賽買提創作的大型話劇《血跡》；1951 年新疆省地方干部訓練班文工隊演出的《孤兒淚》；同年，和田專區文工團演出的《崩潰的農奴制》；1952 年阿克蘇專區新盟劇團演出的《奴隸的解放》；阿克蘇專區文工團於 1953 年演出的《血跡》、《蘊倩姆》、《艾里甫與賽乃姆》；同年，焉耆專區文工團亦演出了《血跡》；1955 年演出《古麗尼莎》；1958 年，哈密專區文工團亦演出了《古麗尼莎》；在此期間，分佈在天山南北的地方與部隊文藝團體還陸續演出了《財主與奴隸》、《天山腳下》、《一塊花洋布》、《給毛主席的一封信》等優秀劇目。

在新疆民族自治區域中，有一處面積最大，行政地縣最多的獨立自主的少數民族區域單位，即「伊犁哈薩克自治州」，此地管轄伊犁、塔城、阿勒泰三個地區，以及 30 多個縣。這裡居住著以哈薩克族為主體的眾多的各民族，因其地爆發針對國民黨黑暗統治反抗的「三區革命」而聞名於世。由原來的「三區革命臨時政府藝術團」改編的「伊犁哈薩克自治州歌舞團」，繼承獨具特色的民族樂舞戲劇的文化傳統，在創作與演出哈薩克族維吾爾族與音樂歌舞戲劇方面做出了積極的貢獻。該文藝團體曾在 1955 年演出了《艾里甫與賽乃姆》；1958 年演出了《蘊倩姆》；1961 年演出了《木卡姆的故事》。在此地建立的「三區革命民族軍文工團」，後來整編為「中國人民解放軍第五軍文工團」，亦在音樂、歌舞、戲劇領域取得很多成績。

50 年代中期，在自治區黨委和人民政府關懷下，文化廳選派木合塔爾·阿布都熱合曼、帕提海婭、巴圖爾·吐爾遜去中央戲劇學院進修導演；烏守爾·依布拉音到上海戲劇學院培訓舞臺美術；熱依汗·克里木、卡德爾·庫特魯克、吐爾遜·艾山去北京電影學院係學習表演。他們是在內地高等學府經受專業教育的第一代維吾爾族導演、舞臺美術師和演員。1958 年至 1967 年，新疆又分派吐爾遜·尤奴斯、尼加提·艾克拜爾、吐尼沙·沙拉依丁、玉素甫·沙力、伊布拉音·帕哈爾丁、特拉克孜、法蒂哈、努爾頓·阿不都卡德爾、阿甫日曆、馬合木提·阿木提、瓦力斯·伊斯拉木等前去中央戲劇學院表演系學習。他們畢業回疆之後，在新疆民族戲劇編劇、導演、表演、舞美

方面均成為不然忽視的中堅力量。

二十世紀 50 至 60 年代是新疆地方部隊文藝團體戲劇創作與演出非常活躍的重要時期。在新疆和平解放及新中國成立初期，中國人民解放軍系統的新疆軍區、二軍、六軍、五軍、九軍，及其所屬各師均設有藝術表演團體，其中較為正規的是新疆軍區政治部文工團、新疆軍區京劇院、新疆軍區評劇團等文藝團體。

新疆軍區政治部文工團在成立伊始，因配合社會、革命的形勢發展需要，排練和演出了許多戲劇節目。諸如《白毛女》、《劉胡蘭》、《王秀鸞》、《民主青年進行曲》、《思想問題》、《友誼之花》、《天山腳下》等，將內地解放區的民族化歌劇、秧歌劇、活報劇等戲劇樣式介紹至新疆。1957 年，該團遵照中央軍委總政治部文化部的指示，將其話劇隊移交給地方政府，而自身任務改為重點發展軍隊與民族歌舞。儘管如此，後來推演的大型樂舞節目《我們的隊伍向太陽》、《葡萄架下》、《新疆好》等充滿了濃厚的戲劇因素，其中的《我們新疆好地方》、《邊疆處處賽江南》等舞台主題曲無脛而走。還有根據著名詩人聞捷的敘事長詩《復仇的火焰》編演的同名哈薩克族大型舞劇則彌漫著強烈的戲劇性。60 年代初由丁朗、紀桂林創作，鄭策、陳建勇、烏力等主演的大型話劇《喀喇崑崙頌》更是顯示出此支軍隊文藝勁旅的戲劇潛在功力。

新疆軍區京劇院是受王震將軍委託，於 1950 年在北京組建戲曲團體，並由新疆軍區參謀長張希欽兼任院長。翌年，又合併進新疆軍區後勤部運輸處京劇團和南疆軍區評劇團，幾經組合與鍛鍊，日趨成熟與壯大。在邊疆各地上演大量優秀傳統劇目，還演出過一些水平較高的新編京劇《白毛女》、《棠棣之花》、《春香傳》等，至今讓人談及仍津津樂道。

新疆軍區評劇團原為由山西省運城評劇班社集體參軍，後經改編的二軍評劇團所組建。該團赴疆深入到喀什、和田一帶，除了上演如《小二黑結婚》、《劉巧兒》、《血淚仇》、《楊乃武與小白菜》等評劇傳統戲目之外，還編演過一些反映邊塞生活的新劇目《牧區春歌》、《雙送禮》、《傳經記》、《五棵蘋果樹》等，頗受新疆各族觀眾的喜愛。

中國人民解放軍 22 兵團文工團，經改編後，成為以演出話劇為主的新疆生產建設兵團文工團。自 50 至 60 年代，該團相繼編演了不少群眾喜聞樂見的優秀戲劇作品。諸如 1954 年推出的歌劇、話劇《換棉簍》、《第一個豐收》、《塔里木戰歌》、《支邊青年》、《邊防哨所》、《我們是生產兵》、《軍墾戰士》、

《拆牆大喜》等。1956 年由安靜編劇、駱勳導演、王洛賓、尹榮智作曲的《無人村》。由關仲敏編劇、劉富榮作曲的《阿依古麗》等大型民族歌劇等，充分顯示了兵團文藝工作者的樂舞戲劇創作實力。

另外在兵團直屬的一些戲劇戲曲團體，諸如新疆生產建設兵團猛進劇團。此團的前身是組建於 1940 年的國民黨十七軍特務連工藝排，後於解放前夕，整編爲中國人民解放軍六軍十七師政治部猛進劇團，繼爾改編爲新疆軍區農六師猛進劇團，1954 年改稱爲兵團猛進劇團。這是一個兼演秦腔傳統與現代戲的專業劇團，1958 年創作與上演現代劇《紅旗牧歌》；1959 年整理改編傳統劇《風雪梅》；1961 年創作和演出了《春到草原》；1964 年成功地推演現代劇《前程萬里》而受到社會輿論的廣泛好評。

新疆軍區生產建設兵團京劇院，其前身爲以國民黨新疆警備司令部京劇團爲主整編的中國人民解放軍九軍京劇團，1950 年改編成二十二兵團京劇團，對外名稱是「兵團實驗京劇團」。此團從內地聘請來於鳴奎、張麗娟、孫鈞卿、梁慧超等名角，形成強大的表演藝術陣容。此團除了在挖掘整理傳統劇目方面成績巨大，而且在改編、移植、創作具有鮮明新疆民族地方色彩的邊塞京劇流派作出突出的貢獻。如在 60 年代初排演歌頌邊疆築路工人英雄事蹟的現代戲《冰峰雄鷹》。1965 年根據反映哈薩克草原人與事蹟的優秀電影《天山紅花》，成功改編的大型民族題材京劇《奧依古麗》。後來還排演了現代京劇《春潮》、反映古代回鶻將領歸順大唐朝廷的新編歷史劇《向長安》等。

新疆生產建設兵團政治部童聲豫劇團，原本爲河南省民政廳童聲豫劇團，1959 年整體引進支邊來到新疆。該團行當齊全、陣容可觀，爲邊疆各族人民介紹了許多豫劇經典劇目。1982 年創作的《一家人》參加自治區戲曲調演，獲得廣泛讚譽。

兵團下屬文藝團體，還有農一師豫劇團、農九師豫劇團、火花豫劇團、八一豫劇團、石河子豫劇團等。另外在地方還有克拉瑪依市豫劇團、新疆冶金局豫劇團、巴音郭楞蒙古自治州豫劇團等，說明豫劇何等受廣大觀眾之歡迎。在基層豫劇團中較有成績的是石河子豫劇團，該團所編演的現代戲《心靈》、《綠城燕》、《綠海新潮》等在邊疆戲曲民族化方面進行了有益的實踐與探索。

爲了滿足兵團所屬各師、團、農場廣大軍墾戰士的精神文化需求，新疆生產建設兵團還從內地組織接迎來如評劇、越劇、楚劇、呂劇等一些家鄉戲

劇團。其中，從遼寧調入農一師的勝利劇社評劇團排演了《塔河第一春》；從浙江省寧波市越劇二團調來組建爲兵團越劇團，以維吾爾族民間故事爲素材編創的《王子與公主》；由湖北省武漢市楚劇二團改編的兵團楚劇團移植演出的《帕爾哈德與西琳》；由山東省濟南市呂劇團爲班底成立的兵團工一師呂劇團創編的《胡林搶親》、《鋼鐵戰士》等均借助戲曲形式充分展示了邊疆軍民的時代風貌。

烏魯木齊市所屬的文藝團體主要以地方戲曲單位爲主體，市秦劇團與市京劇團，因爲身居新疆首府，有著得天獨厚的人力、物力、財力優勢。他們陸續創作和演出許多膾炙人口的秦腔與京劇歷史與現代戲。

烏魯木齊市秦劇團的班底是原迪化城隍廟「新中舞臺」秦腔班社。新疆和平解放以後，該團到處招兵賣馬，重新組建隊伍、加緊劇目創作與建設。文化大革命之前，在挖掘、整理、改編傳統劇目方面，有很大的成績和貢獻，並在努力實現戲曲的地方化與民族化方面進行許多有益的嘗試。如他們編創的《草原一家人》、《雪浪花》、《托乎提的婚事》等劇目使得古老的秦腔與邊疆的民族音樂、語言有機地交融在一起，觀賞之後讓人耳目一新。

烏魯木齊市京劇團前身是迪化一區西北大戲院業餘劇團，後聘請來蘭州、上海市一批專業京劇演員，組成烏魯木齊市天山區人民京劇團、烏魯木齊市群眾京劇團。該團再加上陸續從中國戲曲學校輸送的一批學員，而形成較強的演出陣容。烏魯木齊市京劇團於 1961 年排演的新編民族京劇《渭干河》；1964 年改編的《紅岩》，以及後來陸續創作上演的《葡萄人家》、《塔里木人》、《婁拉姑娘》、《解憂公主》、《天山紅花》等京劇劇目，都以濃厚的邊疆民族色彩而聲譽遠播。

鐵道部第一工程局文工團在新疆逗留期間，曾和此地文藝工作者合作，於 1960 年集體創作排演了一齣可堪稱歷程碑的大型歌劇《兩代人》。此劇目生動描述國民黨統治黑暗時期，維吾爾族父子阿西姆、阿瓦甫冒著生命危險營救和撫養漢族孩子的故事，譜寫了一首邊疆民族團結友愛的頌歌。

在新疆各民族戲劇藝術處於最強勁發展勢頭的時候，突然遇到文化大革命 10 年浩劫，大部分文藝團體被解散，許多戲劇戲曲藝術家被逼著離職改行。在此期間，全疆各地文工團、宣傳隊除了編演一些緊跟形勢、歌功頌德的歌舞說唱節目之外，就是隨波逐流借用新疆各種少數民族語言文字與音樂曲調移植排演革命樣板戲。1972 年恢復編制與業務工作的由新疆歌舞劇院話劇一

團組建的新疆歌劇團，依靠團內外力量翻譯、移植、改編與排演現代維吾爾歌劇《紅燈記》。1975 年又成功地搬上了電影銀幕。緊接著即乘著解放思想、改革開放的東風，迅速走上了繼承中華民族優秀文化傳統，大力繁榮與發展新疆民族戲劇的康壯大道。

新疆歌劇團首先恢復演出的是全國人大副委員長賽福鼎・艾則孜創作的歌劇《戰鬥的歷程》，編劇隊伍後有陳村加盟，由王成文導演，於 1979 年隆重公演。隨之，是一系列維吾爾傳統戲劇的復排和演出。諸如《蘊倩姆》、《古麗尼莎》、《熱碧亞與賽丁》、《艾里甫與賽乃姆》、《倩牡丹》等。其中既稱「維吾爾古典歌劇」，亦稱「維吾爾劇」的《艾里甫與賽乃姆》的編創隊伍非常強大：改編劇作者是艾力・艾則孜，導演是李純信、斯拉吉丁・則帕爾、艾買提・吾買爾，音樂設計是則克力・艾力帕它、黑亞斯丁・巴拉提、阿不力孜汗・馬木提，此劇目在文藝舞臺上的再度亮相證實了它巨大的民族文化與藝術魅力。

隨著新疆民族戲劇事業步入正軌，新疆歌劇團編創人員煥發青春的活力，開始進行各種藝術探討與實踐。於二十世紀與二十一世紀之交，該團相繼創作排演了一批新編歌劇、維吾爾劇、音樂話劇、諷刺喜劇、歷史悲劇、民族歌劇、話劇、兒童劇、音樂劇。諸如：《塔什瓦依》、《阿曼尼莎汗》、《老虎和熊的故事》、《木卡姆先驅》、《老小夥子的婚事》、《請你相信我》、《奇妙的婚禮》、《血腥的年代》、《努爾太阿吉的故事》、《機器人舞伴》、《古蘭木罕》、《冰山上的來客》等劇目。其中取得各方面成績，並獲得自治區和全國各項獎勵的代表作有兒童劇《老虎和熊的故事》、維吾爾歌劇《木卡姆先驅》、歷史悲劇《血腥的年代》、維吾爾劇《古蘭木罕》、音樂劇《冰山上的來客》等。

原為新疆歌舞劇院話劇二團，後組建成的新疆話劇團是一個由漢、回、錫伯、蒙、滿、俄羅斯等多民族組成的文藝團體。自二十世紀 70 年代至 80 年代創作了許多優秀話劇作品，諸如《揚帆萬里》、《友誼的百靈鳥》、《老虎和熊的故事》、《塞外風雲》、《古道春風》、《阿爾泰新娘》、《金甌記》、《絲綢之路上的紅氍毹》等戲劇作品。其中反映新疆歷史文化與少數民族風情的音樂話劇劇作非常有地方特色與社會影響。90 年代初該團推演的大型歷史話劇《解憂》，由著名作家劉蕭無創作，描述古代西域烏孫國王迎娶漢公主的歷史故事，受到此領域專家學者和廣大觀眾的熱烈關注。二十一世紀之交，該團所組織創作《羅布村情祭》、《吳登雲》、《馬市巷子的老院子》等劇目，以真

實反映新疆各民族當代和睦團結、共同建設祖國邊疆的精神風貌而著稱。

在文革結束的 1975 年，烏魯木齊市文工團宣告成立，後更名爲烏魯木齊市兒童藝術劇團，亦稱烏魯木齊市藝術劇院。此爲多民族歌舞、音樂、兒童戲劇、戲劇小品、曲藝說唱等藝術表演的文藝團體。該團排演的現代歌舞戲《托乎地的婚事》、維吾爾歌劇《奴隸的愛情》等頗具民族風格。1992 年創作演出的哈薩克族音樂童話劇《喬麗潘的太陽歌》，則驗證與展示了該團嫺熟掌握少數民族青少年心理與藝術技能的業務水平。

烏魯木齊市秦劇團此時期進入最好的發展周期，演職人員編創熱情高漲，民族題材名篇佳作迭出。諸如：新編歷史劇《細君公主》、《易寶情緣》，神話劇《瑤池情》，新編現代戲《林基路》等。烏魯木齊市京劇團亦如坐春風，駛上良性循環的快車道。先後創作演出新編歷史京劇《西天飛虹》、《琴瑟良緣》、《左宗棠出關》，新編現代京劇《大漠鐵魂》、《紅柳灘》等。從上述頻頻出現的「新編」二字即能體味到內地戲曲藝術輸入邊疆少數民族地區的再創作與改編，無論在形式上，或在內容上所作的新的適應與融合。

改革開放時期的新疆生產建設兵團文工團，因形勢發展的需要，更名爲新疆生產建設兵團歌舞劇團。他們除了主要編演節日喜慶性民族音樂歌舞節目之外，也排演過一些表現各民族友誼團結的話劇、歌劇、舞劇與音樂劇。如《團結之花》、《孫龍珍》、《深山探寶》、《千秋功罪》、《夫妻犁》等。分別於 1985 年與 1999 年兩度打造的大型新編歷史劇《千秋功罪》是反映新疆和平解放前夕，以包爾漢、陶峙岳爲首的舊政府與國民黨軍隊棄暗投明舉行起義，爲各族人民謀利益之重大歷史事件。

新疆軍區政治部文工團話劇隊在此階段，念念不忘以戲劇藝術形式爲邊防守關將士與新疆各族人民服務的宗旨。相繼創作與演出一批高水平、高質量的話劇作品：《草原珍珠》、《暴風雪中的烈火》、《天神》、《火熱的心》、《天山深處的大兵》等，不愧爲邊疆軍事戲劇文藝戰線上的一支勁旅。

縱覽全疆各地文藝團體在社會主義建設新時期，各民族戲劇事業也處於蓬勃發展階段。諸如此階段伊犁哈薩克自治州歌舞團上演的《薩里哈與薩曼》、《城市牛仔》、《阿勒泰一家人》；阿勒泰地區歌舞團上演的《樺林曲》；塔城地區歌舞團上演的《接過英雄的班》、《加姆依勒嘎》；昌吉回族自治州歌舞團上演的《馬五哥與尕豆妹》、《風雪牡丹》；喀什地區歌舞團上演的《阿曼尼莎與潘吉爾》、《葉爾羌之子》；岳普湖縣文工團上演的《萊麗許的笑聲》；

石河子市歌舞團、話劇團上演的《軍墾戰士》、《綠色守望》、《三世情》；阿克蘇地區歌舞團上演的《燕子山風暴》、《泉》、《火》、《天山之子——穆塔里甫》、《阿克蘇，你好！》；哈密地區歌舞團上演的《青牡丹》、《血的足跡》；巴音郭楞蒙古自治州歌舞團上演的《魂繫東歸路》、《梨園歡歌》、《愛的長河》、《雄乎爾》、《揭開面紗》；克拉瑪依市歌舞團上演的《大漠女兒》等。天山南北，展現在人們面前的是豐富多彩、美不勝收的民族戲劇百花園。

最後需要引薦的文藝團體，是在新疆天山北麓一家遠近聞名的「天下第一團」，即昌吉回族自治州呼圖壁新疆曲子劇團。此劇種源自西北地區的「小曲子」或「地蹦子」，在清末上演的第一個劇目是《夏三通》。自此劇種入疆後，綜合許多少數民族語言曲調，所謂「風攪雪」，所創作出像《天山吟》、《杏元和番》之類的深受各族觀眾喜愛的優秀劇目。該團 1959 年建團，後被撤消編制，1980 年恢復業務。該團相繼排演出《牧童與小姐》、《辣姐》、《相親家》、《大山裏》等久演不衰的好戲，至今已成為可與「維吾爾劇」並駕齊驅的獨具特色的新疆地方劇種之一。

總而言之，自古迄今新疆各民族戲劇走了一條民族傳統文化大融合，各種文學藝術形式大雜糅的整合之路。各族文藝工作者團結一致、精益求精，同襄共舉編寫、排演出來的大量戲劇戲曲劇目，方可統轄進兩大表演藝術領域：其一，是以少數民族演職人員為主編演的本民族語言、音樂、舞美體現的純民族劇目。其二，是以漢族編導演為主體，吸收一些其他相關民族同行，共同完成的少數民族題材劇作。正是這兩支碩大有力的藝術翅膀托舉著邊疆民族戲劇在祖國文藝天空自由地翱翔。

（三）新疆主要戲劇團體

1、新疆歌劇團

新疆維吾爾自治區歌劇團正式命名於 1973 年，其前身為成立於 1951 年的新疆省文工團戲劇隊，1952 年的新疆話劇隊，1956 年的維吾爾戲劇隊。1957 年與新疆歌舞團合併成立了新疆歌舞劇團，1963 年併入新組建的新疆歌舞話劇院，改稱新疆話劇一團，或維吾爾語劇團。1973 年新疆歌舞話劇院撤消，在原話劇一團的基礎上組建獨立編制的新疆歌劇團。

新疆話劇一團或歌劇團建團以來，經各級文化部門安排，中央戲劇學院為劇團培養了四屆戲劇表演、導演、舞臺美術等優秀人才，在編劇、表導演

藝術家們的共同探索和實踐中，培育出富有濃鬱民族特色的維吾爾劇、話劇、歌劇劇種。湧現出一批優秀演職人員和大量優秀劇目。

在表演隊伍中有一批實踐經驗豐富的老藝術家，如吐爾迪·木沙、買買提明·奴肉孜、買買提·克里木、吐蘭克孜、祖農克孜、帕坦姆·熱依丁、買買提西里甫、卡德爾·庫提魯克、卡德爾·瓦爾斯等。亦有一批富有藝術才華的年輕演員，如吐尼沙·沙拉依丁、伊布拉音·帕哈爾丁、法提哈、艾來提·吾買爾、阿迪力·米吉提、特拉克孜、玉素甫·沙力、努爾頓·阿不都卡德爾、古孜努爾·庫爾班、阿甫日曆、艾尼帕、瓦力斯·伊斯拉木、艾坦木·玉山、瑪依拉、吐義貢·艾合買提、阿不都克里木·巴克、瑪依奴爾、依再提、古再力奴爾等。

新疆歌舞劇團的著名導演，如斯拉吉丁·則帕爾、曹起志、木合塔爾、王成文、李純信、尼加提·艾克拜爾、馬合木提·阿木提、阿不里米提·沙地克等。優秀編劇有艾力·艾則孜、陳村、吐爾遜·尤努斯、買買提·祖農、買買提·塔克里克、吐爾干·夏吾東、吐爾遜江·力提甫、加帕爾·卡斯木等。

在 60 多年的演藝歷程中，新疆歌劇團創作、編導、演出的代表性劇目諸如：維吾爾劇《艾里甫與賽乃姆》、《熱比亞與賽丁》、《古蘭木罕》，維吾爾話劇《喜事》、《血腥的年代》，維吾爾音樂話劇《蘊倩姆》、《古麗尼莎》、《倩牡丹》，維吾爾歌劇《戰鬥的歷程》、《塔什瓦依》、《阿曼尼莎》、《木卡姆先驅》。另外還有由現代京劇改編的維吾爾歌劇《紅燈記》，由淮劇改編的同名歌劇《母與子》，根據電影《冰山上的來客》改編的同名音樂劇。再有創作演出一些反映現代生活維吾爾戲劇，如《新的工地》、《老小夥子的婚事》、《奇妙的婚禮》、《姑娘跟我走》、《訂婚》、《請你相信我》、《斷了線的風箏》、《機器人舞伴》、《努爾太阿吉的故事》等，其中許多劇目榮獲自治區和全國各類文藝獎項。

在劇團保留的優秀劇目之中，有 1956 年榮獲全國第一屆話劇觀摩演出三等獎的維吾爾話劇《喜事》；有 1984 年榮獲全國少數民族戲曲劇種獎的維吾爾劇《艾里甫與賽乃姆》；有 1985 年榮獲全國少數民族戲劇題材劇本創作銀質獎的維吾爾話劇《血腥的年代》，獲團結獎的歌劇《母與子》；有 1986 年榮獲全國少數民族戲劇題材劇本創作團結獎的音樂喜劇《請你相信我》；有在 1996 年全國歌劇調演中獲文化部 4 項優秀獎的維吾爾劇《木卡姆先驅》；有在 1997 年和伊犁地區歌舞團合作排演的維吾爾劇《古蘭木罕》獲取中宣部全國

精神文明「五個一工程獎」。同年,《古蘭木罕》與《木卡姆先驅》雙雙獲得文化部第七屆「文華新劇目獎」,《古蘭木罕》還同時獲「文華表演獎」、「音樂創作獎」。2005 年排演的大型音樂劇《冰山上的來客》,入選「國家舞臺藝術精品工程」。近年來,新疆歌劇團應邀赴日本、哈薩克斯坦、吉爾吉斯斯坦等國家訪問演出,受到國外友人的熱情歡迎。

2、新疆話劇團

新疆維吾爾自治區話劇團的前身是新疆軍區文工團話劇隊,於 1956 年由部隊集體轉業以後正式成立。同年與新疆文工團合併組成新疆歌舞話劇團,下屬為漢族話劇隊。1957 年與新疆維吾爾自治區電影演員訓練班合併,成立獨立建制的新疆漢族話劇團。1963 年以話劇二團名義編入新組建的新疆歌舞話劇院。1973 年該院撤消,即單列為新疆話劇團,編制延續至今。

新疆話劇團建團初期的負責人是王華軼,他又是該團多年卓有功績的演員、導演與藝術指導。該團是一個由漢、回、錫伯、蒙、滿、俄羅斯等多個民族組成的戲劇文藝團體,有著較為完備的編劇、導演、演員、舞美設計與製作的創作力量。建團 50 多年中,編演過許多受廣大觀眾喜聞樂見的優秀劇目,特別是在反映新疆少數民族題材的話劇方面做出突出的貢獻。

在新疆話劇團的戲劇文化發展史上,有許多表導演藝術家應為人們所銘記,他們是早在抗日戰爭時期就活躍在話劇戰線上的姜淑英,她後來又在中國人民解放軍第二十二兵團、新疆軍區文工團、新疆話劇團扮飾了一系列優秀角色。解放初期 50、60 年代在新疆話劇舞臺上展露風采的如孫燕、趙桂良、劉敏、郭允泰、左倫、賈玉傑、閻玉琪、鍾瑞圖、谷毓英、周學文、陸茂林、吳壽鵬、秦梵君、於維寧、劉謹等。近年來表現突出的演員,如靳忠、何新、王芳、桑宗忠、溫麗琴、郭成、許紅、張毅琴、孫維新等。

富有才華的導演除了王華軼之外,還有在延安就參加革命文藝事業的老戲劇家劉志一,從中國青年藝術劇院調入的曹起志,畢業於中央戲劇學院的李世發、戈弋等。他們在探索新疆話劇的地方化、民族化的過程中,做過積極的藝術嘗試與實踐。

在戲劇文學創作的隊伍之中,諸如陳書齋、歐琳、吳雲龍、尚玖驂、趙清、程萬里等編寫的劇目數量多,質量高。由女編劇歐琳創作的話劇《奧依古麗》,上演後好評如潮,相繼被移植改變為歌劇、京劇、豫劇、秦腔等,並被搬上電影銀幕。她的話劇《阿爾泰新娘》是她不辭勞苦,深入哈薩克族牧

區的重要文藝創作收穫。

新疆話劇團編排的劇目中最早贏得全國聲譽的是 1960 年推出的大型音樂話劇《步步跟著毛主席》。此劇取材於解放初期，新疆維吾爾族老人庫爾班·吐魯木，克服重重困難，終於見到毛澤東主席的眞實故事。此劇在北京和全國各地上演，爲觀眾提供了一種新的戲劇樣式「音樂話劇」。後來此團又創作了許多富有邊疆特色的優秀話劇作品，其中如《戰油田》、《奧依古麗》、《老虎和熊的故事》、《友誼的百靈鳥》、《阿爾泰新娘》、《古道春風》、《金甌記》、《解憂》、《世紀夜》、《絲綢之路上的紅氍毹》等。其中兒童劇《老虎和熊的故事》於 1981 年獲全國兒童劇匯演優秀創作獎、演出獎。歷史話劇《解憂》爲新疆著名劇作家劉蕭無創作，眞實地反映西漢時期，漢家公主爲了國家統一、民族團結，萬里迢迢遠嫁西域烏孫國的動人歷史故事，此劇 1991 年入選全國話劇交流演出優秀劇目，1992 年榮獲全國少數民族戲劇題材劇本創作銀質獎。

於新世紀之交，新疆話劇團的演職人員煥發巨大的創作熱情，許多緊跟形勢，積極反映現實的戲劇作品在這一時期紛紛湧現。諸如大型話劇《羅布村情祭》，寫新疆邊遠的維吾爾族農村在黨和政府幫助下改水、防病的當代生活。1997 年在北京參加「中國話劇 90 週年新劇目交流演出」獲「新劇目獎」、「編劇獎」、「導演獎」、「演員表演獎」等多項獎勵。所創作與演出的《吳登雲》的素材來自帕米爾山區漢族醫生吳登雲的先進事蹟，描寫他與當地柯爾克孜族牧民的親情感人故事，獲中宣部頒發的全國精神文明「五個一工程」獎。近年最新排演的《馬市巷子的老院子》亦爲反映邊境各族人民團結友愛，弘揚社會主義文化主旋律的作品。從而走出了一條在少數民族地區用漢語戲劇藝術記錄歷史軌跡的成功道路。

（四）新疆各族代表性劇作家

1、包爾漢·沙希迪

包爾漢·沙希迪（1894～1989）塔塔爾族，社會活動家，文學家，劇作家。他祖籍在新疆阿克蘇地區溫宿縣依列克村，生於俄國喀山省特鐵什縣。早在十八世紀末，其祖輩逃難到俄羅斯境內哈桑省的森林裏伐木開荒，在那裡定居，並將那個地方也取名爲「阿克蘇」。他在自傳體文獻《新疆五十年》中曾申明：因「我的媽媽是勤勞的塔塔爾族婦女」，一般場合都稱自己爲塔塔

爾族。然而由於以後政治上的需要，亦稱爲維吾爾族。

喀山一直是俄羅斯民族文化的發源地之一，有著悠久的東歐表演藝術傳統，塔塔爾人，亦稱「韃靼族」又是一個酷愛戲劇文化的民族。據李強在《塔塔爾族風情錄》中記載：1906 年，也就是在包爾漢剛滿 12 歲的時候，「俄國『韃靼劇院』衝破重重阻力，終於在喀山正式創建並公演了各種劇目。」其中，「被譽爲『韃靼戲劇之夫』的加利厄斯加爾·卡馬爾和其他韃靼劇作家陸續創作並推出了一大批民族喜劇、諷刺喜劇、古典戲劇與歌劇。」代表性劇目如《喀山的頭巾》、《悲傷的眼淚》、《阿里亞姑娘》等。此時，俄國業已成熟的戲劇經典劇目也在這裡頻頻演出。正值青少年、求知欲最強烈的包爾漢從其汲取豐富的營養。

包爾漢·沙希迪自幼學習俄語、阿拉伯語，研習伊斯蘭教知識和《古蘭經》。1912 年，他獨自回到了祖輩們日夜思念的祖國，在新疆烏魯木齊一家由俄國資本家開的「天興洋行」當店員，後任會計。1920 年開始在新疆省政府工作，1929 年留學德國柏林大學，攻讀政治經濟學。1932 年包爾汗路過莫斯科時，與蘇聯共產黨取得了聯繫，參加革命工作。1933 年回國後，又與中國共產黨組織建立了聯繫。1935 年參加新疆民眾反帝聯合會。1937 年，被當時僞裝進步的盛世才政府派往蘇聯，任駐齋桑領事館領事。1938 年新疆軍閥盛世才電召他回國述職，剛入境即遭逮捕，監禁近 7 年，直至 1944 年 11 月底才被釋放出獄。

在銀鐺入獄期間，包爾漢·沙希迪以頑強的毅力編纂了《維漢俄詞典》，並將孫中山的《三民主義》一書譯成維吾爾文。他還創作了《向毛澤東致敬》等詩歌以及編寫了有關歷史、語言方面的一些文章，並編寫過反映新疆教育事業狀況的文學劇本《阿合買提校長》，以及於 1942 年編寫歷史劇文學劇本《戰鬥中血的友誼》，此爲以後改名爲《火焰山的怒吼》的話劇劇本初稿。

於 1961 年 10 月，他最初在新疆《天山》文學期刊上發表的五幕七場話劇《戰鬥中血的友誼》。1962 年，《劇本》月刊以同名刊載，當時受文藝界許多同志的熱情關心和鼓勵。中央有關領導如陳毅對該劇的上演十分關心，並提出寶貴的修改意見。中央實驗話劇院、新疆自治區話劇團先後上演過此劇。1962 年，上海文藝出版社出版話劇單行本，改名《火焰山的怒吼》，書前附有他寫的序言《撲不滅的星火》。

包爾漢本來還計劃要寫幾部戲，總名爲《撲不滅的星火》，準備以帖木兒

事件為第一部，把《火焰山的怒吼》作為第二部，把在中國共產黨領導下取得的革命勝利作為第三部。但由於日常工作繁忙，特別是由於「文化大革命」期間遭受到誣陷和迫害，致使這個計劃未能實現。《火焰山的怒吼》劇作取材於 1913 年到 1914 年在新疆吐魯番克孜里塔克山（即火焰山）的阿斯塔那、哈拉和卓一帶發生的維吾爾族農民領袖艾買提領導的農民起義的史實。這次起義是繼 1911 年在哈密爆發的帖木兒起義失敗後又掀起的一次有影響的農民起義。艾買提率領義軍在吉木薩爾、天山中轉戰各地，機動靈活地同敵人鬥爭。在慘烈鬥爭中，維、漢族人民結下了戰鬥的友誼。起義最後由於叛徒的出賣而失敗。劇中的很多情節，就是根據這次起義的真人真事寫成的，如一些人物艾買提、趙正奎、夏克爾、阿依木汗、依明、夏依提等，都是使用的真實姓名。

他之所以要寫這個劇本，據其《自傳》中闡述：「一方面是想要歌頌在新疆近代歷史上起過重大作用的農民鬥爭，另一方面是想要歌頌在新疆人民反壓迫反剝削的鬥爭中，維、漢族人民結成的戰鬥友誼。」由於劇本初稿是在監獄中寫成的，在寫作的當時，他說：「還有一種對盛世才反動統治的仇恨和希望人民起來推翻這個反動統治的願望。」《火焰山的怒吼》作為在全國範圍產生積極影響的新疆少數民族戲劇作品，有著重要的里程碑與指導意義。

1935 年，包爾漢·沙希迪參加了新疆民眾反帝聯合會，任民眾部副部長，次年又任該會代理副委員長。在此期間，他結識了當時任該會會長的共黨員俞秀松，兩人交情日篤，並對中國共產黨的鬥爭歷史和路線、政策有所瞭解。從此他對中國共產黨產生了無限的崇敬和熱愛。

1944 年，在新疆伊犁、塔城、阿勒泰爆發了反對國民黨反動派統治的「三區革命」。1946 年他被「三區革命」代表大會推舉為新疆聯合政府副主席。1945～1949 年先後任新疆省民政廳副廳長、迪化（今烏魯木齊市）專區專員、新疆省政府副主席、國民政府委員、新疆省政府主席。1949 年 9 月，他深受人民解放軍巨大勝利的鼓舞，積極在新疆籌劃和平起義。協同陶峙岳將軍一起通電，實現了新疆的和平解放。

中華人民共和國成立後，包爾漢曾任新疆省人民政府主席兼省高等人民法院院長。1953 年後，任中國人民政治協商會議全國委員會副主席、新疆維吾爾自治區政協主席、中國伊斯蘭教協會主任、名譽會長、全國人大民族委員會副主任委員等職。並兼任中國印尼友好協會會長、中國阿聯友好協會會

長、中國人民保衛世界和平委員會副主席、中國亞非團結委員會副主席、中國非洲人民友好協會副會長、中國亞非學會副會長。曾出訪亞、非、歐十幾個國家，多次參加國際性和平會議，爲增進中國人民同世界各國人民，特別是阿拉伯、伊斯蘭國家人民的友誼，爲維護世界和平作出重要貢獻。

包爾漢・沙希迪是一位卓有成就的維吾爾族學者，曾任中國科學院哲學社會科學部學部委員、民族語言研究所所長、民族研究所所長、中國科學院新疆分院院長、新疆大學校長、中國政法學會副會長等職。他通曉維吾爾、漢、俄、德、土耳其等多種語言文字，重視民族文化教育和語言研究，並致力於中國「突厥學」的研究和發展。主要著作有《維漢俄辭典》、《新疆五十年》、史學論文《論阿古柏政權》、《再論阿古柏政權》、劇本《火焰山的怒吼》等。他一生追求光明，追求眞理。熱愛祖國和自己的民族，爲維護祖國統一和民族團結，爲促進中國人民同世界各國人民和穆斯林兄弟的團結貢獻了自己畢生的精力，在中國人民和各族穆斯林中享有很高的威望。

2、賽福鼎・艾則孜

賽福鼎・艾則孜（1915～2003），維吾爾族，新疆阿圖什人。少年時在宗教小學讀經文，1932 年參加南疆農民武裝暴動，當過戰士、秘書。1934 年在阿圖什小學任教員、校長。1935 年出國去蘇聯烏茲別克斯坦塔什干「中亞大學」學習。1937 年畢業回到新疆，在地方軍閥盛世才辦的烏魯木齊政治訓練班學習。1938 年至 1943 年調到北疆塔爾巴哈臺塔城報社工作，擔任過編輯、主編。曾加入新疆反帝聯合會，任塔城專區反帝聯合會組織幹事，塔城維文會秘書長、副會長。

塔城地區巴克圖口岸，原來是西北邊陲通向中亞、東歐各國最大的國際通道。在這裡，由周邊國家遷徙過來的俄羅斯、韃靼、烏茲別克、哈薩克人等均擅長樂舞戲劇表演。受其影響，此地逐漸成爲新疆與外域戲劇文化交流的「橋頭堡」。根據格拉吉丁。歐斯滿的《塔塔爾文學概況》介紹：早在「1932年，新疆塔塔爾劇團成立，在塔城、烏魯木齊市演出的劇目是《第一齣劇》，後上演《打長工的艾合買提》，以及古典戲劇如《美好的情人》、《天藍色的毛頭巾》、《我的鞋》等。」另外還有《阿里亞巴努》、《巴衣馬克》、《熄滅的星星》等，以及哈薩克話劇《吉拜克姑娘》。1936 年，塔城專區維吾爾族文化促進會排演維吾爾話劇《阿娜爾汗》。在賽福鼎的參與和領導下塔城專區維吾爾族文化促進會還排演了《血跡》（孜亞。賽買提編劇，賽福鼎飾艾沙），既繼

承了新疆各族的歷史傳統文化，又深受毗鄰蘇聯社會主義共和國戲劇表演藝術的影響，尤受內地抗戰戲劇文化運動的鼓舞與促進。

1944 年，賽福鼎·艾則孜參加伊犁、塔城、阿勒泰地區聯合發動的「三區革命」，先後任臨時政府委員、教育廳副廳長、廳長，三區民族軍軍事法庭秘書、團長。1935 年他加入三區革命青年團，曾任中央委員。1946 年加入三區人民革命黨，曾任中央委員、宣傳部部長。1946 年 7 月國民黨政府與三區臨時政府達成和平協議，成立新疆省民主聯合政府後，賽福鼎到烏魯木齊任聯合政府委員、教育廳廳長。1947 年國民黨政府撕毀和平協議後，抵伊寧繼任三區臨時政府委員、教育廳廳長。1948 年他加入新疆人民民主同盟，任宣傳部部長，《前進報》總編輯，後任新疆人民民主同盟主席。

無論是在三區臨時政府、民族軍任委員、教育廳廳長，還是於省民主聯合政任教育廳廳長、宣傳部部長，賽福鼎·艾則孜在職責範圍內都要管轄所屬各民族一些文藝團體，諸如「三區革命臨時政府藝術團」、「三區革命民族軍文工團」、「青年歌舞團」、「維吾爾劇團」、「哈柯劇團」等。富有文藝創作才能的賽福鼎也免不了親自操刀客串編寫一些戲劇文本。於 1942 年，他曾編寫過歌頌抗日游擊隊和敵人武裝鬥爭的動人故事三幕話劇《光榮的勝利》，後來還創作了《不速之客》、《苦難的日子》、《輝煌的勝利》、《狡猾的頭兒》、《鬥爭之路》、《血的教訓》等大小戲劇作品。這些劇作以鮮明的時代性、主題的積極性、劇情矛盾衝突的尖銳性、地方特色和民族氣息的濃鬱性，在維吾爾現當代戲劇史上產生重要影響。

1959 年由新疆歌舞話劇院推演的由賽福鼎·艾則孜創作的反映新疆三區革命鬥爭歷史的大型話劇《戰鬥的歷程》，由斯拉吉丁·則帕爾、董光西導演。文化大革命後恢復上演了他創作改編的歌劇《戰鬥的歷程》，編劇隊伍後有陳村加盟，由王成文導演，於 1979 年隆重公演。這是他積累多年生活經歷、思想情感、藝術才華的精神文化產品。此劇描寫維吾爾族青年帕塔木、哈斯木、莫卡太等革命先烈在阿不都克里木·阿巴索夫、王福的領導下與賽來伯克等反動派英勇鬥爭，共同迎來新疆和平解放的革命故事。

賽福鼎酷愛文化藝術，是一位成果顯著的維吾爾族詩人、小說家、戲劇作家。他對瀕臨失傳的維吾爾族音樂藝術大型套曲《十二木卡姆》非常熱愛，積極地組織搶救、挖掘、整理並進行全面、深入的研究與探索，發表了《論維吾爾木卡姆》等專著和一些相關文章。在兼任中國文聯副主席期間，在他

的建議和領導下，將許多古今中外的優秀文學作品翻譯成各民族文字出版，並將彌足珍貴的《玄奘傳》等翻譯爲維吾爾文獻並影印出版。

賽福鼎在業餘時間創作了大量小說、散文、詩歌、戲劇等文學作品，多部作品在全國獲獎，有的被譯成外文在國外出版發行。他著有長篇歷史小說《蘇圖克·博格拉汗》，長篇紀實小說《天山雄鷹》，自傳體小說《生命之歌》，小說散文集《神仙老人》、《光輝的歲月》等。他還激情澎湃地創作了大型歷史歌劇劇本《阿曼尼莎罕》。賽福鼎還倡導創建了「中國木卡姆藝術研究會」，任會長，以及「中國維吾爾歷史文化研究會」，任名譽會長。

3、祖農·哈迪爾

祖農·哈迪爾（1911～1989），著名維吾爾族小說家、劇作家，現代維吾爾族文學的開創者與先驅者，維吾爾族現代戲劇的奠基人。1915 年生於新疆塔城專區額敏縣。他出身貧苦，少年時在當地宗教學校接受啓蒙教育。1937年到迪化（今烏魯木齊）農業技校學習，並開始從事文學創作。寫作過一些詩歌、寓言和童話。不久寫出敘事詩《齊曼》和話劇《麥斯伍德的忠誠》、《愚昧之苦》、喜劇《誰的事難辦》等，初步顯示出他的戲劇創作特殊的藝術天賦。在校期間，還編寫了反映全民抗戰的大型話劇《游擊隊員》和《相逢》，表現了他的高度政治覺悟與文化素質。

1940 年，祖農·哈迪爾來到伊寧市在伊犁維吾爾文化促進會文工團從事戲劇工作，先後擔任演員、導演、創作部主任、文藝股長，在從事當地報刊《戰鬥》、《團結》雜誌編輯工作期間進行民族戲劇創作，大型話劇《蘊倩姆》成爲他的成名作。1942 年祖農·哈迪爾創作的此部話劇，描寫伊犁河畔有一位美麗的維吾爾族姑娘蘊倩姆，愛上了共同生活的勤勞的小夥子奴若木，然而狠毒的吾買爾鄉約非要讓她屈嫁給自己呆癡兒子賽依提，她只有以死相報。此劇作真實地描寫了地主巴依對人民的殘酷壓迫，表達了維吾爾族人民爭取自由的強烈願望。當時演出數百場，深受歡迎，後來又頻頻被全疆各地文藝團體上演。1943 年他又創作了話劇力作《古麗尼莎》，不久也傳播到全疆，得以各地廣泛上演。

1944 年「三區革命」爆發後，祖農·哈迪爾積極投入維吾爾族人民反抗國民黨黑暗統治的偉大事業之中，並寫作大量文學藝術作品鼓勵人民的鬥爭。在此期間，他除了擔任報刊編輯之外，即致力於小說創作。先後寫出《致我的老師》、《魔鬼纏身》、《慈愛的護士》、《筋疲力盡》、《教師的信》等令人

矚目的短篇小說。同時，還編寫出《塵世艱辛》、《一滴血迸發出萬朵鮮花》等優秀劇作，生動地再現了新疆民主革命前後各階層人民的生活，真實地描繪了三區革命前後的維吾爾族人民的生存狀況和心理狀態。爲現當代維吾爾族小說與戲劇的發展奠定了基礎，鋪平了道路。

新中國成立後不久，祖農・哈迪爾曾任伊寧市女子中學教員，後調到新疆文化廳創作室任創作員，繼而轉入新疆維吾爾自治區文聯從事專業文藝創作。1958 年他加入中國作家協會，曾擔任過中國作家協會理事，新疆維吾爾自治區文聯副主席，中國作協第二屆理事，全國文聯委員。1959 年曾參加中國作家代表團出席在前蘇聯塔什干市召開的亞非作家會議。

50 年代初，祖農・哈迪爾深入維吾爾族農村，創作了轟動一時的話劇《喜事》，劇中令人信服地描寫了一位中農阿西姆對新生事物互助合作社運動態度的轉變，以及邊疆各族人民的歡樂。《喜事》在 1956 年全國第一屆話劇觀摩演出中獲演出一等獎，劇本創作三等獎。農村合作化運動開始後，他又深入到南北疆農村深入生活，寫出短篇小說《鍛鍊》。小說通過遊民麥提亞孜怎樣由懶漢轉變爲出色的社員，真實地表現了農村合作化運動對維吾爾族農民的深刻影響。此劇結構別具匠心，語言優美精粹，後獲得新疆少數民族優秀作品一等獎。無論是他的戲劇作品，還是小說，明麗、細膩的抒情風格、幽默的民族語言，是其主要創作特色。祖農・哈迪爾在晚年時，主要著力寫作自傳體小說《往事》，以及電影文學劇本《艾里甫與賽乃姆》。

祖農・哈迪爾另外還著有詩集《其曼古麗》，散文集《往事的回憶》、《寓言與童話》，短篇小說集《鍛鍊》、《紅花》，劇本《無知帶來的苦惱》、《蘊倩姆》、《古麗尼莎》、《在遇面時》；編著《維吾爾成語集》，電影文學劇本《艾力甫與賽乃姆》，其中話劇代表作《蘊倩姆》和《喜事》1958 年由戲劇出版社出版，忠實地記載了他的戲劇創作的歷程。陳柏中、秦俊武在《新疆作家作品論》中高度評價：「祖農・哈迪爾是維吾爾族當代文學的先驅作家之一。他以他的戲劇，特別是短篇小說的創作，爲維吾爾族散文文學的發展開拓了道路。」

4、庫爾班阿里・烏斯曼諾夫

庫爾班阿里・烏斯曼諾夫（1924～1999），當代哈薩克族詩人，戲劇作家。出生於新疆伊犁專區尼勒克縣草原的一個貧牧家庭。庫爾班阿里・烏斯曼諾夫的父親是當地有名的民間歌手，他從 8 歲起就跟隨父親參加各種喜慶節日

的賽歌活動。少年時期，他能背誦 10 餘部民間敘事長詩。1940 至 1943 年在中學求學期間，他接觸到俄國古典作家和蘇聯作家的著作，更喜愛哈薩克詩人阿拜的文學作品。從此由演唱口頭文學轉而文字創作，中學時期就嘗試著開始寫詩歌與散文作品。

1944 年，庫爾班阿里投身於反抗國民黨反動派暴政的「三區革命」活動，擔任在伊犁出版發行的哈薩克報紙的編輯和主編，由此正式開始文學創作。他相繼發表了《英勇地走向戰場》、《我等著》、《你是花》等數十首富有戰鬥鋒芒的詩篇。他的詩歌題材廣泛，形式多樣，追求情感與意境的融合，很有邊疆地域與民族特色。

中華人民共和國成立初期，庫爾班阿里連續發表了一批優秀的抒情短詩，如《曙光初照的解放時辰》、《我不饒恕》、《黨是幸福之源》等。1950 年底，庫爾班阿里曾出席華沙世界和平理事會，寫作出著名的《從小氈房走向全世界》一長詩，這首詩使他蜚聲文壇。詩中唱出了哈薩克族人民解放的喜悅，描繪出伊犁草原發生的歷史性變化。

此後，庫爾班阿里發表了《我們的力量是共產黨》、《攣生姊妹》、《沙漠變色了》、《牧人的歌》、《五月之夜》等詩篇。1957 年，他所寫作哈薩克文詩集《歡樂之歌》出版。1958 年，參加在蘇聯塔什干召開的亞非作家會議後，又寫出《在塔什干》、《西伯利亞》、《萬年也不乾枯》等詩歌佳作。1962 年，他的漢譯詩集《從小氈房走向全世界》正式出版。1981 年，哈薩克文詩集《珍珠集》出版發行。接著，1982 年，他的哈薩克文詩集《天山之歌》出版。1983 年，哈薩克文詩集《歲月的足跡》出版。前後他陸續出版 35 本詩集、發表了兩部長篇敘事詩和幾百首短詩，由此為他進一步創作民族戲劇奠基了堅實的基礎。

早在 1960 年，庫爾班阿里·烏斯曼諾夫就創作過一部話劇《山上大隊》，1980 年他與伊爾哈力·馬合坦共同編寫出大型歌劇《薩里哈與薩曼》，可謂哈薩克族民族戲劇的優秀代表作。此劇根據同名哈薩克族敘事長詩所改編，描寫哈薩克貴族出身的薩里哈姑娘愛上了貧苦牧民薩曼，由此遭到吐古洛里牧主的殘酷迫害，二人只有以死來控訴反動的邪惡勢力。

庫爾班阿里·烏斯曼諾夫曾任新疆伊犁哈薩克自治州州長、新疆維吾爾自治區人大副主任、自治區文聯副主席，係中國作家協會會員。他的著作主要書目有：《歡樂的歌》（詩集，哈薩克文）民族出版社 1957 年版。《從小氈

房走向全世界》（詩集）作家出版社 1962 年版。《天山之歌》（詩集，哈薩克文）民族出版社 1980 年版。《珍珠》（詩集，哈薩克文）新疆人民出版社 1982 年版。《年代的足跡》（詩集，哈薩克文）民族出版社 1983 年版。

5、郭基南

郭基南（1923 年～），錫伯族作家、戲劇作家，錫伯族當代文學奠基者之一。原姓郭若羅氏，名基南。新疆伊犁地區察布查爾錫伯自治縣人。他曾以「伯基」、「瑪奇圖」、「牛倫」爲筆名，陸續發表過許多詩歌、戲劇、小說、雜文等文學作品。他自幼愛聽錫伯族民間故事、戲曲和說書文學，對自己民族的傳統文化非常熟悉。尤愛錫伯族民歌、「汗都春」曲子戲、「貝倫」、「亞琴納」、「沙林舞春」等民間歌舞音樂戲劇，從小立志用文學藝術形式書寫錫伯族的歷史。

1939 年秋，郭基南有幸被選拔前去迪化（今烏魯木齊）進入著名作家茅盾等人主辦的培養新疆各族文藝人才的中心——「新疆文化協會」之「文化幹部訓練班」學習。郭基南學會以錫伯文、漢文與維吾爾文進行文藝創作，他的文學創作生涯即從此開始。先後發表一些頌揚抗日愛國志士、揭露反動統治者與日本侵略者的雜文，同時還寫作一些反映現實和作者思想感情的詩歌。代表作有《車夫怨》、《祖母淚》、《野火》、《春望》、《同情》、《致友人》等，其中尤以反映錫伯族勞動人民悲慘生活的詩篇《車夫怨》，非常生動感人。

1944 年 11 月，新疆爆發了反對國民黨反動派的伊犁、塔城、阿勒泰「三區革命」。郭基南旋即參加，並熱情地從事有關文藝創作，寫有《母親》、《羊的故事》、《鼻子的糾紛》等小說和許多詩篇，很受廣大讀者歡迎。二十世紀初 40 年代他轉向戲劇文學創作，並取得豐碩的成果。在 1941 年，他在著名戲劇導演王爲一的指導下，創作了抗日話劇《在原野上》，生動地展現了中華民族在抗戰前線浴血奮鬥的感人事蹟。他所創作的《滿天星》和《在太行下》，亦反映同樣題材，先後在新疆各地上演，非常鼓舞各族人民的士氣。同時還創作了痛斥德、意、日法西斯的散文作品《月下閒談》等。1942 年，新疆地方軍閥盛世才暴露其反革命面目，秘密屠殺共產黨人，逮捕和殺害各族先進青年和進步人士。郭基南義憤填膺編寫了抨擊其罪惡行徑的著名小品文《夜鼠》。

1947 年郭基南創作出多幕民族話劇《察布查爾》，生動地描寫 1802 至 1808 年，錫伯族先輩在祖國西北邊陲艱苦奮鬥、戍邊屯墾、興修水利的歷史。他

們在民族英雄圖伯特的率領下，抵禦外辱、克服艱難險阻，傾力開鑿察布查爾大渠，努力發展農業生產的豐功偉績。此劇作一經問世，就引起邊疆文藝界和觀眾的矚目。

中華人民共和國成立後，郭基南 1963 年調入中國作協新疆分會從事專業創作，並主編由他創辦的《新疆民族文學》。在此期間，他發表的代表作有《伊犁春色》、《小倆口》、《準噶爾新圖》、《摘星人》等，作品感情充沛、文字激揚。其中因長篇散文《準噶爾新圖》引起國內文學界的廣泛重視，被收編進《中國新文學大系·民族文學卷》；《摘星人》曾獲第四屆全國少數民族文學評獎優秀作品獎，已出版的有詩集《心之歌》、《準噶爾新圖》、《烏孫山下的歌》等。他所創作的組詩《彩色的花環》榮獲第二屆全國民族文學創作獎。他寫作的《箭鄉的子孫》中真實地記載了新疆錫伯族的傳統文化、文學與戲劇藝術的發展歷史。

6、吐爾遜·尤奴斯

吐爾遜·尤奴斯（1942 年～），維吾爾族，出生於新疆莎車縣回城。當代維吾爾詩人、戲劇家、電影作家。1964 年於中央戲劇學院表演戲新疆班本科生畢業。曾任新疆歌劇團演員、編劇、副團長，後調入天山電影製片廠任編輯。他為自治區優秀專家，全國政協委員，曾創作過 20 多部戲劇文學作品，其中有一些劇作在自治區和全國獲各種獎勵。

大學畢業時，吐爾遜、尤奴斯在中央戲劇學院新疆班排演的大型話劇《遠方青年》中成功扮演了重要角色康布爾。在校期間曾編寫過《青年醫生》、《老師與學生》、《家庭和學校》、《兩麻袋化肥》、《雪山上的曙光》等中小型戲劇，還根據維吾爾族古典敘事長詩改編過維吾爾長詩《萊麗與麥吉儂》、《熱碧亞與賽丁》等為劇作。在此前後，曾編寫過反映知識分子愛祖國、愛人民情感的《金子的搖籃》；普通的雙胞胎工人克服父母雙亡的巨大悲痛，為國家積極作貢獻的《艾山與玉山》；維吾爾族農民在黨的富民政策的指引下千方百計治理沙害的《總有一天》；清乾隆年間，新疆衛拉特蒙古英雄道爾吉積極協助政府平定準噶爾叛亂的《被流放的奴隸》；他還借鑒西方現代派的表現手法，將傳統戲劇與新潮戲劇相結合，創作出反映民族演員日常生活的《永不凋謝的花束》，以及《神奇的一天》、《世界幻景》、《歪打正著》、《甜瓜熟了的時候》、《奇妙的婚禮》、《彎腿曲杖》等反映現實生活的戲劇作品。

其中話劇《神奇的一天》展現了邊疆農村推行聯產承包制過程中，農民

的各種反映和遇到的不可思議的事情。《歪打正著》則善意譏諷了有些個體經營者見義忘利、自食惡果的荒唐行為。吐爾遜·尤奴斯有著與生俱來的風趣幽默和嫉惡如愁的正義感，使他的喜劇作品搬上舞臺很有觀眾，並延伸到他創作的電影劇本，寫出具有強烈喜劇性的優秀作品《錢這個東西》。

讓吐爾遜·尤奴斯獲得全國戲劇界聲譽的是他連續創作的三部思想深刻、色調凝重、技藝高超在全國頻頻獲獎的民族歷史劇《血腥年代》、《阿曼尼莎》、《木卡姆先驅》，其中《血腥年代》1985 年獲全國少數民族題材劇本創作銀質獎，《木卡姆先驅》獲文化部優秀劇目獎。

《血腥年代》是一齣震撼人心的歷史悲劇作品，真實地藝術地再現公元十八世紀，南疆地區白山派和黑山派之間殘酷的宗教戰爭。通過著名維吾爾族詩人、音樂家翟利里和木迪爾在反抗中慘遭迫害，深刻揭露了政教合一反動反統治者給廣大人民帶來的災難。《阿曼尼莎》，反映葉爾羌汗國阿曼尼莎汗王妃整理維吾爾族大型音樂套曲《木卡姆》的歷史功績。在此基礎上充實加工的維吾爾劇《木卡姆先驅》，則全面地展現了十六世紀，為民族團結、音樂文化繁榮，與封建保守勢力——依禪教進行鬥爭，推廣科學、促進社會進步做出重要貢獻的民族文藝先驅者的歷史文化精神風貌。

夏冠洲、阿札提·蘇里坦、艾光輝主編的《新疆當代多民族文學史》高度評價吐爾遜·尤奴斯是「維吾爾族系統學習過現代戲劇理論的第一代優秀的戲劇和影視文學作家。」認為他當之無愧「是繼祖龍·哈迪爾之後的又一位將維吾爾話劇推向前進的優秀戲劇家。」

（博士生導師黎羌整理撰寫）

九、內蒙古二人臺與漫瀚劇的實地考察報告

（2008 年 9 月 21 日～9 月 26 日）

（一）二人臺的產生

「二人臺」是起源於山西河曲，流傳於晉北、內蒙西部、陝西北部、河北張家口等地的地方小戲。它在表演程序上屬於「兩小」戲劇範疇。其角色僅有小丑、小旦或小生、小旦兩人，表演生動活潑，唱腔灑脫奔放，委婉流暢，深爲中國北方廣大群眾喜聞樂見。「二人臺」，顧名思義，即「二人一臺戲」。兩個演員扮演一丑一旦，或兩個小旦。「二人臺」又名「二人班」，是中國的地方戲曲劇種之一。

關於內蒙古二人臺的形成時間和地點，有這麼兩種說法：一說清光緒年間（1875～1908），於內蒙古西部土默特旗一帶，在蒙漢民歌和民間曲藝絲絃坐腔的基礎上，吸收民間社火中的漢族舞蹈，創造出一丑一旦，載歌載舞的表演形式，取名「蒙古曲」。

一說它是由清朝咸豐、同治年間（1851～1874）曲藝「打坐腔」結合秧歌中「踢股子」等舞蹈動作發展而成。當時，山西、陝西、河北等地的農民爲生活所迫，遠赴內蒙古中、西部乃至更遙遠的地區墾荒、挖煤、拉駱駝、做小生意。他們生活的苦、創業的難、眞摯的情，化爲早期「二人臺」取之不盡、用之不竭的創作題材，以及綿厚蒼涼的醉人曲調。之後，由山西逃荒的難民傳到內蒙古西部，又吸收了蒙古族歌曲而進一步成長起來，又稱「二人班」。西部人民生活史上這種大面積遷徙謀生的經濟生活方式，在日後人民的生活履歷中謂之「走西口」。這是「二人臺」民間藝術生成、發展的重要社會生活條件，也決定了始終關心那些生活在社會底層勞苦大眾的艱難生存狀況是二人臺題材內容的文藝基礎。

二人臺主要表現了百姓大眾的精神寄託，嚮往追求。一句話，「吃的艱難，愛的痛苦」，記錄著祖國近代史上北方各個角落的眞實生活。鑄就了二人臺的審美情趣和蒼涼厚重的本原情感基調。因爲其劇目大多採用一丑一旦二人演唱的形式，所以叫「二人臺」。各地的二人臺，在長期發展過程中，逐漸形成不同的藝術風格。以內蒙古呼和浩特爲界，分爲東、西兩路。東路二人臺初名「蹦蹦」、「玩藝兒」；西路二人臺初名「蒙古曲」、「打玩藝兒」、「小玩藝兒」。建國前不久，才統稱「二人臺」。

二人臺又分爲「東路二人臺」與「西路二人臺」，大致的分界線應該從內蒙古自治區首府呼和浩特至山西大同這一縱線爲界：以東則爲東路二人臺，主要包括河北的張家口地區以及內蒙古的錫林浩特地區；自此以西則全屬於西路二人臺的範圍。

（二）二人臺的發展

關於二人臺的發展，經實地考察，大致可分爲五個階段。

1、「打坐腔」。此階段二人臺是由民歌發展而來，是人民即興創作的藝術形式。在多閒季節，蒙、漢人民圍坐演唱，盡興而散，此爲「打坐腔」。在演唱過程中，蒙漢民歌互相影響、互相融合，並產生一種獨特的演唱形式——「風攪雪」。將兩個民族語言混合使用，合轍壓韻，與旋律配合得十分貼切，表現出二人臺音樂鮮明的民族風格和地域特點，如《阿拉奔花》等。這一時期屬於蒙漢農民暇時自娛自樂的一種民間藝術形式。

2、「打玩意兒」階段。光緒末年，清政府日趨腐敗，社會更加黑暗，關裏流竄來的土豪、劣紳看到內蒙古西部的經濟發展狀況，便相互勾結，通過開設賭場寶局，進一步壓榨、掠奪蒙漢勞動人民的勞動成果。爲了誘眾聚賭，他們將爲生活所迫的民間藝人雇來，爲其演唱。這樣有一部分民間藝人便由半職業或業餘活動而成爲職業藝人了。由於當時出沒賭場妓院的大部分爲奸商與地主惡霸，他們欣賞的不是眞正的民間藝術，而是那些淫詞、穢語。一些藝人爲了養家糊口，不得不迎合他們的趣味和愛好。二人臺由「打坐腔」改稱爲「打玩意兒」。但不管怎樣，二人臺這一民間藝術形式都向前發展一步，由業餘活動轉爲職業演出了。

3、「打軟包」。此階段的「打軟包」是由班主領班，大夥搭班組成的職業性的演出班子。每班不過十人左右，因其服裝、道具簡單，不過裝幾個包袱，故稱「打軟包」。這時的二人臺已經有了職業的演出戲班了。

4、「業餘劇團」階段。解放後，在人民政府關心與支持下，二人臺獲得了新生。從 1950 年到 1953 年，原綏遠省人民政府連續舉辦七期以二人臺爲主的民間藝人學習會，促進了二人臺劇種的大發展，各城鎮街道普遍成立了業餘劇團。而且在內蒙古西部的廣大農村也做到了「鄉有劇團，村有演出」。

5、「專業劇團」階段。1953 年 10 月，內蒙古文教廳在民藝劇社的基礎上，

又調來零散的二人臺藝人，組成二人臺「前進實驗劇團」，建立了第一個專業劇團。除改編傳統劇目外，他們還創作了許多新劇目，如《徐家沙梁》、《劉胡蘭》、《小二黑結婚》、《梁山伯與祝英台》等。在傳統劇目《探病》中，老藝人樊六在劇中飾演劉乾媽一角，風趣幽默，為二人臺創造了老旦的角色行當。到 1982 年，內蒙古自治區旗、縣級以上二人臺專業劇團有八個，此外，中西部地區許多「烏蘭牧騎」也在演出二人臺。

查詢資料，二人臺的產生形成只有一百多年的歷史。建國前，它處於從民間歌舞向地方戲曲演變的過渡狀態，演變的趨勢是地方小戲。這表現為：①二人臺音樂的逐步戲曲化，大部分唱腔有了板式變化。②二人臺節目大多有了賓白。③二人臺表演藝術，除民間社火舞蹈外，也向大秧歌、道情、晉劇等戲曲橫向吸收，二人臺的發展主要借鑒於戲曲的發展。然而二人臺在三個「融合」過程中，一些藝術品種，如歌舞、曲藝、器樂曲等又獨立地保留下來，成為西部地區民間演藝文化的綜合體。

二人臺是以戲曲藝術表演為主，說唱歌舞兼備的地方小戲。弄清楚二人臺主要發展趨勢和綜合發展之關係，二人臺各類藝術品種主體和客體的關係，就會認知此種「四不像」的藝術，恰恰增添了戲曲百花園中的一枝獨特的文藝品種。

（三）二人臺藝術內涵

綜上所述，二人臺藝術是漢蒙民族文學藝術融合的社會產物。二人臺是內蒙古西部地區民間音樂、舞蹈和文學相融合的文化結晶體。它的音樂源於這一地區的民間音樂；它的舞蹈（以及它初期的整個「表演藝術」）源於這個地區的民間舞蹈；而它的「劇本」（唱詞和賓白），也是源於這一地區的民間文學。除了其民歌唱詞和民間故事傳說之外，本地很有特色的「串話」以及順口溜、繞口令、歇後語等，無不為二人臺所吸收。

二人臺的文學部分，是以當地民歌的歌詞為主幹，廣泛吸收當地民間文學，如民間故事、傳說、諺語、串話、數來寶、繞口令等逐漸豐富起來的。《種洋煙》，其唱詞基本上是「山曲聯唱」，其賓白是地名韻語的串連，例如：《探病》的賓白全由串話組成。二人臺音樂主要源於跑圈子秧歌的「碼頭調」，也吸收當地的山曲、小曲逐漸發展形成。例如：碼頭調的《繡花燈》、《走西口》、《掐蒜臺》等不僅和二人臺劇目同名，曲調也近似。又如二人臺劇目《打櫻

桃》，唱詞和唱腔都是由當地「爬山調」或「山曲」發展形成的，是典型的二人臺「山曲小戲」。二人臺舞蹈是源於當地的民間歌舞，特別是民間社火中「跑圈子秧歌」的舞蹈發展形成的。

二人臺是大量內地移民帶來的內地文化同塞外文化相融合的產物。二人臺的劇目和音樂，大多是本地的「土產品」，如《種洋煙》、《栽柳樹》、《打後套》、《水刮西包頭》、《壓糕面》、《阿拉奔花》等。但也有相當多的一部分劇目，確是源於內地民歌，如《畫扇面》、《賣餃子》、《小放牛》等，唱詞和曲調基本上是內地的，但是二人臺將其演化發展成化妝演唱。經過土默川這一方水土的長期滋潤，經過同塞外文化的長期交融，經過土默川二人臺藝人的加工、潤色，它已經有了濃鬱的塞外藝術的韻味，有了土默川二人臺的藝術共性，二人臺已經把它吸收的內地文化「化為自身血肉」。二人臺是蒙漢兩族傳統文化藝術長期交流，特別是蒙漢兩族音樂長期交流融合的產物。兩個民族的藝術長期交流融彙，使得這一地區的文化藝術和此地產生的二人臺，具有極為獨特的藝術特色。

「音樂」是演唱藝術和戲曲劇種與二人臺的靈魂。如果單從音樂方面考察本地區民歌演唱，最初階段是原始的自由演唱；第二階段是逢年過節「社火」活動中的「碼頭調」。「碼頭調」由秧歌或高蹺藝人集體演唱，在演出間歇中加以簡單的鑼鼓伴奏；第三個階段是「打坐腔」，也叫「絲絃坐唱」，即有絲絃伴奏的民間民歌坐唱；第四個階段就是改「坐」為「舞」，化妝演唱，這就是麗格意義上的二人臺了。

化妝演唱的二人臺，此種形式的創始人，公認是包頭市土默特右旗孤雁克力更村的雲雙羊（1857～1928）老藝人。區內有的專家則認為二人臺是蒙漢兩族民間藝人集體智慧的產物。在這方面，幾無文字記載可資考證。根據現有調查材料審視，雲雙羊（老雙羊）同張根鎖（萬人迷）等人組成的「小班」，確是最早出現的二人臺班子。看來，二人臺這種演唱形式是雲雙羊及其夥伴首創，當無疑議。

據調查，早期二人臺的表演形式比較單一，角色只有一丑一旦，服裝也很簡陋，道具只有手帕、摺扇、霸王鞭。樂器伴奏只有笛子、四胡、揚琴、四塊瓦（或梆子）。所唱的多是《五更》、《四季》、《十二月》一類的民間小曲，如《紅雲》、《十段錦》、《十對花》等。舞蹈的身段也和秧歌大同小異，多以第三人稱進行演唱，情節簡單，少有鮮明的人物形象。二人臺最初只是農民

在勞動餘暇自我娛樂的一種表演形式。清末民初，內蒙古土默特地區開始出現了職業班社，一般每班五至七人，劇目逐漸豐富，表演日益提高，開始由表演唱向代言體民間小戲發展。

抗日戰爭時期，在內蒙古與河北張家口地區交界的商都等地也出現了東路「二人臺」的職業班社，有的班子多達十幾人。初步有了行當之分，除淨、末角外，又發展了其他行當。表演方式已突破了「抹帽戲」形式，而由多人飾演不同角色同臺演出。同時有少數劇目還加進了武打程式，音樂、唱腔也有所創新。過去多是專曲專用，一曲到底。後來則根據劇情，配以多種曲調，有的唱腔向板腔體式發展。東路二人臺在建國前沒有女演員，西路二人臺，則早在職業班社出現前，就有土默特在旗老藝人榮雙羊和他的兒媳計子玉，岳石匠的女兒梅女子以及丁喜才夫婦同臺演出。直至 1946 年，計子玉收女徒班玉蓮，才成為二人臺第一代職業女藝人。

民國以後，隨著二人臺向外傳播，在演出中，藝人們對此劇種進行了改革和創新，特別是從民歌中汲取素材，並加以改編。如《走西口》原來是以第二人稱對唱的形式演出，改編後成為以第一人稱進行表演，加進了情節和人物的小戲。隨著二人臺演出內容的豐富，其音樂、表演和服飾也有所創新。在音樂唱腔方面，由原來的專曲專用，一曲到底，發展為多曲聯用；唱腔也出現了亮調、慢板、流水板、捏字板等簡單的板式變化。

在表演方面，根據劇目內容的不同，二人臺形成載歌載舞的「火爆曲子」（又稱「帶鞭戲」）和重唱工、做工的「硬碼戲」。二人臺的舞蹈程序有「大圓場」、「大半月兒」、「套月兒」、「風旋門」、「裏外羅城」、「藥葫蘆」、「搬門」、「天地牌子」、「大十字」、「蜂兒撲瓜」等。此外，旦角還有一種叫作「打閃」的舞蹈動作，即右腳別於左腿上，兩臂畫一弧形，身子稍斜下蹲。係在秧歌舞步基礎上，吸收戲曲旦角「臥魚」身段而創造，為其他劇種所罕見。舊時二人臺演出有一種習慣，一般先由丑角上場說「呱嘴」（又稱說「千克」），「呱嘴」都是第三人稱的現成段子，由演唱者自由選取。然後再通過問答的方式（稱「叫門對子」），把旦角推上場接演正戲。

正戲的表演有兩種類型：一種是載歌載舞的表演唱，俗稱「火爆曲子」或「帶鞭戲」，如《打金錢》等，以抒情性的歌舞取勝。起舞時，二人共用摺扇，霸王鞭係丑角專用，有時舞雙鞭，分上、中、下三路套數。其舞姿猶如蛟龍盤柱，上下翻飛。手絹係旦角專用。建國初期，曾吸收二人轉「耍手絹」

的傳統技巧，將手絹改爲八角型，並發展爲各種「出手」。不論哪種歌舞，都由慢轉快，形成高潮後嘎然而止。另一種是以唱爲主的情節戲，俗稱「硬碼戲」。其中也有一些採取跳進跳出方式表演，如《走西口》、《下山》、《小放牛》、《打秋韆》等。這類戲表演比較接近生活，但也有一些虛擬、誇張的動作。如旦角的摸鬢、走碎步、開門、關門；丑角的出場亮相等。二人臺唱詞、數板、完場詩、道白中的「串話」，都講究合轍押韻，因完全使用當地方言，故與普通話的聲韻不同。分爲中東、衣齊、江陽、灰堆、由求、波梭、言前、姚條、發華等聲韻，出入（入聲字）和小字（小人辰兒、小言前兒）十二道轍。語言通俗易懂，形象生動，常用比興手法，形成的曲調、唱腔、別有風味。在服飾方面，由於藝人經濟條件好轉，稍有寬裕，可添置一些質地較好的行頭。儘管二人臺藝術上有了很大發展，但作爲一個新興劇種，還有待進一步完善，以提高她的藝術表現力。

（四）二人臺劇目

　　二人臺的劇目很多，其顯著特點是具有現實性、生動性和通俗性，其內容主要是：反映青年男女的愛情生活和對美好生活的憧憬，揭露舊社會的腐敗和黑暗，反映勞動人民的美好生活等。其中亦有一些封建迷信、低級色情等消極內容。二人臺民族特色鮮明，生動活潑，個性顯著，爲廣大群眾喜聞樂見。經收集整理，主要劇目與內容如下所述：

　　1.《走西口》：反映農民背井離鄉由內地走口外的悲慘生活。

　　2.《打櫻桃》：反映一對農民青年男女淳樸的愛情生活。

　　3.《探病》：通過劉乾媽探望女兒劉翠榮的故事，揭露封建婚姻制度的罪惡。

　　4.《打金錢》：反映舊社會藝人的貧窮苦難生活。

　　5.《打秋韆》：反映姐妹二人清明節打秋韆的快樂情景。

　　6.《捏軟糕》：通過一對青年男女做生日軟糕的過程，抒發他們的相愛之情。

　　7.《五哥放羊》：反映舊社會貧苦農民的勞動生產與愛情生活。

　　8.《掛紅燈》：反映正月十五青年男女觀燈場景及愛情生活。

　　9.《牧牛》：反映男女牧童熱愛大自然之情。

10.《挑菜》：反映嫂子幫助小姑成全姻緣的故事。

11.《對花》：通過十月開花對唱，反映農民生活情趣。

12.《珍珠倒捲簾》：歌頌歷史人物傳奇故事。

13.《賣碗》：揭露封建地主調戲民女的醜惡嘴臉。

14.《賣菜》：反映男女愛情與日常生活。

15.《撐船》：反映船夫與民女的愛情生活。

16.《打連城》：描述一對青年男女在「元宵節」觀燈的歡樂場面。

17.《尼姑思凡》：年輕尼姑逃離寺廟，追求愛情生活的故事。

18.《小寡婦上墳》：反映少婦寡喪後獨居所受到的迫害、欺凌。

19.《水刮西包頭》：反映塞外包頭受到水災後群眾受難情景。

20.《借冠子》：反映聰明農婦如何揭露地主的醜惡嘴臉。

21.《鬧元宵》：由《打連城》劇目人物與故事擴編而成。

22.《下山》：關於梁山伯與祝英台的愛情故事。

23.《害娃娃》：反映新婚夫婦生育頭胎的歡樂心情與民間習俗。

24.《紅雲》：關於神話傳說「八仙」的故事。

25.《慶壽》：內容與《紅雲》劇目相類似。

26.《送情郎》：反映妻子送別情郎的離愁別恨。

27.《扇子記》：反映一位書生和少女的戀情。

28.《放風箏》：描繪男女少年春天放風箏的歡樂情景。

29.《種洋煙》：反映清代種大煙毒害人民的情景。

30.《住娘家》：反映舊社會婆婆刁難兒媳婦，不許住娘家的現實生活。

31.《抽大煙》：反映舊社會婦女抽大煙的醜態。

32.《光棍哭妻》：反映舊社會窮人喪妻之苦。

33.《洛陽橋》：歌頌古代能工巧匠的建築功績。

34.《探小妹》：通過十二月對唱，反映一對情人的相愛之情。

35.《報花名》：通過丫環小姐賞花對唱，歌頌花中美色。

36.《三國題》：反映三國時代「赤壁之戰」的歷史故事。

37.《繡荷包》：通過姐妹二人一邊繡荷包，一邊歌頌歷史人物的動人場景。

38.《吃醋》：反映尋常人家爭風吃醋的庸俗內容。

39.《打缸》：反映少女和釘缸少年的相愛之情。

40.《打酸棗》：反映姐妹二人在田園打酸棗的喜悅情景。

41.《繡麒麟》：反映繡花少婦對情人的思念。

42.《扒摟》：反映一對情人在繡樓偷偷相會的情景。

43.《跳粉牆》：反映一對戀人跳牆私奔的情景。

44.《十樣錦》：通過男女對唱，歌頌十種花名。

45.《驚五更》：反映一對戀人一夜熱戀之情。

46.《聽房》：新婚之夜，小姑偷聽哥嫂房中動靜。

47.《打後套》：反映「後套」地區農民起義的故事。

48.《十愛》：反映一對戀人相愛深情。

49.《毛媽媽》：反映新婚女子回娘家的快樂心情。

50.《偷紅鞋》：反映封建婚姻強迫有情人分離的悲慘故事。

51.《賣餃子》：反映舊社會小販買賣的悲慘生活。

52.《轉山頭》：反映舊社會青年為躲避抓壯丁流浪山中的悲慘生活。

53.《掐蒜薹》：反映青年男女在菜園中相戀的故事。

54.《畫扇面》：歌頌女畫家楊柳青的高超技藝與愛情故事。

55.《海蓮花》：反映少女梳妝打扮的情景。

56.《小叔子挎嫂嫂》：反映叔嫂私通出奔的內容。

57.《買胰子》：反映貨郎調戲良家婦女的社會場景。

58.《公公騷媳婦》：反映公公淫亂騷擾兒媳的不雅內容。

59.《叫大娘》：揭露匪兵欺凌柔弱婦女的罪惡。

60.《十八摸》：反映流氓惡少調戲少女的醜態。

61.《抓壯丁》：反映軍閥抓壯丁之苦。

62.《五月散花》：在《牧牛》中串演，反映五月間的花色美景。

63.《水淹金山寺》：《白蛇傳》故事的重要片段。

64.《攬工》：訴說舊社會攬工之苦。

65.《栽柳樹》：反映夫妻二人栽樹的情景。

66.《白兒賣布》：反映因賭博導致的夫妻矛盾，以及妻勸夫改邪歸正
　　　　　　的故事。

67.《老少換妻》：反映買賣婚姻造成的畸形婚配事實。

68.《歎十聲》：晉劇《玉堂春》重要片段。

69.《方四姐》：二人臺中唯一分場大型戲劇，反映方四姐的苦難生活。

（五）東西路二人臺

　　經比較研究，東路二人臺與西路二人臺在唱腔上以及表演形式上並沒多大差別。西路二人臺的唱腔婉轉一些，多變化，但是節奏卻顯得拖沓；西路二人臺的唱腔高亢，但少變化，節奏也緊湊些。此種差別可能是與兩地地域上的原住民語言文化有關。東路二人臺流行的地區大部分屬於牧區，根據放牧生活的需要，因這裡二人臺戲目變得相對短小，唱腔也少變化；而西路由於多屬於耕作區，因而戲目多冗長且唱腔變化也多些。

　　無論是東路二人臺，還是西路二人臺的表演形式都是一種載歌載舞的表演唱，唱腔相當豐富。西路二人臺吸收戲曲和蒙族音樂營養較多，如「走西口」的唱腔已向板腔體過渡。唱法主要有真假聲結合和高打低唱兩種。東路受「道情」和「咳嗽腔」的影響較深，如「賣藥」、「十不足」等曲調，幾乎是全盤移植而來。西路二人臺在演出前有合奏牌子曲的習慣，曲目有百餘種，大多來自戲曲、曲藝吹腔，佛曲和蒙族民歌，極富地方特色和民族特點。

　　「二人臺」從誕生起，就是紮根於黃土高原泥土的「草根文化」，反映最基層人民群眾的喜怒哀樂是其活力所在。短小精悍、生動活潑是其根本的特點。「打不完的金錢賣不完的菜，看不厭的打櫻桃、探病、走口外」，「你拉胡胡我哨枚，咱倆抖上一段二流水」，「二人臺真紅火，句句唱在咱心窩」……在觀眾中，至今廣為流傳的順口溜，由衷地表達了晉、蒙、秦地人們對二人臺的喜愛。

（六）漫瀚調

　　「漫瀚」為蒙語漢譯音，意為「沙原」。她是以蒙古二人臺為母體，吸收多種民族藝術營養而創建的新興戲劇形式。其宗旨為「博采眾家之長，化為

自身血肉，保持發揚個性，開拓自家道路。」

由於二人臺改革發展的多向性，內蒙古自治區學術界對其發展走向長期爭論。有人認為傳統「漫瀚調」是在二人臺基礎之上實驗創建的民族地區地方劇種。內蒙古自治區文化廳曾提出「振興二人臺，創建新劇種」的口號，認為學術界的爭論可以通過二人臺改革實踐加以鑒別；提出二人臺改革發展也可以「百花齊放，百家爭鳴」，在改革實踐中不斷地總結經驗，推動二人臺與漫瀚調戲劇的振興與發展。

在歷史上，各民族之間文化藝術的不斷交流、相互吸收融合來發展自身是民族表演藝術建設的必然之路。但是蒙、漢兩個不同的民族在長期生活交往中，共同創造、共同演唱、共同創立一個劇種則是罕見的，也可以說是絕無僅有的。漫瀚調或漫瀚劇是中國多民族百花園中一枝絢麗的藝術奇葩，是難得的文藝珍品。文化部正式命名準格爾旗為「中國民間音樂（漫瀚調）之鄉」，是因為漫瀚調具有極高的藝術價值和學術價值。

研究內蒙古自治區漫瀚調，只停留在音樂形態或技術上是不夠的。還應當在更高的學術層面上來探討漫瀚調的生成、發展在民族學、社會學、民俗學、音樂美學等學科方面的歷史價值。

民族音樂學家烏蘭傑在《蒙古族音樂史》一書中提出，鄂爾多斯蒙古族民歌作為一個色彩區，具有保守性和開放性雙重特點。他認為在開放性方面鄂爾多斯蒙古族民歌從來不拒絕接受各民族的傳統音樂，包括借鑒西域色目人的音樂來發展自己。他在《蒙古族音樂史》中指出：「鄂爾多斯音樂風格的形成，是多民族的音樂文化在歷史上經過多次融合的結果。」這種開放性，使鄂爾多斯蒙古族民歌長期有著兼收並蓄的氣派，對於當地的漢族民歌也不例外。

在根據上述理論，我們也應該從民族學的角度來審視漫瀚調。從民族關係史來看，幾千年的歷史證明，儘管民族之間時有爭鬥時又和睦友好，但總體上是中國各民族共同創造了悠久的文化歷史。各民族經共同努力，不斷地把中國文學藝術歷史推向前進，這是民族關係的主流。而這個主流的基礎是各民族人民之間自然形成的互相依存的關係。互相依存才能夠共同發展，才是創造歷史的動力。鄂爾多斯準格爾旗等地的蒙漢人民互相依存的關係，更是由來已久，並發展成為特殊友好的關係。

鄂爾多斯地區是蒙古族歷史上的「禮樂之邦」，著名的成吉思汗衣冠冢就設在這裡。過去，這裡的牧民保留著一種古老的習俗，即幾乎家家氈包前都

懸掛「駿馬風旗」，「駿馬風旗」相傳是從成吉思汗軍旗演變而來。牧民以此旗用以表示敬聖祖、尊祖訓、尚禮儀、盼吉祥。因此，這裡的牧民善良、純樸，有著好交往、愛助人、善待客的優良傳統。

公元十六世紀以來，特別是十九世紀，山西、陝西等地的漢族農民迫於生計來草原求生存，他們舉目無親，來這裡既有落腳處又遇到了善良、純樸、好客的鄰居。俗語說「遠親不如近鄰」，這一帶蒙漢人民長期和睦相處，互相幫助，民族關係體現著在誰也離不開誰的思想。雖然他們在生產、生活、語言、民風民俗、審美情趣等方面有所不同，但許多又是相通的。比如語言，這裡的蒙古族群眾大都會說漢語，許多漢族群眾也會說蒙語；在民風民俗方面，如婚禮、生日等活動，蒙漢鄉親們都互相邀請參加。他們通宵達旦地飲酒歌唱，這種感情交融的歌唱，早已打破了民族界限。「漫瀚調」的生成絕非偶然，她是民族感情交融的結晶，是民族團結的象徵。

「漫瀚調」也稱「蠻漢調」或「蒙漢調」，它同流行於陝北的「信天遊」，晉西北的「山曲」，隴東「花兒」一樣，都是黃土高原的文化產物，是黃河晉陝蒙峽谷地區文化資源的主要組成部分。準格爾旗位於鄂爾多斯高原東部，正處在西北黃土高原的邊緣地帶。準格爾的北、東、東南方三面被黃河所環抱，黃河文明同樣滋潤著這塊古老的土地。漫瀚調正是生活在這裡的漢族勞動人民在長期的生活交往中不斷學習蒙古傳統曲子，在文化藝術方面相互融合。既體現了鄂爾多斯蒙古族傳統的「短調」歌曲的特點，也融進了準格爾漢族勞動人民的鄉音土語從而形成自己獨特的藝術風格。

漫瀚調歌詞題材廣泛，採用敘事、抒情兩種方式，既有時政內容，又有生活反映，更多的為愛情吐露。其中三十句至五十句不限，即興出口，一氣呵成。漫瀚調的演唱形式主要是對唱，一般採取男女對唱，即興填詞，有問有答，一唱一和。

漫瀚調以民族傳統樂器四胡、粗管笛子（俗稱「枚」）、揚琴、三弦伴奏，現在也有加入西洋管弦與電子樂器。

漫瀚調的音樂特色，主要表現在出腔瀟灑豪放，旋律樸實新穎、恬靜、舒展，曲調簡潔明快特色，體現了蒙漢人民淳樸的精神風貌。漫瀚調的曲名有 40 多個，絕大多數保留蒙古曲名，如「廣林召」、「森吞嘛嘛」等；部分為漢名，如「白菜花」、「雙山梁」等；還有部分為蒙漢名合成，如「合彥梁」、「哈岱溝」等；有的則保留蒙漢兩種稱謂，如「德勝西」蒙古名為「安德特

陶勞蓋」;「哎喲喲」蒙古名爲「林大人」等。

「漫瀚調」戲劇是在「漫瀚調」的基礎上形成的民間小戲。說起漫瀚調劇就不能不歸功漫瀚調。漫瀚調同流行於陝北的「信天遊」,晉西北的「二人臺」一樣,都是黃土高原、黃河晉陝大峽谷地區文化資源的主要組成部分。漫瀚調的「漫瀚」二字,是蒙古語「芒赫」的譯音,意爲「沙丘」、「沙梁」、「沙漠」。它是以準格爾旗蒙古族民歌爲基調,以漢族唱法爲風格,揉合而成的一個獨特的鄂爾多斯音樂歌舞曲種,具有極強的民族特色和地方特點。1997年,內蒙古準格爾旗文工團排演了「漫瀚調」實驗劇《雙山梁》,受到了群眾的認可,在伊克昭盟「薩日納匯演」中獲得了演出二等獎,演員一等獎,劇本二等獎,作曲二等獎。爲「漫瀚調」劇的發展進一步拓寬了道路,也爲今後向音樂歌舞劇方向發展奠定了基礎。2000年該團又排演了第二個「漫瀚調」劇《納林河畔》,獲得了廣泛好評,並榮獲了自治區「五個一工程」節目獎。之後,《山路彎彎》在 2001 年自治區舉辦的「小品、小戲匯演」中獲得了編劇、導演、表演三個獎項。

(七)漫瀚劇

1980 年,吉林省在「二人轉」基礎上創建的新劇種——「吉劇」來內蒙古自治區包頭市演出,使此地的藝術工作者受到了很大的激勵和啓發。同年 6月,經過包頭日報社和文化局創評室的共同策劃,在《包頭日報》上,首先發表了李野等同志的四篇文稿,發起了關於「二人臺」發展問題的討論,包頭市的許多藝術工作者和二人臺愛好者參加了這次討論。正是在這次討論中,許多同志提出了應該在二人臺基礎上創建一個新劇種的主張。

1982 年 4 月,內蒙古自治區文化局召開了「二人臺藝術改革經驗交流會」。5 月,包頭市也召開了二人臺藝術改革座談會(亦稱「青山會議」)。當時的包頭市委副書記劉啓煥在大會上作了重要講話,他明確指出:「二人臺在發展中,變成一個新劇種,這個劇種是戲曲」還提出了先搞試點,再辦實驗劇團的倡議。自治區會議的《紀要》歸納與會同志的共識:「二人臺應當由目前不成熟、不完備的劇種發展成爲一個具有內蒙古西部地區藝術特色的,成熟的、完備的地方戲曲劇種」。從而提出了「振興二人臺,創建新劇種」的響亮口號,把創建新劇種和二人臺的改革發展識兩件文化大事,並建議包頭市承擔創建新劇種的任務。

1982 年 8 月,包頭市人民政府根據市文化局的報告,批准將原來的包頭

市民間歌劇團（二人臺劇團）改建爲包頭市地方戲實驗劇團，新劇種的創建
正式起步。劇團建立後，首先提出了創立新劇種建設的指導原則，這就是「博
采眾家之長，化爲自身血肉，保持發揚個怕，開拓自家道路」這樣四句話。
實踐證明，這「二十四字」指導原則是正確的。經過一段時間的創作與理論
實踐之後，他們又把創建新劇種的體會概括爲另外四句話：「劇本是基礎，音
樂是關鍵，唱腔是中心，演員是決定因素」，並提出創建新劇種要「過三關」
即音樂關、劇本關和演員關。

創建新劇種的工作是從重點突破音樂關開始的，當時在劇團領導的親自
參與下率先組織了音樂攻關。一是對中國戲曲音樂共同的客觀規律和藝術規
范進行了學習和研究；二是對解放後二人臺韻改革正反兩方面的經驗教訓進
行了探討；三是對解放後新創的劇種（主要是吉劇）的成功經驗和做法進行
了學習和借鑒。最後也是最重要的，是對內蒙古二人臺 90 餘首傳統唱腔進行
科學的、細緻的分析，並一一造表登記。在此基礎上，初步選擇了「以板式
變化爲主導，兼用專曲」的音樂體制，並設計了「口調」和「樓調」聲腔以
及五類十種板式的大致輪廓。並將這個既具有二人臺音樂特色，又初具戲曲
音樂規範的音樂體制應用到一批或大或小的實驗劇目，主要應用於漫瀚劇的
奠基劇目《豐州灘傳奇》之中，獲得很好的功效。經過幾年的探索與實踐，
漫瀚劇的音樂體制發展爲「以板式變化爲主導，以曲調組合爲基礎，兼用專
曲」的綜合體制，初步規範了實施這一體制的「五板」、「六腔」。

1986 年 9 月，在包頭市成功的舉辦了首屆漫瀚劇學術討論會，著名文藝
工作者吳祖光、李超、何爲、王蘊明、張先程、馬栓柱等被邀請出席了此次
會議。會議期間，自治區黨政領導劉雲山、趙志宏、張燦公及文化廳趙錫鈞
廳長專程來此會上，做出一系列指示，並代表自治區黨委、政府和文化廳，
正式爲「漫瀚劇」命名，包頭市地方戲實驗劇團正式更名爲「內蒙古自治區
包頭市漫瀚劇團」。

（八）漫瀚劇目

1986 年春，漫瀚劇《豐州灘傳奇》（編劇：李野、王寶順、姜言富、長岐，
導演：果肇昌、張景亮，藝術指導：石磊，音樂設計；張春溪、陳懷智，舞
美設計：丁裕民，主要演員：張鳳蓮、劉永勝、陳青、盧志慶等）應文化部
特邀晉京彙報演出，獲得中央領導同志、文藝界、新聞界和首都觀眾的廣泛

讚譽，從而在全國範圍內正式宣告了漫瀚劇的誕生。

新劇種誕生後，漫瀚劇團在市文化局的有力領導下，堅持不懈地進行此新興劇種的藝術建設和學術研究，確定漫瀚劇的美學追求爲蒙漢兩族聚居區所特有的「塞上風韻」和「草原情趣」。自《豐州灘傳奇》演出獲得成功，宣告漫瀚誕生後，又相繼創作排演的劇目有《北國情》、《三十三歲的女經理》、《魂繫中國》、《契丹女》、《東瀛女》、《忠烈碑》等。其中在《北國情》基礎上修改加工定稿的《契丹女》，於 1992 年赴福建泉州參加文化部舉辦的「天下第一團」優秀劇目展演，並再次晉京彙報演出和參加第三屆中國戲劇節。隨後應邀赴西安參加第四屆古文化藝術節演出，獲得成功。榮獲中宣部「五個一工程」獎和「文華」獎新劇目獎。《契丹女》的藝術成就標誌著漫瀚劇正在逐漸走向成熟。接著所創作排演的《東瀛女》參加了全國現代戲交流演出，《忠烈碑》參加了在廣州舉辦的第五屆中國戲劇節演出。

1986 年 2 月，漫瀚劇《豐州灘傳奇》應文化部邀請晉京彙報演出，受到了歡迎和好評，獲得中央領導同志、文藝界、新聞界和首都觀眾的廣泛讚譽，並在區內外引起強烈反響。1982 年包頭市民間歌劇團以《豐州灘傳奇》爲實驗劇目，在二人臺的基礎上，廣泛吸收其他劇種的優點，在劇本、音樂、表演各個方面進行創建新劇種的嘗試。《豐州灘傳奇》演出後，在區內外引起強烈反響，包頭市文化局召開了關於漫瀚劇的學術討論會，來自北京和自治區的專家學者對這一新創劇種予以充分肯定。

漫瀚誕生後，漫瀚劇團在市文化局的有力領導下，繼續不懈地進行劇種的藝術建設和藝術研究，確定漫瀚劇的美學追求爲蒙漢兩族聚居區所特有的「塞上風韻」和「草原情趣」。相繼創作排演的劇目還有《北國情》、《三十三歲的女經理》、《魂繫中國》、《契丹女》、《東瀛女》、《忠烈碑》《暖雪》等。

《契丹女》由包頭市漫瀚劇團創作於 1994 年。它以遼宋戰爭爲背景，講述了金沙灘一戰後，楊四郎闖出重圍、隱姓埋名被召爲遼國駙馬、後南歸探母的故事。包頭市漫瀚劇《契丹女》劇組於 2007 年 11 月中旬受邀赴法國，參加第三屆巴黎中國戲曲節的演出，努力將此具有濃鬱民族特色的地方劇種推向世界。

（碩士生高攀整理撰寫）

十、吉林省松原市扶餘縣滿族新城戲的實地調查報告

（2008 年 7 月 24 日～7 月 30 日）

（一）滿族歷史文化

滿族是「滿洲族」的簡稱，主要分佈在遼寧、吉林、黑龍江、河北、內蒙古和北京等省市，其餘的散居在天津、上海、廣州、西安等大中城市。「滿族」這一稱謂在公元明朝崇禎八年 1635 年首次出現，此前則稱爲「女眞」。滿族先世在歷史上可以追溯到「肅愼」，他們主要以狩獵爲主。肅愼之名，見於《史記‧五帝本紀》,《周本紀》、《孔子世家》、《大戴記‧少閒篇》、《書序》、《周書‧王會篇》、《左》昭九年、《國語‧魯語》及《說苑》、《家語》之《辯物篇》等歷史書籍。其中《晉書‧肅愼氏列傳》對其記載:「肅愼氏一名挹婁,……周武王時，獻其楛矢、石砮。逮於周公輔成王，復遣使入賀，爾後千餘年，雖秦漢之盛，莫之致也。及文帝作相，魏景元末，來貢楛矢、石砮、弓甲、貂皮之屬。魏帝詔歸於相府，賜其王傉雞錦罽、綿帛。至武帝元康初，復來貢獻。元帝中興，又詣江左貢其石砮。至成帝時，通貢於石季龍，四年方達。」

戰國以後，肅愼改稱「挹婁」。《魏書》稱爲「勿吉」;《隋唐書》作「靺鞨」;遼以後稱「女眞」，而女眞一詞的詞源，一般認爲是肅愼的音轉或異譯，其語意，有鳥名、人和鷹三種釋義。北魏時又稱「靺鞨」，著名者有粟末、白山、安車骨、拂涅、號室、黑水、伯咄七大部。公元七世紀末葉，首領大祚榮統治了黑水部以外的靺鞨諸部，建立了政權。開元元年（713 年），唐中宗朝廷封大祚榮爲渤海郡王，都城設在忽汗城（今吉林省鏡泊湖畔）。渤海政權建立後，黑水靺鞨隸屬於渤海。公元 926 年，遼太祖耶律阿保機攻滅渤海政權，黑水靺鞨又轉而隸屬於遼，此後稱「女眞」族。

北宋初年，居住在松花江流域的原屬黑水靺鞨的後裔女眞部完顏阿骨打舉兵抗遼，於 1115 年稱帝，建立金朝，定都上京會寧府（今黑龍江阿城縣南的白城子）。1125 年金滅遼，1127 年滅北宋。十二世紀，蒙古在北方興起，成吉思汗兵分三路進攻金朝，1134 年元滅金。此後的三百年中，女眞人在長期分裂、兼併和自相殘殺中被元明兩代王朝統治著。1616 年努爾哈赤登汗位，建號「大金」，1626 年定都瀋陽，稱爲「盛京」。至明末公元 1636 年皇太極改汗爲皇帝，改後金爲「大清」，改族名爲滿族，一直沿用至今。

綜上所述，發祥於東北地區的滿族，是歷史悠久的古老民族。商周稱「肅

慎」，兩漢稱「挹婁」，南北朝稱「勿吉」，隋唐時稱「靺鞨」，遼金稱「女眞」，至今已有三千多年歷史。滿族有自己本民族的文化藝術傳統，僅就表演藝術而言，已知的有民間歌舞戲曲如「倒瓦喇」、「莽式」、「薩滿」、「太平鼓」,「唱連廂」、「八角鼓」、「子弟書」及大量的民歌、民樂等，然而令人遺憾的是，長期以來人們尚未普見到滿族傳統戲劇。近些年來，隨著各地編寫「戲曲志」和「文藝志」的深入調查、挖掘，直到張庚主編的《中國戲曲志·黑龍江卷》（分卷主編張連俊），才首次將「朱春」（亦稱朱亦溫）列爲滿族傳統戲曲劇種。1959年，吉林省扶餘縣文化工作者，開始創建了「新城戲」，後遂定名爲滿族新城戲。滿族新城戲作爲少數民族戲曲劇種，已被列入《中國大百科全書戲曲曲藝卷》、《中國戲曲年鑒》、《中國戲曲曲藝辭典》和《中國戲曲劇種大辭典》之中，步入了中華民族戲劇藝術之林。

（二）「朱春」稱謂與流傳

　　滿戲之滿語音譯爲「朱春」，又稱「朱亦溫」。漢譯是「戲劇」之意。滿族人稱唱戲的藝人爲「朱春賽」，也稱「達拉密」。通常滿語稱「唱戲」、演戲爲「朱春拉米」。有關朱春的源流沿革，有幾種說法：有的說產生於金代，有的說產生於後金努爾哈赤時期，有的說在滿族說唱文學「德布達利」基礎之上，吸收滿族民歌「拉空吉」、「莽式舞」、「單鼓」等發展而成。乾隆嘉慶之際是朱春的興盛期，道光咸豐以後，朱春日漸衰落。

　　二十世紀20、30年代時期的黑龍阿城、拉林、愛輝等地還有「朱春」的演出活動。後因日僞統治者禁止各地群衆聚會，遂使朱春創作與表演後繼無人。30年代後期，朱春演出活動終止。中華人民共和國成立後，孫吳縣潮水鄉一帶曾有過朱春《婚禮喜歌》，音樂唱腔還保留了傳統朱春的特點。

　　朱春發源於黑龍江省屬地，主要流行於東北地區的滿族聚集區，興盛於乾隆嘉慶時期，衰落於道光咸豐以後。此後，僅在黑龍江省的阿城、拉林、愛琿等地方遺存，其演出活動持續到民國年間。

　　建國後，50年代滿族戲曲在滿族曲藝八角鼓演唱的基礎上誕生，於內蒙古自治區和吉林省產生了蒙古「八角鼓戲」和吉林「新城戲」。1960年，黑龍江省寧安縣創編出表現早年寧古塔一帶滿族生活的戲曲《黑妃》。近年來，新城戲演出足跡，已從吉林松原本地，延伸到省內外的滿族聚集地區。並於2003年此滿族傳統戲曲走出國門，赴韓國進行文化交流。

（三）滿劇分類與劇目

滿劇，即滿族戲曲，是建國後在滿族曲藝八角鼓演唱的基礎上產生的當代滿族的戲曲藝術。50 年代先後誕生於內蒙古自治區和吉林省。因其流佈地域不同，滿族的戲曲劇種可以分爲蒙古八角鼓戲和吉林新城戲。

「八角鼓」是在滿族民歌、小曲的基礎上發展起來的一種民間曲藝形式，因伴奏採用八角鼓，故名。建國初期，在滿族聚集的內蒙古新城區曾演出滿族戲《對菱花》，其曲調和形式很大一部分是借鑒於八角鼓中，因地域而命名爲「內蒙古八角鼓」。「文化大革命」中，滿族八角鼓戲遭扼殺，業餘劇團被解散。粉碎「四人幫」後，新城區滿族八角鼓業餘劇團恢復演出，但由於一些老藝人相繼去世，後繼乏人，較少演出活動。

除內蒙古「八角鼓戲」外，1959 年在吉林省扶餘縣又創制了一個新的滿族的戲曲劇種——「新城戲」。它流行于吉林省扶餘縣和白城一帶，因扶餘鎮曾是清朝新城府治所，故名「新城戲」，沿用至今。

在滿劇之前，歷史上的「朱春」傳統劇目保存下來得很少，然而朱春所反映的內容豐富且題材多樣。據有關史料和口碑材料記載，約略可知十幾種。這些劇目從劇情上大致可分爲三大類：「英雄人物劇」、「婚戀生活劇」和「改編移植劇」。也有人按劇目題材，把朱春分爲三大支：一爲「會寧支」（阿城縣），以取材於滿族歷史題材爲主，如《胡獨鹿達汗》；一爲「肇州支」（吐什吐支），包括扶餘支，以取材於歷史英雄人物題材及神話傳說見長，如《濟爾圖勃格達汗》；一爲「烏拉支」（今吉林省永吉縣），以取材於民間傳說爲多。

在傳統朱春中，比較有代表性的劇目有《奧爾厚達喇》、《胡獨鹿達汗》、《阿骨打打劫》、《額眞汗》、《濟爾圖勃格達汗》等，都是根據本民族歷史、傳說、情歌、史詩、民間故事、神話所編演的。這些主要是歌頌滿族古代聖賢和英雄人物。還有表現滿族人婚戀生活，題材多源於民間故事和說唱文學。如《搭郎》和《莉坤珠和森額勒斗》等，表現了滿族男女青年反對強迫婚姻而追求自由幸福的鬥爭精神與美好願望。

朱春被保留下來的劇目較少，除了上述之外，僅有《祭神歌》、《祭龍王》、《目蓮救母》、《雁門關》、《錯立身》、《虎頭牌》、《探親家》、《范妻送寒衣》、《張郎休妻》（《排張郎》）、《穆桂英大破天門陣》、《關公斬蔡陽》、《借東風》、《秀姑遊花園》等等。

當代滿族戲曲的劇目如：八角鼓戲有《對菱花》、《婚禮讚歌》、《慈禧春

怨》、《妒美河》、《黑妃》、《滿族之花》、《慶月光》等，其中代表劇目《挎柳斗》。滿族新城戲改編、移植和創作了一系列優秀劇目，如《箭帕緣》、《劉三姐》、《梁山伯與祝英台》、《東海人魚》、《鬥縣官》、《劉海與金蟾》、《金哥訪母》、《淚美人》、《滿族之花》、《慶月光》、《戰風沙》（根據縣植樹造林、防風治沙的先進人物事蹟創編）、《李雙雙》、《沙家浜》、《海防線上》、《奪印》、《江姐》、《一堂課》、《紅羅女》（1984 年獲文化部孔雀杯獎）、《皇帝出家》、《繡花女》、《通向使臣》、《薩麗瑪》，以及大型現代新城戲《皇天后土》等等，其中代表劇目是《鐵血女眞》。

（四）文本與劇情簡介

滿劇代表性劇目劇情如下：《奧爾厚達喇》。「達喇」，滿語意爲「人參王」。「奧爾厚」，是人參王的名字。這是一出神話故事劇。其主旨是歌頌人參王奧爾厚按著天神的旨意，經過同大自然各類鳥獸的鬥爭，支持滿族先民肅愼人戰勝各種災害去開拓不咸山（今長白山）的不朽功績。

《胡獨鹿達汗》。「胡獨鹿」，是滿族先民靺鞨人的頭人，史有其人。「達汗」，即滿語國君之意。該劇敷演後唐莊宗時，靺鞨人在其頭人胡獨鹿率領下，平息了各部族間的戰亂，於勿汗州（治所在今黑龍江寧安一帶）廣闊的區域建立起強大的地方政權，被稱「爲勿吉盛國」。他反對朝廷駐勿汗州刺史挑撥離間，製造民族不和，而主張各部族之間團結友善，與鄰國新羅和睦相處，共助後唐皇帝興國安邦。對此莊宗十分讚賞。爲申明朝廷安邦撫民之意，特派欽差御史去勿吉國重鎮挹婁城，召開各部首領及新羅國代表參加的盟會。胡獨鹿在盟會上向朝廷欽差及各部首領重申其民族和睦興國安邦的主張，受到王臣貴族、庶民百姓的贊許。朝廷特冊封胡獨鹿爲勿吉國君，冊封新羅入華郡民，使東北各族得以和睦相處。

《阿骨打打劫》。「阿骨打」，是女眞族首領。他爲了使女眞族擺脫遼國的侵略欺壓，而於 1114 年起兵反遼。次年建立金國，是爲金太祖。該劇是以他殺富濟貧的傳奇故事，歌頌他反遼鬥爭的業績。

《額眞汗》。「額眞」，滿語主的意思，是專用於對滿族首領的稱謂。汗也是國君之意。該劇具體內容目前尚無資料可查。

《濟爾圖勃格達汗》。即勇敢智慧的國君之意。該劇頌揚清朝開國之君努爾哈赤起事時的英勇善戰與足智多謀。努爾哈赤的祖父和父親都是明朝建州

左衛的官吏，雖忠心效命，卻反被朝廷無辜殺害。努爾哈赤不堪忍受朝廷的欺壓，為報先輩之仇，決心反抗明朝。為此，他首先致力於統一女真各部。在此過程中，他不僅英勇善戰，打敗了海西女真葉赫部汗納林布祿糾集九部人馬的聯合進攻，而且還採取聯姻、懷柔之策安撫各部。經長期艱苦奮戰，終於使女真統一強大起來，奠定了反明建國的基礎。

《莉坤珠與森額勒斗》，是一部典型的滿族戲劇。這部戲又稱《莉坤珠逃婚記》，描寫滿族姑娘莉坤珠衝破封建婚姻制度，爭取婚姻自由的故事。由於莉坤珠家境貧窮，無力償還地主惡霸的債務，被強行押走給其癩巴兒子作妻。莉坤珠與情人森額勒斗商定，她先嫁過去，但不與地主兒子同床，且找機會一塊逃走。嫁過不久，莉坤珠趁鄰居家「跳單鼓」之際，與森額勒斗逃婚出走，過上了幸福的日子。這部戲是一齣大戲，戲中的人物很多。主要有莉坤珠、森額勒斗及他們的父母，還有媒婆、巴彥瑪發、富翁老婆、癩巴兒子、兵沾尼、眾兵卒等十幾位有名有姓的戲劇人物。

《排張郎》，講述的是張郎與蓮花勾搭成姦，將結髮妻丁香趕出家門。數年後，張郎淪為乞丐，行乞至丁香門前，丁香大發同情之心，給了他一碗疙瘩湯充饑。張郎向丁香認錯，夫妻二人終和好如初。

《黑妃》為滿族戲實驗改編戲劇。由關慶成、馬文業根據寧安縣滿族民族民間傳說、寧古塔瓜勒佳氏皇親《譜書記實》、《寧安縣志》中有關文字記載編劇。寫清康熙皇帝玄燁夜夢東方出現一位騎龍抱鳳、手托玉璽之女子，認為是應大貴之兆，遂敕令巡訪美女。欽差行至寧古塔，偶遇一懷抱公雞，手托豆腐，跨土牆漁家女，即帶回宮復旨。民女被冊封為娘娘，但過不慣宮禁生活，思念家鄉，百般請求返鄉，皇帝不悅。因見此女提襟露足，有違宮規，遂一腳踢去，民女即斃階下。後來皇帝動惻隱之心，諡民女為「黑妃」，於寧安塔御修「國老府」，築「三道亮子」，以彰聖德。

《戰風沙》為新編滿劇。敘述女共產黨員楊松梅，為防風治沙，帶領群眾植樹造林。丈夫苗春林認為林難造、樹難活、風沙難治，主張離棄搬家。然而後來，戰勝風沙，林茂糧豐植樹成功。苗春林受到教育，群眾增強了改造大自然的信心。1964 年，扶餘縣新城戲劇團演出。導演張來仁，作曲楊新新，舞臺美術設計林秉忠。胡靜雲飾楊松梅，侯連璧飾苗春林，褚夫飾老中農。同年，此劇參加白城地區匯演，評為優秀劇目。1956 年調吉林省會長春公演，吉林人民廣播電臺錄音，吉林電視臺錄像，中央人民廣播電臺播放選

場，中央新聞紀錄電影製片廠拍攝並放映演出片斷。此後，幾經修改演出，成爲新城戲的保留代表劇目。

滿劇《對菱花》，寫清明時節，滿族青年王明和賀巧蘭在郊遊時相遇，二人一見鍾情、私訂婚約。後王明未及時託媒求親，巧蘭相思成疾。王乾媽聞訊前來探視，欲請醫生，卻被巧蘭阻攔，占卦、預卜不祥。巧蘭不信天命，佯裝瘋癲，抗拒兄嫂逼婚。後在王乾媽的幫助下，王明和巧蘭喜結良緣。此劇被收入《少數民族戲曲劇本選》。

滿劇《箭帕緣》，寫青年獵手韓芳與村姑貞娘相愛，互贈箭、帕，盟定終身。皇親祿安王欲奪貞娘，將韓芳抓進私牢獄。後在鄉民的幫助下，韓芳懲治了祿安王，逃出虎口，與貞娘遠走他鄉。該劇是新城戲首創劇目和實驗劇目。

滿劇《挎柳斗》，寫清代某八旗兵年邁退役，帶領六個女兒和一個兒子賣藝爲生。有一日，老少兩代挎著柳斗，手持八角鼓和霸王鞭，前往京城趕廟會。他們一路前行邊舞邊唱，沿途演藝甚受觀眾歡迎。

滿劇《繡花女》表現的是一個村姑裝扮成三個「格格」（即指滿人小姐）與貪色的小王爺巧妙周旋的故事。該劇榮獲文化部、國家民委、中國劇協、中國少數民族戲劇學會第一屆全國少數民族題材劇本獎團結獎。

滿劇《鐵血女眞》，以發生在扶餘大地上金太祖完顏阿骨打興兵伐遼的歷史故事爲題材。寫遼主天祚帝殘忍無道，不僅讓女眞族捕鷹貢獻稱臣，而且對女眞族首領阿骨打的人格進行百般摧殘，逼其跳舞助酒興，並奪其愛妻烏古倫。烏古倫爲女眞族宏圖大業，強忍羞辱陪伴遼主。阿骨打則臥薪嘗膽、修城聚眾，大舉揮師東進，終使遼江山變成了金朝天下。

滿劇《皇天后土》，該劇取材於乾安縣國營鹿場黨委書記呂金山的感人事蹟。故事發生在關東大地的滿族烏拉屯鹿場，佟鐵丹被派往烏拉屯鹿場任黨委書記，上任頭一天便引起軒然大波：從小一起與其長大的老鄉「麻辣燙」特意組織索氏家族一夥族人大跳滿族祭祀歌舞；因被鹿場「亂罰款」並沒收養鹿飼料田而蒙冤成爲「上訪專業戶」的那虎，也聚集那氏家族的人找新書記告狀。之後，一貫橫行鄉里的「屯高草」老球子借機發難、大打出手。佟鐵丹面對愈演愈烈的土地糾紛及錯綜複雜的社會關係網，以其剛正不阿的人格魅力和關東滿族人所特有的機智與幽默，巧妙地化解了一道道難題、解決了一個個矛盾，最終贏得了鹿場全體幹部職工的高度信任與擁護。

（五）演出藝術形態

據田野調查傳統滿劇結構體制所知，朱春是一種歌舞演故事的一種民間戲曲樣式，其形式有兩種：一種爲小戲，一種爲大戲。小戲包括「折唱八角鼓戲」、「倒喇」演唱、「坐腔戲」、「下地戲」、「應承戲」等。一般由兩個男演員演出，一爲旦角，一爲末角或丑角。表演時分別從兩邊上場，邊舞邊唱，多以滿語演唱。一般先唱《祭祀歌》，再唱有情節的戲詞。後來逐漸發展成生旦淨末丑行當齊全的大戲。生和末多爲正派主要角色，旦多爲次要角色，淨多爲反面角色，丑爲滑稽角色，善於插科打諢、詼諧逗樂，在劇中起調解氣氛、逗人發笑的作用。

傳統滿劇顯著的特點，表現在小丑身上，扮者摸花臉、戴高帽，有的在帽尖上插一隻松鼠尾，有的在帽尖上繫紅絨珠或紅纓穗。有的戴卷沿帽扇，穿長袍，腿穿靰鞡。俊扮者，穿戴與丑扮者大體相同，但扮相英俊，服飾色調明快鮮豔。女腳多梳京頭，穿寬袖長袍，著坎肩。男腳多穿獵民服裝。演員裝神弄鬼或摹擬獸類時，皆用假面具。

滿劇表演程序：綜合表演運用唱念做打，多以唱爲主，載歌載舞多是每劇必不可少表演形式。

滿劇舞臺藝術形式：傳統朱春演出，早期多是季節性的業餘演出。演員隊伍也多是臨時組成。後來發展成半職業性質時，演員隊伍相對穩定，營業性質演出活動也逐漸增多。一般班社平時演出主要有四種：「還願戲」、「喜樂堂會戲」、「鄉會戲」和「班社」戲，即自己走村串鄉作營業性的演出。

滿劇朱春唱腔大量吸收民族傳統民歌「拉空吉」（喜歌）曲調、小曲以及薩滿音樂。演員演唱非常講究韻律。唱詞主要押頭韻，運用「滿族曲韻」。在演唱中有托腔、幫腔、甩腔、清唱或干唱等，形式豐富多彩。每齣大戲的唱腔音樂，包括男女分腔，很多曲調。主奏樂器爲四弦，打擊樂器有鼓、紮板、鈸、鑼，以鼓掌掌握節奏。鼓有大抓鼓、小抓鼓、八角鼓、堂鼓、弔鼓等。有的還另加琵琶、笙、鑔等。演奏者多係由彩穗的鼓槌或鼓鞭擊敲。同時，在舞蹈表演方面還吸收了薩滿舞技藝。

（六）表演團體與演員

滿族新城戲是吉林省扶餘縣的一個新興少數民族戲曲劇種，在二十世紀60 年代初以當地流傳久遠的滿族說唱藝術——八角鼓爲母體，吸收了滿族其

他的音樂歌舞曲藝發展而成。

1958 年，周恩來總理提出東北應該創建自己的地方戲曲劇種的建議，從而引起了各級黨政領導的重視。吉林省委組織人力，以「二人轉」爲母體創建吉劇，其它市縣也都紛紛搞新劇種。其中扶餘縣委於 1959 年 10 月成立了「扶餘縣新劇種創編委員會」，縣委宣傳部長朱鳳海任主任，委員劉永耀、張德興、少華、孫宏斌和張來仁等人出面組織設計與實施，從此拉開了新劇種實驗工作的序幕。

1960 年 10 月 27 日，扶餘新劇種定名爲「新城戲」，正式成立「扶餘縣新城戲實驗劇團」，從此，新城戲有了自己的專業實驗演出團體。

1961 年 12 月，吉林省召開新劇種工作會議，新城戲實驗劇團派代表參加，並演出了第一個實驗劇目自編古裝戲《箭帕緣》（趙少華、孫宏斌編劇）選場。在會上，此劇目受到好評，劇種被肯定。此後，滿族新城戲沿著中共吉林省委提出「不離基地，採擷眾華，融合提煉，自成一家」16 字方針，指引著此新興劇種在發展道路上不斷前進。

1978 年，黨的十一屆三中全會之後，「扶餘縣文工團」復名爲「新城戲劇團」，增編至 76 人，整修了團舍，新建了排練大廳。隨著黨的民族政策進一步貫徹落實，民族意識到復蘇，劇團先後根據口碑文學，創編了反映滿族先民的傳說題材的劇目《紅羅女》、《繡花女》和《薩麗瑪》。演出後，受到廣大觀眾喜愛，先後受到地區、省和中央的好評和獎勵。

上述諸劇目不僅展現了滿族人民歷史生活畫卷，同時也使新城戲逐漸向少數民族專一的戲曲劇種方向發展。爲此，吉林省文化廳於 1984 年正式命名爲「滿族新城戲」，將劇團改稱爲「扶餘縣滿族新城戲劇團」。又經省編委批准，成立了「扶餘縣滿族新城戲研究室」，開展了滿族民間音樂、舞蹈及其它滿族戲曲藝術史料的發掘、搜集、整理和研究工作。1999 年，「扶餘縣滿族新城戲劇團」上劃歸松原市，更名爲「松原市滿族藝術劇院」，沿用至今。

吉林省松原市滿族藝術劇院是我國境內唯一的滿族戲劇專業表演團體，享有「天下第一團」的美譽。其前身是「扶餘縣滿族新城戲劇團」，1960 年正式成立，1999 年上劃到松原市更爲現名。多年來，該團一直活躍在松嫩平原，先後創作、改編、移植了《戰風沙》、《奪印》、《劉三姐》、《江姐》等 30 多個劇目，產生了廣泛的社會影響。其創編反映滿族生活的劇目《紅羅女》，獲全國少數民族戲曲劇種演出獎。「文化大革命」期間，扶餘新城戲劇團改爲文工

團，劇種建設受到影響。

粉碎「四人幫」後，1978 年恢復扶餘新城戲劇團建制，但劇種建設一度陷於彷徨。二十世紀 80 年代初期，劇團和縣文化主管部門決定突出民族特色，將新城戲建設成爲滿族特有的戲曲劇種。1984 年，新城戲被確定爲滿族戲曲。其創作演出的《繡花女》獲東北三省電視劇金虎獎評比的優秀戲曲片。新編歷史劇《鐵血女眞》在全國「天下第一團」優秀劇目展演（北方片）中榮獲優秀劇目榜首，並獲得 12 個單項獎、被譽爲「全能冠軍」。在中宣部第二屆「五個一工程獎」優秀作品獎，名列戲曲作品之首。2003 年應韓國江原道鐵原郡的邀請，赴韓國進行交流演出，首次把滿族藝術帶出了國門。2005 年又排演了大型現代新城戲《皇天后土》，得到了省市領導和專家的好評。同年，該院被中國鄉土藝術協會授予「中國鄉土藝術表演成就獎」。2007 年 10 月又參加了第一屆中國少數民族戲劇會演，榮獲銀獎。

該團著名演員諸如：胡靜雲，女、漢族，新城戲第一代演員。原評劇團青年演員，1959 年被調入、扮演新城戲第一個實驗劇目《箭帕緣》中的女主角——貞娘。之後又主演了《江姐》、《戰風沙》、《梁祝》等 20 餘齣大小劇目。她的《戰風沙》唱段，吉林廣播電臺曾多年播放。她曾任新城戲劇團副團長。1986 年病故，年僅 45 歲。

趙彩霞，女、滿族，國家一級演員，新城戲第二代演員。曾先後塑造了《繡花女》中的繡花女，《皇帝出家》中的董鄂妃，《鐵血女眞》中的烏古倫等多個不同類型的人物。由她主演的電視戲曲片《繡花女》，曾在全國 20 多家省、市電視臺播放。她曾在全省會演中榮獲表演一等獎，在全國「天下第一團」調演中榮獲優秀表演獎。現任松原市滿族藝術劇院副院長。

吳克志，男、滿族，國家二級演員，新城戲第二代演員。原是解放軍某部文藝團體骨幹，復員後到新城戲劇團當演員。在《繡花女》裏，他成功扮演了小王爺。在《鐵血女眞》中，他扮演天祚帝，把遼朝亡國之君刻劃得兇殘猥鄙，神形具佳，因而，在全國「天下第一團」調演時榮獲表演獎。

劉海波，男、回族。國家一級演員，新城戲第二代演員，先後扮演《繡花女》中的阿哥，《皇帝出家》中的佟成劍，《通問使臣》中的洪皓等主要角色。他在《鐵血女眞》中的阿古打，一舉奪得兩項我國戲劇表演最高獎——文華獎和梅花獎。

魯忱，女、漢族，國家二級演員，新城戲第二代演員。先後主演了《紅

羅女》、《淚美人》、《劉三姐》等數臺大戲和若干小戲。由她主演的《紅羅女》獲國家文化部獎勵，在省級會演中曾獲個人表演獎。

除了上述幾人外，新城戲還有十幾位在當地觀眾中影響很大的優秀演員。他們是：青衣花旦王丹梅、宋秀芹，文丑褚夫，武生趙彪、老生侯連碧和正在挑大樑任主要演員的李學泉、馬蕊等等。

（碩士生王顏飛整理撰寫）

十一、東北三省和內蒙古地區朝鮮族、蒙古族戲劇田野考察報告（2008年8月9日～8月21日）

（一）東北地區歷史文化

　　2008年8月9號晚我們從山西大同出發，途經張家口、北京、遵化、山海關、葫蘆島、新民市等地，花費近17個小時的路程，抵達此行的第一站遼寧省瀋陽市。通過報刊雜誌書籍與地圖瞭解到東北地區遼寧吉林黑龍江省的大致歷史文化概況。

　　東北，古稱遼東、關東、關外、滿洲，是中國東北方向國土的統稱。東北地區以山海關和烏蘭察布盟為分界，包括遼寧省、吉林省、黑龍江省和內蒙古東部東五盟：錫林郭勒盟、呼倫貝爾市、興安盟、通遼市、赤峰市。其土地面積為145萬平方公里，占全國國土面積的13％，人口1.2億，占全國總人口的9.18％，是我國東北邊疆地區自然地理單元完整、自然資源豐富、多民族深度融合、開發歷史近似、經濟聯繫密切、經濟實力雄厚的大經濟區域，在全國經濟發展中佔有重要地位。東北和古代遼東、關東、關外、滿洲具有前後相繼的承接關係，只不過與具體所指的地域範圍有很大差別。

　　春秋時期，燕國在東北建有遼東郡、遼西郡，秦始皇統一中國後在燕國故土建立遼東郡，大體範圍即今天遼寧省和吉林東南部，秦代長城東起點即為遼東。明朝洪武十四年（1381年），大將徐達修建山海關，從此東北方向領土即以關東、關外來指代。天聰九年（1635年）十月十三日，皇太極發佈改族名為「滿洲」的命令，滿洲既是族稱，也是地理概念。從此東北地區版土即以滿洲稱謂。

　　站在歷史地理學角度來審視，「東北」具有廣義和狹義之分。廣義的東北指1689年《中俄尼布楚條約》之前大清朝在東北方向上的全部領土。大致上西迄貝加爾湖、葉尼賽河、勒拿河一線，南至山海關，東臨太平洋，北抵北冰洋沿岸，囊括整個亞洲東北部海岸線，包括楚克奇半島、堪察加半島、庫頁島、千島群島。遼東是東北南部的地理概念，一度用來指代廣闊的東北地區。歷史上的遼東一度包括漢四郡（朝鮮半島漢江流域以北大部地區）。狹義的東北指現今東北三省：遼寧省、吉林省、黑龍江省，或說東北四省區（包括內蒙古東部）。

東北是我國少數民族主要的聚居地之一。朝鮮族、滿族、鄂倫春族等少數民族分佈在這片廣袤而肥沃的土地上，他們用自己的勤勞和智慧創造了民族歷史的輝煌。這裡是女眞族的發祥地，該古族在這裡建立了顯赫一時的金朝政權。至今仍然影響著中國文化的滿族在這裡建立起了清朝政權，開始了對中國內地長達兩百多年的封建統治。朝鮮族在這裡建立的高句麗邊疆民族政權，至今仍然以特殊的世界遺產身份遠近聞名。這裡生活著眾多的少數民族，閃耀著多彩的民俗風情，演繹著輝煌的歷史文化。東北的少數民族旅遊文化資源正隨著東北地區經濟文化的發展而逐漸爲人們所關注。

「滿族」是我國第二大少數民族，發源於東北的白山黑水之間，主要聚居在遼寧、吉林、黑龍江三省。滿族有著悠久的歷史和古老的文明，由滿族服飾演變而來的旗袍至今仍然是東方文化的象徵和驕傲，享有很高的盛譽。在漫長的歷史發展過程中，滿族在建築風格、生活習俗、飲食習慣、語言文學等方面都形成自身鮮明的民族特色。在滿清政權統治中國的歷史時期，滿族文化已經溶入到了中國歷史，成爲了中華民族文化不可或缺的一個重要組成部分。

遼寧省簡稱「遼」，南臨黃海、渤海、西南與河北省接壤，西北與內蒙古自治區爲鄰，東北與吉林省毗鄰，東南與朝鮮隔鴨綠江相望。全省面積約 15 萬平方公里。人口 4238 萬，有漢、滿、蒙古、回、朝鮮、錫伯等民族，其中滿族、錫伯族聚居人數爲全國之冠。該省轄 14 個地級市、17 個縣級市、19 個縣、8 個自治縣及 56 個市轄區。省會瀋陽市。

吉林省簡稱「吉」，地處我國東北部，爲東北平原的腹地。南界遼寧省，北接黑龍江省，西連內蒙古自治區，東與俄羅斯毗鄰，東南和朝鮮隔江相望。省會在長春。全省面積約 19 萬平方公里。人口 2728 萬，有漢、朝鮮、滿、回、蒙古、錫伯等民族。省轄 1 個州即延邊朝鮮自治州、8 個地級市、20 個縣級市、18 個縣、3 個自治縣及 19 個市轄區。

吉林省歷史上長期是滿、蒙古、朝鮮等少數民族活動和聚居之地。周、秦時活動在長白山北部一帶的肅愼部族，是本區原始居民。唐代曾建渤海國於東部地區。宋代又建金國。省境西部，古稱鮮卑、契丹、韃靼，均爲蒙古族同系。北宋建遼國，滅渤海國，勢力擴至省境東部。元屬遼陽行省。明屬奴爾干都司。清爲寧古塔將軍後改稱吉林將軍轄區，清光緒三十三年（公元 1907 年）設吉林省。

　　黑龍江簡稱「黑」，地處我國東北部，北部和東部隔黑龍江、烏蘇里江與俄羅斯相望。西部與內蒙古自治區毗鄰，南部與吉林省接壤，是我國東北地區對外改革開效的重要門戶。全省面積 45 萬餘平方公里。人口約 3689 萬。有漢、滿、蒙古、回、朝鮮、達斡爾、鄂倫春、錫伯、赫哲、鄂溫克、柯爾克孜等民族。省轄 1 個地區，12 個地級市，19 個縣級市，46 個縣，1 個自治縣及 64 個市轄區。本省是東北地區各族先民自古以來勞動、生息的地方，是滿族的發祥地。西周時期，居住在這裡的民族稱為「肅慎」。漢代肅慎稱為「挹婁」。北魏時稱為「勿吉」。遼金時候改為「女真」。清代始稱「滿族」。自唐代起歷代均在此設機構進行行政管轄。清末改黑龍江將軍轄區為黑龍江省。

　　文化部正式公佈了第一批國家非物質文化遺產名錄，東北三省的少數民族入選項目如下所述：

12	Ⅰ～12	滿族說部，吉林省。
19	Ⅰ～19	喀左東蒙民間故事，遼寧省喀喇沁左翼蒙古族自治縣。
67	Ⅱ～36	蒙古族四胡音樂，內蒙古自治區通遼市。
127	Ⅲ～24	朝鮮族農樂舞，吉林省延邊朝鮮族自治州。

象帽舞、乞粒舞，遼寧省本溪市。

131	Ⅲ～28	達斡爾族魯日格勒舞，內蒙古莫力達瓦達斡爾族自治旗、黑龍江省哈爾濱市。
271	Ⅴ～35	東北二人轉，遼寧省黑山縣、鐵嶺市、吉林省全省各地、黑龍江省海倫市。
276	Ⅴ～40	烏力格爾，內蒙古自治區札魯特旗、科爾沁右翼中旗、遼寧省阜新蒙古族自治縣、吉林省前郭爾羅斯蒙古族自治縣。
277	Ⅴ～41	達斡爾族烏欽，黑龍江省。
278	Ⅴ～42	赫哲族伊瑪堪，黑龍江省。
279	Ⅴ～43	鄂倫春族摩蘇昆，黑龍江省。
296	Ⅵ～14	朝鮮族跳板、秋韆，吉林省延邊朝鮮族自治州。
297	Ⅵ～15	達斡爾族傳統曲棍球競技，內蒙古自治區莫力達瓦

達斡爾族自治旗。

328	Ⅶ～29	岫岩玉雕，遼寧省岫岩滿族自治縣。
433	Ⅷ～83	樺樹皮製作技藝。內蒙古自治區鄂倫春自治旗、黑龍江省。
435	Ⅷ～85	赫哲族魚皮製作技藝，黑龍江省。
461	Ⅸ～13	鄂倫春族古倫木沓節，黑龍江省。

我們除了考察東北地區的少數民族戲劇，另外還帶著考察此地少數民族非物質文化與音樂、舞蹈、曲藝藝術的神聖使命有備而來。

（二）瀋陽故宮古建築

8月10日傍晚，我們遊覽了瀋陽故宮，又稱「後金故宮」，是清朝入關前清太祖努爾哈赤、清太宗皇太極建造的皇宮，又稱「盛京皇宮」。清世祖福臨在此即位稱帝。瀋陽故宮是國家重點文物保護單位，是中國現存完整的兩座國家級宮殿建築群之一，現已闢爲瀋陽故宮博物院。北京、瀋陽這兩座故宮構成了中國僅存的兩大完整的明清皇宮建築群。2004年7月1日，在中國蘇州召開的第28屆世界遺產委員會會議批准中國的瀋陽故宮作爲明清皇宮文化遺產擴展項目被列入《世界遺產名錄》。它以獨特的歷史、地理文化條件和濃鬱的滿族特色而迥異於北京故宮。

瀋陽故宮那金龍蟠柱的大政殿、崇政殿，排如雁行的十王亭、萬字炕口袋房的清寧宮，古樸典雅的文溯閣，以及鳳凰樓等高臺建築，在中國宮殿建築史上絕無僅有。那極富滿族情調的「宮高殿低」的建築風格，更是「別無分號」。這座佔地6萬平方米的古建築群始建於1625年（後金天命十年），建成於1636年（清崇德元年）。全部古代建築90餘所，300餘間。

瀋陽老城內的大街呈「井」字形，故宮就設在「井」字形大街的中心，佔地6萬平方米，現有古建築114座。瀋陽故宮按照建築布局和建造先後，可以分爲3個部分：東路爲努爾哈赤時期建造的大政殿與十王亭；中路爲清太宗時期續建的大中闕，包括大清門、崇政殿、鳳凰樓以及清寧宮、關雎宮、衍慶宮、啓福宮等；西路則是乾隆時期增建的文溯閣等。整座皇宮樓閣林立，殿宇巍峨，雕梁畫棟，顯得格外富麗堂皇。

大政殿是一座八角重簷亭式建築，正門有兩根盤龍柱，以示莊嚴巍峨。大政殿用於舉行宮廷大典儀式，如皇帝即位，頒佈詔書，宣佈軍隊出征，迎

接將士凱旋等。十王亭則是左右翼王和八旗大臣辦事的地方。這種君臣合署在宮殿辦事的現象，在歷史各朝代上少見。從建築上看，大政殿也是一個亭子，不過它的體量較大，裝飾比較華麗，因此稱爲宮殿。大政殿和呈八字形排開的 10 座亭子，其建築格局似脫胎於草原少數民族的帳殿。這 11 座亭子，就是 11 座帳篷的化身。帳篷是可以流動遷移的，而亭子就固定起來了，顯示了滿族文化發展進入一個新的里程。

崇政殿在中路前院正中，俗稱「金鑾殿」，是瀋陽故宮最重要的建築。整座大殿全是木制結構，五間九樑硬山式，闢有隔扇門，前後出廊，圍以石雕欄杆。殿頂鋪黃琉璃瓦，鑲綠剪邊，正脊飾五彩琉璃龍紋及火焰珠。面闊五間進深三間。殿內「徹上明造」繪以彩飾，內陳寶座、屏風。兩側有熏爐、香亭、燭臺一堂。殿前月臺兩角，東立日晷，西設嘉量。殿身的廊柱是方形的，望柱下有吐水的螭首，頂蓋黃琉璃瓦鑲綠剪邊。殿柱是圓形的，兩柱間用一條雕刻的整龍連接，龍頭探出簷外，龍尾直入殿中，實用與裝飾完美地結合爲一體，增加了殿宇的帝王氣魄。此殿爲清太宗皇太極陛見臣下，宴請外國使臣以及處理大政的常朝之處，「東巡」諸帝於此舉行「展謁山陵禮成」等慶賀典禮。公元 1636 年，後金改國號爲大清的開國大典就在此舉行。崇政殿北首的三層鳳凰樓，是當時盛京城內最高建築物。

瀋陽故宮博物院不僅是古代宮殿建築群，還以豐富的珍貴收藏而著稱於世，故宮內陳列了大量舊皇宮遺留下來的宮廷文物，如努爾哈赤用過的刀劍衣物等。

文溯閣建於（清乾隆四十七年）（1782 年）。專爲存放《文溯閣四庫全書》而建。另有《古今圖書集成》亦存於閣內。閣後是仰熙齋，東西有抄手遊廊，是皇帝讀書之場所。

鳳凰樓建造在 4 米高的青磚臺基上，三滴水歇山式圍廊，頂鋪黃琉璃瓦，鑲綠剪邊。此樓閣爲盛京最高建築物，故有《盛京八景》之一「鳳樓曉日」或「鳳樓觀塔」之稱。鳳凰樓上藏有乾隆御筆親題的「紫氣東來」匾牌。

公元 380 年前的農曆三月初三（即 4 月 11 日），努爾哈赤率部眾從遼陽遷都瀋陽。從此，瀋陽城從一個邊陲小城發展爲一代帝王都城，瀋陽城開始了史無前例的大變化。今天的瀋陽中街還保留著當年的格局，故宮依然是瀋陽最具吸引力的建築。宏偉氣魄的瀋陽故宮爲匆匆而過的我們留下了難忘的一瞥。

（三）哈爾濱訪古

8月11日早晨7點30分，我們坐上從瀋陽開往哈爾濱的火車，途經鐵嶺、清河、昌圖、四平、公主嶺、長春、扶餘、雙城等站，經七個小時的顛簸抵達具有「冰雪之城」美譽的哈爾濱。

哈爾濱市是黑龍江省的省會，素有「天鵝頂下的明珠」之美譽。此城位於黑龍江省南部、松花江畔，於濱洲、濱綏、京哈、拉濱、哈佳等鐵路交滙點。爲全省政治、經濟、文化和交通中心，是東北重工業城市之一。古時哈爾濱爲女眞族村落，稱「阿勒錦」。元代轉音爲「哈兒濱」，後稱「哈爾濱」。鐵路通車後逐漸城市規模迅速發展。1945年設市，轄阿城市和呼蘭等4縣市區，人口249萬。

哈爾濱以風景美麗，建築風格獨特享譽國內外。市內有太陽島，兒童公園、兆麟公園等風景遊覽區，另有防洪紀念塔、東北烈士紀念館。1961年開始，每年夏季舉辦「哈爾濱之夏」音樂會。冬季有著名的冰燈展覽，冰雪運動會，市內建有哈爾濱工業大學、黑龍江大學等高等學校和科研機構多所。

進入哈爾濱市區，一股樸實、典雅的俄羅斯風情迎面撲來，異國風情別具一格。然爾卻容不得多想，稍事休整我們已經踏入了黑龍江省圖書館。相繼查閱了一些地方史志叢書與工具書，瞭解到了一些黑龍江的地方戲曲劇種，有拉場戲、龍江劇、龍濱戲、朱春等以及輸入劇種如評劇、京劇、河北梆子、豫劇、呂劇、贛劇等。我們就與少數民族戲劇有關的地方劇種「朱春」作一重點的介紹：

1、朱春

朱春又稱「朱赤溫」。漢譯是戲劇之意。爲重要的滿族劇種。滿族人稱唱戲的藝人爲「朱春賽」，也稱「達拉密」。通常滿語稱唱戲，演戲爲「朱春拉米」。有關朱春的源流沿革，有幾種說法：一種認爲在金代就有了朱春的形式。第二種意見認爲，努爾哈赤在宮廷舉行慶功封賞活動，淸薩滿祭祀祖先、神靈，又請民間的「朱春賽」到宮廷坐唱。後在坐唱的基礎上逐漸變成朱春。第三種意見認爲，朱春是在滿族說唱「德步達利」的基礎上，吸收滿族民歌「拉空吉」、「莽式舞」、單鼓等發展而成。朱春形式有兩種，一種爲小戲，一種爲大戲。小戲包括「拆唱八角鼓戲」、「倒喇」演唱、「坐腔戲」、「下地戲」、「應承戲」等。兩個男演員演出，一人扮俊相，一人扮丑相，從兩側出場，邊唱邊舞，以滿語演唱。一般先唱《祭祀歌》，再唱有情節的戲。

　　朱春的劇目，多爲「朱春賽」口傳心授，未見滿文抄本。朱春劇目被保留下來的較少，僅有《稽神歌》、《基隆王》、《額眞汗》、《探親家》、《搭郎》、《目連救母》、《雁門關》、《錯立身》、《虎頭牌》、《張郎休妻》、《對菱花》、《秀姑遊花園》、《關公斬蔡陽》、《黑妃》等。縱覽其劇目內容，一爲祭神、祭祖；二爲滿族歷史上的重大事件和戰爭中的傳奇人物；三爲滿族神話、傳說、民間故事；四爲從漢族文學中移植過來的戲曲和傳奇故事。朱春劇目以反映滿族歷史、青年男女愛情生活爲最多，也最富特色。按劇目題材，朱春可分爲三大支。一爲會寧（阿城縣）支，以取材滿族歷史題材爲主，如《胡獨鹿達汗》；一爲肇州支（吐什吐支），包括扶餘支，以取材於歷史英雄人物題材及神話傳說見長，如《濟爾圖勃格達汗》；一爲烏拉支（今吉林省永吉縣），以取材於民間傳說題材爲多。朱春沒有嚴謹的行當分工，更沒有固定的表演程序，只要求「朱春賽」按角色表演。「朱春賽」多爲男性演員。

　　除了朱春等傳統劇種之外還有一些輸入劇種，如早期被稱爲「平腔梆子戲」、「蹦蹦」、「落子」的評劇。它的前身繫河北省冀東地區的「對口蓮花落」。以及京劇、河北梆子、豫劇、呂劇、贛劇等外來劇種豐富了黑龍江的戲曲舞臺。

　　隨後我們來到了位於哈爾濱市文廟街的黑龍江省民族博物館。黑龍江省民族博物館是 1985 年以哈爾濱文廟爲館舍成立的，以收藏、展示和研究黑龍江少數民族文物、歷史、文化爲宗旨的全國省級專業性民族博物館。它致力於保護和挽救瀕臨衰微的民族文化遺產，征集、收藏了大量具有代表性的珍貴的民族文物，並對民族文化進行深入研究、挖掘、整理。相繼推出了《黑龍江省少數民族文物》等大型基本陳列展覽，系統展示了代表黑龍江省少數民族的物質文化與精神文化風貌。現已成爲保存、宣傳、交流與研究民族文化，促進民族團結的重要陣地。

　　進入博物館，依次參觀，回族、滿族、柯爾克孜族、達斡爾族、錫伯族、鄂溫克族、朝鮮族、蒙古族、鄂倫春族等各個民族的服飾、生活用品琳琅滿目，諸如魚皮衣、魚皮鞋等；狩獵工具如山雞夾子、窟窿箭等；舞蹈樂器，如朝鮮族的伽耶琴（長 1.4 米）、民鼓（直徑 0.27 米）、長鼓（長 0.55 米，寬 0.43 米）、弦箏（長 1.13 米）、手鼓（直徑 0.13 米），放眼望去，讓人一睹爲快。還有樺樹皮的製作工藝，少數民族人民利用其聰明頭腦結合當地的特有資源，把樺樹皮利用到生活中的各個方面，如用樺皮製作各種生活用品有蒸

籠、針線盒、樺樹皮網，還有在樂器方面，充分展示了其巨大價值。另外還有錫伯族發明的「海爾堪瑪紀事法」堪稱一絕。臨近博物館的門口透過玻璃罩陳列著一組牛皮製作的色彩鮮豔的皮影戲造型。讓人遺憾的是那精美的皮影只能靜靜的躺在那裡，成爲觀眾欣賞的文物，不能就地演出。

哈爾濱市的建築風格明顯與內地不同，到處可見俄羅斯那種直刺蒼穹的哥特式建築，以及西洋式的教堂，都給人一種濃郁的異國風味。其中最具代表性的是索菲亞大教堂，其中東西方文化交流內涵非常豐富。

2、索菲亞大教堂

哈爾濱索菲亞大教堂始建於 1907 年，通高 53.35 米，佔地面積 721 平方米，是目前中國保存最完美的最典型的拜占庭式建築。教堂由紅磚砌成，正中是大堂，大堂的前後左右各有一個附閣，一共五間。大堂頂上是綠色的拜占庭式球狀體，四個附閣的樓頂略矮，是俄羅斯特色的帳篷式尖頂。頂上是高聳的十字架。

我們推門進去，看到教堂正中央有一個可供表演宗教戲劇的小型舞臺，臺口寬 3.8 米，舞臺寬 6.68 米，進身 7.27 米。在大舞臺的一側還有一個寬 3.92米，進深 4.13 米的小舞臺。其他如講經臺、信眾席和唱詩班站位都已不見，只有穹頂和牆壁上褪色剝落的彩繪在訴說昔日的故事。窗戶嵌著彩色石英玻璃，將落日的光濾成了紫紅。教堂裏面正在舉辦哈爾濱建築歷史展，展出的多是十九世紀末二十世紀初的老照片，將引人逡巡於往昔歲月中，去拾取哈爾濱早期建築中的落英。離開教堂走出好遠，再回首望時，落日將最後的餘輝灑在她身上。

據文獻記載，二十世紀初，來哈爾濱的俄商漸多，乃於 1902 年在道里的西商市場（也稱「外國偷盜街」即現在的上遊街，一度改稱商務街）創辦了「商務俱樂部」成爲僑商聚會的場所，位於新商務街，建成於 1908 年。開辦最早的「和平電影院」的前身是「奧連特電影院」。以及西方各國所建教堂：波蘭天主教堂、猶太新會堂等。位於炮對街現通江街的土耳其清眞寺也稱「韃靼寺」，方形主體，尖券拱形高窗，宣禮塔高聳，體現了伊斯蘭建築的特徵。位於道外街，建於 1906 年 8 月的阿拉伯清眞寺，呈方形牆體，圓形穹頂，方圓合一，端莊肅穆，在穹頂上均擎有新月，是一座典型的阿拉伯建築。建於1924 年 7 月的極樂寺，建築氣勢宏偉，構思精巧，是一座典型的中國式寺院。建於清朝末年，道外街的關聖祖師廟。

國內外各種風格建築更是遍布哈爾濱大街小巷：位於中央大街，始建於1909年，的松浦洋行（現教育書店），外形生動，裝飾複雜，輪廓豐富，是哈爾濱市最大的巴洛克式建築。建於1911年的哈爾濱的鐵路俱樂部，包括劇場和圖書館兩大部分，室外有露天劇場，是哈爾濱出現較早的東西方折衷主義風格的建築，劇場內裝飾考究，仿巴洛克建築風格。南崗秋林，始建於1904年，位於南崗區東大直街與果戈里大街交角，亦為折衷主義的代表性建築之一。位於道里地段街的哈爾濱桃山小學，現兆麟小學，竣工於1908年，是文藝復興時期的西方風格建築。位於炮隊街（現銅匠街）的猶太教會學校（現為朝鮮族第二中學）該建築簷壁飾以蜂窩狀鍾乳拱，入口處呈馬蹄形，是典型的猶太教建築。

3、少數民族題材劇目

下午三時我們來到了黑龍江省文化廳戲曲藝術工作室，拜訪此單位的松主任，說明來意後，他熱情的向我們介紹了有關黑龍江省少數民族戲劇方面的資料。他說黑龍江是由多民族共同締造的，少數民族現有回族、滿族、柯爾克孜族、達斡爾族、錫伯族、鄂溫克族、朝鮮族、蒙古族、鄂倫春族等。少數民族戲劇創作與演出為繁榮邊疆民族文化生活作出積極的貢獻。像1994年的赫哲族的《赫哲族的婚禮》；近來排演的反映武則天時期興盛的渤海故國與漢族建交友好往來的歌舞劇《渤海開燈》、《渤海國與大欽茂》、《大唐修好》，另外還有《漠河春秋》、《恩都歷烏拉》、龍江劇《紅樓夢》、《花木蘭》、滿族劇目《朱春》等都受到了群眾的好評。

當李強老師問到哈爾濱的戲劇與外界交流的情況時，松主任說：「中東鐵路的修建使大量俄國人湧進哈爾濱市，也就是在這個時期，是哈爾濱與外界交流最頻繁的時期，受外國文化影響也是最濃的時候。有關內地文學藝術傳入此地，曾經發生山東、河北大量移民的「闖關東」現象。這些社會行為都帶來大量戲曲劇種。」此外，松主任還給我們介紹了黑龍江全省的人口和劇團，劇種的分佈和發展情況，黑龍江省的歷史文化及其少數民族文化等相關資料。

8月12日晚我們離開哈爾濱，坐上了通往綏芬河的火車沿途經過了阿城、玉泉、尚志、海林、牡丹江等地，於8月13日淩晨趕到了中俄邊境線綏芬河市。在邊境線稍作實地考察與停留，便踏上了去往吉林省延吉市的長途客車。沿途經過東寧、汪清兩縣於下午四時到達了少數民族聚居地吉林省延邊朝鮮族自治州延吉市。

（四）延吉朝鮮族文化

　　延邊朝鮮族自治州位於吉林省東部長白山區，是中國東北地區唯一的少數民族自治區，也是中國朝鮮族人數最多的聚居地區。全州轄延吉、圖們、敦化、琿春、龍井、和龍 6 市，以及汪清、安圖兩縣。全州總面積 4.27 萬平方公里，州政府所在地為延吉市，全州總人口 218.04 萬人。延邊朝鮮族自治州山多、林多、草多、水多、土特產多、礦產資源多，是東北「三寶」的主要產地。延邊自治州不僅物產豐富，還素以文化教育事業發達而聞名遐邇。此地交通便利，旅遊業繁榮。主要旅遊勝地有帽兒山森林公園、民俗村、龍井及長白山天池、中朝俄三國風景名勝區等。

　　延吉市是延邊朝鮮族自治州首府，位於吉林省東部，東接琿春市，與俄羅斯毗連；南連圖們市，隔圖們江與朝鮮相望；西鄰白山市；北鄰黑龍江。延吉市是一個以朝鮮族為主的多民族雜居的城市。人口 41.31 萬。

　　根據調查所知，延吉市歷史悠久，據已發掘的新石器時代出土文物及兩千年前的《漢書》記載，早在新石器時代，就有人類在這塊土地上繁衍生息。唐朝前後，延吉曾為渤海國、高句麗王朝轄地。元、明時代，延吉地區先後屬於遼寧行省開元路，努爾干都使司布爾哈圖等衛所。至清康熙十六年（公元 1677 年），授以「長白山一帶為先祖龍興之地」之名。並將興京以東，伊通州以南，圖們以北劃為禁山圍場，封禁長達 200 年之久。

　　十九世紀末，朝鮮及我國山東、河北一帶遭大災，始有人冒禁闖入封禁區。清光緒七年（公元 1881 年），災民大批遷入，清朝逐廢除封禁令，在南崗設立招墾居。光緒二十八年（公元 1902），隨著人口日增，清朝在局子街設延吉廳。宣統元年（公元 1909 年），吉林東南路兵備道臺公署移住局子街，延吉廳升為延吉府。1912 年改為延吉縣。抗日戰爭，東北淪陷時期，延吉淪落於日寇鐵蹄下，為偽滿間島省省會。解放後，成立延邊朝鮮族自治區，後改自治州，延吉亦是州府所在地。1953 年 5 月，延吉從延吉縣劃出成為縣級市。1985 年 1 月，國務院批准延吉市為全國甲級開放城市。

（五）走訪民族劇團

　　8 月 15 日上午，我們來到了自治州文化廳，有幸拜訪了延邊歌舞團書記兼副團長金學松先生。

　　在採訪快要結束時金團長還提出了自己的希望：劇團的生存要有明確的

觀念，打造自己的品牌特色，要有所創新。發展自身素質才是硬道理。爲了更好的發展自己，歌舞團在 2006 年 12 月派遣演員到韓國深造學習，與韓國演員交流學習。只有不斷的學習，不斷的完善，才能不斷的發展。金團長還把他多年辛苦收集整理的珍貴資料拿了出來，供我們參考，大家感激之情油然而生。

下午我們去了延吉市文藝委員聯合會採訪了金紅敏（女）主任。

她爲我們介紹了聯合委員會發展概況和朝鮮族的傳統禮儀等。

8 月 16 號上午，我們來到了延邊州圖書館（也稱平壤圖書館）查閱一些吉林省地方曲藝戲曲地方創作情況：吉林省現有八個劇種，即二人轉、京劇、評劇、吉劇、新城劇、黃龍戲、呂劇和朝鮮族唱劇。曾經有過河北梆子、肘鼓子戲（又名州姑子、拉魂腔）、越劇、豫劇、贛劇和黃梅戲等。

根據有關文獻與口碑資料滙總，這裡對其相關地方戲劇種作一個簡單的介紹：

1、二人轉

二人轉爲東北地區民間小戲，俗稱「蹦蹦」、「雙玩藝」或「棒子戲」。清朝嘉慶、道光年間，在東北秧歌與河北「蓮花落」的基礎上形成。後在發展中吸收了東北大鼓、皮影、太平鼓、霸王鞭、民間笑話以及河北梆子、評劇等多種藝術成分，逐步完善成具有歌舞、說唱性質的代言體表演藝術。其中分三種演唱形式，即「二人轉」、「單出頭」和「拉場戲」。

「二人轉」由上裝（女扮）和下裝（男扮）兩個演員表演，通過又唱又舞和扮演跳進（演員進入劇中人物）、跳出（由人物轉爲事件的敘述者）的方法，演唱一個敘事兼代言的詩體故事。「單出頭」是由一個演員表演的小戲。二人轉其中〔胡胡腔〕、〔文嗨嗨〕、〔武嗨嗨〕、〔抱板〕、〔紅柳子〕、〔喇叭牌子〕等十餘種爲常用的主要曲調。有的長於敘事，有的善於抒情，有的適於歌舞。旋律明快優美、節奏變化多樣。擅長表現東北男女老少的喜悅、激動之情，是撥動勞動人民心弦的鄉音。

二人轉講究舞、演、說、唱、扮等技藝，其舞蹈重功法，如腕子功、肩功、腰功和腿功及步法等，均在東北秧歌的基礎上，經歷代藝人的磨煉而成，且具有獨特風格的高度技巧。其演爲唱、說、扮、舞的有機結合。唱是主要成份，即所有節目以唱爲主。說是指念白，通常稱之爲「說口」。扮是指演員扮演劇中人物，習稱「分包趕角」。舞是組合成的舞蹈場面和扮演人物、敘述

故事的形體動作。總的表演特點是以虛代實，以少勝多（習稱「千軍萬馬，臺上就倆」），通俗簡練，生動活潑。

二人轉自形成始，便在吉林省紮下了深厚的社會文化根基。並不斷得以完善和發展。十九世紀初至二十世紀的 20 年代中期，二人轉演出活動遍及全省農村。演員都是男性，劇目屬于口傳身授。服裝、化妝、手持道具和燈光照明等比較簡單，演出場所多爲場院或土臺子。20 年代末期至 40 年代中期，二人轉名演員輩出，如徐珠、趙鳳禮、張相臣、王興亞、程喜發、王雲鵬、李慶雲、齊蘭亭等皆在各地觀眾中有普遍影響。1945 年抗日戰爭勝利至中華人民共和國建立後，二人轉發展到了一個新的階段。一方面農村散在的民間藝人沿著傳統的二人轉的路子繼續向前發展；另一方面進入城市的藝人組成了固定的專業演出團體，並培養出了很多的女演員扮演上台。其中二人轉《送雞還雞》，單出頭《小老闆》，拉場戲《鬧碾房》等即爲代表，由於深受觀眾歡迎，而以《長白新歌》命名綜合上鏡拍成電影放映。進入 80 年代，東北形成二人轉創作、演出的熱潮。先後有《啞女出嫁》、《倒牽牛》、《包公斷後》等現代戲和新編古代戲的湧現，較之以前在內容與形式上都有新的變化和發展。

2、吉劇

吉劇爲吉林省地方劇種。1959 年在東北二人轉的基礎上，借鑒其他戲曲劇種表演形式創建而成。吉林省吉劇團編演了《搬窯》、《包公賠情》、《燕青賣線》和現代戲《雨夜送糧》等小戲，充實了老生、閨門旦、花旦、花臉、武丑等行當。1963 年至 1965 年，側重現代戲的創作實驗，全省幾個吉劇團先後移植、編演了《奪印》、《會記姑娘》、《爭兒記》、夜襲山城》、《紅石鐘聲》、《躍馬揚鞭》、《江姐》等，受到了廣大觀眾歡迎。

吉劇的音樂是以二人轉音樂爲基礎，吸收東北民間音樂和借鑒一些大型戲曲劇種音樂發展而成。唱腔爲行當分腔，男女分腔，初步形成了以柳調、嗨調爲主兼用曲牌專調的體制。板式有【快正板】、【寬板】、【正板】、【慢板】、【抱板】、【行板】、【流水板】等。打擊樂主要借鑒京劇、民間吹打樂、二人轉及秧歌鑼鼓等發展而成。

吉劇的表演夜以二人轉爲基礎，吸收其它東北民間表演藝術，並借鑒京劇、評劇等劇種的表演手段逐步形成。腳色行當大體分爲生、旦、淨、丑四類。生行分小生、老生和武生；旦行分青衣、閨門旦、花旦和老旦。但他們

之間並無嚴格界限，表演上沒有固定的程序束縛。唱、念、坐、打充滿東北民間的生活氣息。在此基礎上形成以東北民間口語爲特色的「串口」、「貫口」、「俏口」等念白形式和扇子、手絹等道具運用上的表演技巧，顯得生動活潑。吉劇的化妝和服裝基本模仿京劇等劇種。生、旦爲俊扮，淨、丑則用臉譜。但在有些劇目裏，淨丑均不勾臉。

70年代末和80年代初，吉劇原有的實驗劇目重新上演。如《包公賠情》、《燕青賣線》、《桃李梅》等進京演出，受到首都觀眾和文化界的好評。此後也編寫了一批新劇目。如現代戲《婚禮上的眼淚》、《情法之間》、《春回大地》、《黃連花》、《兩種烤鴨》、《會親記》、《春雨紅花》和傳統劇目《包公趕驢》、《三放參姑娘》、《惠梅之死》、《孫猴上任》、《三請樊梨花》等。吉劇在二十多年的劇種建設中培養了大批優秀文藝骨幹，如編劇王肯；導演金玉霞、張奉生；編曲張先程、申文凱等；演員楊俊英、王青霞等。

3、新城戲

新城戲爲吉林省特有地方劇種。1959年在滿族曲藝八角鼓基礎上形成，流行於扶餘縣。因扶餘鎮曾是清朝新城府治所，故名新城戲。

清朝末期至中華民國年間，扶餘境內演唱八角鼓成風。演唱者滿族、漢族皆有，職業、業餘並存。1959年，扶餘縣黨政部門決定以這些曲目、曲牌的音樂爲基調，創建新劇種。同時成立了扶餘縣新劇種實驗劇團，編演了實驗劇目《箭帕緣》。除此之外，其代表性劇目還有《東海人魚》、《戰風沙》和移植劇目《梁山伯與祝英台》等。

新城戲音樂以八角鼓爲基礎，吸收滿族民間音樂（滿族民歌、太平鼓等），以板式變化爲主，兼用曲牌。板式有由八角鼓【四句板】、【靠山調】發展出來的【原板】等十幾種。常用曲牌有【太平年】等二十幾個。行當以生（小生、老生）、旦（青衣、花旦）、丑（文丑）爲主，長於表現悲歡離合情節及輕鬆喜悅的故事。表演取京劇的唱、念、做、打，兼收滿族民間舞蹈，具有滿族歌舞特色。念白分韻白和散白兩種。韻白類似評劇的上韻，多用於古代戲曲中官宦和才子佳人。散白是東北地方語音的說白，多用於古典戲中平民百姓和滑稽腳色。現代戲則一律運用散白。

80年代初，劇團經主管部門決定突出滿族特點，建設新城戲劇種，又成立了扶餘縣新城戲藝術研究室，著手編演滿族題材劇目《紅羅女》，並在音樂、表演和服裝、化妝等方面向滿族歌舞劇靠攏。經過二十幾年的表演藝術實踐，

造就出新城戲的專門藝術人才。如編劇、編曲趙少華，編劇、導演張來仁，演員胡靜雲等，在省內戲劇界有一定影響。

4、朝鮮唱劇

唱劇爲朝鮮族地方戲曲劇種。主要流行於延邊朝鮮族自治州。在朝鮮族說唱藝術盤素里基礎上，借鑒京劇、歌舞等表演形式發展而成。

唱劇最早形成於二十世紀初。根據歷史文獻記載，朝鮮李朝純宗時代，在漢城設立「圓覺社」，曾集中二百七十多名盤索里藝人，以「盤索里」說唱音樂爲基調，借調中國京劇和西方歌劇藝術，創建了以唱爲主，以舞爲輔的民族戲曲形式，稱之爲「唱劇」。代表性劇目有《春香歌》、《沈清歌》、《孔明歌》、《赤壁歌》等。1958 年，延邊朝鮮族自治州文化主管部門響應吉林省文化領導號召，以盤索里爲基礎，借鑒朝鮮唱劇，創建本地區本民族的戲曲劇種。次年春，編演了大型劇目《興甫傳》。爲了區別其原有唱劇藝術，定名爲新唱劇，當地習慣稱其爲延邊唱劇。其音樂仍以盤索里唱腔爲基調，吸收朝鮮江原道民歌「阿里郎」的旋律。表演則採用中國古典戲曲的唱、念、做、舞形式。由於其表演的成功，政府文化部門於 1960 年春季，將延吉市歌舞團改建爲延吉市新唱劇實驗劇團。1963 年，延邊藝術學校唱劇班師生排演了《春香傳》，受到了觀眾歡迎。70、80 年代唱劇在延邊演出很活躍。

5、觀賞朝鮮歌舞劇

8 月 16 日晚上七點左右，我們趕到朝鮮族文化活動中心，有幸欣賞了大型朝鮮歌舞劇《四季之歌》，整部歌舞劇一共分爲四場十幕，以春夏秋冬的順序進行。劇目包括《初春》、《春戀》、《金達萊》、《夏情》、《頂水舞》、《青絲紅線》、《秋獲》、《歡悅的鑼鼓》、《婚慶之喜》、《延吉讚歌》。

此歌舞劇在傳統表演藝術基礎上，借鑒了許多現當代戲劇樂舞手法，四季的色彩、格調、背景布局、音樂伴奏都有鮮明的時代特徵。

第一場爲「初春」。演出樂器有伽耶琴、長鼓，表演的節目有《桔梗謠》、《金達萊》等。春季旋律和緩、柔美，色調光澤、鮮明，格調歡快、激奮，服裝設計輕盈、奇特。

第二場爲「夏情」。表演的劇目主要是《夏情》、《頂水舞》等。夏季剛柔並濟、欣欣向榮，裝扮成夏蛙的年輕人和頭頂水缸的姑娘們渾身散發著夏季的勃勃生機。

第三場爲「秋獲」。表演的節目有《青絲紅線》、《秋獲》、《歡悅的鑼鼓》

等。豐收的喜悅是任何事物都無法阻擋的，伴隨著金黃的秋的風韻，秋的鑼鼓蜂擁而至。激越、亢奮、忘情，旋律快捷、鼓聲震天。

第四場為「冬情」。表演劇目有《婚慶之喜》、《延吉讚歌》等。悠長婉轉的長笛洗滌新娘對母親的依戀，淳樸鮮豔的民族服飾顯露傳統婚禮的華貴隆重。對延吉的讚美、對生活的讚美盡瀉朝族人民的樸實本色。

（六）圖們市民族風情

為了對朝鮮族居民的生活有一個形象、生動的瞭解，對朝鮮族的風土人情有更深入的挖掘，我們決定到圖們市周邊的鄉村進行一下實地調查。

8 月 17 日早晨，我們由圖們月晴鎮的原任副書記金忠書記帶領，前往中朝邊境的村落。過間坪村、下所村，來到了曾經是「貢米之鄉」的馬牌村。金忠書記解釋：「馬牌是朝鮮語翻譯過來的，馬牌村種植的大米曾經是專門供給清朝皇帝享用的，所以這裡被稱為貢米之鄉」，大約 9 時 50 分我們來到了「中國燒烤第一村」——月晴鎮馬牌村。朝鮮族後裔月晴鎮現任書記——金文哲，熱情的接待了我們。

金書記首先帶我們去了位於昌新坪渤海國的遺址，考察了馬牌「二十四塊石」遺址。這裡始建於渤海時期（公元 698 年～926 年），後為遼金時期（907 年～1234 年）所沿用，與其它地區渤海時期的建築址相類似。礎石原位是東西並列三排，每排縱向排列 8 塊礎石，此石為不規則五邊長柱形。石高 90 釐米，最大直徑 65 釐米，最寬面為 90×45 釐米。石頭質地堅硬，呈黑褐色。

馬牌遺址前塑有兩塊石碑，正面碑文分別用漢、朝兩種文字寫著：

圖們市文物保護單位

馬牌「二十四塊石」

圖們市人民政府

1989 年 1 月 18 日修建 2004 年 10 月 1 日　立

「這些奇怪的石頭是從什麼地方來的，又有什麼作用呢？」我們好奇的問，金書記也笑著說：「我們住在這裡幾十年了，從來就沒有見過這種石頭，看來它不是本地產的，而且周邊地區也沒有。考古學家來過好多次，也無從考證的它的來歷和作用。有人猜測它是渤海國時期，從遙遠的異地運來建築宮殿用的。也有人猜測說，這裡一定發生了很強烈的地質變化……總之來說是眾說紛紜，而所有的這些說法只能更增強了它的神秘性。」金忠書記「那

為什麼不把它移到旅遊區開發區呢？」我又突然插了一句。「如果移動了就不叫遺址啦！」金忠書記笑著說。

在此之後，我們又參觀了一些朝鮮族民居建築，這些大部分是懸山頂建築，幾乎沒有硬山頂和歇山頂。在雜草叢生的荒野中，一座古老的朝鮮族船型古屋吸引了我們的目光，它的建築風格很獨特，從廢棄的斑駁來看顯然是年代及其久遠。老屋是磚木結構，整個房屋和房梁間架結構雖歷經滄桑，但仍可窺見當年主人的富足。整個房間從外面看是歇山頂式，前簷寬 12 米，高 2.2 米，門檻高 0.22 米，門前臺階寬 0.55 米。房間進深 4.5 米，內室門框為正方形，邊長為 2.2 米，前簷下有 8 根簷柱，柱高 1.75 米。

走進老屋，我們發現是四間大小相同的房間。房屋內是典型的朝族布局，房屋最東面一間是用作儲存東西的倉庫，緊挨大門的這間是廚房兼餐廳。再往裏屋是年輕人的臥室，最西面的一間是家中尊貴長者的臥室。雖是四間，但各個房間的功能顯然不一樣。從老屋出來，我們來到了月晴鎮白龍村支部委員會大院，採訪了白龍村老年人協會會長池興曄老大爺，他年近 75 歲。李強老師與池會長聊起了圖們江歷史文化時，金書記補充到，圖們江水來自橫貫東三省的長白山天池的地下水。我們不由地驚歎起來。

我們依依惜別了池興曄老人後，來到了中國圖們口岸。莊嚴的界碑牢牢的聳立在這片黑土地上。連接兩國口岸的是一座中朝友誼橋，在口岸大門的門頭上有江澤民主席親手題寫的「中國圖們口岸」幾個紅底鎦金黃色大字。我們由衷地祝願中朝兩國人民友誼萬古常青。

黃昏時分，金忠書記帶我們參觀了延吉市區南部的民俗村和帽兒山森林公園。進入民俗村我們發現雕有面具造型的高麗木大門，在四根柱子的上端都雕刻有木制面具，像貴州的儺面具一樣。在右邊的兩根柱子面具下方還雕刻有「天下第一女英雄」，左邊的兩根柱子面具下端刻有「天下第一男英雄」很有原始宗教神秘色彩。

民俗村在金忠書記為我們介紹了朝鮮族婦女特別喜歡的盪秋韆和跳板，說一到端陽節或農閒時期，她們便穿著節日的盛裝去參加比賽。朝鮮族還有幾個風味小吃的做法也十分考究。像打糕是用蒸熟的糯米打成團、切塊、撒上豆麵並加蜂蜜、白糖製成。朝鮮冷麵是在蕎麥麵中加澱粉、水、和勻成麵條，煮熟後用涼水冷卻，加香油、辣椒、泡菜、醬牛肉和牛肉湯等製成，吃起來清涼爽口、味道鮮美。泡菜則是將大白菜浸泡幾天，漂淨，用辣椒等作

料拌好，放進大缸密封製成。醃製時間越長，味道越可口。

從民俗村出來，我們來到了帽兒山國家森林公園。這裡森林茂密、綠樹成蔭，一尊挺拔的「虎嘯長白」的由漢白玉雕刻猛虎石像安放在山門口，眞是一個天然的別有洞天的邊疆旅遊勝地。

傍晚臨行前，我們又採訪了延吉市曲藝團團長金文赫。金團長，40 來歲，朝鮮族。他對我們異常熱情，特帶我們到延吉市的「東方大世界娛樂城」欣賞了朝鮮族歌舞演出。表演的朝鮮族節目有：朝鮮族的絕活，頂壇舞蹈。節目有《白雪花》、《醉夜長啦 ok》、朝鮮族的橫笛獨奏《大長今》、《神話》等。

（七）遊覽長春博物院

8 月 17 日晚 10 時 45 分，我們從延吉市踏上了前往長春的列車出發，途經安圖、敦化、蛟河、吉林、九臺於 8 月 18 日早上 8 時抵達吉林省省會長春市。

長春市位於吉林省中部，是吉林省的首府。瀕臨伊通河，是京哈、長圖、長白等鐵路的交滙點。長春市是全國主要的汽車製造工業基地，享有「汽車城」的譽稱。市內風景優美、樹木蔥郁，素有「森林城市」和「塞外春城」的美稱。

「僞滿皇宮博物院」成立於 1962 年，位於長春市東北角的光復路上，佔地面積 12 公頃，是當年僞滿洲國傀儡皇帝愛新覺羅・溥儀的宮殿，他自 1932 年到 1945 年間曾在這裡居住。

僞滿皇宮的主體建築是一組黃色琉璃瓦覆頂的二層小樓，有用於辦公處理政務、舉行典禮等活動的勤民樓，集辦公處理政務、娛樂、居住於一體的同德殿，用以供奉清朝列祖列宗的懷遠樓，溥儀及其「后」「妃」日常生活的寢宮緝熙樓，用於舉行大型宴會的嘉樂殿等。此外，還有東西兩個御花園、書畫樓、植秀軒、暢春軒、宮內府、中膳房、洋膳房、鹵簿車庫、馬廄、宮廷花窖、跑馬場、近衛軍營房、禁衛軍禮堂及營房、假山、防空洞、游泳池、建國神廟等附屬設施。僞滿皇宮主要建築，可謂東西方特色兼有園林風格，中日文化並存，具有典型的殖民地特徵。

此博物院成立後與吉林省博物館合屬辦公，1982 年恢復建制，1984 年正式對外開放接待觀眾。原館名「吉林省僞皇宮陳列館」，2000 年劃歸長春市政府屬地管理，2001 年 2 月 18 日更名爲僞滿皇宮博物院。現保護範圍 13.7 萬

平方米，其中展覽面積 4.7 萬平方米，院藏文物近兩萬件。開館至今已接待國內外觀眾近 500 萬人次，2007 年 5 月 8 日被評爲國家 AAAAA 級旅遊景區和全國優秀愛國主義教育基地。

僞滿皇宮博物院是建立在僞滿皇宮舊址上的宮廷遺址型博物館。以僞滿時期的文物、文獻、圖片資料爲主要收藏對象，以日本侵佔我國東北歷史、僞滿洲國史、僞滿宮廷史爲主要研究內容，以僞滿洲國皇宮舊址爲載體，以陳列展覽爲手段。通過舉辦《僞滿皇宮原狀陳列》、《從皇帝到公民》、《勿忘九‧一八》等基本陳列和專題展覽，揭露日本武力侵佔中國東北，推行法西斯殖民統治的罪惡，以及以溥儀爲首的僞滿傀儡政權賣國求榮、效忠日本、充當兒皇帝、奴役殘害東北人民的罪行。展示溥儀及其「后」、「妃」被扭曲的宮廷生活。對廣大群眾特別是青少年進行近代史教育和愛國主義教育，進而達到振奮民族精神，凝聚民族力量，維護世界和平，謀求共同發展的目的。

我們只在長春休整後即於 8 月 18 日上午 11 時 45 分乘長春前往通遼的汽車，沿途經過了四平、公主嶺、雙遼、四平子、二道圈、十屋鎮、鄭家屯等地於下午 4 時 25 分駛入了內蒙古自治州的地界，下午 6 時抵達了通遼（簡稱哲里木盟）。晚上 7 時我們又坐上了由通遼通往呼和浩特的火車。這是一個漫長而有意義的旅途，列車橫跨祖國北方，沿途經過了開魯、查布嘎、林東、大板、林西、經棚、好魯庫、桑根達來、正鑲白旗等地，昔日課本上「風吹草地見牛羊」的草原美景一覽無餘。火車過了化德、商都、濟寧南、卓資山等地，於傍晚我們抵達了內蒙古自治區的呼和浩特市。

（八）考察昭君墓

內蒙古自治區簡稱內蒙古，地處我國北部邊境。北與蒙古、俄羅斯交界，西、南、東、東北分別與甘肅、寧夏、陝西、山西、河北、遼寧、吉林、黑龍江等省接壤。全區面積 118 萬餘平方公里。人口 2376 萬，有蒙古、漢、達斡爾、鄂溫克、鄂倫春、回、滿、朝鮮等民族。內蒙古自治區轄 5 個盟、7 個地級市、13 個縣級市、17 個縣、52 個旗（含 3 個自治旗）及 19 個市轄區。

內蒙古歷史悠久，早在十幾萬年前的新舊石器時代，我們祖先就在此創造了著名的「河套文化」、「大窯文化」、「紅山文化」、「夏家店文化」和「札賚諾文化」。無數歷史文物和考古學者證明，內蒙古同黃河流域其他地區一樣，都是中華民族的發源地之一。這裡最早見於文字記載的古代游牧部族有

匈奴、林胡、樓煩和東胡等。1206 年，鐵木眞統一中國北方各部落，建立了
蒙古汗國，並被擁戴爲大汗——成吉思汗。1271 年，忽必烈建立中國歷史上
大一統的元王朝，用「蒙古」二字定爲民族及地域名稱。1664 年，清政府又
以戈壁大漠爲界，將漠北地區劃爲「外蒙古」，漠南地區劃爲「內蒙古」。內
蒙古自治區於 1947 年 5 月 1 日成立，是我國建立最早的省級民族自治區。

　　內蒙古自治區首府呼和浩特係蒙古語，意味爲「青色的城」。位於內蒙古
中部，北依陰山山脈，南臨九曲黃河，是國務院確定的歷史文化名城，內蒙
古自治區的政治、經濟、文化中心。現轄土默特左旗及托克托縣。市區人口
67 萬，漢族占多數，蒙古族約占 11％，另外還有回、滿、達斡爾、朝族等民
族。境內有戰國趙長城、秦漢長城和明長城。「胡漢和親」的歷史見證昭君博
物院，以及成吉思汗陵等旅遊景觀。

　　昭君博物院位於呼和浩特市南 6 公里的大黑河南岸，由昭君墓及其一系
列紀念建築設施組成。我們走入景區，從蒙古風情園徒步向昭君博物院行進，
兩旁的蒙古包與漢代古建築給人耳目一新的感覺。

　　昭君墓，蒙古語稱爲「特木爾烏兒虎」，意爲「鐵壘」，文獻記載亦稱「青
冢」。從唐代開始有明確記載，爲漢代人工積土，夯築而成，高達 33 米，底
面積 13000 平方米，是中國最大的漢墓之一。整個昭君博物院佔地面積爲
133340 平方米。整個風景區呈南北布局，中間被一條神道隔開分爲南北兩部
分。景區內有漢代闕門、嬌雲浮雕、董必武題詩碑、王昭君雕像、神道石象
生、青冢牌坊、和親銅像、匈奴文化博物館、昭君紀念館、和親園、青冢藏
墨、單于大帳、墓表、昭君傳說故事陳列、歷代詩碑廊、昭君剪紙故事等人
文景點。

　　「單于大帳」的建築風格完全是蒙古包的樣式。在青冢的中心是用漢白
玉雕成的王昭君塑像。匈奴博物館展示了蒙古族的民俗、軍事、歷史演變等
相關資料，以及各個時期珍貴的實物展品。位於墓道右側的「和親園」，是漢
蒙兩族世代友好的最好體現。

　　登上昭君墓土塚的最高端，只有一個古典式攢尖頂小亭立在中央。它的
底座爲六棱形（邊長 2.74 米，直徑 4.85 米），有六根柱子（柱高 3.17 米，直
徑 0.24 米），周圍用直格櫨木柱圍繞（木柱高 1.4 米）。在亭子裏面立著「王
昭君畫像」的紀念碑（碑身高 1.17 米，寬 0.4 米），碑文寫著「大德歲丁丑仲
夏時逢盛世立昭君像以記交城周鼎書」的字樣。其碑底座長 0.96 米，高 0.44

米。碑高 2 米，寬 0.8 米。昭君墓爲什麼被稱爲「青冢」，還有一個傳說。傳說很久以前，每年在春夏之交青黃不接的時候，總有許多人被活活餓死，而在昭君墓的附近卻總有綠色蔓延，爲此救活了不少人的性命。人們都說是昭君娘娘在天上保祐大家平安，於是便把這裡稱爲「青冢」。

從昭君墓走下來，便進入了匈奴文化博物館（含昭君出塞陳列）。在這裡我們瞭解了更多關於王昭君的資料：王昭君，名嬙，後人稱「昭君」或「明妃」，西漢時南郡秭歸人（今湖北省興山縣），後爲漢元帝後宮的待詔。公元前三十三年（漢成帝建始元年），在漢匈兩族人民迫切要求民族和好的形勢下，匈奴呼韓邪單于入朝和親，王昭君自願請行，出嫁匈奴，爲漢匈兩族的和平友好事業，做出力所能及的貢獻。據著名學者翦伯贊讚譽：「大青山腳下，只有一個古蹟是永遠不會廢棄的，那就是被稱爲『青冢』的『昭君墓』。因爲在內蒙古人民的心中，王昭君已不是一個人物，而是一個象徵，一個民族友好的象徵。『昭君墓』也不是一個墳墓，而是一座民族友好的歷史紀念塔。」還有周恩來總理的題詞指出：「昭君成功的出塞和親，在漢匈關係的歷史發展中上承二十年的停戰，下開六十年的和平，不但造福了當時的兩族民眾，亦使她倍受後人尊敬，直到今天她的事蹟仍然流傳於民間。昭君是爲發展中華民族大家庭團結有貢獻的人物。」

在景區我們有幸讀到董必武先生於 1963 年 11 月親謁明君墓所寫的詩一首：

> 明君自有千秋在，胡漢和親識見高。
>
> 詞家各抒胸肌滿，舞文弄墨總徒勞。

此外在博物院的中心地帶有兩處雕像十分引人注目，一爲高大的身著漢裝的漢白玉昭君雕像，溫柔可人，美目含笑。此座雕像高 3.42 米，四周設亭，臺柱高 4 米，雕像底座長 2.6 米，寬 1 米；另一尊爲昭君與呼韓邪單于相伴的高大銅像，他們分別身著匈奴服飾，騎著高頭駿馬，在廣寬的蒙古大草原緩緩而行。銅像高 3.95 米，重 50 噸，於 1987 年塑建。

離開昭君博物院的時候已近傍晚，落日的餘暉灑滿了這片土地與來時景緻不一樣，讓人不由的想到民間美麗的傳說：昭君墓朝朝暮暮，一日三變，「晨如峰，午如鐘，酉如縱」。

（九）參觀內蒙古博物館

　　8 月 20 日早上，我們在鄰近的一家格日勒阿媽奶茶館用餐，品嘗了正宗的蒙古大草原的奶茶，吃了蒙古油酥餅。還瞭解了奶茶的七道製作工藝：第一道為泡，太陽出來前，泡青磚茶；第二道為熬，將茶汁熬開；第三道為揚，將茶汁揚八十一次；第四道為炒，將小米炒至金黃；第五道為澄；將茶葉將茶汁澄出；第六道為兌，將茶汁、米、奶、鹽兌好；最後一道為燒，將兌好的茶加入黃油燒開。難怪喝了蒙古奶茶，如同飲了甘泉瓊漿。

　　之後，我們來到了內蒙古自治州文化廳，會見到熱心的常海處長、田主任。他們為我們聯繫了內蒙古二人臺藝術團、內蒙古京劇團、民族歌舞團、藝術研究所四個劇團進行實地考察與採訪。

　　採訪結束後，我們匆忙中趕到了新建的內蒙古博物館。內蒙古博物館建築面積 5 萬平方米，總高 6 層計 49 米，位於呼和浩特市東二環路與機場元和花園交叉處。包括陳列展覽區、科研區、行政辦公區、多功能廳等，2007 年 8 月投入使用。該博物館以傳統的民族歷史文物精品展覽，迎接內蒙古自治區成立 60 週年大慶。共同開工的還有內蒙古體育館、大劇院，三位一體，統稱為「內蒙古文化體育三大重點工程」。

　　內蒙古博物館新館開設 8 個基本陳列和 6 個專題陳列。分別為《滄海桑田：氣勢恢宏的內蒙古遠古生態環境變遷》、《高原壯闊：多姿多彩的內蒙古當代生態環境畫卷》、《草原寶藏：富饒綺麗的內蒙古地質礦產資源》、《飛天神舟：中國宇航事業的廣闊舞臺》、《塞上雄風：馳騁北方的中國古代騎馬民族》、《大漠天驕：震撼世界的中國古代蒙古民族》、《北國風情：天然古樸的內蒙古近代民風民俗》、《草原烽火：驚心動魄的內蒙古現代革命鬥爭史》8 個基本陳列主題；以及《草原日出：中國古代北方草原原始社會盛景》、《風雲騎士：中國古代北方草原鞍馬文物選精》、《馬背衣冠：中國古代北方草原服飾薈萃》、《瀚海華章中國古代北方草原文化美術集錦》、《蒼穹旋律：中國北方草原古今歌舞藝術擷英》、《古道春風：中國古代北方草原絲綢之路遺珍》6 個專題陳列展覽。博物館內在舊館基礎上增加現有的古生物化石、歷史文物、民族文物、革命文物 4 大類陳列，從而使參觀者能更全面地瞭解內蒙古從古到今的歷史文化發展脈絡。

　　我們還重點參觀了由北京巡迴展出的「國家寶藏展室」。館藏中有 1921 年出土於河南澠池縣仰韶文化時期的魚鳥紋彩陶壺，它有可能是渭河流域的「魚」氏族與豫西「鳥」氏族交戰的歷史寫照。大汶口文化時期的白陶鬶，

良渚文化時期的玉琮，紅山文化的玉豬龍，蜷體玉龍。商王在洹水射死黿後命寢馗讓史館作冊般記載此事而作的作冊般銅黿。商代薄姑部落首領之一用過的銅鉞，青銅斝。發明了「服牛」役畜技術的商祖先王亥，牛拉貨物。商人婦好陪葬品司辛石牛。還有，蔡侯的中銅方壺，滇王的金印，五牛銅枕，吳王夫差劍，秦始皇兵馬俑，金縷玉衣，以及成吉思汗畫像等一批珍貴的國家文物。

8 月 21 日上午我們帶著滿載的圖文資料與學術考察喜悅，由呼和浩特市出發坐上返迴學校的列車。看著車窗外流逝的如詩如畫的塞外風景，活躍的思緒還沉浸在東北白山黑水與內蒙古大草原田野考察的往事之中。

（碩士生張紅旺、趙麗梅整理撰寫）

十二、赴廣西壯族自治區南寧、百色、田林調查壯劇田野報告（2009年4月11日~4月19日）

（一）壯族與劇種情況

壯族是中國人口最多的少數民族，由中國古代嶺南越人的一支部族發展而來，與周秦時期的西甌、駱越，漢唐時的僚、俚、烏滸，宋以後的僮人、俍人、土人等有著密切的淵源關係。壯族與百越中的西甌、駱越一脈相承，主要分佈在廣西、雲南、廣東、湖南、貴州、四川等省區，尤以廣西地區最多。廣西，全稱廣西壯族自治區，以壯族爲主體，是全國少數民族人口最多的省（區）。據2003年人口調查統計：廣西總人口4857萬人，其中少數民族人口1852.14萬人，占38.13%。壯族1589萬人，占少數民族人口的85.79%，主要聚居在南寧、柳州、崇左、來賓、百色、河池6個市。廣西壯族最常見的自稱和他稱主要有「布壯」、「布土」、「布僚」、「布雅依」、「布儂」等，共有20多種。

壯劇是壯族戲曲劇種的統稱，按地域劃分可分爲南路壯劇和北路壯劇，還有宗教色彩濃重的師公戲。壯劇源於壯民族民間說唱和歌舞傳統，在題材、唱腔和表演程序上還積極借鑒和吸收邕劇、桂劇、粵劇、川劇等較爲成熟的外來劇種，逐步發展完善而形成的一個獨具特色的地方劇種。清同治、光緒年間，已有壯劇的演出。

在廣西壯族的民族文化傳統裏，神話傳說、歌舞說唱等文學和文化形式豐富多彩且源遠流長，在民間具有強大的生命力和滲透力。南宋周去非在《嶺外代答》中就記述了壯族的歌唱風習：「廣西諸郡，人多能合樂，城郊村落，祭祀、婚嫁、喜葬，無不用樂，雖耕田，亦必口相樂之。蓋日聞鼓笛聲也，每歲秋成，眾招樂師，教習子弟，聽其音韻。」由於廣西是一個多民族的聚居區，而且多山多水，山水的宛轉曲折，使地區之間的文化交流受到一定的阻滯，在民間民族戲劇的表現形式上呈現出明顯的地域性差異。所以，根據其在語言、唱腔等藝術表現的特徵，廣西壯劇被劃分爲北路壯劇、南路壯劇、壯族師公戲（又稱壯師劇）等分支。

壯劇有三百多個傳統劇目，有根據民族民間傳說改編的，如《儂智高》、《文龍與肖尼》、《百鳥衣》、《蛇狼和七姐妹》、《伏羲造人》等；也有源於各

類歷史演義和章回小說的，如《楊家將》、《五虎平南》、《薛仁貴征西》等；還有從漢族戲曲移植過來的如《梁山伯與祝英台》、《花木蘭》、《白蛇傳》等。建國後還創作了一批新劇目，它們取材於壯族民間的神話故事、歷史傳奇和英雄人物，如《寶葫蘆》、《紅銅鼓》、《瓦氏夫人》等等。這些劇目都釋放著濃鬱的民族氣息和民間色彩，深受壯族地區民眾的喜愛，其演出大受觀眾歡迎。

隨著大量的蘊藉著民族風情和審美的歌舞，以及民間敘事文學的融合使用，壯劇表演具有更為濃鬱的民族色彩，形成了極富藝術張力的獨特風格。壯劇的伴奏樂器主要是馬骨胡、土胡、葫蘆胡、牛角胡、二胡、葫蘆琴、三弦、簫筒和笛子等，有時亦以吹奏木葉作為輔助。此外，還有木魚、大鈸、星鼓、大雲鑼、小鈸、高邊鼓、銅鼓等打擊樂器。另外，新編創的大型歌舞劇，借用漢族戲劇的成熟的表演程序，運用現代的舞臺表現技巧，將壯民族的精神氣質和瑰麗風情展現得淋漓盡致。總而言之，壯劇是一種壯族人民喜聞樂見的，極富民族色彩和民間氣質的民族表演藝術形式。

（二）北路壯劇

北路壯劇，當地群眾又稱為「土戲」，是壯劇的一個藝術分支。北路壯劇流傳在使用壯族北部方言的區域內，包括田林、百色、淩雲等地，輻射面延伸到廣西右江流域及中越邊境壯族北部方言的村寨。

壯劇大多在節日慶典或婚喪嫁娶、風流歌圩時演出。表演時演員以北部壯語方言演唱，夾雜有民間諺語、俚語、格言，唱詞多用比喻，合轍押韻對仗工整。北路壯劇的音樂風格古樸、素雅，主奏樂器是壯族獨有的馬骨胡，唱腔主要包括正調、平調、卜牙調、毛茶調、罵板、恨板、哭調、哀調等，後來發展豐富為三十六種，部分角色有特定唱腔。每句唱詞都用壯族傳統民歌特有的「乖呀咧」來開頭和收尾，（「乖呀咧」即壯語「聰明」的意思）。由此使北路壯劇具有濃烈的民俗韻味，與其他劇種相比較顯現出獨特的壯族山歌的韻味。

北路壯劇的最早唱本是《太平春》。《太平春》是壯劇雛形的文學唱本，是用古壯文寫成的五言句式，且押有完整腰腳韻的古老唱本。包括《開臺歌》、《喜事歌》、《唱新房》、《唱村寨》、《唱包公》、《唱神農》、《唱唐皇》、《唱節日》、《唱清皇》等部分。其唱本全稱為《大清康熙二十年編立央白平調太平

春唱部》，封面還書寫「岑黃班合書」，「民國元年黃福祥抄」字樣。「央白」是北路壯劇發源地——田林縣舊州鎮附近一個村屯，是田林壯劇歷代藝人的家鄉。第二代歌師岑如，第三代原師岑秀龍，第四代先師從善，第五代宗師廖法倫，第七代傳師黃永貴，第八代老師黃福祥等藝師均是舊州央白人。「岑黃班合書」就是央白岑、黃兩個姓氏的班社合編的唱本。「平調」是壯劇主要唱腔【正調】的前稱。《太平春》是用「平調」彈唱，屬曲藝形式的文學唱本。

據北路壯劇第十代戲師閉克堅介紹，由黃福祥親授的三十六個古老傳統劇本在「文革」期間丟失。現僅存三本：一是《臺符》，其內記載壯劇歷代先師之名；二是古老唱本央白平調《太平春》，封面上書「康熙二十年編立」；三是劇本《儂智高》。而這三部唱本還是他當年密藏於菜園的瓦壇中才得以幸存下來。

北路壯劇發展至今，上演的劇目已達 300 多個。傳統劇目有《卜牙歌》、《文龍與肖尼》、《劉二打番鬼》等；代表劇目有《儂智高》、《金花銀花》、《文龍與肖尼》、《梁山伯與祝英台》等。傳統劇目多是古裝戲，基本都是在本民族和本地區所衍生和流傳的神話傳說、歷史故事的基礎上取材的，有些也取材於漢族戲劇的歷史演義和民間傳說。在社會主義新時期，縣文化局一些來自鄉村又獲得文化教育的文化工作者進行了如《九品官設宴》一些劇目的編寫。內容多以壯民族的傳說故事、日常生活爲題材，讚美人性的美好和道德的純正，對權貴和邪惡進行諷刺和鞭撻。

北路壯劇始現於廣西田林縣，發展至今已有 300 多年歷史。明末清初，田林縣舊州鎮已是連通滇、黔、桂的交通要道，爲政治、經濟、文化中心和貿易集散地。正如北路壯劇第十代戲師閉克堅在《田林壯劇史略》描述：「清代順治年間一田林縣商業有所發展，舊州是安隆長宮司治地，是滇、黔、桂三省重要通道和貿易中心。雲、貴來往的馬幫客商常帶二胡、琴、笛等樂器，在茶餘酒後，坐於店門街道，奏起雲貴民間樂曲，深受群眾喜愛。舊州及周圍的那度、板堅、央白、示甫、者念等地的八音班，每在街日前後彙集舊州，向雲貴商客學藝。於康熙二十年前後編出有奏有唱的本子，爾後，便稱爲八音坐唱又稱板凳戲。」

據史志記載，清乾隆三十年（1765 年），田林縣舊州鄉那度村楊六練組織龍城班，搭臺以央白平調演出了他自編的唱本《農家寶鐵》，這一劇目被認爲是北路壯劇最早的雛形。光緒七年（1881 年），田林縣央白屯黃永貴在南寧學

邕劇，之後回到央白先後組織了萬和班及共和班。將漢族大戲與土戲融合，將劇本譯成壯語，用本地土語演出，吸收粵劇的武打，在唱腔、表演臺步、音樂伴奏等方面也作了一些調整和創新，使北路壯劇臻於成熟。光緒二十年（1894 年），黃永貴編演的表現壯族英雄慷慨義舉的武戲《儂智高》，爲北路壯劇奠定了基礎。由於使用了地方民族語言來演出，北路壯劇在左右江一帶廣爲流傳，甚至還被邀請到臨近的貴州冊亨、雲南富寧等地演出和傳藝，進一步推動了北路壯劇的傳播。除了邊疆普通百姓，權勢階層也對壯劇熱情有加。光緒二十二年（1896 年），兩廣總督岑春煊弟岑毓琦在西林縣那勞鄉組建土戲維新班，光緒三十年（1904 年）春，還組織了一次滇黔桂 3 省 12 個戲班到府同臺競技，有力地推動了北路壯劇對外的交流與影響。由此可見，北路壯劇在壯族地區廣爲民眾所喜愛和推崇。

在抗日戰爭時期，由於戰亂，北路壯劇曾經暗啞過一段時間。解放後得以復蘇，出現了一些修爲較高的民間藝人。但在文化大革命期間，壯劇和壯劇藝人又被作爲「四舊」遭受迫害和摧殘。直到二十世紀 80 年代，北路壯劇才重新得到應有的自由和尊重。壯劇藝術，以其民間性質和民族特質，又如鄉間田野的野花，爛漫盛開在壯族鄉村的田間地頭。

據田野考察所知，北路壯劇最初是在當地民歌和民間說唱「八音坐唱」的基礎上形成的，之後歷經了「板凳戲」、「門口戲」、「平地戲」、「遊院戲」等演變階段，最後發展爲現在的「搭臺戲」。

廣西北路壯劇有著源遠流長的師承傳統。從第一代開始，陳陳相因、代代相傳。宛如壯劇的動脈，流淌著壯劇藝術的生命，到現在已經第十代。古代文獻《臺符》記載從清乾隆三十年搭臺戲開始至今的歷代先師：第一代楊六練田林舊州那度人爲臺師，第二代岑如田林舊州央白人爲歌師，第三代岑秀龍田林舊州央白人爲原師，第四代黃從善田林舊州央白人爲先師，第五代楊蓮田林舊州那度人爲祖師，第六代廖法倫田林舊州央白人爲宗師，第七代黃永貴舊州央白一八桂平陸爲全師，第八代黃福祥田林八桂平陸人爲老師，第九代黃芳升田林八桂平陸人爲繼師，第十代閉克堅田林百達——淩雲朝里爲新師。

據《田林縣志》記載：據 1989 年統計，田林縣共有業餘團隊 106 個，業餘演員 2300 多人。按當時總人口計算，每 100 個人口中就有 1 名業餘演員，這在全國也是罕見的。1990 年，有業餘團隊 104 個，演員有 2664 人。北路壯劇發源地之一的田林縣樂里鎮，如今全鎮就有 6 支業餘演出隊，演員達 150

多人，都是地道的本地農民。每支戲班每年演出均在 10 場次以上，觀眾達上萬人次。

在當今市場經濟的衝擊下，北路壯劇面臨嚴重的危機。鄉村青壯勞力都外出打工，壯劇表演的後繼人員銳減。在現代的大眾文化全面滲透，北路壯劇遭受如通俗歌曲、流行音樂、卡拉 OK 等文化娛樂和消遣方式的強烈衝擊出現萎縮。

但在近年國家大力挖掘與保護「非物質文化遺產」的政策導向下，全國許多民間文化被賦予公共文化的身份和一種合法化的地位。北路壯劇就是在這樣的機遇下得以枯木逢春。田林縣政府目前推出打造壯劇故鄉的舉措，在2007 年 4 月舉辦首屆北路壯劇藝術節。這一消息在當地傳出，可謂鼓舞人心。全縣有近百個農村業餘劇團踴躍報名，掀起了一輪壯劇排練和演出的熱潮。而這一活動在政府的支持和民眾的推崇之下，得到了可持續發展，其影響還延伸到周邊貴州、雲南的一些民間的戲劇團體的參與，並得到學術界的重視。

據調查北路壯劇與周邊地區民族文化的交流日趨活躍：北路壯劇的藝師經常應邀到各地傳授技藝，例如黃福祥在其有生之年就傳授指導了 36 個戲班，其中三個戲班「乃言」、「八達」、「央樸」是貴州的。正如冊亨縣宣傳部長黃福春於 1987 年 4 月 9 日說：「冊亨布依戲有兩種，弼祐為一類，稱彩調。八達、乃言、秧壩為一類，是廣西戲師黃永貴來教的。這個從『三板』（指冊亨縣巧馬區板其、板壩、板街三鄉）調查中證實。」「光緒三十年（1905 年）清監運使岑敏毓在那勞做壽，邀請了外地 12 個壯劇團，加上那勞戲班共 13 個壯劇戲班集中那勞會演，為之做壽。……除廣西西林附近縣的壯劇團外，也有雲南壯劇、沙戲、貴州的布依戲戲班。於宮保府院外搭三個高臺，十三隊壯劇、布依戲藝術隊輪番演出，歷時六天六夜，演出了《八仙慶壽》、《狸貓換太子》、《征東》、《征西》等劇目。……此舉是歷史上壯劇、布依戲的大會演、大檢閱、大交流。」（岑隆業著，《那勞壯劇源流初探》），歷史的相通，地理的相鄰，族源的切近，情感的交好，藝術的共鳴，使廣西與貴州兩地的民間戲劇交流頻繁，共同促進了各自民族文化的進步與發展。

（三）南路壯劇

南路壯劇專指流行於使用壯語南部方言地區的民族戲劇。包括靖西的提線木偶戲和德保的馬隘戲，主要流行於使用壯語南部方言的靖西、德保、那

坡、天等、大新、田東、田陽一帶。南路壯劇源於當地民間歌舞，因受提線木偶戲的影響，最初爲唱做分離的「雙簧式」演唱形式，後逐漸豐富發展而爲傳統戲曲形式。

南路壯劇最初由民間說唱「末倫」發展而來。「末倫」是巫婆做法所唱的曲調，是一種說唱文學。曾流行於廣西的靖西、德保、那坡、田東、田陽、大新、天等、龍州，以及雲南省富寧、越南北部邊境與靖西壯語方言相通的地區，約有 300 年的歷史。

這一民間說唱形式，歷經了「巫論」、「巫朗」到「末倫歌」的發展歷程，流傳在南壯地區靖西一帶的「論」。其論在壯語中爲「說」之意，巫論即巫說，它最早是巫婆跳神驅鬼禳災避禍時專用的巫調，後來加入主敘事的「說白」成分，成爲「巫說」。「巫論」以唱爲主，在唱中間有說白，在這種說唱形式已經出現了民族戲劇中的「代言」的因素。在說唱時使用不同的聲調、語氣、節奏、表情，來模擬各種人物的形態，表達情感。「巫朗」是一種坐唱文學。「朗」在壯語中是說「坐」的意思，「巫朗」即是「巫坐」。「巫朗」不再是巫婆的專利，而是將說唱的權力擴展到了世俗層面，只是保留了「巫論」的調子。「巫論」以代言爲主，而「巫朗」則一般以敘事爲主，且多用於說唱個人身世表現世俗人生，與宗教毫無關聯。「巫朗」的繼續發展則是「末倫」。最早的「末倫」都是對個人不幸身世和遭遇的傾訴，後來一些專以說書爲業的盲藝人，把一些民間故事和世態人情加上巫調以編演傳唱，並逐漸使之職業化。但從整體而言，流傳在鄉間村裏的「末倫」，其演唱的主體絕大部分依舊是農民。最早的曲目取材於本民族或漢族的民間故事，例如《儂智高》、《毛玉與紅英》、《張天忠開創歸順州》、《十朋與玉蓮》、《梁山伯與祝英台》、《楊家將》等等。

壯族提線木偶戲流傳在廣西西南地區的靖西、德保、那坡、田陽、天等、大新等縣，俗稱「木頭戲」，又因其音樂多以「呀哈呵」作襯腔，故又得名「呀哈嗨戲」。此種表演形式因用當地的壯話，唱當地的壯族民間小調，故爲大眾所喜愛。木偶戲的出現可以追溯到宋末元初年間，因文天祥遺部常駐邊地，一些人開始在壯族地區安營紮寨，而此前壯民族中就有與唱述故事相結合的提線木偶的表演。壯族木偶戲有著豐富的傳統劇目，從取材來劃分有三大類：一是壯族民間傳說故事題材的劇目。二是從古典小說改編的劇目，如《三國演義》、《西遊記》、《水滸傳》、《封神演義》、《說岳傳》、《薛仁貴征東》、《薛

丁山征西》等。三是從兄弟劇種移植改編翻譯的劇目，如《穆桂英》、《昭君和蕃》、《秦香蓮》、《孟麗君》、《孔雀東南飛》、《牛郎織女》、《花木蘭》等在唱詞方面，壯族木偶戲劇本有自己獨特的句式結構，一般七言句用五、二句式，五言句用三、二句式。押腰腳韻，即第一句尾字與第二句腰七言句的第五個字，五言句的第三個字互相押韻。

清代光緒十一年（1885），靖西的木偶師傅韋公理、李瓜迭兩人以人代偶上臺表演，以當地土話唱民間小曲，受到群眾喜愛。後來此形式漸與，出現在清代道光年間的德保縣馬隘土戲相結合，從而形成了南路壯劇。

南路壯劇的正式出現道光二十五年（1845）天保縣（今廣西德保），黃現炯到南寧學戲，兩年後回鄉組建馬隘戲班。靖西木偶戲和德保馬隘土戲相結合，形成了南路壯劇的基本形態。由於用本民族的語言演唱，所以很快流行於左、右江一帶的壯族地區，甚至隨民族的遷徙移動跨越了國境，在越南邊境地區流傳。

由於南路壯劇演唱中多用「呀哈嗨」為襯腔，又叫做「呀哈戲」。主要唱腔有慢板類的「平板」、「歎調」，中板類的「採花」、「喜調」，快板類的「快喜調」、「高腔」，以及散板類的「哭調」、「寒調」、「詩調」等，其唱腔多達 160 個曲牌。伴奏樂器以壯民族特有的馬骨胡、土胡、月琴為「三大件」，並配以牛角胡、二胡、揚琴、三弦、鼓、鑼、鈸、木魚等。劇目有《農家寶鐵》、《寶葫蘆》、《紅銅鼓》、《百鳥衣》等。

（四）壯師劇

壯師劇，為壯族戲曲劇種的一支，也有人稱為「壯師劇」，屬師公戲系統。壯師劇原是在民間由巫師主持的儺祭活動，主要分佈在柳州、象州、武宣、來賓、馬山、上林、武鳴、德保、靖西等縣，貴縣的西江北岸也多為壯師劇的活動區域。壯族師公戲脫胎於壯族民間師公教祭祀娛神的歌舞，在祭祀做法時，司唱的師公為「唱師」，司跳的為「跳師」。可以說，師公戲是從師公歌舞演變而來，是早期祭祀的唱師或者跳師乃古代中原儺祭與「越巫」相結合。這是一種源於古儺儀式，以巫扮神，以舞降神為特徵的民間祭祀舞蹈。其儀式中由師公（巫師）戴木質面具扮神表演，因表演者為師公，所以稱為師公舞。因桂南地區的酬神儀式和跳神表演在山坡上進行，故稱為「跳嶺頭」。

據實地考察所知，最早的師公戴面具、著紅衫，後改為化裝著戲服。以

蜂鼓、鑼、鈸和無膜笛等樂器伴奏，到明清時期已經推廣到各地。師公戲一般沒有完整的劇本，多採用五字、七字敘事民歌體的唱句，以唱為主，對白較少。師公戲的一個特點就是以木質面具代替化妝，「木面」原為降神的必備道具。降伏什麼神即戴什麼面具，有些地方已無面具，用布或紙板畫的面具代替。有的改為化妝，稱作「粉面師」。

壯師劇帶有濃鬱的宗教祭儀性。師公戲早期演出時都戴面具，由於師公戲多演出神靈的故事，所以神的外貌特徵都以面具固定。習稱「三十六神」、「七十二相」，可分為「本師神」和「土俗神」兩類。在表演中，師公代民眾發出請神驅疫的訴求，然後演唱神的身世、功德。也有代神主指導民間如《三元》、《社王》、《白馬》等。這些神主有漢文化系統中佛教和道教裏的神，也有本地區、本民族的「土俗神」，如在《莫一大王》、《三界》、《盤古》、《特瑤》等劇目中所稱頌的神。在同治年間遭到洪秀全組織的拜上帝會的禁演。辛亥革命之後，各地破除封建迷信，師公戲不再公然進行祭祀活動。為了謀生，遂將一些土俗神或「勸善」、「勸孝」故事予以搬演，如《白馬三姑》、《馮三界》等，也改編了一批其它劇種的傳統劇目，如《梁山伯與祝英台》、《高文舉》、《薛仁貴爭婚》。最為生動的，則是根據民族民間文學改編的反映民族精神的劇目，如《莫一大王》和《達七》等等。

《莫一大王》講述的是一個具有超強能力的部落首領莫一如何抗擊封建王朝的壓迫的英雄事蹟。《達七》則塑造了一位敢愛敢恨，善良、正直、富有正義感，敢於反抗土司權勢的壯族少女的光輝形象。民國之後，師公戲還吸收許多漢族故事，如《二十四孝》，題材來源於中國傳統二十四位崇尚孝道的歷史故事。師公戲藝人將其編成小戲，是師公戲搬演歷史人物較早的一批劇目。一般只在喪事時演出，視喪事規模，大齋則二十四個劇目串連演完；小齋則選演其中幾個。經常演出的此類劇目有《舜帝孝感動天》、《閔子騫單衣順母》、《丁蘭刻木侍親》、《朱壽昌棄官尋母》和《董永賣身葬父》等。這些漢族的傳統故事以勸善敬孝為主旨，按照壯族習慣與民族心理予以民族化，創製出適合本民族民眾的審美趣味和道德標準的新的戲劇題材，流傳廣泛，成為所有師公班的保留劇目。

從壯師劇劇目發展的情況來看，反映出從唱神到唱人神，再到唱人的世俗化、娛樂化的演變軌跡。由此可以推導出，壯師劇的生長空間，一直擴充於廣大民間。

（五）廣西壯劇劇目

經調查與統計，壯劇大約共有三百七十多個傳統劇目。這些劇目，從題材內容上看，可分為如下三大類：一是謳歌反抗侵略壓迫的英雄的如《儂智高》、《劉二打番鬼》、《薛仁貴征東》、《薛丁山征西》、《花木蘭》、《楊家將》等；二是揭露封建統治罪惡的如《文龍與肖尼》、《百鳥衣》等；三是反映封建婚姻制度的如《梁山伯與祝英台》、《張四姐下凡》、《七姑》等；四是表現善與惡、美與丑、忠與奸的矛盾鬥爭如《毛紅與玉英》、《蛇郎與七姐妹》、《蝶吒》等；五是反映壯族先民向大自然探索鬥爭的如《伏依造人》、《盤古》等；壯師劇還有反映背棄倫理道德遭惡報的如《三姑》、《妹梭與勒梭》等；反映傳統文化生活的如《蒙倫》、《劉三姐》等。

建國後，少數民族戲劇的成長得到了政府的大力扶持，除了傳統劇目以外，還改編、創造了許多新劇目。一些文藝工作者和民間藝人，從豐富的民間文學遺產汲取營養，挖掘、整理出了一批傳說故事劇，如《寶葫蘆》、《紅銅鼓》、《百鳥衣》、《一副壯錦》等；也有將漢族戲曲題材移植過來的劇目加以民族化的，如《錯配鴛鴦》、《文龍與肖尼》等；還有取材於歷史故事，如反映太平天國起義的《莫六魚洞》等；以及根據社會主義意識和時代精神的新的創作，如現代戲《狡猾地主》、《兩條道路》等。這些都極大地豐富了壯劇的劇目。

此外，經過整理的師公戲還有《白馬姑娘》、《萬事不求人》。這些故事顯示出民族戲劇的豐富性，同時獲得社會的廣泛認可。如壯劇《寶葫蘆》晉京演出，獲得觀眾一致好評。1962 年，壯劇《紅銅鼓》、《寶葫蘆》相繼由中國戲劇出版社出版單行本，向全國各地傳播。而新編創藝術形式──歌舞劇《劉三姐》的成功上演，更是享譽海內外，提升了整個廣西的民族戲劇的國際聲譽。

在演出《劉三姐》的同時，廣西積極搶救戲曲文化遺產取得很大成效。各地紛紛舉辦各種老藝人座談會，其目的是全面挖掘傳統劇目、表演藝術、唱腔曲牌，並將傳統文化中的臉譜、服裝道具、舞臺裝置、發展沿革、分佈概況以及老藝人藝術生活史等資料記錄下來，並組織青年演員跟隨學藝，以繼承和發揚這些寶貴的民族藝術遺產。在這些舉措的激勵下，整個廣西的文藝界呈現出一股保護、傳承和弘揚民族文學藝術的熱潮。

而在這股發展民族戲劇的文化熱潮中，廣西壯劇團擔當了時代「弄潮兒」的角色。廣西壯劇團在繼承的基礎上力求創新，創作和排演了許多具有濃鬱

民族風格的傳統和現代劇目，如《寶葫蘆》、《百鳥衣》、《金花銀花》、《羽人夢》、《瓦氏夫人》、《醉酒英雄》、《歌王》等不同年代的代表劇目，並多次獲得自治區及全國等各級匯演的獎項。

1965 年，廣西壯族自治區壯劇團成立，除了沿襲壯族民歌、民間樂舞等的民族傳統來發展戲劇，還向漢族和其他民族劇種學習借鑒，從而豐富了壯劇表現手法。壯劇從此有了生、旦、淨、末、丑的一套較完整行當，並使壯劇表演逐漸程序化，推進了壯劇藝術走向全國的步伐。同時，壯劇的唱腔音樂也發展至百餘首，劇目近百個，其中代表性傳統劇目有《文龍與肖尼》、《儂智高》、《張三嶺》、《解臼》、《雙狀元》、《雙花配》等 10 餘個。整理改編劇目有《百鳥衣》、《臘紙書》、《火龍袍》、《紅銅鼓》、《寶葫蘆》、《金花銀花》等20 多個。移植劇目有《洪湖赤衛隊》、《沙家浜》、《紅燈記》、《平原作戰》、《紅松店》、《王老虎搶親》、《春草闖堂》、《狀元與乞丐》等近 60 個。

1960 年 3 月 15 日，作為廣西壯族自治區成立的獻禮節目，由黃燈煒改編、藍鴻恩、侯楓、周遊整理翻譯、滕泱蕃導演的壯劇《紅銅鼓》在自治區首府南寧獻演，引起很大的轟動。《紅銅鼓》取材於壯族民間故事，該劇塑造了一位英勇無畏、大義凜然的壯族女英雄的形象。通過對其抵抗權霸、保護本族人民、奮勇獻身之義舉英雄氣質的凸現，成為了壯族文化精神的象徵。該劇的劇本在 1982 年全國少數民族劇本評選時獲三等獎。同時，該劇還在 1959 年 12 月中國和越南邊境個寶水庫落成典禮上演出，也得到了越南人民的喜愛。

大型壯劇《百鳥衣》是新編現代壯劇的成功典範。此劇亦取材於壯族民間故事，但在編排中一改傳統壯劇的短小、質樸的風格，融入了大量的現代表現手段，場面宏闊，氣勢恢弘，受到民眾的熱烈歡迎。當時，《百鳥衣》的社會反響極為熱列，如《民族畫報》、《光明日報》、《文匯報》、《北京日報》、《戲劇報》和《廣西日報》等主流媒體都發表了評論和劇照。

1984 年底，壯劇《金花銀花》在廣西壯族自治區首屆戲劇展覽會上演，並獲得優秀演出獎，引起了廣大觀眾以及戲劇界人士的濃厚興趣與密切關注。《金花銀花》這個劇本通過以神話傳說的形式，講述了一個具有鮮明壯族特點的「姊妹易嫁」的故事，無情地揭露、鞭撻了姐姐金花的貪姿自私、見利忘義，凸顯了妹妹銀花性格中善良、樸實、剛強、明理等壯族姑娘的美好品性，詮釋了其深刻的民族團結主題。1985 年 10 月，該劇為全國少數民族題材劇本頒獎暨學術討論會在南寧開幕專場演出，11 月赴北京參加全國戲曲觀

摩會演大會，榮獲 10 項獎。該劇榮獲中宣部「五個一工程獎」、「文化部文華大獎」及 7 個文華單項獎，劇本獲「曹禺戲劇文學獎」，並獲選代表廣西參加第五屆中國藝術節赴成都展演。

基於這樣的文化場域與時代契機，新時代的廣西壯族戲劇藝術團體傾力打造自己的民族戲劇精品，尤其是向外推廣壯族文化新的藝術樣式——歌舞劇，以及一系列經典的劇目，如《劉三姐》、《歌王》、《瓦氏夫人》、《媽勒訪天邊》、《壯錦》等。

壯劇《歌王》創作於二十世紀末，其主題是壯族民歌的精神魅力化解了民族矛盾和文化衝突，展現了壯族民歌的華彩與智慧。其歌陣對兵陣，刑場變歌臺，王禮威嚴處，歌禮情化開。在戲劇舞台上，「歌」是戲眼，每一個戲劇的高潮都以歌來呈現，在歌的傳唱中，民族矛盾、文化的衝突，在情感的傳遞、交流中融化、糅合。

壯劇《瓦氏夫人》在二十一世紀初被搬上舞臺。講述的是一位民族女英雄抗擊倭寇侵略的歷史。一個年事已高的女子，帶領朝廷視爲「邊蠻小族」的軍隊，爲保衛中華領土浴血奮戰。深明大義、寬容堅韌、剛毅果敢、愛兵如子的女英雄形象呼之欲出，震撼著觀眾的視覺和心靈。在瓦氏夫人身上展現了壯民族堅韌頑強、正義寬容的民族性格，宣揚了民族團結、抵禦外辱的民族精神。此劇目榮獲第七屆中國戲劇節「中國曹禺戲劇獎優秀劇目獎」和 8 個單項獎。

此外，根據壯族人民的文化需求打造的一批壯劇精品劇目還有《羽人夢》、《醉酒英雄》等，它們分別參加首屆、第四屆中國藝術節展演，受到全國觀眾的歡迎。

2006 年，在「北京·廣西文化舟」的廣西民族文化推廣活動中，與《歌王》、《瓦氏夫人》同臺演出的大型風情壯劇《歌王》是上個世紀 90 年代的最有成就的代表性劇目。此劇講述了在不同民族之間產生誤解、民族關係發生危機的緊急關頭，「歌王」所唱山歌在劇中成爲了充滿壯族情感和智慧的民族文化象徵。

還有根據壯族民間神話改編的《媽勒訪天邊》，此劇講述了遠古時期壯族人民生活在炎炎烈日炙烤的苦難中時，一位母親與她的兒子到天邊尋訪太陽，向太陽表達民間意願，以改善人民生活環境的故事，表現了古代壯族勞動人民勇於探索自然的執著精神。

　　2008 年百色民族歌舞團也打造了一齣表現壯民族生活風情的大型歌舞劇《壯錦》，以此宣揚壯族傳統文化和民族精神的時代性。

　　上述這些劇目所講述的故事均取自壯民族的神話傳說和真實歷史，樹立與塑造了一位位壯族民族英雄和壯家優秀兒女藝術形象。這些作品，既呈現出壯闊恢弘的史詩風采，也釋放著壯民族瑰麗神奇的浪漫精神。這些劇目，在藝術表現和生命感悟上都閃現著古代甌駱族群和現代壯族的英雄精神和風華氣質，成為一種世界性文化寶庫中的精神標杆。在過程中民族文學和民族文化超越國界的文化溝通、交往，獲得世界性和國際化的進步。

（六）壯劇班社與藝人

　　壯劇的誕生與成熟離不開廣大藝術家的辛勤勞動與文化貢獻。據《中國戲曲志・廣西卷》記載，壯劇的發展來自下列民間班社的推動：

　　　　馬隘土戲班：天保縣（今德保）馬隘鄉，清道光年間（1948），創始祖師黃現炯等。

　　　　那桑和平班：清咸豐三年（1853），由黃家興建於鎮邊縣（今那坡）城廂鄉那桑村，除在本縣演出外，每年農曆正月到三月，常到雲南富寧一帶演出。

　　　　倫圩劇團：前為恒樂社，土戲業餘戲班，清光緒年間在田東倫圩土官支持下重建。在臨近各縣頗有影響。

　　　　同義班：田林縣安定鄉平望屯，業餘土戲班。光緒初年由群眾集資從舊州央白屯請來土戲藝人黃永貴傳授土戲。班主由有威望的老藝人主持，有嚴格的班規，每逢農閒，都安排上館學藝排戲。每年正月初二、三月初三，六月初六等都搭臺通宵演戲。

　　　　足院土戲班：靖西化峒足院屯，建於清光緒十一年（1885）創始人韋公現、李瓜迷（木偶戲師傅），吸收木偶戲唱腔和過場音樂來豐富南路壯劇的音樂。

　　　　靖西壯劇團：成立於靖西縣新靖鎮，1954 年黃燈煒、鍾瑞芬、李天祿、陳德光等人領頭組建了一個業餘壯劇隊，次年，聯合組成靖西壯劇團。後歸入德保壯劇團。

　　由以上記載可知，能使壯劇發展、生存的載體是壯族地區一批民間藝術班社，這些班社一直在壯劇中起著舉足輕重的作用。建國後組建的業餘劇團

中的演員們來自鄉土，農閒時節和村社吉慶時，他們便穿上戲裝，演繹舞臺人生的悲歡離合。在二十世紀 80 年代壯劇興盛的時候，北路壯劇之鄉田林縣就有多達一百二十多個業餘劇團，而在市場經濟的衝擊下，現在依然有七十多個業餘劇團活躍在廣西八桂地區鄉間閭里。他們的表演，沒有任何的功利目的，完全出於對壯劇的熱愛以及對在表演過程中的精神享受。這些業餘劇團承擔著民族文化傳承和民族精神弘揚的社會功能。

1、北路壯劇藝人

楊六練：清康熙乾隆年間人，北路壯劇第一代藝人，田林縣舊州鄉那度村人。將土戲板上戲臺，被稱爲「臺師」，改編過壯劇《農家寶鐵》。

黃從善：清嘉慶道光年間人，北路壯劇第四代藝人，將【平調】發展改名爲【正調】，將百色田林一帶的山歌改爲【卜牙調】，豐富壯劇唱腔曾先後到田林、八渡平塘和毗鄰的雲南那良等地傳藝，被稱爲「先師」。

楊蓮：生活在清道光年間，田林縣舊州鄉那度村人，土戲第五代藝人，是楊六練的後裔。從小說《二度梅》、《仁宗認母》、《五子拜壽》、《包公奇案》等改編爲壯劇，豐富壯劇劇目，被稱爲「祖師」。

廖法倫：（1836～1894 年）土戲第六代藝人，田林縣舊州鄉央白屯人，主張唱戲不忘祖宗，成爲「宗師」。能編能導能演，擅長武戲。曾編導和主演過《儂智高》，首創【殺雞調】。

黃永貴：（1854～1917 年）土戲第七代戲師，田林縣舊州鄉央白屯人，在南寧拜全新鳳班雷喜彩爲師，三年藝成。清光緒六年，帶回六十四個劇本和揚琴等樂器回鄉，組建央白萬和班，後得到舊州粵東會館的支持在建共和班（稱土漢班），稱「土飛猴」。還到貴州的乃言、八達、央樸先後傳授了 36 個班社，由於他全面的傳渡土戲，稱全渡師或全師。

2、南路壯劇藝人

黃現炯：馬隘土戲創始人。清道光二十六年（1846 年），在南寧學邕戲出師後，到馬隘組織戲班學演客戲，但因用「戲棚官話（用白話音調說桂林話）」與觀眾有隔閡，演出不受歡迎。清道光二十八年（1848 年），用本地土話演出，演唱根據本地民間小調創編的【馬隘調】，深受觀眾的喜愛。

李瓜迭：清咸豐年間生，民國年間逝世。靖西足院土戲創始人，原提線木偶戲師。於清光緒十一年（1885 年）與木偶戲師韋公現組建足院土戲班，搭臺演出。唱詞和念白均用靖西土話，吸收木偶戲唱腔【平板】、【唱調】、【平

高調】、【採花調】、【喜調】、【詩調】、【哭調】、【寒調】等唱腔。使觀眾看到
真人表演，被稱爲祖師。

趙孟伯：（1920～1975 年）壯劇編劇兼演員，德保縣都安鄉人。自 1956
年移植、翻譯劇本有《寶葫蘆》、《二度梅》、《白蛇傳》、《梁祝》、《孔雀東南
飛》、《秦香蓮》、《琵琶記》，還創作了《雙喜奇緣》、《撿豬羔》等劇，在各級
匯演競賽中獲獎。

黃燈煒：（1920～1976 年）壯劇編劇兼演員，編寫木偶戲《毛紅玉英》，
壯劇《猩猩外婆》，改編壯劇《紅銅鼓》，在德保、靖西、那坡和越南北部邊
境村寨均有盛名。

（七）業餘劇團演出

筆者爲考察廣西民族戲劇來到了廣西北路壯劇之鄉——田林縣，以調查
遵循認知人類學的研究視角，注重對文化內部成員的調查和採訪。調查的對
象主要有：北路壯劇第十代傳承人閉克堅、活躍在當地的業餘劇團的部分壯
劇演員，當地政府文化機構的官員和藝術指導老師，社區的群眾，同時還觀
摩了一些業餘劇團爲參加第二屆廣西北路壯劇節而進行的排練過程。經由百
色市文化局牽線，得到了田林縣文化局的熱情接待，得以對北路壯劇進行了
多維多角度的觀察。

在路上，遇到一個村子正在上演壯劇，幕間休息。時值正午十點半，四
月中旬的百色，已是烈日當空，聚集在一個不寬敞的空地上，場地坐東向西
搭起臨時的簡陋戲臺，戲臺上方掛著紅底白字的橫幅，上書「汪甸鄉喜鄉村
那眉業餘壯戲班」；戲臺左側掛著演出的劇目告示：「生再李賢貴，大鬧九龍
山」；右側是五人組成的器樂伴奏樂隊。戲臺前後隔開，演員從左門出右門出，
前臺是演出舞臺；後臺是化妝間。

我和一起前往的姚主任觀看排演過程，演員正在休息，很大方的讓我們
拍照，並回答我們的問題。說是演出進行了兩天了，共演三天，今天是最後
一天，剛剛農忙完借機娛樂一下。台下觀眾極其熱情，也許村民們都是農民
吧，他們一點也不受炎炎烈日的影響。他們有端坐在小板凳上的，也有席地
而坐的，在烈日下，打傘或者不打傘。有男有女，但更多的是婦女、老人和
小孩。也許青壯年多外出打工了。大人在熱烈的交談，小孩則在一邊嬉鬧，
氣氛輕鬆熱鬧。

　　到廣西田林北路壯劇作田野調查的時候，筆者發現壯劇的表演舞臺是開放的，互動的。他們甚至就在自家的天台上進行排演，觀眾可以自由地在舞臺旁邊活動。有此空間，有垂髫孩童在學戲裏的身段和動作，也有大人們在熱烈地討論劇中故事。壯劇的表演不僅由戲師口傳身授，臺下的觀眾也可以直接在整個排練和演出的過程對演員的表演做出評價和批評。正因為壯劇有如此自由的即興表演時空，所以其藝術表現就常變常新，富有傳統的底蘊和時代的激情。表演者在進入角色，進入戲劇人生的時候，正是將自己的生命和情感全身心投入的時刻，從而獲得生命的切身體驗。在壯劇所展演的人生故事中，壯族民眾對歷史和生命之奧秘的探尋得以通過戲劇的演繹來進行。北路壯劇第十代戲師閉克堅用生命堅守壯劇、弘揚壯劇的感人事蹟，不正是最好的例證嗎？

（博士生黃玲整理撰寫）